한국 근대 초기의
미디어, 텍스트, 언어와 문화 변동

연세대 근대한국학연구소

공성수(孔聖秀, Kong Soung-su)
경기대학교 국어국문학과 조교수

이재연(李載然, Lee Jae-yon)
UNIST 인문학부 부교수

정유경(鄭瑜炅, Jeong Yoo-kyung)
한남대학교 문헌정보학과 조교수

안예리(安禮悧, An Ye-lee)
한국학중앙연구원 한국학대학원 부교수

박진영(朴珍英, Park Jin-young)
성균관대학교 국어국문학과 교수

배정상(裵定祥, Bae Jeong-sang)
연세대학교 미래캠퍼스 국어국문학과 조교수

반재유(潘在裕, Ban Jae-yu)
연세대학교 근대한국학연구소 HK연구교수

김영민(金榮敏, Kim Young-min)
연세대학교 국어국문학과 명예교수

김병문(金昞文, Kim Byung-moon)
연세대학교 근대한국학연구소 HK교수

한국 근대 초기의 미디어, 텍스트, 언어와 문화 변동

초판인쇄 2022년 9월 30일 **초판발행** 2022년 10월 15일
지은이 공성수, 이재연, 정유경, 안예리, 박진영, 배정상, 반재유, 김영민, 김병문 **엮은이** 연세대 근대한국학연구소
펴낸이 박성모 **펴낸곳** 소명출판 **출판등록** 제1998-000017호
주소 서울시 서초구 사임당로14길 15 서광빌딩 2층
전화 02-585-7840 **팩스** 02-585-7848 **전자우편** somyungbooks@daum.net **홈페이지** www.somyong.co.kr

값 30,000원 ⓒ 연세대 근대한국학연구소, 2022
ISBN 979-11-5905-723-6 93810

이 저서는 2017년 정부(교육부)의 재원으로 한국연구재단의 지원을 받아 수행된 연구임(NRF-2017S1A6A3A01079581)

한국 근대 초기의
미디어, 텍스트, 언어와 문화 변동

Media Text Language and Cultural Changes in the Early Modern Korea

연세대 근대한국학연구소 편

책머리에

　근대 초기, 근대전환기, 개화기 등등, 접근하는 사람의 관점과 방법에 따라 다양한 이름으로 불리는 한국의 19세기 말~20세기 전반기는, 오늘날 우리의 삶과 사유를 절대적으로 구성하는 이른바 '근대성modernity'이 형성된 시기라는 의미에서도 그렇지만, 단지 기원과 이입移入의 양상을 재구성하는 차원에서뿐 아니라, 그것이 '지금/여기', 즉 현재의 우리의 삶과 사유와 관련해서 본원적인 성찰의 대상이라는 점에서도 무엇보다 중요한 연구 주제의 하나가 되고 있다. '근대성'이란, 한 때는 모방과 욕망의 대상으로서, 또 어떤 시기에는 극복과 성찰의 대상으로, 혹은 부정과 지양止揚의 대상으로 떠오르기도 했다. 이미 20세기 전반기부터, 수많은 학자와 연구자, 그리고 지식인들이 한국의 근대 형성과정과 그 변전變轉의 궤적의 양상과 의미를 살펴왔던 것이 모두 이와 관련된다.

　연세대학교 근대한국학연구소와 동 연구소에서 주관하는 HK+사업단은, 한국의 근대 형성기의 여러 현상과 국면을 새로운 방법과 시각을 동원하여 논의하는 뜻깊은 학술기획을 마련하였다. 이 책에 실린 8편의 글은, 전통적인 문학 텍스트와 국어뿐 아니라, 광고와 삽화, 번역과 매체, 스캔들과 대중소설, 지역미디어, 디지털 인문학 등 연구대상과 방법 등에서 지금까지의 해당 주제 및 시기의 연구 성과들을 갱신하는 새로운 논의의 장을 펼치고 있다. 아래에서, 이 책에 실린 논문들의 개요와 특장特長들을 간단히 일별하기로 하겠다.

　제1부에 실린 세 편의 글은, 근대초기 문학과 매체, 언어의 상관관계에

주목한 연구 성과들로서, 특히 연구대상과 그 방법론에서 새로운 지평을 열어 보이고 있다. 공성수는 일찍이 문학연구자들의 관심대상에서 사각지대에 놓여 있던 소설 삽화를 집중 분석함으로써, 시각장르인 삽화가 언어와 문자로 이루어진 소설텍스트와 어떤 절합과정을 보여주는가를 분석하고 있으며, 이재연·정유경의 공동연구는, 최근 크게 부상하고 있는 디지털인문학 연구의 또 하나의 성과로 기록할 만한 것이다. 국어학자인 안예리는, 근대 초기 신문매체의 광고 언어 분석을 통해 매체와 문화, 그리고 일상생활에 매개되는 언어의 문제를 조명하고 있다.

공성수는 근대문학 초기의 소설과 삽화의 상호텍스트성에 주목하고, 이 문제의식을 문학과 시각예술의 상호교섭과 공존가능성을 검토하는 한편, '문학'이라는 장르의 언어(문자)중심적 규정성을 확장해야 한다는 도전적인 선언을 시도한다. 실제로 그는 소설의 이해를 돕는 보조적 장치이자 부속물 정도로 취급되던 삽화가 근대소설의 리얼리티 구축 및 서사내부의 지각작용에 개입하는 과정, 그리고 근대소설의 형성과 발전 과정에서 미술과 영화 같은 시지각 중심의 장르를 삽화가들이 얼마나 민감하게 의식하고 있었는가를 실증해 보이고 있다. 공성수의 이러한 문제의식은 근대문학 초기뿐 아니라, 시각중심의 예술장르와 매체가 지배하는 '지금/여기'에서 문학이 그것들과 어떻게 상호텍스트적 관계를 구축해 나갈 수 있을 것인지에 대한 문학사적·예술사적 가능성을 타진한다는 점에서도 시사하는 바가 크다고 본다.

이재연·정유경은 「국문학 내 문학사회학과 멀리서 읽기」에서, 문학연구의 새로운 방법론인 정량분석 연구의 세계적 경향과 그에 관한 국내의 학술사 및 연구사를 개관하고, 그것이 앞으로 문학/매체 연구방법론의 지평을 어떻게 확장하고 갱신시켜 나갈 것인지를 전망하고 있다. 또한, 이재연·정유경은, 1980년대 이후에 전개된 정량분석적 접근의 초기형태라 할 수 있는 문학사회학적 연구사의 흐름을 김현, 이선영, 권영민, 김영민을 중심으로 상세히 살피고, 2000년대 이후의 '검열'연구 등에서 이룩한 성과와 한계 등을 매우 꼼꼼하게 검토하고 있다. 아울러, 실제로 식민지시기의 잡지 『별건곤』과 『삼천리』를 대상으로 '복자覆字'에 관해 시도한 디지털 인문학 연구과정 및 결과를 상세히 소개하고 있다. '디지털 인문학', '디지털 문학연구'는, 시간이 흐를수록 새롭고도 주도적인 (인)문학 연구 방법론으로 자리 잡아 나갈 가능성이 크고, 그런 점에서 이 논문에 펼쳐 보이는 정량분석적 방법론의 역사와 현재, 그리고 국내 연구에서의 전사前史와 현재 및 미래에 관한 전망은 주목할 논의라고 할 것이다.

안예리의 「근대 신문광고의 언어사용 양상」은, 근대 초기 『독립신문』, 『황성신문』, 『동아일보』 등 주요 신문 6종에 실린 '주류酒類광고'를 대상으로, 시기별 언어양상의 차이와 공시적 관점에서 주종별 언어 사용 양상의 차이를 분석한 흥미로운 논문이다. 광고의 문체적 특징을 표제, 본문, 광고주별로, 문법적 특징을 통사단위, 문장종결법, 상대높임법별로, 그리고 어휘적 특징을 주류명, 주종별로 상세하게 분석하고 있다. 신문과 근대인의 일상생활이 맺는 상관관계는 다시 강조할 필요가 없이 밀접하거니와, 그 중에서도 특히 '광고'가 문화와 일상생활에 미치는 영향은 현재도 막강하다는 점을 감안할 때, 근대 초기 신문광고의 언어분석은 언어와 매체, 그리고 사회와의 연관성을 입체적으로 살필 수 있는 중요한 연구라고 할 수 있다.

제2부에 실린 세 편의 글은, 근대초기 매체와 당시의 사회정치적 상관관계를 다양한 관점에서 살펴보고 있다. 박진영은『매일신보』의 중국소설 번역 연재에 개입하는 매체의 전략과 한국 근대소설의 발전과정을, 배정상은 당대 가장 뜨거운 풍속사적 사건이었던 '강명화 정사사건'과 대중소설의 반영양태를, 그리고 반재유는 지역매체인『경남일보』의 '삼강의 일사'를 집중적으로 검토하면서 근대 이전의 글쓰기 양식과 주제 및 사상이 20세기 전반기에 이월/지속/변형되는 과정을 살피고 있다.

  박진영은 1919년 3·1운동을 전후한 시기,『매일신보』의 중국소설 번역 연재 과정을 조밀하게 추적하고 재구성하면서, 중국소설의 번역과정이 한국 근대소설의 발전과정과 어떤 상관성이 있는가를 추론하고 있다. 박진영은 양건식의 번역소설「기옥」과 육정수의 번역소설「옥리혼」을, 원본 소설인 왕렁포의「춘아씨살인사건」, 쉬전야의「옥리혼」의 내용과 체제 및 문체와 자세히 비교하면서 그 내용의 전이나 변개 여부를 세심하게 살펴보았다. 결론적으로, 공안소설과 원앙호접파의 의장을 띤 원작들이 두 번역가에 의해 일정 정도 변개되면서, 그 번역태도와 방법론, 그리고 이들에 지면을 허락했던『매일신보』의 매체 전략이 시대정신을 충실하게 담아내지 못함으로써, 중국소설 번역은 동시대의 일본소설이나 서양소설의 번역/번안과정과 어깨를 나란히 하면서 한국문학이 근대 세계문학을 호흡할 수 있는 기회를 제대로 제공하지 못했다는 한계점을 지적하고 있다.

  배정상의「강명화 정사사건과 딱지본 대중소설」은 1923년에 있었던 강명화와 장병천의 정사사건을 소재로 한 당시의 딱지본 대중소설에 관한 서지적, 실증적 연구을 시도했다. 당시 세간의 화제가 되었던 유명한 연애사건을 소설화한 이해조, 최찬식, 박준표 등의 텍스트를 새롭게 발굴, 비교, 대조하여, 각 텍스트들이 지닌 특징과 상호간의 모방, 표절, 혹은 자기 복제 등의 현상을 세밀하게 짚어내는 한편, 이런 중복과 모방현상이 당시 출판업계에 가능할 수 있었던 저작권 인식이나 장르인식 등을 세밀하게 검토하고 있다. 배정상의 논문은, 서지적, 실증적 작업의 세심함은 물론, 주류 순문예 작품에 치중됨으로써 상대적으로 연구와 비평에서 외면받고 있는, 그러나 당대 독서시장에서 절대적인 비중과 독자층을 형성하고 있던 이른바 '대중소설'의 저변과 위상을 재인식시켜 준다는 점에서도 주목할 만한 연구라고 할 수 있다.

반재유의 「근대시기 삼강록의 계승과 변용―『경남일보』의 「삼강의일사」를 중심으로」는 1910년 지방신문 『경남일보』에 연재된 「삼강의일사」를 집중 연구한 논문으로, 여기에서는 신문 『경남일보』의 발간경위나 발행주체를 포함하여 주요 필진과 편집진, 그리고 핵심연구대상인 「삼강의일사」의 필자 확정 문제 등이 논의되고 있다. 반재유는 「삼강의일사」의 필자가 장지연임을 추정하면서, 이에 관한 다양한 논거들을 예시한다. 아울러 「삼강의일사」가 이른바 「삼강록」 계보에서 차지하는 위상과 가치, 그리고 이러한 풍속교화를 목적으로 한 글이 조선시대로부터 근대초기로 이어지는 연속성과 단절의 의미를 추적하고 재구성했다. 반재유의 연구는 근대초기의 매체에서 풍속교화를 목적으로 한 전통적인 글쓰기의 주제와 양식이 어떻게 이월되거나 변형되는가를 보여줌으로써, 근대초기 '글쓰기'에 내포된 복잡함과 중층성, 그 이월과 지속/변형의 한 면모를 고찰하고 있다는 점에서 중요한 연구라고 할 수 있을 것이다.

제3부는 20세기 전반기, 우리말과 글이 한문 중심으로부터 국문(한글)

으로 전환되는 과정의 역동적이고 다채로운 변전 양상을, 문학 텍스트 및 국어표기법을 중심으로 살펴 본 글로 구성되어 있다. 김영민은 근대 한국 문학의 형성과 기원을 논할 때 결코 빠트릴 수 없는 중요한 인물인 이광수의 소설텍스트들을 중심으로 살펴보고 있으며, 김병문은 1933년 「한글맞춤법통일안」 전후에 '조선어학회'의 가장 강력한 대립자였던 박승빈의 이론과 사상을 재구성함으로써, 근대 언어와 문체의 쟁점들을 살피고 있다.

김영민의 「언문일치와 구어체 한글소설의 정착과정 – 이광수의 경우를 중심으로」는 근대초기 어문운동 과정에서 제기된 이른바 '언문일치'에 대한 다양한 이해방식과 실천들을 재구성하면서, 그 과정에서 작가 이광수가 기획하고 실천해 나갔던 '언문일치'가 무엇인가를 새롭게 규명한 연구다. 김영민은, 일반적인 언문일치 차원에서의 한글소설은 일찍이 장편 「무정」에서 구현된 바 있으나, 이것으로 이광수가 의도하고 꿈꾸었던 언문일치를 설명할 수는 없다는 문제의식에서 출발한다. 그리고, 김영민은 이광수가 최종적으로 기획한 것은 순한글구어체로 쓰는 '한글소설'이었음을 천명하고, 그 구체적인 실현으로 「가실」을 비롯한 「할멈」, 「거룩한 죽음」, 「혈서」 등의 한글문장 및 어휘가 지닌 특성에 주목함으로써 이를 증명하고 있다. 김영민의 연구는, 묵독과 낭독이 공존하는 시대에, 대중을 위한 진정한 언문일치의 글쓰기가 무엇인가를 끊임없이 모색하고 실천해 간 이광수의 또 다른 성취를 환기시킨다는 점에서나, 우리 근대 어문운동의 역사적 과정을 재구성하는 차원에서 시사하는 바가 크다고 할 수 있다.

김병문의 「'국어문법'의 계보와 문어文語 규범의 형성이라는 문제에 대하여 – 박승빈의 표기법 및 문법을 중심으로」는, 오늘날 국어 표기의 기준과 근간이 된 1933년 조선어학회의 「한글맞춤법통일안」에 의해 배제된 박승빈의 이론과 사상을 세심하게 재구성한 논문이다. 이 글은, 박승빈의 표기법과 관련된 전반적인 이론과 주장을 재구성하는 과정에서, 20세기 전반기 국문표기가 변전變轉되어 나간 궤적과 그 배경이 되는 언어이론 일반 및 국어의 사상을 인물별로 소상히 추적하여 재구성하는 한편, 당시의 쟁점들이 충돌하는 이론의 계보와 맥락 또한 충실히 재구성하고 있어서, 근대 국어 표기 및 문법체계 형성기의 장관壯觀의 일단을 볼 수 있게 해준다. 무엇보다도, 글쓴이는 비록 정책차원의 패자敗者였지만, 그럼에도 이론의 차원에서 여전히 재고할 가치와 의미를 내장하고 있는 박승빈의 국어표기 및 문법과 관련된 제반 이론구조들을 검토함으로써, 현대 국어 표기 및 문법의 기원을 성찰할 필요가 있음을 주장하고 있다.

우리는 이상의 연구들이 학계와 독자들께, 19세기 말~20세기 전반기 우리의 언어와 문학, 그리고 매체 및 사회상에 관한 연구에 조금이라도 기여할 수 있기를 바라며, 특히 실증과 해석에서 새롭게 환기되는 지점이 형성되기를 바란다.

본디 이 학술기획은, 한국 근대문학의 형성과정, 특히 19세기 말~20세기 초 근대문학과 언어, 그리고 매체의 상관관계를 입체적이고 종합적으로 연구하여 일가一家를 이룬 바 있는 김영민 선생의 퇴임을 맞아, 그 학문적 업적을 기리기 위해 마련된 것이었다. 학술대회와 총서를 함께 준비했던 기획이, 뜻하지 않은 세계적 역병(코로나) 사태에 휩쓸리면서, 계획과는 달리 상당 부분 차질을 빚게 되고 말았다. 당신의 퇴임과 관련하여 어떠한 기념도 완강히 고사固辭하셨던 김영민 선생을 어렵사리 설득하여 후학들이 마련한 작은 기획이었음에도, 원래의 계획보다 늦어진 점에 대해 김선생께 송구한 마음이 크다. 아울러, 일찍 원고를 보내주신 필자들께도 책 출간이 늦어진 점에 대해, 이 자리를 빌려 너그러이 혜량해 주시기를 바란다.

끝으로, 퇴임 이후에도 여전히 한국 근대문학에 대한 충만한 애정과 학구열로, 변함없이 연구자로서의 일상을 유지하시면서 후학들의 사표師表가 되고 있는 김영민 선생께서 앞으로도 계속 건안하시기를 진심으로 기원드린다.

2022년 7월
기획자들을 대표하여 한수영 씀

차례

제2부　근대문학 텍스트와 서사 양식

제3부　근대 미디어의 언어와 문체

소설과 삽화의 예술사, 그 가능성과 의의

소설 삽화 연구에 관한 몇 가지 질문을 중심으로

공성수

1. 왜 소설 삽화 연구인가?

지금까지의 경험을 돌이켜보면, 소설 삽화 연구는 늘 몇 가지 원론적인 질문에 대답하는 것으로 시작할 수밖에 없었다. 이를테면, 소설 삽화 연구는 어째서 문학 연구인가? 혹은 이것은 과연 문학을 이해하는데 어떻게 기여하는가? 문학 연구자가 가질 수 있는, 소설 삽화의 연구방법론은 구체적으로 무엇인가?

그런데 이 질문들은 소설 삽화 연구의 의의와 당위성을 확인한다는 점에서는 분명 중요하지만, 문학의 경계와 순도에 관한 의구심으로부터 비롯된 질문이라는 점에서 근대적 학제나 장르의 구별짓기를 떠오르게 하는 것도 사실이다. 요컨대, "소설 삽화 연구가 어째서 문학 연구인가?"라는 질문은 선험적으로 주어진 문학적 규준을 근거로 문학 연구의 대상을 판단하려는 시도처럼 보인다. "삽화 연구가 문학 연구에 어떤 도움을 줄 수 있는가?", "소설 삽화를 어떻게 문학적인 방법론으로 분석할 것인가?" 라는 질문들도 따지고 보면 소설 삽화를 문학의 보조 텍스트로 바라보거나, 혹은 삽화와 미술을 완전히 서로 다른 종류의 소통 불가능한 예술로 간주하는 데에서 제기된 물음일 수 있다.

문제는, 이러한 생각이 문학의 정의를 지나치게 협의의 개념으로 단순화함으로써, 결과적으로 문학의 경계를 스스로 축소시킬 수 있다는 점이다. 소설 삽화가 문학 연구의 대상일 수 있는지에 대해 대답하기 위해서는, 우선 문학이란 무엇인지에 대한 명백한 정의가 존재한다는 것을 전제한다. 그러나 이처럼 사전에 문학의 영역을 결정하고 순수하게 문학적인 것으로 채우려는 시도는, 복잡한 혼종의 형식으로 존재하는 수많은 문학적인 현상들을 일방적으로 재단裁斷해버릴 위험이 있다. 경계 안에 넣을 수 있는 것과 없는 것, 문학과 문학이 아닌 것을 구분하는 이런 과정이 결국 문학과 다른 장르, 다른 매체 간의 자유로운 소통을 방해할 수도 있는 것이다. 더구나 문학의 개념, 혹은 문학을 구성하는 재료나 조건이라는 것도 시대나 관점에 따라 얼마든 달라질 수 있는 것임을 우리는 알고 있다. 지금 우리가 너무나 당연하게 여기고 있는 문학의 요소와 기준들이 실제로는 근대를 향한 기획 속에서 만들어진, 얼마간 자의적인 장르와 학제의 체계에 기반하기 때문이다.

가령, 문학의 필수적인 조건은 보통 '문자 언어'라고 생각하지만, 문학의 언어가 반드시 문자 언어로만 한정될 필요는 없을지도 모른다. 동양의 문화에서는 일반적이었던 시서화詩書畵의 전통이나, 근대 잡지에 등장하는

〈그림 1~4〉한국 근대신문연재 소설과 삽화의 공존은 생각보다 훨씬 더 보편적이고 일반적인 현상이었다. 한국 소설 문학사의 중요한 작품들, 당대 대중의 사랑을 받았던 작품들 옆에는 늘 소설 삽화가 함께 있었다는 사실은 문학 연구자들에게 시사하는 바가 크다.(왼쪽 상단에서부터 시계방향으로, 염상섭 작, 안석주 화, 「삼대」; 홍명희 작, 김규택 화, 「임거정」; 채만식 작, 정현웅 화, 「탁류」; 이기영 작, 안석주 화, 「고향」)

수많은 화문畵文양식들, 그리고 최근의 타이포그래피나 캘리그래피 같은 문자의 이미지화 작업에 이르기까지, 문학과 미술의 경계를 쉽게 구분하기 어려운 혼종의 예술 현상은 얼마든 존재한다.

같은 맥락에서 소설과 삽화가 공존하는 한국 근대 신문연재소설란은 글과 그림이 서로 교섭하면서 문학 언어의 확장을 시도하는 중요한 예술 공간이라 할 수 있다. 그리고 이런 관점에서 보면, 소설을 읽는 색다른 방식으로서 삽화 연구가 가진 가능성은 생각보다 훨씬 크다.

예를 들어, 한국 소설문학사의 중요한 작품들, 대중의 사랑을 받았던 작품들이 대부분 신문연재소설란에서 삽화와 함께 실렸다는 사실은 그 자체로 한국 소설문학의 성격을 결정할 수 있는 중요한 부분이다. 소설과 삽화를 함께 읽을 때 느끼게 되는 독서의 경험이 그렇지 않은 경우와는 다를 수 있다는 점을 고려하면, 소설 삽화가 당대 독서 대중의 반응에 영향을 미치고 있었을 가능성이 충분히 존재하기 때문이다.

결국 신문연재소설란에서 벌어지는 역동적인 문예 현상을 제대로 설명하기 위해서라도 소설과 삽화, 글과 그림을 함께 연구하는 일은 필수적이다. 근대적 서사문학의 모색과 형성 과정에서 나타나는 소설과 삽화의 관계나, 소설 서사를 반영하는 메타텍스트로서 소설 삽화의 성격, 근대 독자의 탄생과 변모를 반영하는 삽화의 변화도 한국 문학의 이해를 돕는데 큰 도움이 된다. 또한 근대 인쇄미술의 발전과 출판 문화의 형성 과정을 소설 삽화의 변모를 통해 읽어낼 수 있다는 점도 중요하다.

요컨대, 소설 삽화에 관한 연구는 바로 그렇게 문학의 가장 먼 곳에서, 문학을 이해하는 새로운 시야를 제공한다. 문학 연구자의 본질적인 질문으로서 '문학성이란 과연 어떠한 것인지'를 충분히 논의하고, 이에 관한 질문 자체를 보다 예각화하기 위해서라도, 서로 다른 매체와 장르의 텍스트를 견주어보는 일은 충분히 의미 있는 작업일 수 있는 것이다.

2. 소설과 삽화 사이, 장르의 교섭은 실재하는가?

소설과 삽화의 연구는, 글과 그림, 장르와 매체 사이의 관계를 탐구하는 일이다. 소설 삽화의 연구자는 삽화가 소설 서사를 형상화하는 일종의 재현 텍스트라는 점, 그럼에도 불구하고 삽화가 보여주는 화면은 소설 세계에 대한 삽화의 독창적인 해석으로 나타난다는 사실, 그리고 삽화가 생산되는 과정에서 다양한 외재적 맥락이 영향을 미치고 있다는 점 등을 두루 고려하면서, 동시에 소설과 삽화 사이에 어떠한 교섭이 이뤄지고 있는지를 실제로 추적해야만 한다.

① 이런 점에서 본다면, 소설 삽화가 하필이면 근대 소설의 모색과 형성기에 등장했다는 사실은 무척 의미심장하다. 여전히 근대적 서사 장르로서 소설의 정체성이 확립되지 못한 시기에, 삽화가 소설의 형식을 인식하게 만드는 장르적 타자로 기능했을 가능성이 존재하기 때문이다. 근대적 소설 서사가 자신의 장르적 정체성을 찾지 못한 채 '신소설'이나 '번안소설', 또는 여타의 '장형서사'의 형식으로 난립하고 있었던 20세기 초반의 한국 문단을 감안하면, 소설 서사의 장르적 특징들을 설계하는 과정에서 소설 삽화가 새로운 미학적 원천으로서 기능했을 가능성을 배제할 수 없다.

가령, 소설 삽화가 제공하는 사실감 넘치는 생생한 이미지는 근대 소설 형성기의 작가들로 하여금 묘사란 무엇인지에 대해, 혹은 장면의 서술이란 어떤 것이어야 하는지에 대해 다시금 진지하게 고민하도록 만들었을 수 있다. 반대로, 시각적 이미지와 변별되는 소설의 언어를 고민하는 동안 소설이라는 장르의 정체성을 탐색할 수 있는 기회를 얻게 되었을 수도 있다. 요컨대 근대 소설의 형성기, '신문연재소설란'에서 벌어지는 소설과 삽화의 상호텍스트적인 소통이 서로의 성격을 변화시킬 가능성에 주목할 필요가 있는 것이다.

실제로 다음의 사례는, 근대 소설의 모색 과정에서 신소설이 삽화로부터 어떤 영향을 받고 있었는지를 분명하게 보여준다는 점에서 매우 중요하다. 다음에서 인용된 (가)와 (나)는 초기의 소설 삽화들이 수록되었던

〈그림 5~6〉 삽화가 소설의 내용을 일방적으로 모방하고 있을 것이라는 통념과 달리, 실제로 소설이 삽화를 모방하는 경우도 있었다. 이 그림에서 나타난 인물들의 외양은, 인용된 이해조의 신소설 (가), (나)에 앞서 게재된 삽화 속의 이미지들로, 소설에서 제시된 인물의 묘사는 실은 삽화의 내용을 본 따 만들어진다. 특히 이 경우, 삽화의 게재일과 소설의 게재일 사이에는 상당한 간격이 존재하는데, 이러한 시간적 차이는 소설이 삽화를 참고하고 모방할 수 있는 충분한 시간이 있었다는 것을 암시한다.

이해조의 신소설들로, 이 대목에서 등장인물이 묘사되는 방식은 매우 흥미롭다.

　(가)

　"아우님 그 양반 모습이 어떠한가? 수득아비더러 자세히 일러주게."

　"모습은 아무도 얼핏 알기 쉬워요. 키가 중키는 실하고 얼굴이 길쯤하고 코가 우뚝하고 눈방울이 두리두리한 중, 제일 알기 쉬운 것은 구레나룻이 거무스름하게 나고 머리를 땋아서 내렸는데, 흰 무명수건으로 머리를 질근 동였어요."

　　　　　　　　　　　　　　　　　　　　—이해조, 「소학령 32」, 『매일신보』, 1912.6.7.

　(나)

　노파(유모)가 한숨을 휘이 쉬며 눈물이 더벅더벅 떨어지더니,

"에그 세상에 원통한 일도 있소. 돌아가신 아시가 생존해 계셨으면 세상없기로 작은 아시를 이 지경이 되시게 하셨겠소. 그래 오늘 와서 짓거리던 여편네는 누구라합더니까?"

"나는 알 수 있소? 제 말이 우리 어머니와 형이니 아우이니 한다면서 그 집 주인놈더러는 오빠오빠합더이다."

"오ー그년이 그년이로구먼, 그년 나이 한 사십되고 얼굴이 바스러지고 건순(입술이 위로 들림ー인용자 주)지고 살적이 좋지아니합더니까?"

—이해조, 「춘외춘 25」, 『매일신보』, 1912.2.3

이해조의 신소설에서 대상을 묘사하는 방식은 전대의 소설과 비교하면 확실히 차별화된다. 이 장면에서 보여주는 것처럼, 등장인물에 대한 묘사는 마치 실제 인물을 그리듯 섬세하고 실감나게 서술된다. 그런데 여기에서 놀라운 대목은, 소설에서 묘사하는 인물의 모습이 실제로는 그보다 앞서 연재된 소설 삽화의 이미지로부터 온다는 사실이다. 삽화 〈그림 5~6〉을 통해 알 수 있는 것처럼, 인용된 소설의 인물 묘사가 실제로는 소설 삽화가 그림으로 제시한 인물 외양의 특징을 그대로 모방하고 있었던 것이다.

이해조의 후기 신소설에서 나타나는 이러한 모습은, 그동안 소설 삽화에 대해 가졌던 막연한 편견, 즉 소설 삽화는 소설의 부수적인 텍스트이며 단순한 모방물에 불과하다는 통념이 옳지 않다는 것을 증명한다. 오히려 여기에서 그와 같은 통념은 완전히 뒤집힌다. 그림이 글의 참조물 역할을 수행하면서, 소설의 묘사를 고도화하는데 일조하기 때문이다. 따라서 생생하게 묘사된 삽화 이미지들을 글로 재진술하는 과정에서, 소설의 묘사술을 변화시킬 수 있는 특별한 계기가 마련되었을 가능성도 얼마든 존재하는 것이다.

② 동일한 맥락에서, 소설과 삽화를 중심으로 논의했던 상호텍스트적 관심을, 연극이나 영화와 같은 다른 장르의 예술과 삽화와의 관계로 확대해 살펴볼 수 있다. 이를테면, 1910~30년대에 유행한 '영화소설'이 삽화와 맺고 있었던 특별한 관계에 주목해보자. 이 시기에 유행한 혼종의 양식으로서 영화소설에서 '스틸컷(영화사진)'과 '삽화'가 함께 나타난다는 점도 재미있지만, 영화소설이라는 형식 속에서 다양한 장르가 서로 교섭하며 영향을 주고받았다는 점도 흥미롭다. 일례로, 이 시기에 대중적으로 크게 성공을 거둔 최독견의 소설 「승방비곡」에서, 소설, 삽화, 영화의 관계를 살펴보는 것은 이 시기 예술장藝術場에서 이뤄진 매체와 장르 간의 교섭이 얼마나 일상적인 일이었는지를 잘 보여준다.

사실 독견의 「승방비곡」은 본래 영화소설의 형식으로 기획되고 제작된 작품이었지만, 어떤 이유에선지 연재 도중 안석영의 삽화가 대신 수록되게 된다. 그런데 여기에서 눈여겨볼 대목은, 이 작업을 계기로 석영의 삽화 작업에 영화적인 요소가 부쩍 많이 가미된다는 사실이다. 연재 중간에 투입된 삽화가의 입장에서 생각해보면, 작품의 연속성을 유지하기 위해서는 어쩔 수 없이 기존의 영화사진을 참고하지 않을 수 없었을 테지만, 결과적으로 이런 과정에서 삽화가 영화 매체의 특성을 이해할 수 있는 기회를 얻었을 가능성도 충분히 존재한다.

실제로 소설 삽화가 영화나 연극 같은 다른 예술 장르로부터 받은 영향은 적지 않다. 클로즈업이나 몽타주 같은 구도나, 영화의 한 장면을 인용한 것처럼 보이는 인물들의 모습, 영화적 조명을 떠올리게 만드는 화면과 배경을 연출하는 특별한 미장센 등, 무대미술과 영화기법을 결합한 삽화들을 이 시기에 흔하게 발견할 수 있기 때문이다. 사실상 1930년대에 들어서면, 이 같은 장르의 교류는 보다 더 일상적인 현상이 된다. 삽화가 영화를 소재로 삼거나, 소설이 영화의 기법을 차용하고, 영화가 소설의 내용을 빌려오는 일들은 이 시기의 아주 자연스러운 창작의 방법이다.

③ 다시 소설과 삽화의 관계에 주목해보자. 문학사적으로도 신소설과 삽화가 처음 조우한 1910년대 초반은 다양하고 새로운 가치들이 함께 충돌하고, 그러한 가치들이 서로 헤게모니를 쥐기 위해 경쟁하거나 공존을 모색했던 시기였다. 가령, 20세기 초반 한

〈그림 7~10〉 여기에서 사례로 든 사진과 그림들은, 이 시기 예술장에서 이뤄지고 있었던 매체와 장르 간의 다채로운 교섭을 잘 보여준다. 몽타주와 클로즈업, 미장센을 활용한 화면의 연출과 파격적인 구도처럼, 영화에서 자주 사용되는 기법들은 이 시기의 소설 삽화에서도 자주 발견된다.

국의 서사 공간에서는 연극이나 영화, 만평과 삽화 같은 시각적 이미지를 활용한 혁신적인 매체들이 등장함으로써, 소설이 사건과 이야기에 관한 자신의 서사적 재현력을 의심받을 수밖에 없던 때였다. 뿐만 아니라, 사실과 사실이 아닌 것 사이에서 허구적 서사의 본질이 어디에서 비롯되는지를 고민하던 시기였으며, 해외에서 수입된 번역물의 등장으로 전통적인 고전 소설 양식과는 다른 새로운 서사 문법을 만났던 시기이기도 했다. 또한 주제와 내용적인 면에서, 소설이 지향해야 할 새로운 시대의 정신에 대해 고민하던 시기이기도 했다. 그리고 이런 맥락에서 본다면, 장르와 매체

〈그림 11~14〉 1930년대에 들어서면, 소설과 삽화, 영화와 같은 장르의 교류는 보다 더 일상적인 현상이 된다.(위는 정현웅의 삽화와 실제 신문에 게재된 신문 포스터, 아래는 박태원의 자작 삽화들)

사이에 경쟁이 첨예하게 진행되고 있었던 서사의 경합 공간으로 근대의 문예면 '신문연재소설란'을 상정하고, 그 안에서 벌어지는 다채로운 예술 현상을 고려하는 일은 대단히 중요한 문제가 된다.

때로는 혼란스럽고 또 때로는 파격적이기까지 한, 이런 예술적 시도와 실험들이 궁극적으로는 한국 예술사의 중요한 분수령을 만들어낸다는 사실은 중요하다. 창조적인 예술이란, 저마다 다른 생각과 표현의 방식들이 끊임없이 소통하고 교섭하며 서로 영향을 주고받는 와중에 비로소 나타난다는 점을 떠올려보자. 소설과 삽화, 글과 그림 사이에 존재하는 크고 작은 차이가 더욱 새로운 예술적 영감을 제공할 수 있다는 사실을 간과해서는 안 된다. 예술의 역동성은 기존의 고정관념과 생각의 틀을 깨뜨리고, 새로움을 갈망하는 데에서 비롯하기 때문이다.

3. 삽화 연구가 소설의 이해에 정말로 기여하는가?

소설과 삽화가 기본적으로 이야기 속의 서사적 구성성분들을 함께 나누고 있다는 점에 주목해보자. 이것은 아주 단순하지만, 소설과 삽화의 본질을 설명할 수 있는 대단히 핵심적인 지점이다. 소설과 삽화가 교섭하는 양상을 탐구하는 작업이, 결국에는 한 시대의 예술이 공유하고 있는 미적 구조의 원리를 밝히는 일이 될 수도 있기 때문이다.

기본적으로 이러한 논의는 소설과 삽화가 서로 유사한 서사적 유전자를 공유하고 있으며, 따라서 그것은 서로 다른 이 두 종류의 텍스트가 서로 동일한 담론의 구조를 갖게 된다는 전제를 바탕으로 한다. 선조적인 방식으로 대상을 진술하는 소설과 조형·질감·색채의 언어로 대상을 표현하는 삽화는 서로 구별되는 다른 형태로 존재하지만, 겉으로 드러나는 이 같은 매체 언어의 차이에도 불구하고 소설과 삽화의 미적 구조는 동일하게 나타날 수 있는 것이다.

바꿔 말하면, 소설(글)의 미적 특징을 규명하기 위해서 삽화(그림)를 읽는 일은 효과적인 연구 방법이 될 수 있다. 소설만 읽을 때는 보이지 않았던 이야기의 핵심적인 특징들이, 이미지를 통해 재서술되는 과정에서 보

〈그림 15~18〉 여기에서 인용된 삽화들은 모두 신소설 삽화에 자주 등장하는 '감금과 탈출'에 관한 모티프를 다루고 있다. 인물과 배경의 소개, 악독한 계모와 간부(奸婦), 악행과 폭력, 계략과 음모, 감금과 탈출, 비밀의 발견, 병고와 병구완, 조력자와의 만남, 재판을 통한 문제 해결 등은 이해조 신문연재소설 삽화에서 흔히 보이는 모티프들로, 사실 이것들은 신소설의 서사를 구성하는 중핵 사건의 모티프와 대부분 일치한다. 따라서 신소설을 읽는 독자들의 입장에서는, 중요한 사건의 모티프들을 재현하고 있는 소설 삽화를 보는 것만으로도 이야기의 커다란 흐름을 확인할 수 있게 된다. 말하자면, 신소설의 삽화는 미숙한 독자들이 스토리라인을 놓치지 않도록 돕는 역할을 맡고 있는 셈이다.

다 확실하게 드러날 수 있기 때문이다.

① 이를테면, 근대적 서사문학 형성기의 신소설과 번안소설에 내재하고 있는 미적 메커니즘의 근본적인 차이는 무엇일까? 두 장르가 갖고 있는 어떠한 차이가 신소설에서 번안소설로의 갑작스러운 교체를 만들어내는가? 만약 소설과 삽화가 정말로 유사한 미적 특질을 공유한다면, 이 질문에 대한 실마리를 소설 삽화를 통해 설명해보는 일도 가능하지 않을까?

신소설 삽화는 독자들에게 익숙한 몇 개의 서사적 모티프들을 결합해 사건을 연결하고 독자들에게는 이야기의 줄거리를 끊임없이 설명하려는 경향을 보인다. 인물의 심리나 상황의 분위기를 묘사하기보다는, 사건의 연쇄를 계속함으로써 이야기를 앞으로 나아가게 하는 데 집중하는 것이다. 그런데 사실 이것은 신소설의 서사가 구성되는 근본적인 방식과 동일하다. 독자들에게 익숙한 모티프를 연결해 사건의 핵심을 간략하게 제시

하는 신소설 삽화의 장면 구성은, 상황
의 묘사나 심리 표현보다는 스토리의 전
개에만 집착하는 신소설의 서사적 특징
을 반영하고 있는 것이다.

반면, 번안소설 삽화가 이야기를 재현
하는 방식은 보다 더 은유적이다. 번안
소설 삽화는 사건의 전모를 직접 보여주
기보다, 오히려 그로 인해 촉발된 인물의
심리를 비유적으로 보여주기 위해 노력
한다. 풍경을 통해 인물의 내면을 암시하
거나, 다양한 시선을 통해 사건의 모습을
보다 입체적으로 보여주려 노력함으로써,
장면을 더욱 극적으로 표현하는데 집중
하는 것이다. 그리고 물론 이것은 번안소
설의 서사적 특징을 그대로 반영한다.

〈그림 19~21〉 번안소설 삽화의 장면 연출은 다분히
비유적이다. 이 삽화들은 사건의 의미를 직접 독자에게
제시하기보다는, 그 사건으로부터 촉발된 인물의 내면
심리를 은유적으로 보여주게 된다.

흔히 신파新派라고 부르는, 독자들의 감정선을 최대한 끌어올리려는 번안
소설의 서사 전략은 이야기를 가능한 극적으로 전달하고, 독자들이 훨씬
더 강력하게 감정을 이입하도록 유도하는데 그 목표가 있기 때문이다.

따라서 독자들의 관점에서 보자면, 번안소설의 삽화는 소설 서사에 대
한 단순한 해설이나 줄거리의 반복으로 여겨지지 않는다. 대신 삽화는 소
설 서사를 비유하는 일종의 수사적 텍스트로서 존재하며, 그것은 언어적
텍스트로는 불가능한 다양한 미적 효과를 독자에게 전달하게 된다. 소설
삽화가 소설에 관한 친절한 설명 대신, 화면을 구성하는 수사적이고 회화

적인 효과들을 강조함으로써, 삽화 속의 이미지가 해석되길 기다리는 새로운 텍스트로 변화하는 것이다.

결국 독자들은 번안소설과 삽화를 해석하기 위해 소설을 읽는 동안, 끊임없이 삽화를 다시 바라보아야만 한다. 때로는 번안소설 삽화의 비유적인 의미를 이해하기 위해서 소설의 내용들을 다시 떠올려야만 할 수도 있다. 그리고 물론 이런 과정이, 독자들을 능동적인 독서 주체로 만든다는 점은 중요하다. 신소설처럼 일방적으로 독자에게 이야기를 전달하는 것이 아니라, 그보다는 독자 스스로 소설과 삽화 읽기의 즐거움을 줄 수 있도록 고안된 텍스트가 바로 번안소설이기 때문이다.

그리고 보면, 신소설 삽화와 번안소설 삽화에서 나타나는 이런 서사적인 차이는, 신소설로부터 번안소설로의 교체라고 하는 유례없이 급격한 문학사적 전환과 근대 독자대중의 변화를 보여주는 중요한 사례일지도 모른다.

② 유사한 맥락에서, 1930~40년대의 주목할 만한 문학적 현상으로서 탐정소설이라는 특별한 장르를 살펴볼 수도 있다. 삽화와 소설이 내용적인 측면에서만 서로 결합하는 것이 아니라, 형식적인 측면에서도 끊임없

〈그림 22〉 김내성, 정현웅 그림, 「살인예술가」의 표제화. 이야기의 기괴미와 환상미를 추구했던 김내성의 탐정소설과 함께 수록된 삽화들이나 표제화들에서 그로테스크한 미적 특징을 발견하는 것은 어려운 일이 아니다. 이것은 소설과 삽화가 내용적, 형식적으로 서로 동일한 구조적 원리를 공유하고 있다는 사실을 분명하게 증명한다.

이 영향을 주고받는다는 사실을 증명하기 때문이다.

가령, 이 시기의 탐정소설과 삽화가 장르의 미학적 규범을 공유하는 구체적인 사례로 신문연재소설의 표제화標題畵를 들 수 있다. 표제화는 아주 작고 단순한 그림이지만, 그것의 회화적 표현방식은 소설, 소설 삽화의 미적 형식과 구조적으로 맞닿아 있다는 점에서 무척 흥미롭다.

실제로 1930~40년대 탐정소설의 표제화가 주는 기괴하고 환상적인 분위기는, 이 시기 탐정소설이 추구했던 그로테스크의 미학과 깊은 관련이 있다. 예를 들어, 이 시기의 대표적인 탐정소설 작가로서 김내성의 경우, 그가 추구한 '기괴미' 혹은 '환상미'는 그의 소설이 생산되는 핵심적인 원리일 뿐만 아니라, 소설 삽화의 미적 특징을 결정하는 중요한 원리로 활용된다. 소설과 삽화, 표제와 표제화, 글 텍스트와 그림 텍스트가 그로테스크라고 하는 동일한 구조적 원리를 반복함으로써, 장르가 가진 특별한 미적 효과를 더욱 강조하는 것이다.

게다가 어떤 면에서 본다면, 텍스트의 미적 구조를 연구하는 일이 궁극적으로는 당대 이데올로기의 담론 구조를 소환하게 될 가능성도 있다. 소설과 삽화가 공유하는 미적 원리의 원천을 그 시대를 지배하고 있었던 담론의 구조 안에서 찾을 수도 있는 것이다.

예를 들어, 1910~30년대 근대 소설을 관통하는 미학적 주제 가운데 하나가 소설 서사의 리얼리티와 관련되어 있다면, 이것은 이 시기 소설과 삽화의 생산 과정에도 중요한 영향을 미칠 가능성이 높다. 한국 근대 소설문학의 기원을 문학적 사실주의, 혹은 소설적 사실감의 형성이라는 측면에서 논의할 수 있다고 할 때, 허구적 서사의 리얼리티를 성취하는 문제는, 소설과 삽화에서 모두 중요한 문제일 수밖에 없기 때문이다.

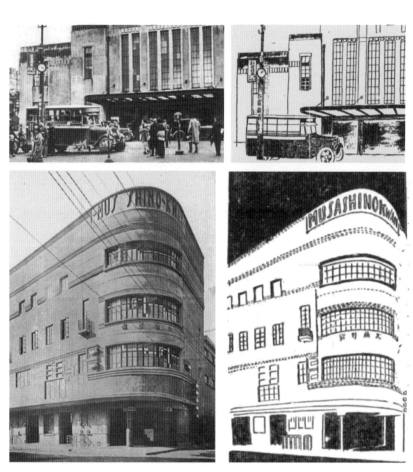

〈그림 23~26〉 여기에서 박태원의 소설에 실린 그의 자작 삽화들(오른쪽 위, 아래)은 실제 사진(왼쪽 위, 아래)을 참고했던 것으로 보인다. 이처럼 실제 대상을 정밀하게 묘사하고 있는 삽화는 이 시기 소설 삽화가 추구했던 리얼리티에 대한 열망과 집착을 추측할 수 있게 만든다.

　이런 맥락에서 1920년대 말의 중요한 문학적 사건 가운데 하나로 연작소설 「황원행」의 출판을 살펴볼 수 있다. 5명의 소설가와 5명의 삽화가가 연작소설의 형태로 만든 이 작품에서, 저마다 다른 개성과 사상을 가지고 있는 작가들이 일관된 하나의 서사를 완성하기 위해서 필요했던 가장 중요한 요소는 바로 '서사적 리얼리티(즘)'의 실현이었다. 실제로, 「황원행」

에 수록된 삽화들을 살펴보면, 그 안에서 리얼리티에 대한 감각을 찾는 일은 어렵지 않다. 개인의 화풍이나 전공을 초월한, 사실(감)에 대한 공통의 미의식은 이들의 삽화 속에서 자주 발견된다.

중요한 대목은, 「황원행」의 소설과 삽화가 보여주는 미학적 원리로서의 사실에 대한 감각이 어쩌면 이 시대의 담론과 맞닿아 있을지도 모른다는 점이다. 주지하다시피 1920년대 문학과 미술, 예술의 담론장 안에서 사실성, 혹은 사실감의 문제는 대단히 중요한 화두였다. 어떤 면에서 본다면, 이 시기 사실에 대한 문제는 문학과 예술의 장을 넘어서, 정치와 사회의 영역마저 지배하고 있었던, 인간 사유와 행동의 근본적인 규범이었을 가능성도 있다. 이 시기, 사실에 대한 진지한 감각이 대상의 사실적 재현이라는 오래된 예술의 테제로부터, 나아가 비판적 세계에 대한 현실 인식의 문제로, 또 때로는 계급과 사회적 변화의 핵심적 원리로 연결되곤 했다면, 실은 그것들이 이 시기 소설 삽화가 견지하고 있었던 현실에 대한 인식과 맞닿아 있을 가능성은 매우 높다. 「황원행」의 삽화들, 그 속에서 보이는 리얼리티에 대한 집착은, 그처럼 시대를 관통하는 마스터플롯으로서 '사실주의'를 전유함으로써 비로소 얻어지는 것인지도 모른다.

요컨대, 허구적 서사의 리얼리티는 어디에서 오는가? 어쩌면 그것은 현실 세계를 직접 참조함으로써 만들어질 수 있을 지도 모른다. 혹은 어쩌면 그것은 서사 자체가 가진 논리적 일관성, 혹은 내적 연속성으로부터 비롯될 수도 있다. 혹은 어쩌면 그것은 당대 예술의 보편적 규범이나 원리로부터, 이를테면 시대를 관통하는 일종의 마스터플롯으로서 '사실주의'를 전유함으로써 얻어질 수 있는 것인지도 모른다.

③ 물론, 이와는 조금 다른 입장에서, 소설과 삽화가 근대에 대한 비판

적 시선을 공유했던 경우도 있다. 이를테면, 문학과 미술의 단단한 경계에 대해 회의懷疑하면서 문자의 문학을 의심했던, 나아가 근대 문자의 문학으로부터 글과 그림의 공존을 모색했던 시도가 20세기 초반 한국의 문학장 안에 이미 존재했다는 사실도 무척 흥미롭다. 1930년대 초반, 이상과 박태원의 예술 활동은 문자 중심의 세계가 가진 권위적인 형식을 해체하고, 그런 갑갑한 세계를 전복시키는데 목표를 두고 있는 것처럼 보인다.

도형과 수학적 기호의 놀이로 언어의 질서를 어지럽게 파괴해버리는 이상의 시나, 플롯과 인과라는 근대 서사의 질서를 간단하게 허물어버리는 박태원의 소설은 분명 낯선 느낌을 준다. 이들의 자작 삽화에서 자주 보이는, '아스피린, 아달린…' 같은 식의 언어 놀이나, 화면 위로 부서져 내리는 활자 이미지들, 그리고 대상으로부터 벗어나 부유하는 기호의 이미지들은 언뜻 아무런 의미도 없는 장난처럼 보일 수도 있지만, 이들의 작업이 문자 중심의 근대 지식 체계에 대한 비판적 통찰에서 비롯된다는 사실을 놓쳐서는 안 된다.

이들의 삽화에서 그림 공간 속에 존재하는 문자들은 언제나 어디에나 존재하는 근대의 질서와 제도 권력을 상징하는 것처럼 보인다. 간판의 글자, 물건의 상표, 전철 노선도나 회중시계의 숫자들, 엘리베이터의 기호들을 묘사하는데 병적으로 집착하는 이들의 삽화는, 일상의 세밀한 지점까지 침투한 근대의 질서와 제도 권력을 전경화하고, 그와 같은 제도와 질서에서 벗어나지 못하는 근대인의 모습을 포착한다.

또한 이들의 문학이나 삽화 안에서, 문자언어의 체계로 대표되는 근대의 질서는 조롱과 전복의 대상이기도 하다. 이들의 작업에서 나타나는 다양한 언어 놀이는, 문자언어를 본래 목적과는 동떨어진, 무의미하며 무목

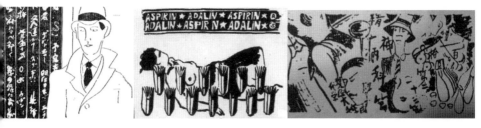

〈그림 27~29〉 1930년대 이상과 박태원의 삽화들은 문자의 체계로 상징되는, 당대의 일상에 내재한 근대적 체제와 질서를 전경화하고, 그것을 다시금 무의미한 유희의 대상으로 만들어버림으로써, 문자의 권위를 전복시키려는 시도를 계속한다.

적적인 유희의 대상으로 만들어 놓는다. 어떤 공식적인 의미도 산출하기를 거부하며, 기호와 지시 대상 사이의 연결을 끊임없이 지연시키는 이런 놀이가 궁극적으로는 제도와 질서를 통해 일상을 지배하는 근대 권력의 작동 방식을 겨냥하고 있다는 점은 놀랍다. 게다가 이들의 작업을 식민지 조선의 맥락 속에서 읽는다면, 이들의 소설과 삽화는, 식민지를 지배하는 온갖 수사와 선전이 제국주의의 기만적인 언어 질서에 불과하다는 사실을 폭로하고 있는 것처럼 보일 수도 있다.

중요한 점은, 이상과 박태원의 작업이 궁극적으로는 문학과 미술이라는 이종의 장르 사이를 연결하는 일이면서, 당대의 한계를 뛰어넘는 새로운 전망에 관한 예술적 실험이라는 사실, 그리고 결국 이처럼 다채로운 예술적 현상을 이해하기 위해서는 이 시기에 만연했던 문학과 미술, 글과 그림, 소설과 삽화의 폭넓은 교섭을 섬세하게 살피지 않으면 안 된다는 사실이다. 그리고 물론 여기에서 핵심은, 소설 삽화를 연구함으로써 소설과 삽화가 공유하고 있는 당대 예술의 보편적 미학과 시대의 정신에 접근할 수 있다는 사실이다.

요컨대, 상호텍스트적 관점에서 소설 서사의 곁텍스트paratext로서 소설 삽화를 이해하거나, 혹은 소설의 미학적 원리를 설명하는 또 다른 메타텍스트metatext로서 소설 삽화를 읽을 때, 소설과 삽화가 공유하고 있는 미학적 원리가 분명하게 드러날 가능성은 더욱 커진다. 언어적 재현물로서 소설이 가진 이야기성과 시각적 예술로서 삽화가 가진 전달력을 함께 고려할 때 비로소 동시대의 문예 현상 전반을 총체적으로 이해할 수 있는 것이다.

4. 소설과 삽화를 함께 읽을 때, 독자의 경험도 변화하는가?

소설 삽화에 대한 연구는 단순한 문예 텍스트의 구조적 원리뿐만 아니라, 그것이 생산되고 소비될 수 있는 보편적인 담론의 규칙들, 더 나아가 그것을 향유할 수 있는 수용자의 변화를 함께 설명할 수 있는 계기를 마련해 준다.

소설 삽화가 대부분 신문연재소설란의 한 가운데 배치되어 있다는 점을 감안해 보자. 그렇다면 이와 같은 신문조판의 형식은 독자들의 시선을 어느 정도 기계적으로 강제하게 된다. 독자들의 글 읽기 과정에서 삽화 이미지가 영향을 미칠 수 있는 여지가 그만큼 늘어나는 셈이다. 또한 글과 그림이라는 서로 다른 매체의 특성이 독자들에게 훨씬 더 복잡한 사고를 유도한다는 점도 중요하다. 소설과 삽화 사이에 의미 있는 관계를 만드는 능동적인 읽기 경험이, 독자로 하여금 텍스트에 대한 입체적인 이해를 촉진하기 때문이다. 요컨대 어떤 독자들에게는, 신문연재소설(란)과 만나는 일이 소설과 삽화, 글과 그림을 함께 즐기는 일로 이해되었을 가능성도 있다.

신문연재소설란을 소설과 삽화가 공존하면서 만드는 특별한 미적 구성물로, 글과 그림의 복합 텍스트로 바라보아야 하는 이유도 이와 무관하지

〈그림 30~31〉 신소설 삽화(左)에서 초점화자는 거의 언제나 텍스트의 외부에 존재하지만, 번안소설 삽화(右)에서 초점화자는 그보다 훨씬 더 자유롭게, 텍스트의 안팎을 이동한다.

않다. 신문연재소설을 읽는(보는) 독자들이 소설과 삽화를 분리된 텍스트가 아니라 전체 텍스트의 일부라 여기고 있었다면, 그리고 그처럼 글과 글을 함께 읽는 과정에서 특별한 읽기의 능력이 사용되어야 했다면, 결국 신문연재소설(란)에 대한 연구, 혹은 독자의 독서 체험에 관한 연구가 제대로 이뤄지기 위해서는, 소설과 삽화를 함께 살피는 일은 필수적일 수밖에 없기 때문이다.

　소설 삽화의 등장이 한국문학의 근대적인 장르 형성기, 그러니까 문학이 문학과 문학이 아닌 것을 구분하고, 이것은 왜 다른 것보다 더 문학적인가를 고민하면서, 자신의 장르적 정체성을 모색하고 있었던 시기와 맞물려 있다는 사실을 다시 한번 떠올려보자. 또한 신문독자의 확보라고 하는 대단히 상업적이고 현실적인 목표가 실현되기 위해서는 기본적으로 근대적인 독서 대중의 증가와 독서 저변의 확대라고 하는 근본적인 문제가 해결되어야했다는 매체사적 배경도 함께 염두 해보자. 이러한 맥락에서 본다면, 소설 삽화의 등장은 근대 예술 장르의 형성이나 근대 독자의 형성 과정과 밀접하게 관련되어 있을 수밖에 없다.

사실, 소설 삽화가 소설을 재현한다고 할 때, 그것은 보통 서사 내부의 세계에 관한, 곧 스토리 요소에 대한 단순한 시각적 형상화로 이해되는 경향이 있다. 그러나 놀랍게도, 소설 삽화가 재현하는 것은 그와 같은 물리적 구성요소들로만 한정되는 것은 아니다. 예를 들어, 소설 삽화가 대상을 묘사하고 재현하는 방식이, 소설 속의 서술자가 대상을 서술하는 방식이나 태도를 은연중에 닮아있다는 사실은 놀랍다.

예를 들어, 근대적 문학과 독서의 형성이 음독에서 묵독으로의 변화와 맞물려 있으며, 듣는 문화에서 보는 문화로의 전환과 맞닿아 있다고 할 때, 소설 삽화는 바로 그러한 변화까지 반영하게 된다. 이를테면, 신소설이라는 텍스트는 말하고 듣는 방법으로 메시지를 전달하는 세계에 속해 있는 것처럼 보인다. 신소설의 사람들은 항상 무엇인가를 엿들음으로써 이 세계의 숨겨진 비밀을 깨닫게 된다. 신소설의 서술자가 이야기를 전달하는 방식 역시 그처럼 말하는 전통에서 크게 달라지지 않는다. 신소설의 서술자들은 끊임없이 요약하고 정리하며 반복하기를 계속할 뿐만 아니라, 또한 스스럼없이 이야기의 진행에 개입한다. 그리고 물론 신소설 삽화에서 인물들은 거의 언제나 무엇인가를 들음으로써 비로소 이 세계의 비밀에 도달한다.

반면, 이것은 번안소설 삽화에 이르러 완전히 다른 방식으로 변화한다. 신소설에서 자주 발견되곤 했던, 귀를 곤두세워 세계를 염탐하는 소통의 방식이, 번안소설 삽화의 세계에서는 더 이상 유효하지 않다. 오히려 번안소설 삽화에서 묘사되는 인물들은 그들 자신의 시선을 통해 세계를 인식하며, 대상을 응시함으로써 그것을 욕망하게 된다. 그래서 어떤 점에서 보

〈그림 32~34〉 신소설 삽화 속에서 인물들은 거의 언제나 무엇인가를 들음으로써 비로소 이 세계의 비밀에 도달하게 된다.

면, 이와 같은 소설 삽화의 변화는 바로 이와 같은 '듣는 세계'로부터 '보는 세계'로의 전환이라고 하는 소통의 대전환을 있는 그대로 재현하는 것처럼 여겨지기도 한다.

더 나아가, 소설이 상정하는 '이상적인 독자'의 모습을 소설 삽화를 통해 재구성할 수 있다. 삽화가 소설을 재현하고 있다는 말은, 단순히 그림이 소설의 내용을 형상화하고 있다는 데에서 그치지 않고, 오히려 한 편의 서사가 독자에게 전달되는 과정 그 전체를 담아내고 있다는 뜻이기도 하기 때문이다.

소설의 내용을 일목요연하게 설명해주던 신소설의 삽화들과 달리, 근대 소설의 삽화에서 재현의 방식이 훨씬 더 상징적이고 복잡한 양상으로 나타난다면, 결국 그것은 텍스트를 해독할 수 있는 능력을 가진 독자를 상정할 때 비로소 가능해진다. 낭독의 소설로부터 묵독의 소설로의 변화가 어떤 면에서는 근대적 소설 장르의 탄생, 더 나아가 근대적 독자(주체)의 탄생과 맞닿아 있다고 할 때, 소설 삽화에서 발견되는 작은 변화들이 실제로

〈그림 35~37〉 반면, 번안소설 삽화에서 인물들은 대부분 늘 무언가를 응시하는 존재들, 보는 행위를 통해 세계의 비밀을 깨닫게 되는 존재들이다. 따라서 삽화에서 빈번하게 등장하는 '응시하는 주체'와 다양한 시선의 실험은 중요한 의미를 지닌다. 이를테면, 이 시기에 비로소 등장하는 '1인칭 서술자'의 활용이 이 시기 소설 삽화의 응시하는 시선들과 무관하다고 할 수만은 없다. 소설 삽화가 화면을 구성하는 데 사용되는 다양한 시선에 관한 실험이 궁극적으로는 소설의 서술 방식의 변화와 밀접하게 관련되어 있기 때문이다.

그러한 독서 환경의 변화를 암시한다고 볼 수도 있는 것이다.

결국 이러한 맥락에서 본다면, 신문연재소설 삽화의 등장이 근대적 읽을거리에 대한 시대의 기획과 맞물려 있다는 것은, 그동안 간과되어 오기는 했지만 분명 매우 주목할 만한 지점이라 할 수 있다. 사실, 문맹률이 아직 높았던 시대, 여러 사람이 둘러앉아 신문을 함께 읽었던 시대, 그리고 아직 조선에 '소설'이라는 장르가 완성되지 못했던 시대, 소설 삽화는 박진감 넘치는 볼거리, 시청각 극장 그 자체였다고 할 수 있다. 그 안에는, 계모에게 핍박받는 어린 여주인공이 있었고, 선한 이들을 괴롭히기 위해 음모를 꾸미는 악당들도 있었으며, 시원하게 문제를 해결해주는 판관이 있었다. 뿐만 아니라, 삽화를 통해 묘사되는 근대의 신문물은 당대의 독자들에게는 그야말로 경이로운 스펙터클처럼 다가왔을 가능성도 높다.

그러나 소설 삽화가 단순히 독자의 눈을 자극하는 흥밋거리로만 머물렀던 것은 아니다. 시청자들에게 웃음의 포인트를 알려주는 TV 속의 다양한 효과들처럼, 여전히 새로운 이야기의 문법에 익숙하지 않았던 독자들을 위해서, 소설 삽화는 이야기의 내용을 설명하는 '스토리—가이드라인'으로, 더 나아가 근대적 소설 장르를 읽는 법을 설명하는 '독서 선생'으로 기능했을 가능성이 높기 때문이다.

그러므로 다시 처음에서 언급했던, 소설 삽화의 문학성을 묻는 (그러나 실은 문학이란 무엇인가를 묻는) 질문으로 돌아가 보자. 면도날로 발라내듯 날카로운 문학의 경계를 확인하는 일은, 사실 소설 삽화 연구의 주된 관심사는 아니다.

그와는 반대로, 소설과 삽화의 소통적인 연구는 문학과 미술이 서로 겹치고 스미며 나타나는 혼종의 모습을 있는 그대로 바라보기를 기대한다. 때로는 매체와 장르의 분명한 경계마저 혼란하게 만드는 이런 복잡한 예술 현상을 편견 없이 바라보고, 차이 그 자체보다는 그런 차이들 사이에서 이뤄지는 열린 소통의 가능성에 더 주목할 때, 근대적 학제의 한계를 뛰어넘는 보다 더 흥미로운 질문이 가능해질 수 있다고 믿기 때문이다.

도판 목록

〈그림 31〉 조중환 작,「장한몽」,『매일신보』, 1913.8.19.
〈그림 32〉 이해조 작,「우중행인」,『매일신보』, 1913.3.12.
〈그림 33〉 이해조 작,「봉선화」,『매일신보』, 1912.8.8.
〈그림 34〉 이해조 작,「소학령」,『매일신보』, 1913.7.6.
〈그림 35〉 조중환 작,「장한몽」,『매일신보』, 1913.5.31.
〈그림 36〉 조중환 작,「장한몽」,『매일신보』, 1913.6.22.
〈그림 37〉 조중환 작,「장한몽」,『매일신보』, 1913.8.19.

참고문헌

공성수,『소설과 삽화의 예술사』, 소명출판, 2020.
_____,「1920년대 영화소설의 이미지 텍스트 연구」,『한국콘텐츠학회논문지』 17(11), 한국콘텐츠학회.
권보드래,『한국 근대소설의 기원』, 소명출판, 2000.
김영민,『한국 근대소설의 형성과정』, 소명출판, 2005.
_____,『한국의 근대신문과 근대소설』, 소명출판, 2006.
이재선,『한국개화기소설연구』, 일조각, 1972.
조영복,『넘다 보다 듣다 읽다』, 서울대 출판문화원, 2013.
천정환,『근대의 책 읽기』, 푸른역사, 2003.
최성민,『근대서사텍스트와 미디어 테크놀로지』, 소명출판, 2012.
한민주,『권력의 도상학』, 소명출판, 2013.

국문학 내 문학사회학과 멀리서 읽기

새로운 검열연구를 위한 길마중*

이재연 · 정유경

1. 영미문학의 멀리서 읽기와 문학사회학

프랑코 모레티의 '멀리서 읽기distant reading'는 정량분석에 대한 미국 내 영문학의 관심을 불러일으켰다.[1] 이 새로운 읽기를 범박하게 요약하면,

---

* 본 장은 『대동문화연구』를 통해 이미 출판된 논문임을 밝힌다. 서지사항은, 이재연, 정유경 「국문학 내 문학사회학과 멀리서 읽기-새로운 검열연구를 위한 길마중」, 『대동문화연구』 111, 2020, 295~337면.
  또한 본 챕터는 2019년 필자들이 시카고대학의 최경희 선생님과 함께 Modern Language Association의 연례학술대회에 "Text-Mining the Censor's Examination Copy : The Unpublished Collection of Poems by Shim Hun"이라는 연구를 발표하면서 얻은 문제의식을 바탕으로 쓴 글이다. 디지털 문학방법론을 검열연구에 적용해 보자는 화두를 던져주신 최경희 선생님께 감사드린다.
1 프랑코 모레티, 이재연 역, 『그래프, 지도, 나무』, 문학동네, 2020(영문판 2005); Franco Moretti, *Distant Reading*, London : Verso, 2013.

1%의 문학 정전에 집중하면서 잊게 된 99%의 작품을 문학사 안으로 들여와 다시 연구하자는 제안이다. 1940년대 신비평의 등장 이후 꼼꼼히 읽기close reading는 작품 분석의 주된 방법이었다. 멀리서 읽기는 이 방식과 거리를 두면서, 그간 문학 방법론상 주변의 위치에 있었던 정량분석의 가치를 제고하는 제안이기도 하다.

이렇게 재조정된 초점은 멀리서 읽기의 이론과 적용에 관해 치열한 논쟁을 촉발했다. 이 방법을 부정하는 학자들은 작품 읽기는 정량분석의 대상이 될 수 없다는 전제에서, 계량화가 작품 읽기의 즐거움을 해친다고 주장한다.[2] 문학은 데이터로 환원될 수 없지만,[3] 설사 전산분석을 통해 문학사에 접근한다고 하더라도 그것은 프로그램의 영역에서 의미 있을 뿐 해석이 아니며,[4] 모레티와 그 추종자들은 이 분석결과를 마치 불변의 역사적 사실처럼 다룬다는 측면에서 비/몰역사적이라고 비판했다.[5] 한편, 멀리서 읽기의 비판적 지지자들은, 꼼꼼히 읽기를 오래된 정전해석, 멀리서 읽기를 새롭지만 위험한 방법으로 나누는 이분법에 관해, 이전의 사회과학의 "패러다임 전쟁"을 연상시키는 등 무익하며, 오히려 이 두 읽기 방식은 서로의 방법론적 단점을 보완하는 측면에서 유효하다고 주장한다.[6] 나

---

2 Dora Zhang, "Literature and Money : Studying What You Love Without Being Exploited", *Chronicles of Higher Education*, 2015.

3 Stephen Marche, "Literature Is not Data : Against Digital Humanities", *Los Angeles Review of Books*, 2012.

4 Timothy Brennan, "The Digital Humanities Bust", *The Chronicle Review*, 2017, B12~B14.

5 Katherine Bode, "The Equivalence of 'Close' and 'Distant' Reading; or, Toward a New Object for Data-Rich Literary History", *MLQ*, 2017, pp.79~81.

6 J. Berenike Herrmann, "In a Test Bed with Kafka. Introducing a Mixed-Method Approach to Digital Stylistics", *DHQ* Vol.11. No.4, 2017; S. Jänicke, G. Franzini, M. F. Cheema1 and G. Scheuermann, "On Close and Distant Reading in Digital Humanities : A Survey and Future Challenges", *Eurographics Conference on Visualization (EuroVis)*, 2015.

아가 그들은 나아가 멀리서 읽기가 계량역사학, 사회지리학, 생물학적 진화론과 같은, 그간 문학적 방법론에서 다루지 않은 방법들을 문학연구 안으로 끌고 들어옴으로써 문학연구의 지평을 열었다는 찬사도 함께 덧붙였다.[7]

멀리서 읽기가 촉발한 20년 가까운 논쟁 후, 이 새로운 읽기는 미국 내 영미문학에서 하나의 방법론으로 자리잡힌 듯하다. 특히 멀리서 읽기가 환기하는 디지털 인문학digital humanities 혹은 디지털 문학연구digital literary studies 혹은 문화분석학cultural analytics을 일반적 문학연구 내 분과학문으로 정립하려는 다양한 시도들이 나타났다. 예를 들어 영문학 내 디지털 문학연구를 선두하고 있는 테드 언더우드Ted Underwood는 '멀리서 읽기'라는 용어는 프랑코 모레티가 새로 만든 것이 맞지만, 그 방법론의 근간이 된 통계분석이나 거시분석은 이전의 문학연구 방법에 이미 있었던 것이라고 주장한다.[8] 특히 그는, 물질주의적 관점에서 문화변동의 거시적 흐름을 파악한 레이몬드 윌리엄스Raymond Williams, 1921~1988의 『키워드Keywords』1976와 같은 마르크스주의 문화주의 저작, 사회과학적 질문조사방법를 통해 얻는 계량화된 독자의 감상을 기반으로 로맨스 장르의 문학적 특성을 살펴본 제니스 레드웨이Janice Radway의 『로맨스 읽기Reading the Romance』1991와 같은 문학사회학 연구 등을 정량분석의 전범으로 삼고 모레티의 멀리서 읽기와 연결시켰다. 비슷한 맥락에서 부르마Rachel Buurma와 헤프먼Laura Heffeman은, 보통 로베르토 부사

---

https://www.informatik.uni-leipzig.de/~stjaenicke/Survey.pdf

7 알베르토 피아자, 『그래프, 지도, 나무』의 발문, 「가까운 영역에서의 진화」 참조: 한국학계에서 모레티를 수용한 과정은, 김용수, 「세계문학과 디지털 인문학 방법론 – 한국 학계의 모레티 연구」, 『비평과 이론』 24.3, 2019, 59~78면 참조.

8 Ted Underwood, "A Geneology of Distant Reading", *Digital Humanities Quarterly* Vol.11, No.2, 2017.

Roberto Busa, 1913~2011로 인식되는 인문학 내 전산분석의 기원[9]을 1930년대 버클리 대학에서 시를 가르쳤던 조세핀 마일즈Josephine Miles, 1911~1985로 재위치시켰다.[10] 마일즈는 컴퓨터를 활용하여 던Donne, 밀턴Milton, 포프Pope와 같은 낭만주의 시인들이 쓴 형용사를 색인으로 만들고 빈도를 구하여 이를 해석한 여성 문학자다. 저자들이 마일즈에 주목한 이유는, "문학사에 대한 정량적 혹은 경험적 접근"이라는 측면에서 부사보다 더 가깝고 또한 이것이 전산비평이라 불리는, 멀리서 읽기가 수렴한 한 방법론의 기원이 된다고 판단했기 때문이다. 이렇듯 새로운 문학연구사 기술은 기존의 형식주의, 문학사회학, 책의 역사, 디지털 인문학 등 이전에는 관련성이 적었던 여러 분과학문을 문학사 내 정량분석이라는 큰 흐름으로 잇고 있다.[11]

이 글은 우선, 앞서 간단하게 살펴본 미국 내 영문학의 연구사적 흐름을 참조하여 1980년대 이후의 한국문학에서 진행된 문학사회학의 계보를 훑어볼 것이다. 특히 정량분석을 사용한 문학생산 분석, 신문 및 잡지 매체 연구, 또한 검열연구 등의 문학사회학적 흐름 속에 디지털 문학연구라는 새로운 방법론을 위치시키고자 한다. 이런 시도를 통하여 현재의 학문

9　부사는 1949년부터 1974년 동안 IBM 프로그램을 활용하여 토마스 아퀴나스의 중세 라틴어 저작 색인을 만들었다.

10　Rachel Sagner Buurma and Laura Heffernan, "Search and Replace : Josephine Miles and the Origins of Distant Reading", *Modernism / modernity Print Plus* Vol.3, Cycle 1, 2018. https://modernismmodernity.org/forums/posts/search-and-replace

11　예를 들면, 책의 역사라는 분과학문에서, 중요한 업적으로 인정받은 프리야 조시(Priya Joshi)의 저작, 『다른 나라에서(*In another country*)』는 최근에는 전산분석 혹은 디지털 인문학 연구 방법론의 전사(pre-history)로 언급되고 있다. Mike Frangos, "The End of Literature : Machine Reading and Amitav Ghosh's The Calcutta Chromosome", *Digital Humanities Quarterly* Vol.7, No.1, 2013; 조시의 저서는 식민지 인도로 수입된 영국서적의 통계분석을 통해, 인도 독자들이 왜 영어로 된 로맨스 소설을 즐겨 읽었나를 분석한 책이다. Priya Joshi, *In Another Country : Colonialism, Culture, and the English Novel in India*, New York : Columbia University Press, 2002.

구도를 형성한 과거의 학문적 문맥을 이해하는 한편, 디지털 연구에서 강조된 전산분석을 1930년대에 검열된 텍스트에 적용하여 앞으로 문학사회학에서 새롭게 등장할 연구를 예비해보고자 한다.

2. 골드만, 김현과 소설사회학

미국의 문학사회학자인 제임스 잉글리쉬James F. English는 최근의 "문학사회학 이후의 문학사회학"이라는 논문에서 영미의 문학사회학 연구의 계보를 간략하게 짚었다.[12] 그는 새로운 사회학 연구의 미래를 문학연구 안에서 찾겠다는 희망을 품고 1970년대 영국의 신좌파부터 2000년대 프랑코 모레티의 연구까지를 연결하여 살펴보았다. 리처드 호가트Richard Hoggart, 1918~2014, 스튜어트 홀Stuart Hall, 1932~2014 등, 맑시즘의 경제사회학적 관점을 문화연구로 전환한 1970년대 버밍행 학파는 영국의 레이몬드 윌리암스, 프랑스의 루시앙 골드만Lucien Goldmann, 1913~1970 및 로베르 에스카르피Robert Escarpit, 1918~2000 등에 영향을 주었고, 이들에 의해 문학사회학이라는 분과학문이 확립되었다.

잉글리쉬에 따르면 문학사회학은 아래와 같은 몇 가지의 학제간 미션을 추구한다—"텍스트의 개별 형식 속 사회적 의미를" 파악하고, "텍스트 생산[에 영향을 준] 사회적 집단을 참조하여 (…중략…) 그들의 문학적 실천"을 설명하며, "텍스트 유통과 소비가 불러온 사회적 효과"를 분석한다.[13]

---

12 James F. English, "Everywhere and Nowhere : Sociology of Literature after the 'Sociology of Literature'", *New Literary History* 41, 2010, pp.v~xxiii.

이러한 텍스트에 대한 학제간 관심을 통해 문학사회학을 책의 역사라는 영역으로 확장한다. D.F 메켄지D.F. Mckenzie, 로저 샤르티에Roger Chartier, 로버트 단턴Robert Darton 등은 텍스트 생산과 유통에 관여한 여러 사회집단을 분석하여 텍스트 해석에 반영한 학자들이다. 특히 메킨지는 "텍스트의 사회학sociology of texts"이라는 개념으로, 텍스트 생산에 있어서 반영되는 물질성을 해석한다. 모든 판본을 독립적인 텍스트로 이해하고 이 생산에 관여한 모든 물질적 조건들(종이질, 잉크, 폰트, 활자 등등)을 고려하여 각각의 판본을 독립적으로 이해할 것을 주문한다.[14]

1980년대 문학사회학은, 이러한 책의 역사와의 연계와 더불어, 피에르 브루디외Pierre Bourdieu, 1930~2002의 장field이론(각기 다른 문화자본에 기반한 예술생산집단이 구별짓기의 룰을 구조화하고 경쟁하는 장소로서의 예술장), 해석 주체로서 독자를 강조한 콘스탄츠 학파의 독자─반응 이론과 연계하며 확장하였다. 1990년대에는 탈식민주의, 퀴어연구, 신역사주의 등등의 방계 학문 분야로 그 외연이 확장되었고, 2000년대 이후에는 프랑코 모레티와 파스칼 카사노바 Pascale Casanova의 세계문학 논의, 즉 "세계화의 사회학sociology of globalization"과 같은 새로운 영역에서 문학사회학의 가능성이 타진되고 있다는 것이 잉글리쉬의 설명이다.

한편, 한국에서 서양의 문학사회학 계보를 체계화하고 이를 국문학에 적용하여 살펴본 이 중에 불문학자 김현1942~1990이 있다. 『문학사회학』1983에서 보인 그의 문학연구사 기술 방식은 크게 두 가지로 요약할 수 있다. 우

---

13 English, op. cit., p.viii.
14 D. F. McKenzie, "The Book as an Expressive Form", *Bibliography and the Sociology of Texts*, London : Cambridge, 1999, pp.9~30.

선 문학사회학적 기원을 잉글리쉬보다 훨씬 앞선 시기로 잡고 있고, 제창자의 전기적 기술, 이론의 초점, 영향관계 등을 상세하고 구체적으로 정리하고 있다. 둘째(이 입장이 더 중요한데), 1970~80년대의 여러 문학사회학 이론 중 루시앙 골드만의 "소설사회학"을 가장 중시하고 이를 에스카르피의 "문학사회학"보다 우위에 두었다.[15]

김현이 본 문학사회학의 시작은 18~19세기의 스탈 부인Madame de Staël, 1766~1817과 텐느Hippolyte Adolphe Taine, 1828~1893이다. 스탈 부인은, 문학의 미적 다양성을 한 나라의 풍토적 다양성으로 설명하였고 텐느는 이를 종족, 환경(유전적 및 자연적), 문화구축의 시기 등으로 확장하였다. 이러한 초기 이론을 더 정치하게 발전시킨 이들이 플레하노프나 루카치, 골드만 같은 맑시스트 비평가들이었다. 이들은 문학의 사회반영, 특히 계급투쟁 현장으로서 사회를 반영함을 주장했는데 특히 루카치György Lukács, 1885~1971는 이를 좀 더 섬세하게 다듬어 "장르의 사회학"으로 발전시켰다.[16] 사회의 근대화 과정에서 잃어버린 전근대의 서사시적 총체성을, 문제적 개인과 세계와의 대립을 통해서 찾아가는 장르가 소설이라는 그 유명한 총체성론은 여기에서 나왔다. 이를 골드만은 "소설사회학"이라는 일종의 구조주의 이론으로 변모시킨다. 핵심은 의미로서의 소설과 상품으로서의 소설 사이에 상동성이 존재한다는 것. 즉, 주인공이 세계와의 대립 속에 자신의 가치를 추구하는 과정은, 상품으로서의 소설이 자본주의 시장에서 자신의 가치를 추구하는 과정과 유사하다는 것이다. 골드만은, 타락한 세계에서 타락한 방식으로 주인공이 삶의 진정한 가치를 건져내는 방식은, 교환가치가 사용

---

15 김현, 『한국문학의 위상(1983) / 문학사회학』, 문학과지성사, 1991, 302면.
16 위의 책, 251면.

가치보다 우위에 서는 자본주의의 물화된 시장 속에서, 상품으로 소비되는 형식으로만 소설의 가치가 획득되는 것과 마찬가지라고 주장하였다.[17] 김현은 이와 같은 소설사회학 이론가들은 심도 있게 설명하지만 에스카르피와 같은 계량주의적 문학사회학자는 간략히 언급하고, 아예 브루디외외 예술장 이론은 건너뛰고 있다. 즉 그는 예술 취향의 집단성이나 그러한 취향이 구조화된 문학생산 관계, 그리고 더 큰 의미에서 문학의 제도성이나 물질성보다는, 소설이라는 장르가 내재한 시대에 대한 저항정신에 좀 더 천착한 것으로 보인다.[18]

3. 에스카르피, 이선영, 권영민과 문학사회학

김현의 『문학사회학』 저서에는 비중이 작게 다뤄졌지만, 에스카르피의 저작은 1980년대 초중반 국내에서 활발하게 번역되었다. 1983년 김현의 『문학사회학』이 출간된 그해 에스카르피의 『문학의 사회학』이 출간되었고, 2년 뒤 『책의 혁명』이 출간되었다.[19] 『문학의 사회학』 불어 원본 *Sociologie de la Littérature*이 1958년에 나왔으니 불문학자 김현도 익히 이 책에 관해 알고 있었을 것이다. 프랑스 보르도대학의 비교문학 교수였던 저자는, 1964

---

17 골드만, 오생근 역, 「소설사회학을 위한 서론」, 유종호 편, 『문학 예술과 사회 상황』, 민음사, 1979, 206면; 김현, 위의 책, 268면.
18 이러한 김현의 비평적 방향성은, 당시의 군부독재나 광주민주화운동과 같은 역사 사회적 사건들에 의해 크게 영향받은 것으로 보인다. 그러나 필자의 연구가 부족하여 아직 그 맥락을 풀어내는 데까지 나아가지는 못했다.
19 로베르 에스카르피, 민희식·민병식 역, 『문학의 사회학』, 을유문화사, 1983; 임문영 역, 『책의 혁명』, 보성사, 1985.

년 리처드 호가트가 버밍햄 대학에 현대문화연구소를 세우기도 전인 1960년 보르도에 문학사실 사회학 연구소Center for Sociology of Literary Facts를 세우고 통계를 활용한 문학사회학 연구를 시작하였다. 이 문학사실을 구성하는 세 가지 요소는, 서적, 독서, 문학으로, 구체적으로 말하자면 물질적 대상으로서의 서적, 예술적 및 기능적 목적을 포함하는 독서, 그리고 창작자와 소비자로서의 독자가 맺는 관계로서의 문학이다.[20]

에스카르피는 이 중, 작가—독자—독서를 매개하는 물질적 방식이자 형식이었던 서적을 가장 중요시했고, 앞서 질베르 뮈리Gilbert Mury가 고민했던 "서적 사회학은 가능한가?"라는 질문에 답을 구할 수 있는 자신만의 방식을 찾았다. 그는 작가, 독자, 서적중개인, 사서에게 앙케이트를 실시하여 문학사실을 구하는 방식은 객관적이지 않다고 보고 서적을 정량적으로 분석하여 객관적 데이터를 얻고자 했다. 유네스코 유럽위원회는 1950년대 초반부터 1960년대(1966년에는 에스카르피 자신도 참여) 사이 유럽의 서적출판, 수출입, 번역 등에 관한 통계를 작성하였는데 그는 이를 활용하여 프랑스 사례를 중심으로 비교적 시각을 확보하였다. 더불어 작가리스트는, 출처가 다른 문학 관련 자료—『작품사전』, 복각서나 번역서의 카탈로그, 잡지의 목차 등등—에서 작가 정보를 얻어 백과사전적 성격을 띤 목록(예, 『국민인명사전Dictionary of National Biography』)과 비교, 대조하는 방식으로 구했다. 이 결과 유식자 그룹과 그렇지 않은 작가를 포함하여, "1490년부터 1900년 사이에 태어난 937명의 프랑스 작가" 표본이 도출되었다.[21]

에스카르피는 이 표본에서 작가의 연령, 등단 연도, 장르별 작가 수 등

---

20 에스카르피, 위의 책, 29~37면.
21 위의 책, 43면.

을 구했다. 특히 장르별 작가 수를 전체 작가 수로 나누어 시계열로 늘어놓았는데 이를 통해 문학사의 중요한 발견을 할 수 있었다.

예를 들면, 하나의 문학적 장르—엘리자베트 시대의 비극, 고전 비극, 18세기 영국의 사실 소설, 로만주의 운동들—의 '생명'은 대략 30내지 35년, 즉 인간의 생명의 반쯤에 해당한다. (⋯중략⋯) 우리는 (⋯중략⋯) 문학 인구 [작가] 전체에 대한 소설가, 시인, 극작가, 각종 산문작가의 상호적 비율[다방면에서의 작가는 각종의 장르에 한 사람을 몇 차례든 계산에 넣기로 하고]을 나타내는 곡선을 서로 겹쳐 놓았다. 상당히 분명하게 알게 된 것은, 도표는 70년마다 근본적으로 바뀐다는 것, 그리고 이러이러한 장르가 다른 장르를 압도하거나 혹은 한때 모습을 감추거나 함에 따라 부분적으로는 35년마다 바뀐다는 것이다.[22]

이 발견은, 모레티가 『그래프, 지도, 나무』2005에서 주장했던 한 장르의 세대론, 혹은 30년 주기론보다 거의 반세기 앞서서 제기된 주장이다.[23] 물론 에스카르피는 한 장르를 생산하는 작가의 성쇠를, 모레티는 한 장르를 소비하는 독자의 성쇠를 본 차이점이 있지만, 장르의 주기론은 에스카르피에 의해 거의 50년 전에 제기되었다는 점에서 의의가 있다.

에스카르피는 문학의 생산 측면과 아울러 분배에도 관심이 있었다. 그는 한 나라당 작가수, 서적출판량, 번역량, 인구수 등을 조사하였고 또한 이를 세계의 주요언어권 사용자 / 사용권역 속에서 파악하여 문학의 거시적 분배회로를 파악하였다. 그는 이를 "문학상의 고기압 지대"와 "저기압

22　위의 책, 58면.
23　프랑코 모레티, 『그래프, 지도, 나무』, 28~34면.

지대"라는 신조어로 표현하였는데, 전자는 영어, 중국어, 러시아어 등 세계 주요언어의 사용자 지대이고 문화 수준이 높아 많은 작가가 독자들의 독서욕을 쉽게 만족하게 하는 블록이다.[24] 따라서 이런 지대에서는 서적출판이 빠르게 포화상태가 된다. 이에 출판업자들은 번역으로 출판의 활로를 찾는다. 번역을 통해 문학상의 저기압 지대로 서적이 흘러 들어가, 그 지역에서는 쉽게 채워지지 않는 독서욕을 채우게 된다고 에스카르피는 보았다. 지구적인 시각에서 본 문학의 중심부과 주변부의 차이, 번역을 통한 두 지역의 소통과 흐름 등, 에스카르피의 지구적 분배 회로는 최근 세계문학론에서 자주 언급된 파스칼 카사노바의 "세계문예공화국"을 연상시킨다.[25] 카사노바는 브루디외의 문학장 이론과 브로델의 세계시스템을 결합하여 이러한 가상 문예공화국의 틀을 만들었지만, 에스카르피는 작가, 서적, 각국 인구에 관한 통계만으로 비슷한 모델을 40년 전에 이미 만들 수 있었던 것이다.

위와 같은 에스카르피식 문학사회학을 전개하려면 최소한 작가와 서적이나 작품 출판의 연도별 목록이 필요하다. 그러나 한국문학의 경우 문학 생산 관련 목록과 이에 근거한 기초통계 작성은 에스카르피의 영향을 받은 이선영에 의해 1990년대에야 작성되었다. 그렇지만 문학 연표 자체가 없었던 것은 아니었다. 예를 들어, 1975년 출간된 김병철의『한국 근대번역문학사 연구』는 세세한 번역서지 목록을 제공한다.[26] 본격적인 정량분석이라고는 할 수 없지만, 앞서 잉글리쉬가 주장한 문학사회학의 한 부분,

---

24 에스카르피, 앞의 책, 121면.
25 Pascale Casanova, *The World Republic of Letters*, 1999, translated by Malcolm DeBevoise, Cambridge : Harvard University Press, 2004.
26 김병철,『한국 근대번역문학사 연구』, 을유문화사, 1975.

"텍스트 유통과 소비가 불러온 사회적 효과"의 입장에서 살펴볼 수 있는 마중물이 된다. 번역자이기도 했던 저자는 "이름조차 전해지지 않는 사람들이 (…중략…) 번역작품을 남기고 있다는 사실"을 보며 자신도 그들과 똑같은 운명에 처할지도 모른다는 위기감에 이 저서를 남기게 되었다고 적고 있다.[27] 『번역문학사 연구』는 개화기 성서와 찬송가 번역부터 시작, 1950년대 번역물까지 소개한다. 원저자, 원작의 제목, 번역자, 번역된 작품 제목, 발표지면, 발간일을 일목요연하게 도표로 만들어 보여준다. 또한, 주요 작품들, 원문과 번역문을 비교하여 차이점이 갖는 문학적 의미도 서술한다. 특히 부록으로 첨부된 90페이지 분량의 "서양문학 번역 연표" 1895~1950는 이후 등장한 문학 연표의 형식에 중요한 전기를 마련하였다.

김병철의 연표로서의 문학사기술과 에스카르피의 정량분석에 영향을 받은 국문학자들 중에는 이선영과 권영민이 있다. 이들은 모두, 장기간 문학연구사적 사건(작품 및 평론 출간, 연구논문 간행 등)을 꼼꼼하게 기록하며 이를 활용한 정량분석을 시행한 연구자들이었다. 이선영은 1990년부터 2001년까지 10년 넘게 총 7권의 『한국문학논저 유형별 총목록』을 출간하였는데, 이 저서는 1895년부터 1999년까지 국내외에서 발표한 한국 현대문학 관계 평론과 연구논문을 10년 넘게 정리하고 분류한 결과다.[28] 평론과 논문의 이름, 서지사항 등을 김병철의 연표와 비슷하게 일목요연하게 정리하였고 이를 문학 총론, 문학사, 시론, 소설론, 희곡-영화론, 아동문학론, 번역문학론 등의 주제로 분류하였다. 당시에는 획기적으로 컴퓨터를 활용하여 데이터를 입력하고 정리하였다. 눈에 띄는 대목은, 연도별 작가론의

---

27 위의 책, 3면.
28 이선영, 『한국문학논저 유형별 총목록』, 총7권, 한국문화사, 1990~2001.

대상자 수를 제시한 부분이다.[29] 1910년대 작가 3명에 대한 작가론은 3편, 1920년대에는 작가 81명에 대해 141편의 작가론이 발표된 데이터를 근거로, 이선영은 1920년대에야 비로소 비평의 대상으로서의 작가가 성립되었다고 주장한다.[30] 더불어 그는 1920년대 비평이 발표된 매체 종류에 관한 통계를 작성했는데, 잡지, 신문에 발표된 문학 관계 논문의 수가 전체 90.34%로(잡지 : 56%, 신문 : 34.43%), 이러한 결과는 비평형성에 있어 저널리즘의 영역이 매우 중요했음을 다시 한번 확인해준다.[31]

이선영은, 『한국문학논저 유형별 총목록』의 결과를 통계적으로 분석한 책을 『한국문학의 사회학』이라는 저서로 출간했다.[32] 서문에서 에스카르피의 문학사회학에 영향을 받아 "작가의 사회의 있어서의 위치"를 살펴봄이 목적이었다고 적고 있다. 책의 전반부는 비평 자체에 관한 정보로 예를 들면, 비평 유형별 연도별 증감, 출판유형별 빈도증감, 가장 활발하게 활동한 비평가 등등을 소개한다. 책의 후반부는, 이 부분이 더 중요한데, 한국문학 비평의 중심이 되었던 작가들을 분석한다. 작가론의 대상이 된 상위 200명(전후 시기 포함)의 작가들을 뽑아 등단 시기, 등단 연령, 등단 매체, 출신 지역, 학력, 직업, 사망원인 등등을 분류하여 소개했다. 이를 통해 등단 작가들의 사회적 성격을 살펴볼 수 있다. 1) 식민지시기에 초점을 맞추어 이를 살펴보면, 작가들은 1920~30년대 사이에 집중적으로 등단하였고(82%), 2) 매우 젊었으며(전체 200명 대상, 19~25세 : 56.5%) 3) 남성 중심이었고(전체 200명 대상 여성 작가 : 7.5%), 4) 잡지와 신문을 통해 등

---

29 위의 책 3권, 711면.
30 위의 책, 711~712면.
31 위의 책, 719~722면.
32 이선영, 『한국문학의 사회학』, 태학사, 1993.

단했다(전체 200명 대상, 잡지 : 66%, 신문 : 32.2%, 단행본은 3.7%). 또한, 출신 지역 작가 전체로 봤을 때 서울이 제일 많지만 특이하게 1910년대의 경우, 평안남도에서 작가들이 많이 배출되었다(서울보다 인구 100만 명당 작가 수가 높다).[33]

이선영의 연표가 한국문학 비평과 연구논문에 집중했다면 권영민의 『한국 현대문학 작품연표』는 시와 소설까지 망라한다.[34] 이 연표는 그가 한국문학의 시인, 소설가, 비평가를 『한국 근대 문인 대사전』1990과 『한국 현대 문인 대사전』1991이라는 참고서적으로 정리하면서 그 자료에서 전기적 요소를 빼고 연표형식으로 재정렬하면서 만든 자료다.[35] 수필, 희곡, 아동문학, 번역 등등의 정보가 빠져 있고 판본에 관한 설명이 충분치 않으며 빠진 자료 및 오기된 자료도 많다. 그렇지만 작가나 작품생산의 역사적 맥락을 이해하는데 중요한 참고서적이고 한국문학의 계량적 연구에 있어 빠지지 않는 중요한 자료라고 할 수 있다.

특히 그가 간행한 『한국 현대소설 100년』1995은 1894년부터 1994년까지 100년간 한국 내에서 신문, 잡지, 단행본으로 간행된 소설 및 소설집을 총정리한 연표와 작가별로 분류한 작품목록을 제공한다.[36] 이러한 연표와 목록과 더불어 한국작가들에 관한 계량적 지표와 소설생산의 그래프를 제시한다. 앞서 이선영은 비평 대상으로서의 작가를 구하여 고빈도 200명을 찾아 그 연도별 증감을 살펴보았다면, 권영민은 시, 소설, 수필,

---

33 위의 책, 141면.
34 권영민 편, 『한국 현대문학 작품 연표』 전2권, 서울대 출판부, 1998.
35 권영민 편, 『한국 근대 문인 대사전』, 아세아문화사, 1990; 『한국 현대 문인 대사전』, 아세아문화사, 1991.
36 권영민, 『한국 현대소설 100년』 전2권, 동아출판사, 1995.

평론 등 5회 이상 발표한 문인을 일반적 의미의 문필가(1회 발표)와는 다른 문인이라고 보고, 이 전업 작가 2,388명의 장르별 분포, 해방 이전 이후의 활동상황, 연도별 등단 문인 수, 등단방식 등등을 조사하였다. 이러한 작가 관련 정보와 함께, 권영민은 5년 단위 소설 생산량을 그래프로 보여주고 있다. 이를 식민지 시기에 초점을 맞추어 다시 인용하면 다음과 같다.

　앞의 표를 보면 각 시기는 이전 5년 동안보다 대체로 증가추세를 보인다. 그러나 두 시기에서 마이너스 성장을 하고 있음을 확인할 수 있다. 물론 모든 자료가 망라되어 자료의 신빙성을 확인할 수는 없지만, 그 쇠락의 폭이 큼은 주목할 부분이다. 1915~20년 기간에서 -113%, 1940~1945 기간이 -327%를 기록한다. 역사적으로는 제1차 세계대전 직후 국내에 대규모 독립운동과 학살이 있던 시기와 제2차 세계대전 직후 일본제국의 총동원 시기와 겹친다. 물론 이 도표가 없더라도 충분히 추론 가능한 결과이지만, 이 도표를 보면 '얼마나' 감소했는지 혹은 성장했는지를 파악할 수 있다. 예를 들어 5년간 소설 편수는 1940년에 최대정점을 찍었지만, 증가율은 1920~25년 사이가 최대였으며 그 증가율(70%)은 1935~40년(23%)의 세 배 정도였다는 것과 같은 방식으로 지표를 활용할 수 있다.

　연표와 도표에 근거한 1980년대와 1990년대 초중반까지의 문학사회학이 미처 반영하지 못한 요소가 두 가지 있다. 그 중 첫 번째는, 문학주체 사

〈표 1〉 식민지 시기 5년 단위 소설 생산량

연도	소설량	연도	소설량
1910	111	1930	575
1915	220	1935	930
1920	103	1940	1200
1925	348	1945	281

이의 관계론으로, 문학사 자료의 정제형식으로서 연표나 도표가 갖는 속성형 성격 때문에 만들어진 것이다. 연표와 목록, 특히 이선영이 권영민이 정리했던 작가 관련 기록은, 각 시기 한국문학에서 활발하게 활동했던 작가가 누구였는지, 그 집단의 특성을 실증적으로 규명한 기록이다. 역사적 자료를 수집하고 이를 의미 있는 항목으로 분류하고 도표라는 양식으로 형식화했다. 그런데 이 분류의 항목은 고정되어 있어서 이에 의해 분류된 성격 역시 변화하지 않는다. 작가 관련 항목—예를 들면, 등단 연도, 성별, 나이—, 작품 관련 항목—발표연도, 장르 등등—을 묶으면 좀 더 의미 있는 해석을 할 수 있지만(예를 들면, 1920년대 여성이 발표한 소설은 식민지 시기 전체 소설의 몇 % 등등), 사회학이라는 학문이 개인보다는 집단에 관한 학문이고, 작가라는 개인이 아니라 집단, 특히 작가집단 간의 상호작용(그들이 누구와 교류했는데, 어떻게 관계를 맺었는지, 어떠한 문학적 영향을 미쳤는지)에 초점을 맞춘다면 그 상호작용의 성격은 이러한 속성형 데이터로는 잘 드러낼 수 없다. 게다가 이 속성형 분류를 확장하면 작가에 관한 문학사회학적 현상을 쉽게 물화시켜버릴 가능성이 있다. 예를 들어 어떻게 첫 근대 동인인 창조가 만들어졌는가에 대한 질문에 간단히, 그들은 평안도 출신이었고, 젊었고(그래서 문학적 패기가 있었고), 남성 중심이었기 때문이라고 답할 수도 있는 것이다. 따라서 나중에 다시 설명하겠지만, 문학사회학의 대상으로서의 작가를 속성론이 아니라 관계론으로 다시 이해할 필요가 있다.

4. 김영민과 매체 중심의 문학사회학

1980년대와 1990년대 초중반의 문학사회학이 반영하지 못한 영역 중 하나는, 작품생산에 개입한 신문이나 잡지 미디어의 역할이다. 이 기능은 1997년에 출간된 김영민의 『한국 근대소설사』에 의해 명확하게 드러나게 되었다.[37] 백철의 『조선신문학사조사』 등에서 언급한 이래, 문학연구사에 서는 신문 및 잡지 매체를 서구문예사조의 수입 및 유통 통로로 이해하였다.[38] 그러나 김영민은 매체가 매개한 문학 및 사회 지식과 더불어 이를 통해 새롭게 등장한 문체와 문학 형식에 주목하였다. 특히 개화기 신문이 유통하던 세계에 대한 백과사전적 지식을, 국내의 독자들에게 쉽게 전달하고 의견을 덧붙이던 수사적 방식과 이에 허구적 양식을 덧붙여 작가 / 편집자의 의견을 피력하는 양식으로 전환되는 과정을 발견하고, 전자를 "서사적 논설" 후자를 "논설적 서사"라고 불렀다.[39] 이 단편서사물은 개화기 신문의 한 칼럼이었던 "쇼셜"란에 등장하기도 했었는데, 이 서사 형식이 신소설 장르로 확장하는 과정의 고찰은, 이광수의 『무정』과 같은 서구식 장편 소설의 도입 이전에, 매체를 활용한 문체실험이 있었음을 증명한다는 측면에서 문학연구사에 큰 획을 그었다. 그의 매체론과 문체론을 결합한 소설양식론은, 그러한 문체 등장의 사회적 성격에 관한 설명이 미흡하다는 비판도 있었지만, 이후의 연구자들에게 큰 영향을 미쳤다.[40] 특히 "한

---

37 김영민, 『한국 근대소설사』, 솔, 1997.
38 백철, 『조선신문학사조사』 전2권, 수선사, 1948, 백양당 · 1949.
39 김영민, 앞의 책, 29~31 · 51~56면.
40 직접적으로는 정선태, 『개화기 신문논설의 서사수용양상』, 소명출판, 1999; 한기형, 『한국 근대소설사의 시각』, 소명출판, 1999; 2000년대 초반 상허학보를 통해 등장한 잡지 연구 등이 있다. 영미문학 연구의 대상은 주로 단행본이고 신문잡지 매체는 그에 비하면 주변적

국 근대소설사에서 매체는 언제나 작가들의 글쓰기 전략과 방식을 결정한 가장 중요한 변수였다는" 주장, 즉 작가가 매체를 만든 것이 아니라 매체가 작가를 만들었다는 전복적 사고는 신문과 잡지 매체론을 연구한 후학들이 크게 빚지고 있는 부분이다.[41]

5. 정량분석, 매체연구, 검열연구

계량적 문학연구과 매체연구라는 두 문학사회학적 흐름은, 그간 독자적 영역에서 발전하고 있던 검열연구와 합류하였다. 검열연구는 그간 정진석과 같은 언론학자들,[42] 정근식과 같은 사회학자들,[43] 한만수, 한기형, 박헌호, 이혜령, 최경희와 같은 문학연구자들이[44] 1990년대와 2000년대를 거쳐 개별적 혹은 검열연구회[45]와 같은 협업을 통해 이룬 연구의 성과라

이라 할 수 있다. 그러나 미국의 리틀 매거진("little magazines") 연구는 비상업적, 지식인 중심의 잡지가 모더니즘이나 할렘 르네상스의 발흥에 끼친 영향 등을 다루었다. 또한 디지털 아카이브의 도입에 따라 분석가능한 신문잡지 텍스트가 늘어나면서, 이를 정기간행물 연구(periodical studies)의 틀을 통해 이해하자는 제안이 최근 등장하기도 하였다. Sean Latham and Robert Scholes, "The Rise of Periodical Studies", *PMLA* Vol.121, No.2, 2006, pp.517~531. 문학사의 국지적 영향관계를 다루는 리틀 매거진 연구에 비해, 글로벌 문학장의 주변부에 있는 한국의 경우, 매체 연구는 근대문학의 형성에 끼친 영향을 탐색한다는 점에서 그 의미는 보다 전방위적이라고 할 수 있다.

41 김영민, 앞의 책, 496면.

42 정진석,『극비 조선총독부의 언론검열과 탄압』, 커뮤니케이션북스, 2007.

43 정근식,「식민지적 검열의 역사적 기원-1904~1910」,『사회와 역사』 64, 2003 외 다수.

44 단행본 중심으로 이들의 저작을 살펴보면, 한만수,『허용된 불온-식민지 시기 검열과 한국문학』, 소명출판, 2015; 정근식·한기형·이혜령·고노 겐스케·고영란,『검열의 제국』, 푸른역사, 2016; 한기형,『식민지 문역-검열, 이중출판 시장, 피식민자의 문장』, 성균관대 출판부, 2019 등.

45 정근식·최경희,「도서과의 설치와 일제 식민지출판경찰의 체계화, 1926~1929」,『한국문학연구』 30, 2007, 103~169면; 검열연구회,『식민지 검열-텍스트, 제도, 실천』, 소명출판, 2011.

고 할 수 있다. 이들은, 검열주체와 검열기구 및 제도, 매체에 따른 검열과정 차이와 작가들의 검열 회피방식, 삭제된 텍스트의 복원과 복원된 텍스트를 고려한 해석의 확장과 같은 여러 주제를 살펴보았다. 또한, 이들의 검열연구는 문학 생산의 개입 기제로서 매체에 관한 연구로 확장되었는데, 신문이나 잡지 미디어를 두고 식민주의자들과 피식민지들이 벌인 경합의 구도, 의도치 않은 연계의 방식, 또한 거시적 측면에서, 근대지식의 비균질적 유통망까지도 살펴보았다.

국문학 내 검열연구를 심화시킨 계기 중 하나는『조선출판경찰월보』1928~1938라는, 초선총독부 경무국 도서과에서 발간한 비밀자료가 발굴되면서라고 할 수 있다. 이전에도『신문지요람』1927, 『출판경찰개요』1929·1930·1932,『조선총독부 금지 단행본 목록』1941과 같이, 식민지시기에 제작된 검열 관계 통계문서는 있었다. 그러나 이 자료만큼 방대하게 검열대상 텍스트를 다루고 치밀하게 행정처분을 항목화 하여 오랜 시간 동안 통계로 만든 자료는 드물었다.『월보』는 1928년 9월부터 1938년 11월까지 123호가 발행되었고 현재 111호가 확인되었다. 이 자료는 크게 세 부분으로 구분할 수 있는데, A) 검열대상 출판물의 종류와 성격에 관한 개요 및 행정처분 통계, B) 주의, 삭제, 차압, 발매금지 등 행정처분을 받은 텍스트의 목록, 그리고 C), B)의 행정처분을 받은 문서의 일본어 요약이다.

2003년『조선출판경찰월보』가 공개된 이후, 여러 학자가 이 식민지 검열기구가 남긴 기록을 정량적으로 분석하였다.[46] 박헌호와 손성준의 「한국 근대문학 검열연구의 통계적 접근을 위한 시론」도 그중 하나다.[47] 이

---

46 『조선출판경찰월보』에 관한 연구는 이상경, 「『조선출판경찰월보』에 나타난 문학작품 검열 양상 연구」, 『한국 근대문학연구』17, 2008, 389~422면 등 참조.

논문이 통계적 검열연구에 이바지한 바를 몇 가지로 살펴보면, 우선 두 저자는 『월보』 통계자료의 누락과 망실을 전월기록과 누계를 활용하여 보충하고, 『월보』 통계를 다시 재구성하여 자료 자체에 내재했던 계산 착오나 통계적 오류를 바로잡았다. 이를 통해 이후 학자들이 『월보』를 정확하게 사용할 수 있도록 기초를 닦았다. 또한 『월보』 통계에 대한 정량접근과 더불어, 『월보』의 지면증감 추이를 확인하고 식민지 조선의 인구증감 추이 등 보조통계를 활용하여 의미 있는 분석지표를 도출하였다. 예를 들면, 특정 인구집단(일본인/조선인)이 당시의 지식과 자본을 "출판이라는 사회적 행위로 연결할 수 있는" 수행능력을 출판력이라는 지표로 제시하였는데, 이는 이후 연구자들에게도 사용되었다.[48]

여기서 한발 더 나아가 두 저자는 계량적 분석을 통해 검열 적용 방식의 이론화까지 시도하였다. 이를 위해 우선, '내지' 일본과 식민지 조선의 출판력의 차이를, 검열을 받기 위해 납본한 간행물의 발행처를 비교하여 드러냈다. 출판법에 규제받은 국내 간행물과 출판규칙에 의해 규제받은 국외 유수입물을 비교하면, 국내 간행물은 22% 내외(잡지 : 10%; 단행본 : 11%; 기타 : 1%)인데 반대 국외 유수입물은 79%나(잡지 : 63%; 단행본 : 10%; 기타 : 6%)된다.[49] 차압 통계를 살펴보아도 일본(45%)이나 외국발행(49%) 간행물이 국내 발행물(6%)보다 압도적으로 많았음을 확인할 수 있다.[50] 두 저자는, 이러한 통계들은 식민지 검열관들이 조선에 유입되던 국외출판물

---

47 박헌호·손성준, 「한국 근대문학 검열연구의 통계적 접근을 위한 시론―『조선출판경찰월보』와 식민지 조선의 구텐베르크 은하계」, 『외국문학연구』 38, 2010, 193~224면.

48 이혜령, 「식민지 검열과 '식민지-제국' 표상―『조선출판경찰월보』의 다섯 가지 통계표가 말해주는 것」, 『대동문화연구』 72, 2010, 496면.

49 박헌호·손성준, 앞의 글, 215면.

50 위의 글, 203면.

을 전력으로 막고 있었음을 보여주는 것이라고 주장하며, 이러한 유수입 통계를 좀 더 큰 틀에서, 제국과 식민지 관계가 놓인 지식장을 존재론적으로 파악하는 근거로 삼았다. 내지보다 강화된 검열제도인 신문지법과 출판법은 조선인에게, 출판규칙과 신문지규칙은 일본인 및 외국인에게 적용되었다. 저자들은, 이러한 '법역'의 차이에 의해 식민지 조선은 '근대 텍스트의 바다'에 '섬'으로 존재했다고 역설하였다.[51] '문역'과 함께 쌍을 이루는 개념으로 한기형이 정초한 '법역'은 식민지 검열이 매개한 조선의 지식생산 및 유통의 장을 이해하는 중요한 개념이다.[52] 조금 뒤에 더 설명하겠다.

박헌호와 손성준이 위와 같은 검열자가 구축한 통계시스템을 정량적으로 재구성하여, 식민지 조선의 지식유통을 파악하였다면, 이혜령은 같은 『월보』를 분석하여, 검열을 통해 드러난 제국 일본의 위상에 초점을 맞췄다.[53] 이혜령은, 검열연구는 출판물의 물질성에 대한 탐구라고 전제한다. 일찍이 최경희가 강경애의 "지하촌"에 나타난 불구자 인물군을 검열에 의해 텍스트에 가해진 不具化의 연장선상에서 파악한 것처럼, 이혜령은 행정처분을 마치 "출판물에 가한 體刑과 같은" 것으로 이해한다.[54] 행정처분과 사법처분은 검열 결과의 표상방식이다. 이혜령이 본 핵심적인 문제는, 출판물의 물질성을 어떻게 정신적 사상적 통제를 겨냥한 검열표준을 기준으로 "계량적인 위계화"를 할 것인가 하는 것이었다.[55]

---

51 위의 글, 205면.
52 한기형, 「'법역'과 '문역' - 제국 내부의 표현력 차이와 출판시장」, 『민족문학사연구』 44, 2010, 309~339면.
53 이혜령, 앞의 글, 495면.
54 Kyeong-Hee Choi, "Impaired Body as Colonial Trope : Kang Kyŏng'ae's 'Underground Village'", *Pubic Culture* Vol.13, No.3, 2001, pp.431~458; 이혜령, 앞의 글, 493면.

이혜령은 이 위계화를, 출판책임자에 의해 출판물이 제작되는 과정과 출판물이 독자에게 전달되는 과정 중, 두 번째에 초점을 맞추어 살펴보고자 하였다. 이 계량적 위계화와 관련하여 검열연구자들에게 흥미로운 부분은, 『월보』의 체계 중 행정처분을 받은 텍스트의 목록과 일본어 요약의 연결 부분일 것으로 보이는데, 행정처분을 받은 모든 텍스트가 일본어 요약문으로 제시되는 것은 아니기 때문이다. 이혜령은 이것을 샘플링의 문제로 접근하여 어떠한 선택과정에 의해 목록 일부에 관해 요약 제시문이 제시되었는지를 질문하고 있지만, 이를 비교할 수 있는 별도의 데이터가 아직 만들어지지 않아 질문을 던지는 것에 그치고 있다.[56]

논문에서 이혜령은 앞서 언급한 두 번째 과정, 즉 출판물이 독자에게 전달되는 과정의 검열에서 검열관 통계의 특정항목을 주목한다. 차압통계 중 삐라 항목이다. 격문이나 선언서 등의 삐라는 검열을 거치지 않고 출판자-독자가 직접 연결되는 비밀출판의 한 종류다. 합법적 출판이 아니므로 차압을 통해서만 통제가능하다. 이 차압삐라 통계를 시계열로 분석한 결과에 따르면, 『월보』의 초기부터 전체차압건수와 삐라 차압건수 비례하여 증가하다가 1929~30년 사이에 정점에 이른다. 발행처를 살펴보면 외국, 특히 일본에서 만들어져 유입된 삐라가 압도적으로 많고(69%) 그 중 일본에서 조선어로 제작되어 수입된 삐라가 많다.[57] 삐라는 여러 사회운동과 불규칙적으로 결합하기도 하고 검열 때문에 내용이 드러나지 않더라도 그 활동이 신문 보도를 통해 이차로 퍼진다는 점에서 문제적이다.

---

55 이혜령, 위의 글, 494면.
56 위의 글, 521면.
57 위의 글, 513면.

이러한 삐라의 "불투명한 신원과 무정형적 동태"는 식민주의자들에게는 골칫거리였을 것이며, 한편으로 삐라는 존재 자체만으로 식민지인 누군가에게는 "제국 일본의 이질적 외부"라는 시공간을 상상하게 하는 기제로 작동했을 것이라고 이혜령은 삐라의 의의를 설명한다.[58]

박헌호, 손성준, 이혜령의 작업은『출판경찰월보』가 제시한 통계를 재구성, 해석하며 검열연구를 한 발 진전시킨 의의가 있다. 그렇지만 부분적, 파편적이라는 한계도 있다. 이러한 검열 내 정량분석을 좀더 거시적인 출판과 표현의 영역으로 확대하여 식민지 지식장의 운동을 개념화한 사람이 바로 한기형이다. 한기형의 초기 관심은, 김영민의 매체 중심의 문학사회학의 연장선상에서, 이를 개화기 / 식민지 출판문화를 통해 이해하는 것이었다. 그는 이를 검열이 촉발한 제국과 식민지 사이의 출판력과 표현력의 차이로 발전시켰다. 특히, 그는『월보』와 함께,『조선출판경찰연보』와『금지단행본목록』과 같은 검열통계자료를 활용하여 식민지 조선 내 이중출판시장의 새로운 의미를 발견하였다.[59]

천정환의『근대의 책읽기』와 같은 책에도 언급되어 있지만, 개화기와 식민지 시기 조선의 출판시장에는 신문학의 유입에도 고전소설, 딱지본, 경서류, 족보 등을 읽는 전통적 독차층은 두터웠다.[60] 한기형은 이들이 읽은 독서물을 여러 가지 표를 이를 더 세밀하게 파악하였는데 1928~1938년 사이 출간된 단행본 통계에 한정하여 보면, "구소설, 신소설, 시가 등 문학 관련 비중이 16.1%, 족보, 유고, 문집 등 전통문화와 관련된 한문 자료

---

58 위의 글, 517~518면.
59 한기형, 「'이중출판시장'과 식민지 검열-'토착성'이라는 문제의식의 제기」, 『민족문학사연구』 57, 2015, 117~154면.
60 천정환, 『근대의 책읽기-독자의 탄생과 한국 근대문학』, 푸른역사, 2003, 52~58면.

66   제1부_근대 한국어문학 연구와 미디어

의 비중이 27.27%"이다.[61] 이 구소설류와 족보류가 전체 단행본 출간의 43.37%를 차지했다. 천정환은 전통서적류 발행을 전통적 독자층이 근대적 대중독자층으로 이행하는 측면에서 중시한 바 있는데,[62] 한기형은 더 나아가, 이를 조선 내 출판이 비교우위를 지니는 지점이라고 파악하고 여기서 식민지 토착성이라는 개념을 도출한다. 즉, 족보의 생산자와 구소설의 소비자는 비슷한 멘탈리티의의 소유자이며, "과거와 미래를 연결하려는 낭만적 상상력을 통해 그들이 살고 있는 시대의 시간성을 자기 방식으로 해체하고 재규정"하는 이들이라고 주장하였다.[63]

한기형은 이와 같은, 매체 대상의 계량적 매체 문학사회학을 검열연구와 연결하여 에스카르피가 제시한 문학의 고기압−저기압 지대와 비슷한, 식민지−피식민지 사이의 지식 "분배회로"를 찾아 개념화하려고 시도하였다. 위에 언급한 이중출판시장은, 매체에 적용되는 다른 검열제도―사전검열을 진행한 출판법(잡지 및 단행본 대상)과 사후검열을 진행한 신문지법(신문 및 특별히 허가된 몇 종의 잡지)―[64]와 더불어 대량의 이수입 출판물과 국내발행 출간물이 경쟁한 결과다. 이러한 이중 출판시장의 존재를 통해 한기형은, 제국−식민지 사이의 커다란 지식 유통장 내 비균질적 영역을 법역과 문역이라는 개념을 만들어 설명하였다.

알튀세르의 국가장치state apparatus 개념을 제국과 식민지라는 지역성 위에 올려놓은 것으로 보이는 법역은, "법과 규칙, 행정행위 등 검열수단이 특정 지역과 그 인구집단에 미치는 효력범위"를 말하며 문역은, 한 나라

---

61 한기형, 앞의 글, 135면.
62 천정환, 앞의 책.
63 한기형, 앞의 글, 149면.
64 한기형, 『식민지 문역−검열, 이중출판 시장, 피식민자의 문장』, 168면.

안에서 "법률의 지역 간 차이가 만들어내는 표현력의 상대적 편차"를 말한다.[65] 식민지 조선에서 합법적으로 발화할 수 있는 내용과 주제의 총량은 제국 일본보다 현저히 떨어졌다. 이로 인해, 사회주의 서적이라도 일본에서는 발행되고 조선에서는 금지되어 일본발행 사회주의 서적이 조선으로 수입되는 양상도 나타났다. 일본 출판업자는 재고떨이라고 여겼던 식민지로의 서적 수출은, 조선으로서는 "오랜 시간 억압되어왔던 식민지 문역의 한계를 해소할 기회"가 된 것이다.[66] 문역이 법역의 종속변수인지, 법역이 알튀세르의 국가기구라면 문역은 이에 대항하는 시민영역의 반국가기구인지, 검열과 출판제도 이외에 이러한 대립적 영역을 구성하는 요소는 무엇인지 아직 해소되지 않은 의문들이 남아있다. 그렇지만 적어도 이 법역과 문역 개념은, 에스카르피가 보지 못한 식민지 내외의 서적 분배 회로와 이 회로에 미치는 검열의 영향을 파악할 연구틀을 제시한다.

6. 근현대 한국문학의 멀리서 읽기

한편, 2010년대에는 이선영과 권영민 등이 기초를 닦은 계량적 문학사회학을 잡지에 특화한 공동연구가 등장하였다. '한국 근대잡지 소재 문학 텍스트'라는 작업이 그것인데, 2010년부터 2013년까지 고려대 한국학연구소 중심으로 진행한 한국연구재단 인문사회연구 토대기초연구의 결과물이다. 1906년부터 1945년까지 11,285명의 필자가 잡지에 기고한

---

65 위의 책, 68~69면.
66 위의 책, 86면.

50,939편의 텍스트를 모아서 장르별로 분류했다.[67] 아홉 명의 연구원이 꼼꼼하게 모은 자료는 규모도 방대할뿐더러 이전의 오식이나 서지학적 오류로 잡은 것으로 보인다. 결과물은 처음에는 데이터베이스 형태로도 제작되었으나 링크는 현재 사라졌고 현재 네 권의 책으로 남아있다.[68] 이 자료의 성과는 「한국 근대잡지 소재 문학텍스트에 대한 통계적 분석」이라는 논문에 담겨있다. 식민지시기 작품(시, 소설, 수필, 평론, 희곡) 생산량을 시계열로 분석하였고,[69] 더불어 시기별 장르 비율, 장르별 작가 비율의 추이도 제시한다. 이러한 커진 규모의 통계는 식민지 문학장의 생산력을 가늠하는 실증적 자료로서 여전히 중요한 의미가 있지만, 앞서 언급한 잡지가 매개한 문학생산관계, 즉 잡지 매체가 매개한 문학생산주체와 작품 사이의 역동적 상호관계를 살펴보기에는 미흡한 점이 있다.

이처럼 작가 수와 작품 수와 같은 단순 통계를 통해 문학사를 이해하는 기존의 연구에서 한발 더 나아가고자 하는 요구는 2000년대 이후 조금씩 보편화 된 디지털 인문학 연구 방법의 성과다. 디지털 인문학은 갑자기 등장한 것은 아니고, 개별 학문 분야(예를 들면, 사회학, 언어학 등)에서 디지털 아카이브를 만들고 컴퓨터를 활용하던 여러 방법이 각 학문적 경계를 넘어 적용되면서 나타난 방법론적 현상이라 할 수 있다.[70] 사회학에서 정보의 이동경로 분석, 회사 내 소집단 관계 파악에 사용되던 네트워크 분석

---

67 전도현, 「한국 근대잡지 소재 문학텍스트에 대한 통계적 분석」, 『한국학연구』 47, 2013, 131~159면.
68 http://modernjournal.org 이 데이터베이스의 링크는 더 이상 작동하지 않는다. 최동호·최유찬 외 편저, 『한국 근대잡지 소재 문학텍스트 연구』 총 4권, 2012~2013.
69 전도현, 앞의 글, 137면. 1930년대 후반이 최고융성기(최고점은 1936년, 연간 발행 작품수가 4,162편)이고 이후 급감하는 모양을 보인다.
70 송인재, 「신기한 인문학」, 『세계 디지털 인문학의 현황과 전망』, 커뮤니케이션북스, 2019.

방법이 문학주체와 매체 사이의 관계를 이해하는데 적용되고 언어학에서 사용하던 말뭉치(코퍼스) 분석은 역사학 분야, 특히 개념사 분야에 적용되어 오늘날과는 다른, 당대의 개념어가 가진 의미망을 분석하는 데에 사용되었다.[71] 그리고 이러한 디지털 인문학의 방법론은 서론에서 언급한 것과 같이 모레티가 주창한 '멀리서 읽기'와 접합하여, 한국에서도 이를 중심으로 여러 방법론적 자장이 형성되었다.

이 멀리서 읽기의 연장선상에서 국문학 분야의 문학사회학적 연구사례는 크게 네 가지로 분류할 수 있다. 1) 텍스트 분석을 포함하지 않는 문학집단이나 군집분석 2) 말뭉치 분석에 기반한 어휘망 분석(네트워크 분석의 어휘/의미론적 적용) 3) 어휘 분석에 딥 러닝적용(AI를 사용한 심화학습)을 적용한 연구 등이 있고 4) 고전문학 분야에서는, GIS(지리공간정보)를 활용하여 인물, 시간, 사건 등의 각각 다른 범주의 다른 스케일의 데이터를 연결하여 새로운 의미를 찾고 있다.

1)과 관련하여 이재연은, 위에서 언급한 "한국 근대잡지 소재 문학텍스트" 데이터베이스에서 데이터를 얻고, 이 데이터베이스에서 빠진 잡지와 주요 신문에 게재된 소설을 직접 조사하여 1917년부터 27년 사이 주요 신문과 잡지에 게재된 소설 목록을 만들었다. 이를 바탕으로 소설과 매체(신문과 잡지) 사이의 관계를 사회연결망 분석으로 파악하였다. 이 네트워크 분석은 이전에 통계분석에서 드러낸 근대작가의 정태적 성격에 역동성을 부여했다는 의의가 있다. 다시 말해, 이전의 젊은 나이에 등단한 남

---

71 허수, 「어휘연결망을 통해 본 '제국'의 의미 - '제국주의'와 '제국'을 중심으로」, 『대동문화연구』 87, 2014, 501~561면; 「네트워크 분석을 통해 본 1980년대 '민중' - 『동아일보』의 용례를 중심으로」, 『개념과 소통』 18, 2016, 53~95면.

성 중심의 작가들이라는 일반적 속성 외에, 작가들이 어느 지면을 통해 창작 활동을 했는가에 따라 그 작가 군집과 매체의 성격 및 역할이 다르게 이해할 수 있음을 보였다.

예를 들어, 1920년대의 총독부 기관지였던 『매일신보』는 상업적으로 라이벌 관계에 있던 『조선일보』나 『동아일보』 필자를 적극적으로 영입하여, 작가의 공유가 빈번하지 않던 두 민간지를 매개하는 역할을 하고 있다.[72] 또한, 잡지 투고 작가의 군집을 살펴보면, 당시 『동아일보』, 『동광』 등 소수의 친밀한 잡지와 교류하고 있던 이광수보다는 (생존을 위해) 매체를 가리지 않고 활발한 문학 활동을 했던 최서해나 김명순의 문학장 내 영향력이 크게 나왔다.[73] 또한, 위의 데이터 중 창조, 폐허, 백조의 3대 동인의 문학 활동을 중심으로, 이를 동인 이전 – 동인 시기 – 동인 이후의 세 시기로 나누어보니 보통 남성 중심 동인 집단의 지적 액세서리처럼 여겨졌던 나혜석이나 김명순이, 동인 역사의 전사prehistory로 기능함을 살펴볼 수 있었다.[74] 이러한 분석결과는, 물론 데이터의 선별기준에 따라 값이 달라지기는 하지만 이것을 고려하더라도 우리가 아는 문학사적 상식이 가정의 차원에서 이해되어야 함을, 그 자체로는 절대적이지 않음을 보여준다. 우리는 문학사에 관해, 무엇을 근거로 어디까지 말할 수 있는가를 다시 생각해 보아야 할 시간이 된 것이다. 이런 1920년대 작가 네트워크 연구를 필두로, 전봉관, 이원재, 김병준의 1990년대와 2000년대의 주요 문예잡지를 대상으로 한 작가집단 분석이 등장하였다.[75]

---

[72] 이재연, 「작가, 매체, 네트워크─1920년대 소설계의 거시적 조망」, 『사이』, 2014, 285~286면.
[73] 위의 글, 288~291면.
[74] Jae-Yon Lee, "Before and after the "Age of Literary Coteries" : A Diachronic Analysis of Writers' Networks in Korea, 1917~1927", *Korea Journal* Vol.57, No.2, 2017, pp.35~68.

그러나 이와 같은 소셜 네트워크 분석은 여러 범주를 동시에 연결하여 다차원적으로 파악하기는 어렵다는 점에서 한계가 있다. 범주가 같은 일원모드나(작가-작가 혹은 매체-매체) 스프레드시트에서 행과 열로 표현할 수 있는 이원모드(작가-매체)와의 관계 정도만 가능하다. 세 개 이상의 범주와 그 사이의 관계를 동시 파악하는 작업은, 온톨로지라는 방식을 사용하면 가능하다.

온톨로지는 인간이 인식하는 다른 범주와 척도의 지식을 컴퓨터가 이해할 수 있도록 정형화하여 개념과 개념의 관계를 기술하는 연구 분야나 방식을 말한다. 고전문학 분야에서는 이 온톨로지를 사용하여 많은 연구가 등장했다. 이재옥은, 조선 시대 문과급제자의 기록인 『문과방목』을 대상으로, 문무과 급제자의 재급제자까지 조사하고 이들의 친인척 관계까지 네트워크로 파악하였다.[76] 김바로는, 여러 가지("한국역사정보 통합정보시스템", "역대인물 종합정보시스템" 등의) 이미 구축된 데이터베이스의 개별 정보를 온톨로지로 연결하여 인물, 공간, 사건, 시간 등을 넘나드는 거시적 고전연구가 가능한지를 타진하였다.[77] 또한, 류인태는 고산 윤선도의 손자인 윤이후가 쓴 『지암일기』를 공동 번역하고 온라인 데이터베이스로 만들면서 그 일기에 담긴 수십 종의 생활사 데이터를 온라인상에 시각화하였다.[78] 이러한 온톨로지 방식은 아날로그 정보를 연구자가 일일이 항목을 만들고 계열화해

75 전봉관·김병준·이원재, 「문예지를 매개로 한 한국 소설가들의 사회적 지형」, 『현대소설연구』 61, 2016, 169~228면.
76 이재옥, 「조선시대 문무과 재급제 현황과 재급제자 조사」, 『장서각』 32, 2014, 168~197면; 이재옥, 『조선시대 과거 합격자의 디지털 아카이브와 인적 관계망』, 보고사, 2018.
77 김바로, 「역사기록의 전자문서 편찬방법 탐구-역사요소를 중심으로」, 『열상고전연구』 51, 2016, 203~223면.
78 류인태, 「지암일기-데이터로 다시 읽는 조선시대 양반의 생활」.
     http://jiamdiary.info(2020.6.2, 링크 정상 작동)

야 하는 수고로움이 있지만 일단 데이터베이스가 구축되면 다른 데이터베이스와의 연결과 확장을 통해 지식의 축적을 도모할 수 있는 장점이 있다.

네트워크 분석은 이전에 보이지 않았던 문학적 관계를 보여주었다는 점에서 충분한 의의가 있으나, 그 자체로 본격적인 텍스트 분석은 아니다. 연구자들은 이 방식을 텍스트에 사용된 어휘 분석과 해석에 적용. 이렇게 어휘 분석을 가능하게 하려면, 이미 텍스트가 디지털화(pdf가 아닌, txt 형태로) 저장되어 있어야 한다. 이를 자연어 처리하여 형태소의 수준으로 잘라내면, 문서에 등장하는 고빈도어를 파악할 수 있고 또 고빈도 키워드와 주로 등장하는 어휘共起語를 파악할 수 있다. 연구자가 살펴보고자 하는 키워드와 공기어의 빈도와 결합 양태를 통해 그 어휘들이 문장에서 어떠한 의미로 사용되었는지 이해 가능한데, 이렇게 전산 분석을 활용한 결과를 바탕으로 다시 텍스트를 읽는다면 기존의 연구가 발견하지 못한 지점을 파악할 수 있다.

이러한 2)의 방식과 관련하여 이재연은, 1920년대의 중요한 월간 종합지 『개벽』을 토픽 모델링으로 분석하였다.[79] 토픽 모델링은, 키워드의 공기어 중, 키워드와 같이 나타날 확률이 높은 단어(의미상으로 유사한 단어)를 계산하여 군집시키는 방식을 말한다. 이 방식은 실제 통계가 아닌 확률에 바탕을 두고 있으므로 분석조건이 달라지면 값이 달라지는 경향이 있기는 하지만(그러나 다른 값을 주고 시도하더라도 결국 비슷한 패턴으로 수렴한다), 한 연구자가 완전히 읽어내지는 못하는 문서 속 전체 주제를 의미론적으로 조망할 수 있는 장점이 있다.

---

79 이재연, 「키워드와 네트워크─토픽 모델링으로 본 『개벽』의 주제지도 분석」, 『상허학보』 46, 2016, 277~334면.

이 토픽 모델링을 적용하여 그는 『개벽』의 전체 주제의 지도를 그려 시각화하였다. 이 지도의 중심엔 이미 여러 연구자가 이 잡지의 핵심주제로 파악한 '사회'와 '개조론'이 위치한다. 한편 문학 관련 주제는, 자체로서는 잡지의 핵심적 위치를 차지하고 있지는 않지만, '사회'와 '개조론'을 잇는 주요 주제로 네트워크에 연결되어 있음을 확인할 수 있었다. 또한, 낭만주의 문학 작품과 담론에 주로 사용되던 '생명'과 사실주의나 좌파문학의 핵심어였던 '생활'의 공기어를 토픽 모델링으로 파악하여 이 두 주제가 서로의 문맥을 전경화하거나foreground 혹은 후경화background하여 의미를 변화시켜나가는 과정을 포착하였다. 한 개념의 변주는 방계 개념들 사이의 의미론적 상호작용 없이는 불가능했던 것이다. 커다란 주제 네트워크 위에서의 지엽적 변화가 어떻게 시간이 지나면서 개념적 다양성 사이에 변화를 일으켜 네트워크 시스템 전반에 영향을 미쳤는가, 스티븐 제이 굴드식으로 표현하자면 어떻게 야구 시스템의 전반적 향상이 4할대 타자를 멸종시켰나, 하는 데까지는 나아가지는 못했다.[80] 그러나 전체 주제의 망 속에 잡힌 지엽적 개념의 변주는 신문, 잡지 내 개념 변화의 추이를 정량분석으로 접근하는 하나의 참조를 제공한다.

3) 텍스트에 사용된 어휘의 전산 분석 중 기계학습machine learning을 사용한 방식은 최근에 등장한 것이다. 이세돌과 알파고의 바둑대결에서 유명해진 이 방식은, 컴퓨터에 수많은 데이터를 학습시키고 훈련하여 주어진 문제를 해결할 수 있는 최적의 경로와 패턴을 찾아내도록 한다. 이 훈련에 개입한 사람의 지도 정도에 따라 지도학습이나 비지도 학습으로 나뉘는데,

---

80 스티븐 제이 굴드, 이명희 역, 『풀하우스』, 사이언스북스, 2002, 115~138면.

앞서 설명한 공기어 찾기를 발전시킨 '워드투벡터'word-to-vecter, 이후 word2vec 는 데이터 처리에 대한 명확한 방향성을 주지 않은 비지도 학습계열의 알고리즘이다. 보통의 공기어 찾기 프로그램은 키워드의 앞에 등장한 몇 단어 뒤쪽의 몇 단어를 찾아낸다. 키워드에서 멀리 위치한 공기어는 찾을 수 없다. 그러나 이 알고리즘은 키워드의 공기어를 독립 요소가 아닌 연속된 행렬로 구성하는 워드 임베딩word embedding 위에, "하나의 단어[를] 미리 정의된 차원에서 연속형의 값을 갖는 벡터" 값으로 표시한다.[81] 정의된 차원은, 문맥을 고려하여 구성한 가상공간을 의미하므로 비슷한 의미의 어휘들은 같은 공간에 위치하게 된다. 단어 사이의 거리가 가까울수록 가중치를 주어 벡터값을 구하는데, 이렇게 키워드와 동시 출연하는 수많은 단어를 컴퓨터가 학습하게 되면 키워드에 물리적으로 가까운 단어뿐만 아니라 멀리 떨어져 있어도 의미상으로 가까운 단어까지 포착할 수 있게 된다.

최지명은, 『개벽』의 텍스트에서 필명이거나 무명씨의 논설 텍스트 164편을 선별하여 기계학습(지도학습)의 방식을 발전시켜 작가 판별 모델을 개발하였다.[82] 『개벽』의 총저자를 모르는 상황에서 저자판별은 쉽지 않으므로, 먼저 저자가 될 확률이 높은 작가들의 집단을 구하였다. 먼저, 다작한 저자가(논문에서는 3편 이상을 쓴 29명) 저자를 확인하고자 하는 신원미상의 논설을 썼을 것으로 가정하고, 이들의 259편 텍스트를 각 저자의 텍스트

---

81 T. Mikolov, I. Sutskever, K. Chen, G. S. Corrado, & J. Dean, "Distributed representations of words and phrases and their compositionality", Advances in neural information processing systems, 2013, pp.3111~3119; 정재윤·모경현·서승완·김창엽·김해동·강필성, 「워드 임베딩과 단어 네트워크 분석을 활용한 비지도학습 기반의 문서 다중 범주 가중치 산출 - 휴대폰 리뷰 사례를 중심으로」, Journal of the Korean Institute of Industrial Engineers, Published Online, 2018, 443면에서 재인용.

82 최지명, 「기계학습을 이용한 역사 텍스트의 저자판별 - 1920년대 『개벽』 잡지의 논설 텍스트」, 『언어와 정보』 22.1, 2018, 91~122면.

로 학습시켰다. 이후 이 결과를 필명이나 작가 미상의 텍스트에 적용하여, 문장의 특성(길이)이나 어휘의 특성(종류와 분포) 등이 특정 저자의 것과 유사한지를 분별하는 방식으로 저자를 판별하였다. 이처럼 기계학습을 통한 어휘분석이나 문체분석은, 앞서 살펴본 기초통계 중심의 연구사례에서 기술적으로 상당히 나아갔다. 물론 전산기술의 급속한 진전 때문에 인문학 연구가 사회과학의 아류로 전락하는 것은 아닌가 하는 염려가 없는 것은 아니지만, 동시에 이러한 기술적 진전은 국문학 내 문학사회학의 새로운 가능성과 지평을 열고 있다 하겠다.

7. 복자覆字의 멀리서 읽기 시론

검열연구는, 앞 절에서 언급한 국문학 내 멀리서 읽기의 방법론적 유효성을 타진할 수 있는 분야 중 하나다. 검열된 텍스트를 해석하면서 겪는 어려움은 여러 가지가 있지만, 그중 가장 난해한 것은, ○○나 XX처럼 삭제된 단어를 대체하여 표기한 覆字후세지, ふせじ의 문맥을 파악하는 일이다. 이전에도 삭제된 텍스트를 복원하는 시도는 있었다. 한만수는 강경애의 단편소설 「소금」에서 검열관이 붓으로 지운 230여 자를 복원하였는데, 활판인쇄에서 생긴 압혼壓痕에 적외선과 자외선을 투과시키고, 또 종이 뒤편에서 빛을 투과하는 등 최첨단 감식기술을 동원하였다.[83] 그러나 이 경우는, 잉크 뒤에 원문 텍스트가 남아있는 운이 좋은 상황이다. 단어나 구절

---

83 한만수, 「강경애 '소금'의 복자 복원과 북한 '복원'본의 비교」, 김인환 외편, 『강경애, 시대와 문학-강경애 탄생 100주년 기념 남북한 공동논문집』, 랜덤하우스코리아, 2006.

이 저자나 편집자에 의해 이미 복자로 대체된 경우, 이러한 감식방법을 쓰더라도 그 원문을 밝혀내기는 어렵다. 따라서 우리는, 원문이 무엇인지 모르는 원문을 복원하는 방식이 아닌, 통계를 사용하여 삭제된 텍스트의 맥락을 짐작하는 추론적인 방식을 택하기로 하였다. 복자 주변에 등장한 단어의 빈도와 종류를 구하여 삭제된 단어의 의미를 유추하는 방식, 즉 복자를 키워드처럼 처리하여 복자의 공기어들을 추출하고 이 공기어들 사이의 관계나 유사성 혹은 패턴을 찾는 방식으로 삭제된 부분의 의미를 추론해 보고자한다. 이 연구는 현재 진행 중이며, 논문 작성시까지 얻은 관찰의 몇 부분만을 소개하고자 한다. 아직 성근 관찰 결과에 대해 미리 양해를 구한다.

이를 위해 먼저 식민지 시기 잡지인 『별건곤』1926~1934과 『삼천리』1929~1942를 대상으로, 복자가 어떻게 사용되었는지를 살펴보았다. 두 잡지의 발행 기간이 『조선출판경찰월보』과 겹치는 시기가 있어 향후 『월보』에 관한 기존의 통계연구를 참조할 수 있을 것이라는 기대가 있었고, 두 잡지 모두, 『개벽』과 같은 심각하고 진지한 읽을거리라기보다는 대중취향의 가벼운 읽을거리이기 때문에 이곳에서 복자가 발견된다면 더 다양한 맥락을 담고 있을 것이라 가정했다. 또한, 연구 결과에 따라, 각 잡지의 미디어 전략에 따른 복자의 의미화 방향의 차이를 구할 수도 있다고 예상했다.

텍스트는 국사편찬위원회에서 디지털화한 원문자료와 서지정보를 사용하였다. 우선 이 디지털 텍스트에서 어떤 기호들이 복자로 사용되고 있는지 확인하였다. 가능한 다양한 기호들을 추출하기 위해 간단한 텍스트 전처리 과정을 거쳤다. 문장을 공백 기준의 어절token단위로 분리한 후, 단어와 기호punctuation가 같이 나타난 어절만을 남겼다. 기호 중 구두점으로 사용되는 마침표, 느낌표, 물음표, 쉼표 등과 일본어에서 숫자 0으로 쓰이는 '○'도 제외하였다. 마지막으로 숫자와 옛한글, 한글, 한자 문자들을 모두 삭제하여 빈도를 측정하였다. 다음 〈표 2〉는 말뭉치에 사용된 복자의 종류와 연속으로 사용된 길이에 따른 빈도를 나타낸다. 'X'라는 기호가 두 글자 연속으로 사용된 경우는 1,413번인데, 이는 두 음절이 'XX'로 표기된 횟수를 의미한다. 이 검색의 결과 총 13종의 기호가 복자후보 기호로 등장하였다.

〈표 2〉 복자후보 기호의 종류와 빈도

기호	한 글자	두 글자	세 글자	네 글자	다섯 글자
X	1,529	1,413	214	106	33
x	24	40	4	1	-
Χ	4	2	-	-	-
X	2	-	-	-	-
x	2	-	-	-	-
*	1,203	296	128	77	45
○	24	11	62		-
O	685	343	76	17	11
○	432	63	-	-	-
o	301	20	32	-	-
■	178	32	11	2	3
□	10	1	-	1	-
△	-	8	1	-	-

위에서 "복자"가 아닌 "복자후보 기호"로 언급한 이유는, 두 가지 의미에서다. 아직 프린트본과 디지털본의 대조를 거치지 않았기 때문에 위의 기호가 어떤 이유에서든 디지털 텍스트에서만 사용되었을 가능성을 열어두어야 하고, 한편 "00번지"의 예처럼, 고유명사나 숫자 등의 생략을 표시

하기 위해 사용된 기호가 있기 때문에, 위의 기호에서 내적 혹은 외적 검열에 의해 발생한 복자를 구별해야 한다. 어떻게 구별할 수 있을지 좀 더 고민이 필요한 대목이다. 여튼, 가장 많이 사용된 기호는 대문자 'X'였으며, 소문자, 로마자, 곱하기 기호 등으로 유사하게 표현되었다. 그다음으로는 '*', 'O'의 순으로 많이 나타났다.

다음 『별건곤』과 『삼천리』를 묶은 전체 기사를 대상으로, 복자 후보기호가 사용된 글의 종류를 살펴보았다. 〈표 3〉은 국사편찬위원회의 원문에 표기된 글의 분류에 따라 기호가 포함된 글이 해당 분류에서 차지하는 비율을 나타낸다. 편수로는 논설과 문예 기타, 소식의 순으로 많이 나타났으나, 비율 순으로는 세태비평, 회고 · 수기, 논설의 순으로 기호가 많이 포함되어 있었다. 15% 이상, 상대적으로 기호가 많이 등장한 장르를 파랗게 처리하여 『별건곤』과 『삼천리』를 비교하여 보니, 『별건곤』에서는 세태비평, 기행문, 회고 · 수기 순으로, 『삼천리』에서는 논설, 회고 · 수기 순이었다. 이 차이가 각 잡지의 미디어 전략과 어떤 관계가 있을까? 한편, 소설에서 기호가 사용된 비율은 12에서 14% 정도로, 위에 언급한 장르보다 상대적으로 낮았다.

다음으로, 복자 사용의 추이를 연도별로 살펴보았다(〈그림 1〉). 복자가 포함된 기사가 많이 나오던 때는 두 시기로, 1929~1933년과 1937~1939년 사이이다. 이 시기, 전체 기사 건수가 늘어나지만(회색 점선), 이 전체 기사의 발행 추이보다 복자후보 기호가 사용된 기사(파란 실선)가 더 증가하였다. 반면 그 반대인 경우도 있었는데, 1939년부터 1941년 사이이다. 역사적 문학사적 사건의 전개와 기호 포함 잡지기사의 증감과의 관계를 앞으로 살펴볼 필요가 있다.

<표 3> 분류별 복자포함 기사의 비율

전체

분류	복자포함 / 전체	비율	분류	복자포함 / 전체	비율
기행문	25 / 188	13.30%	세태비평	29 / 153	18.95%
논설	172 / 1010	17.03%	소설	38 / 293	12.97%
대담·좌담	36 / 262	13.74%	소식	108 / 950	11.37%
만화	1 / 39	2.56%	시	9 / 509	1.77%
문예기타	114 / 945	12.06%	잡저	76 / 1061	7.16%
문예평론	25 / 177	14.12%	학술	0 / 2	0.00%
사고·편집후기	32 / 566	5.65%	회고·수기	91 / 534	17.04%
설문	23 / 233	9.87%	희곡·시나리오	9 / 58	15.52%

『별건곤』

분류	복자포함 / 전체	비율	분류	복자포함 / 전체	비율
기행문	7 / 35	20.0%	세태비평	26 / 122	21.3%
논설	46 / 346	13.3%	소설	15 / 102	14.7%
대담·좌담	5 / 42	11.9%	소식	34 / 273	12.5%
만화	1 / 38	2.6%	시	2 / 109	1.8%
문예기타	58 / 509	11.4%	잡저	51 / 589	8.7%
문예평론	2 / 27	7.4%	학술	0 / 0	-
사고·편집후기	25 / 321	7.8%	회고·수기	35 / 203	17.2%
설문	8 / 111	7.2%	희곡·시나리오	4 / 20	20.0%

『삼천리』

분류	복자포함 / 전체	비율	분류	복자포함 / 전체	비율
기행문	18 / 153	11.76%	세태비평	3 / 31	9.68%
논설	126 / 664	18.98%	소설	23 / 191	12.04%
대담·좌담	31 / 220	14.09%	소식	74 / 677	10.93%
만화	0 / 1	0.00%	시	7 / 400	1.75%
문예기타	56 / 436	12.84%	잡저	25 / 472	5.30%
문예평론	23 / 150	15.33%	학술	0 / 2	0.00%
사고·편집후기	7 / 245	2.86%	회고·수기	56 / 331	16.92%
설문	15 / 122	12.30%	희곡·시나리오	5 / 38	13.16%

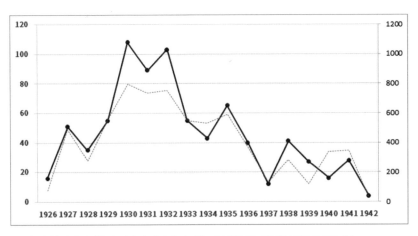

〈그림 1〉 복자 후보기호가 나타난 기사의 연도별 빈도(점선은 연도별 전체 기사의 수)

다음으로는 복자가 사용된 맥락을 살펴보기 위해 복자와 함께 출현한 공기어들을 살펴보았다. 자연어처리 분야에서 단어의 맥락이나 유사어를 파악하는 방법으로 사용되는 것 중 하나가 앞 절에서 간단히 설명한, 단어 임베딩word embedding이다. 임베딩은 단어를 수치의 나열인 벡터로 표현하는 것으로, 단어를 벡터로 표현하게 되면 다른 단어와의 유사도 측정이 가능해진다. 단어 벡터화의 가장 기본적인 방법은 문헌-용어 행렬Document-Term Matrix; DTM을 구축하는 것인데, 특정 문헌에 나온 단어의 빈도를 행렬화하는 것이다. 다음 〈그림 2〉에서와 같이 문헌 d1에 단어 t1이 몇 번 출현했는지 빈도를 채워넣는 방법이다. 이런 과정을 거치면 음영으로 표시한 부분과 같이 단어 t1에 대한 단어벡터 {1, 1, 0, …, 1}를 얻을 수 있다. t2., t3., …, tm에 대해서도 동일한 과정을 거쳐 단어의 벡터를 얻게 되면, 행렬계산을 통해 단어의 공기빈도를 손쉽게 얻거나, 벡터 간의 유사도 측정을 통해 단어 간의 거리를 측정할 수 있다.

단어가 어떤 문헌에 출현했는지를 표현한 용어-문헌행렬(〈그림 2〉의 좌

Document

	d_1	d_2	d_3	...	d_m
t_1	1	1	0		1
t_2	0	1	0		0
t_3	0	1	1		0
...					
t_m	1	1	1		1

MxN

X

Term

	t_1	t_2	t_3	...	t_m
d_1	1	0	0		1
d_2	1	1	1		1
d_3	0	0	1		0
...					
d_n	1	0	0		1

NxM

=

Term

	t_1	t_2	t_3		t_m
t_1		7	3		0
t_2					1
t_3					5
...					
t_m					

MxM

〈그림 2〉 문헌-용어행렬 곱을 사용한 공기어빈도 측정

측)과 문헌에 어떤 단어가 나타났는지를 표현한 문헌-용어행렬을 행렬곱
하게 되면 〈그림 2〉의 우측처럼 용어에 관한 MXM크기의 정방대칭행렬
squared symmetric matrix을 얻을 수 있고, 행렬곱을 통해 얻은 음영 부분의 값
은 용어들의 동시출현 빈도가 된다. 〈그림 2〉에서는 t1과 t2의 값인 7이
두 단어의 동시출현빈도가 되는 것이다.[84]

본 연구에서는 복자와 공기한 단어의 빈도를 측정하기 위해 자주 등장
하는 복자후보 기호 'XX', 'XXX', '**', '***', 'OO', 'OOO'의 앞뒤로 출
현한 다섯 단어씩을 추출하여 동시출현 단어들의 빈도를 측정하였다. 다
음 〈표 4〉는 주요 복자와 동시에 자주 나타난 상위 20단어이다.

위의 공기어는, 예상했음과 의문, 그리고 미진함과 놀라움 사이에 놓인
어떤 것으로 연구자에게 다가온다. '계급', '푸로레타리아', '노동자', '정
치', '제국주의' 등 그간 여러 연구를 통해 식민지시기 불온함의 표상으로

---

84 문헌-용어행렬을 사용해서 동시출현빈도를 계산하는 방법은 행렬의 대부분이 0으로 채워
지기 때문에 희소행렬(sparse matrix)이 될 가능성이 높아 계산의 효율성이 떨어진다는 단
점이 있다. 따라서 동시출현빈도를 계산할 때에는 분석단위가 되는 텍스트(문장이나 문헌)
에 출현한 동시출현 단어 쌍을 리스트화하고 그 빈도를 누적으로 계산하는 방법을 주로 사
용한다. 그러나 단어의 벡터 유사도 측정에 유리하고 대량의 텍스트가 아닐 경우에는 단어
빈도계산이나 행렬계산이 빨라지며, 단어에 tf-idf 가중치를 부여하는 등 수치의 정규화가
가능하다는 장점이 있다.

〈표 4〉복자후보별 동시출현단어 상위 20단어(복자후보 기준 다섯 단어 기준)

순위	XX	XXX	**	***	OO	OOO
1	사람	사람	사람	사람	사람	내용
2	우리	생각	일본(日本)	일본(日本)	부대	사람
3	조선(朝鮮)	사체	우리	관계	은행	탄식
4	주의	우리	생각	까닭	운동	삭제
5	운동	조선	관계	내지(內地)	소리	선생
6	조선	교주	까닭	시오바라 국장(塩原局長)	우리	야단
7	재벌	마누라	모양	조직체	친구	무능용재(無能庸才)
8	생각	문제	생명	도쿄(東京)	학교	결박
9	계급	관계	설치	거절	생각	까닭
10	문제	사실	정치	널비	사실	당시
11	푸로레타리아	우리들	지불	다방	가슴	매부
12	부인	친척	지지(支持)	모양	목사	법석
13	학교	구타	조선심(朝鮮心)	문제	문제	사랑
14	노동자	마음	조선질(朝鮮質)	바람	부인	상점
15	정치	병원	산업(産業)	세계	일보	양복
16	사건	생활	능력(能力)	세월	결혼	우리
17	신문	얼굴	문제	실수	만원	우리집
18	까닭	예수교	바람	요구	신문	유감
19	남편	제국주의	시작	정치	아래	전당포
20	농민	모 신문사(某新聞社)	쌍방	혐의	연애	처녀

연구된 단어들이 등장했음은 예상한 바와 같다. 그런데 한편으로 왜 이 불온한 단어들은 남고 주변의 다른 단어들이 XX, OO 등으로 처리되었을까? 이 기호들 안에는 위의 불온한 단어들보다 더 불온한 단어가 들어있었던 것일까? 그렇지 않다면 혹시 '계급'이나 '푸로레타리아'와 같은 단어들이 그 불온함을 잃고 잡지 안에서 온건하게 통용되던 방식이 있었을까?

한편 기호의 종류는 달라도 '사람', '생각', '문제' 등의 추상명사들은 반복되고 있는데 이 단어들을 제외하면 좀 더 의미론적으로 변별력 있는 단어들도 찾을 수 있다. 예를 들면 위에 언급한 정치사회 관계어들 ('주의', '운동', '재벌', '계급', '프롤레타리아', '정치' 등—주로 여러 복자 중 'XX' 앞뒤로 등장한 단어들)도 있고, '사체', '구타' 등, 사건-사고에 관계된 단어도 있어 호기심을 자극한다. 그러나 이보다는 '얼굴', '세월', '결혼', '사랑', '연애', '실수', '마누라' 등 일상어 근처에 복자가 위치한 것이 궁금증을 자아낸다. 어떠한 이유에서 이와 같은 단어에 복자를 넣어야 했을까? 이외에 '신문', '병원', '학교', '은행' 등 단어 앞에 놓인 기호가 고유명사일 가능성이 큰 단어들도 보인다.

이와 같은 단어들을 대하다 보면 연구의 미진함이 느껴지는데, 앞으로 기호 앞에 놓인 단어의 종류와 뒤에 놓인 단어를 분류함으로써 고유명사로 예상되는 기호와 복자로 예상되는 기호를 구분할 필요가 있다. 또한, 아날로그 텍스트에는 존재하지 않았던 전자 텍스트에서만 사용된 기호도 가려낼 필요가 있다. 예를 들면, 이 리스트의 '***' 칼럼에 등장한 '시오바라 국장塩原局長'라는 이름과 직함 (중일전쟁 이후 황민화정책 실시한 조선총독부 학무국장 시오바라 도키사부로·鹽原時三郎 국장)은 복자의 의미보다는 원문판독불가를 표현하기 위해 전자 텍스트에 사용된 기호이다.[85] 발견의 놀람이 연구의 미진함으로 귀결된 경우로, 앞으로 계속 이러한 예는 리스트에서 지워가야 할 것이다. 이와 더불어 『별건곤』에서 찾은 기호와 공기어와

---

85 "제6문— (****과 東京에서는 內地***과 *** 관계가 있는가요. 서로 有*的***조직체인가요. 塩原局長(國民**總動員朝鮮聯盟***) — 질문의 **는 六*****에 밋첫으나 ***된 질서있는 질문이기에=이하 4줄 판독불능)〈37〉 맨 끝으로부터 順次 답변하리다." 「징병·의무교육·총동원 문제로 군부와 총독부 당국에 民間有志가 문의하는 會」, 『삼천리』 11.7, 1939, 30~39면.

의 관계를 『삼천리』의 것과 비교하면 자주 등장하는 관계의 의미를 좀더 변별적으로 살펴볼 수 있을 것으로 기대한다.

위의 〈표 4〉에서 본 단어들이 우리가 살펴봐야 할 혹은 연구대상에서 제거해야 할 단어의 폭을 보여준다면, 그 폭은 아직 넓다. 복자후보 기호를 중심으로 앞뒤 두 단어를 기준으로 모은 것이기 때문이다. 그 폭을 유지하되 일차적으로 어떤 단어에 초점을 맞추어 복자후보가 나온 문맥을 찾아보아야 할까? 이 질문에 대한 대답을 위해 복자후보를 중심으로 앞뒤 한 단어로 제한하여 고빈도어의 표를 만들어보았다. 그 결과는 〈표 5〉와 같다.

〈표 5〉 복자후보 앞뒤로 출현한 공기어

『별건곤』

복자	공기어
XX	사람, 학교, 우리, 재벌, 조선
XXX	사람, 사체, 우리, 생각, 디방
**	사람, 우리, 지불, 고려, 대립
***	면회, 인적조선(人的祖先), 사람, 원시인, 전설
OO	사람, 학교, 우리, 주인, 선생
OOO	사람, 선생, 처녀, 우리, 광장

『삼천리』

복자	공기어
XX	우리, 조선(朝鮮), 사람, 운동, 주의
XXX	조선, 문제, 사람, 농민동맹(農民同盟), 우리
**	사람, 관계, 일본(日本), 조선(朝鮮), 까닭
***	관계, 사람, 내지(내지), 도쿄(東京), 까닭
OO	부대, 은행, 우리, 사람, 운동
OOO	스칸지나비아, 근무, 중좌(中佐), 투자(投資), 이응준(李應俊)

'사람', '우리', '학교', '조선'과 같은 의미 폭이 상당한 단어들이 먼저 눈에 띄지만, 『별건곤』에서는 '재벌', '사체', '디방[지방]', '지불', '원시

인', '전설'과 같이 좀 더 의미망이 좁은 단어들, 『삼천리』에서는 '운동', '주의', '농민동맹農民同盟', '스칸지나비아', '투자', '이응준李應俊' 단어들이 보인다. 먼저 이 단어들이 사용된 문맥을 먼저 조사하고 차후에 각 잡지에서 문장 단위로 등장한 복자후보의 공기어들이 실제로 사용된 문맥을 살펴볼 것이다.

공기어 기반의 단어 군집을 통해 맥락을 살펴보는 것은 문헌이나 문장과 같은 분석단위에 함께 나온 단어들을 분석 대상으로 한다. 분석단위 내에서 함께 나온 단어를 손쉽게 파악할 수 있지만, 문장이나 문헌이 길 때 한 분석단위 내에서도 거리가 멀어 의미상으로 연관성이 떨어지는 단어까지 포함할 가능성이 크다. 이러한 단점을 개선하기 위해 특정 단어의 앞뒤 단어들과 그 단어들의 순서를 반영하여 유사단어를 추출하는 word2vec[86]이 개발되었다. word2vec은 문장에 등장한 단어들의 앞뒤 문맥의 단어를 반영하여 단어를 수치화하는 방법으로, 비슷한 의미가 있는 단어는 비슷한 문맥에서 등장한다는 가설에 기반을 두어 단어들을 표현한다. 딥러닝 이전에는 잠재의미분석latent semantic analysis이나 토픽 모델링으로 잘 알려진 잠재 디리슐레 할당latent dirichelet allocation을 통해 문헌을 벡터화하는 시도들이 있어 왔지만, word2vec은 네거티브 샘플링을 통해 학습의 효율을 높이고 수치화된 벡터에 단어의 의미를 내재하도록 했다.

본 연구에서는 복자를 포함하고 있는 텍스트를 대상으로 word2vec을 적용하여 단어들을 임베딩하고 유사한 맥락에서 사용된 단어들을 찾아보았다. 텍스트에서 3번 이상 나온 단어를 대상으로 500차원 벡터로 단어를

---

86 Mikolov, et al., op. cit.

표현하고 동시출현빈도를 측정할 때와 유사하게 앞뒤 문맥단어로 다섯 단어를 사용하여 학습에 사용했다. 이러한 방법을 통해 만든 2,829,796개의 단어 벡터를 대상으로 코사인 유사도를 사용하여 유사한 용법이나 비슷한 위치에 출현한 단어들을 추출하였다. 〈표 6〉은 코사인 유사도 기준의 유사어 상위 20개 단어이다.

〈표 6〉 Word2vec 기준 복자별 유사어 상위 20단어

순위	XX	XXX	**	***	OOO	OOO
1	민족운동자	던도부인	언론긔관	회복(恢復)	금은상	자정후(子正後)
2	경제투쟁	시위(侍衛)	조사표	반공식(半公式)	무장단	금은상
3	태내(胎內)	피고인	할강(割强)	조선인노동자(朝鮮人勞働者)	春桃	춘도(春桃)
4	前衛分子	상반부	조사	과거운동(過去運動)	자정후(子正後)	홍콩(香港)
5	푸로레타리아	금은상	윤길호	선결문제(先決問題)	대동단(大同團)	O군(君)
6	X략(略)	사체	속보(續報)	수전지대(水田地帶)	반양제	한 모(韓某)
7	헤게모늬	최후적(最後的)	자(自)O운동	정략상(政略上)	한 모(韓某)	민 모(閔某)
8	대중당(大衆黨)	난타	위체관계(爲替關係)	관할권(管轄權)	산일	반양제
9	지배계급	시약시	사실	전략적(戰略的)	넘버원	은지(銀紙)
10	노자관계(勞資關係)	챙피	수험자	전국경제위원회(全國經濟委員會)	마츠바라상등병(松原上等兵)	怒罵
11	도시노동자	민적(民籍)	원내외	광동사변(廣東事變)	불눅불눅	무장단
12	최후적(最後的)	피안	고심초사	생산조직(生産組織)	박형	며누님
13	전민족적(全民族的)	배반자	대증수(大增收)	불이익(不利益)	김소좌(金少佐)	W마치(町)
14	치자(治者)	법망	광종	반종교투쟁(反宗敎鬪爭)	간도령경(間島領警)	대동단(大同團)

순위	XX	XXX	**	***	OOO	OOO
15	경제력	발견자	정근	소홀(疎忽)	개자식	성자(姓字)
16	기만적(欺瞞的)	대중화(大衆化)	마권(馬券)	특수정세(特殊情勢)	단출	자씨
17	대원(隊員)	미두(米豆)	계산	궁지(窮地)	O군(君)	속장
18	푸로레타리아트	김목사	통계학자	인식(認識)	민 모(閔某)	성연
19	재중(在中)	압살	재소	송자문 씨(宋子文氏)	긔자	침소봉대(針小棒大)
20	인테리켄챠	구룡산	발표	시행구역(施行區域)	침소봉대(針小棒大)	계산서(計算書)

위의 결과를 보면, 앞서 공기어 분석에서 보았던, '사람', '생각', '문제' 등의 일반추상명사보다는 좀더 맥락이 확실한 '전위분자前衛分子', '대중당大衆黨', '도시노동자', '자自O운동', '뎐도부인'과 회고, 수기, 혹은 소설의 주인공 이름 ('윤길호', '춘도春桃' 등)까지 등장한다. 이 주인공은 어떠한 인물이길래 XX나 OO 등이 반복 사용된 것일까? 검열 항목에는 사회의 안녕질서(치안)를 저해하는 행위와 더불어 풍속괴란이 있는데, 위에 리스트 된 단어 중 치정이나 외설 같은 풍속괴란 항목 때문에 복자로 표현해야만 했던 사례도 있지 않을까?[87] 앞으로 문장단위, 또한 복자후보 앞뒤로 등장한 단어들과 함께 word2vec에서 찾아낸 어휘들을 참고하여 이 단어들이 등장한 기사를 꼼꼼히 읽고 기호가 사용된 맥락을 파악해 볼 것이다.

---

[87] 이에 관련하여 한 가지 흥미로운 사례는, 평신도가 쓴 「평신도의 수기」, 『별건곤』 6, 1927라는 글이다. 이 기사는 word2vec이 찾아낸 "뎐도부인"(전도부인)이라는 단어와 관련 깊다. 이 수기는 주인공의 이름을 복자처리하고("XX" 혹은 "XXX") 교회 안에서 발생한 치정 관계를 소설식으로 기술한다. 외설적인 장면도 삽입되어 있는데, "XX" 나 "OO"같은 복자가 기호 뒤의 텍스트를 감추는 기능보다 독자의 시선을 끄는 데 더 사용된 것이 아닌가 하는 추측도 불러일으킨다.

8. 나가며

본 연구는, 국문학 내 문학사회학의 흐름을 거시적으로 조망하는 한편, '멀리서 읽기'를 그 지류로 놓고 앞으로 새롭게 개척할 분야와 방법론을 예비해보고자 하였다. 신문이나 잡지 매체를 거친 문학 생산방식의 이해는 서구문학과 크게 나뉘는 국문학 생산방식의 한 성격으로 이해될 만하며, 이와 연결되는 식민지 시기 검열연구는 제국과 식민 사이의 비균질적 지식장 형성과 지식장 내 운동을 파악할 수 있는 중요한 영역이다. 본 연구는 기존의 매체연구와 검열연구의 성과를 받아들이고 이를 연결하는 가운데 워드 임베딩이나 워드투벡과 같은 전산분석을 활용하여 복자 후보 기호의 공기어를 찾아보고자 하였다.

후자의 작업에 관한 지금까지의 결과는 초보적인 수준으로, 분석보다는 관찰에 가깝다. 본 논문을 시작하며 상정했던 복자의 앞뒤에 등장하는 어떤 어휘적 패턴이 있는가에 관한 질문에는 대답하지 못했다. 이에 의미 있는 대답을 하기 위해서는 먼저 아날로그 텍스트와 디지털 텍스트의 복자 표기에 차이가 있는지 먼저 확인해야 한다. 『별건곤』과 『삼천리』 텍스트 전체를 비교할 수는 없으므로 여러 전산 분석을 통해 드러난 주요 키워드를 중심으로, 복자기호 표현과 역할을 확인할 필요가 있다. 또한, 단어추출과 어휘분석에 있어 더 심도 있는 방법을 찾을 필요가 있다. 예를 들면, 단어의 형태적인 특정을 고려하여 유사한 단어들을 추출[88]하는 FastText[89]

---

[88] 언어의 형태학적(morpological)인 특성을 반영하지 못하는 word2vec과는 달리 fastText는 단어를 n-gram으로 분할한 문자(character)의 결합으로 취급한다. 따라서 '푸로레타리아'와 '푸로레타리아트'는 word2vec에서는 전혀 다른 단어로 인식하지만, fastText에서 tri-gram(3글자)으로 처리했을 때, 아래처럼 4개의 공통된 tri-gram이 발견되어 유사한 단

이나, 문헌 단위에서의 공기 관계를 고려한 Glove[90] 등 word2vec의 단점을 보완한 다양한 모델을 적용하면—복자의 주변에 나타난 공기어의 패턴과 그 잠재적 의미를 파악할 수 있을 것이다. 이렇게 더 정교한 방식으로 복자 관련 키워드의 범위를 줄이고 이들이 등장한 기사의 문맥을 살펴서 복자의 기능을 두 잡지의 매체 전략의 입장에서 이해해 볼 수 있는지가 다음 논문의 주제가 될 것이다. 본 논문에서는 이를 위한 예비단계로, 복자 후보에 몇 가지 전산 분석을 적용한 뒤 얻은 결과를 관찰하고, 어떤 질문이 의미가 있을 것인지 타진해 보았다.

복자의 공기어 분석과 같은 경험적 연구가 아직 미흡한데도 국문학 내 문학사회학적 흐름의 거시적 흐름과 연결한 이유는, 연구방법사의 기술에서 오는 추상적 이해를 보완하고 비슷한 영역에서 겪을 수 있는 연구상의 제반 문제에 대한 해결 과정을 참고로 남기기 위함이다. 이러한 자기발견적 기록이 앞으로 등장할 새로운 문학사회학 연구의 시행착오를 줄이고 대안적 방법을 찾아가는 데 조금이나마 이바지하기를 바란다.

어로 인식한다.
- 푸로레타리아 : 푸로레, 로레타, 레타리, 타리아
- 푸로레타리아트 : 푸로레, 로레타, 레타리, 타리아, 리아트

89 P. Bojanowski, E. Grave, A. Joulin, & T. Mikolov, "Enriching word vectors with subword information", *Transactions of the Association for Computational Linguistics* Vol.5, 2017, pp.135~146.
90 J. Pennington, R. Socher, & C. D. Manning, "Glove : Global vectors for word representation", Proceedings of the 2014 conference on empirical methods in natural language processing(EMNLP), 2014, pp.1532~1543.

참고문헌

검열연구회, 『식민지 검열-텍스트, 제도, 실천』, 소명출판, 2011.

골드만, 오생근 역, 「소설사회학을 위한 서론」, 유종호 편, 『문학 예술과 사회 상황』, 민음사, 1979.

김병철, 『한국 근대번역문학사 연구』, 을유문화사, 1975.

김영민, 『한국 근대소설사』, 솔, 1997.

권영민, 『한국 현대소설 100년』 전2권, 동아출판사, 1995.

권영민 편, 『한국 근대 문인 대사전』, 아세아문화사, 1990.

_____, 『한국 현대 문인 대사전』, 아세아문화사, 1991.

_____, 『한국 현대문학 작품 연표』, 전2권, 서울대 출판부, 1998.

김 현, 『한국문학의 위상(1983) / 문학사회학』, 문학과지성사, 1991.

로베르 에스카르피, 민희식·민병식 역, 『문학의 사회학』, 을유문화사, 1983.

_____, 임문영 역, 『책의 혁명』, 보성사, 1985.

백 철, 『조선신문학사조사』 전2권, 수선사, 1948·백양당, 1949.

송인재, 「신기한 인문학」, 『세계 디지털 인문학의 현황과 전망』, 커뮤니케이션북스, 2019.

스티븐 제이 굴드, 이명희 역, 『풀하우스』, 사이언스북스, 2002.

이선영, 『한국문학논저 유형별 총목록』 총 7권, 한국문화사, 1990~2001.

_____, 『한국문학의 사회학』, 태학사, 1993.

이재옥, 『조선시대 과거 합격자의 디지털 아카이브와 인적 관계망』, 보고사, 2018.

정근식·한기형·이혜령·고노 겐스케·고영란, 『검열의 제국』, 푸른역사, 2016.

정선태, 『개화기 신문논설의 서사수용양상』, 소명출판, 1999.

정진석, 『극비 조선총독부의 언론검열과 탄압』, 커뮤니케이션북스, 2007.

천정환, 『근대의 책읽기-독자의 탄생과 한국 근대문학』, 푸른역사, 2003.

최동호, 최유찬 외편저, 『한국 근대잡지 소재 문학텍스트 연구』, 총 4권, 2012~2013.

프랑코 모레티, 이재연 역, 『그래프, 지도, 나무』, 문학동네, 2020.

한기형, 『식민지 문역-검열, 이중출판 시장, 피식민자의 문장』, 성균관대 출판부, 2019.

_____, 『한국 근대소설사의 시각』, 소명출판, 1999.

한만수, 『허용된 불온-식민지 시기 검열과 한국문학』, 소명출판, 2015.

Franco Moretti, *Distant Reading*, London : Verso, 2013.

Pascale Casanova, *The World Republic of Letters, 1999*, translated by Malcolm

DeBevoise, Cambridge : Harvard University Press, 2004.

Priya Joshi, *In Another Country : Colonialism, Culture, and the English Novel in India*, New York : Columbia University Press, 2002.

강용훈, 「월평의 형성과정과 월평방식의 변화 양상」, 『한국문예비평연구』 34, 2011.

김바로, 「역사기록의 전자문서 편찬방법 탐구-역사요소를 중심으로」, 『열상고전연구』 51, 2016.

김용수, 「세계문학과 디지털 인문학 방법론-한국 학계의 모레티 연구」, 『비평과 이론』 24.3, 2019.

박헌호·손성준, 「한국 근대문학 검열연구의 통계적 접근을 위한 시론-『조선출판경찰월 보』와 식민지 조선의 구텐베르크 은하계」, 『외국문학연구』 38, 2010.

이상경, 「『조선출판경찰월보』에 나타난 문학작품 검열 양상 연구」, 『한국 근대문학연구』 17, 2008.

이재연, 「작가, 매체, 네트워크—1920년대 소설계의 거시적 조망」, 『사이』, 2014.

_____, 「키워드와 네트워크—토픽 모델링으로 본 『개벽』의 주제지도 분석」, 『상허학보』 46, 2016.

이재옥, 「조선시대 문무과 재급제 현황과 재급제자 조사」, 『장서각』 32, 2014.

이혜령, 「식민지 검열과 '식민지-제국' 표상-『조선출판경찰월보』의 다섯 가지 통계표가 말해주는 것」, 『대동문화연구』 72, 2010.

전도현, 「한국 근대잡지 소재 문학텍스트에 대한 통계적 분석」, 『한국학연구』 47, 2013.

전봉관·김병준·이원재, 「문예지를 매개로 한 한국 소설가들의 사회적 지형」, 『현대소설 연구』 61, 2016.

정근식, 「식민지적 검열의 역사적 기원-1904~1910」, 『사회와 역사』 64, 2003.

정근식·최경희, 「도서과의 설치와 일제 식민지출판경찰의 체계화, 1926~1929」, 『한국 문학연구』 30, 2007.

정재윤·모경현·서승완·김창엽·김해동·강필성, 「워드 임베딩과 단어 네트워크 분석을 활용한 비지도학습 기반의 문서 다중 범주 가중치 산출-휴대폰 리뷰 사례를 중심 으로」, 『대한산업공학회지』 44.6, 2018.

최지명, 「기계학습을 이용한 역사 텍스트의 저자판별-1920년대 『개벽』 잡지의 논설 텍 스트」, 『언어와 정보』 22.1, 2018.

한기형, 「'법역'과 '문역'-제국 내부의 표현력 차이와 출판시장」, 『민족문학사연구』 44, 2010.

_____, 「'이중출판시장'과 식민지 검열-'토착성'이라는 문제의식의 제기」, 『민족문학사연구』 57, 2015.

한만수, 「강경애 '소금'의 복자 복원과 북한 '복원'본의 비교」, 김인환 외편, 『강경애, 시대와 문학-강경애 탄생 100주년 기념 남북한 공동논문집』, 랜덤하우스코리아, 2006.

허　수, 「네트워크 분석을 통해 본 1980년대 '민중'-『동아일보』의 용례를 중심으로」, 『개념과 소통』 18, 2016.

_____, 「어휘연결망을 통해 본 '제국'의 의미-'제국주의'와 '제국'을 중심으로」, 『대동문화연구』 87, 2014.

D. F. McKenzie, "The Book as an Expressive Form", *Bibliography and the Sociology of Texts*, London : Cambridge, 1999.

Dora. Zhang, "Literature and Money : Studying What You Love Without Being Exploited", *Chronicle of Higher Education* 23 Mar, 2015. http://chronicle.com/article/Love-LootLit/228599/

J. Berenike Herrmann, "In a Test Bed with Kafka. Introducing a Mixed-Method Approach to Digital Stylistics", *Digital Humanities Quaterly* Vol.11, No.4, 2017

Jae-Yon Lee, "Before and after the "Age of Literary Coteries" : A Diachronic Analysis of Writers' Networks in Korea, 1917~1927", *Korea Journal* Vol.57, No.2, 2017.

James F. English, "Everywhere and Nowhere : Sociology of Literature after the 'Sociology of Literature'", *New Literary History* 41, 2010.

Jeffrey. Pennington, R. Socher, & C. D. Manning, "Glove : Global vectors for word representation", Proceedings of the 2014 conference on empirical methods in natural language processing(EMNLP), 2014.

Katherine Bode, "The Equivalence of 'Close' and 'Distant' Reading; or, Toward a New Object for Data-Rich Literary History", *MLQ*, 2017.

Kyeong-Hee Choi, "Impaired Body as Colonial Trope : Kang Kyŏng'ae's 'Underground Village'", *Pubic Culture* Vol.13, No.3, 2001.

Mike Frangos, "The End of Literature : Machine Reading and Amitav Ghosh's The Calcutta Chromosome", *Digital Humanities Quarterly* Vol.7, No.1, 2013.

Piotr Bojanowski, E. Grave, A. Joulin, and T. Mikolov, "Enriching word vectors with subword information", *Transactions of the Association for Computational*

Linguistics 5, 2017, pp.135~146.

Rachel Sagner Buurma and Laura Heffernan, "Search and Replace : Josephine Miles and the Origins of Distant Reading", *Modernism / modernity Print Plus* Vol.3, Cycle 1, 2018.

Sean Latham and Robert Scholes, "The Rise of Periodical Studies", *PMLA* Vol.121, No.2, 2006.

S. Jänicke, G. Franzini, M. F. Cheema1 and G. Scheuermann, "On Close and Distant Reading in Digital Humanities : A Survey and Future Challenges", *Eurographics Conference on Visualization(EuroVis)*, 2015.

Stephen Marche, "Literature Is not Data : Against Digital Humanities", *Los Angeles Review of Books*, 2012.

Ted Underwood, "A Geneology of Distant Reading", *Digital Humanities Quarterly* Vol.11, No.2, 2017.

Timothy Brennan, "The Digital Humanities Bust", *The Chronicle Review*, 2017.

Tomas Mikolov, I. Sutskever, K. Chen, G. S. Corrado, and J. Dean, "Distributed representations of words and phrases and their compositionality", *Advances in neural information processing systems*, 2013.

류인태, 「지암일기-데이터로 다시 읽는 조선시대 양반의 생활」, http://jiamdiary.info.

근대 신문 광고의 언어 사용 양상[*]

1890~1940년대 주류 광고를 중심으로

안예리

1. 근대 신문의 주류 광고

근대의 신문은 신문물에 대한 정보를 제공하고 새로운 사상과 가치를 전파하는 최첨단 매체인 동시에 새로운 문체와 어휘를 일상어 속으로 침투시키는 언어적 매개체이기도 했다. 근대 신문에는 논설문, 보도문, 연재소설 등 여러 유형의 기사가 실렸는데 본고는 그중 광고문을 분석 대상으로 삼는다. 다른 기사에 비해 광고는 텍스트의 길이가 짧았지만 전체 4면 중 2면 가량이 광고로 채워질 만큼 신문의 지면 구성에서 광고가 차지하는 비중은 상당했고,[1] 그런 면에서 언어적 파급력이 적지 않았을 것이라 생각된다.

---

[*] 안예리, 「근대 신문 광고의 언어 사용 양상−주류 광고를 중심으로」, 『반교어문연구』 52, 2019, 15~55면.

이 연구에서는 1890~1940년대 신문에 실린 광고를 대상으로 광고문의 언어 사용 양상을 문체, 문법, 어휘의 관점에서 분석하고, 각각의 언어적 선택에 영향을 미친 사회문화적 요인들을 규명해 보고자 한다. 분석 대상 신문은 『독립신문』1896~1899, 『매일신문』1898~1899, 『황성신문』1898~1910, 『제국신문』1898~1910, 『대한매일신보』1904~1910, 『동아일보』1920~1940이며[2] 여러 광고 중 주류 광고를 분석 대상으로 삼는다.[3] 주류 광고는 근대 신문의 발행 초기부터 1940년 민간지 폐간에 이르기까지 줄곧 실려 동일 제품군에 대한 광고 양상의 변화 과정을 살필 수 있으며, 소주, 약주,[4] 맥주, 와인, 청주 등 다양한 주종의[5] 제품들이 광고되었기 때문에 하위유형별 광고 전략에 따른 언어적 특징을 비교 분석하기에도 적합하다. 본고에서는 앞서 제시한 6종의 신문에 실린 주류 광고 전체를 대상으로 통시적 관점

1　우시지마 요시미·문한별, 「근대전환기 신문 광고에 나타난 계몽의 수사」, 『국어문학』 66, 국어문학회, 2017, 268면.

2　한국 최초의 신문 광고는 1886년 2월 22일 자 『한성주보』에 실린 세창양행(世昌洋行) 광고로 알려져 있다. 1880년대에 발행된 『한성순보』나 『한성주보』에는 주류 광고가 실리지 않아 본고의 연구 대상에는 포함시키지 않았다.

3　출처를 밝힐 때에는 '(발행일, 신문명 첫 글자, 면수)'의 형식을 취해 '(18970407독3)'과 같이 적는다. 『동아일보』의 경우 조간과 석간을 구별하여 '동 / 조', '동 / 석'으로 표시한다.

4　조선총독부에 의해 1916년부터 시행된 주세령(酒稅令)은 과세 대상 주류를 크게 '조선주'와 '비(非)조선주'로 나누었는데 조선주의 일종으로 '약주'를, 비조선주의 일종으로 '청주'를 들었다. 이때 '약주'는 한국의 고유 술인 청주를 뜻하고, '청주'는 일본식 청주를 뜻한다. (이화선·구사회, 「일제 강점기 주세령(酒稅令)의 실체와 문화적 함의」, 『한민족문화연구』 57, 한민족문화학회, 2017, 195면)

5　당시 국내에서 가장 널리 음용되던 주종은 탁주였지만, 상점 및 양조장 광고에서 판매 주종의 하나로 탁주가 언급된 것 외에 별도의 탁주 광고는 확인되지 않는다. 1926년 7월 4일 자 『동아일보』 2면에 실린 「百萬石의 酒類 전조선 일개년 통계」를 보면, 한 해 동안의 주류 판매량이 탁주 124만 658석, 소주는 18만 4,042석, 약주는 5만 9,749석, 수입 청주는 1만 2,877석, 맥주는 2,150석, 포도주 및 기타 과실주는 197석으로 탁주 판매량이 다른 주종에 비해 월등히 높았다. 즉, 광고 게재 건수가 당시 주류 소비 상황을 대변해 주는 것은 아니다. 신문에 광고를 내는 주류는 기업화된 회사 제품이 대부분이었는데 탁주는 가양주(家釀酒)로 제조되었기 때문에 광고 대상이 되지 않았다.

에서 시기별 언어 사용 양상의 차이를 분석하고 공시적 관점에서 주종별 언어 사용 양상의 차이를 밝힐 것이다.

〈표 1〉은 분석 대상 주류 광고의 주종별 광고 게재 시기를 표시한 것으로, 동일 광고가 여러 일자에 반복적으로 실린 것을 각각 별도로 계산한 결과(ⓐ)와 중복 광고를 1회로 계산한 결과(ⓑ)를 함께 제시하였다.

〈표 1〉 시기별 주종별 광고의 게재 양상(ⓐ : 중복 포함, ⓑ : 중복 제외)

	1890s		1900s		1910s		1920s		1930s		1940s	
	ⓐ	ⓑ	ⓐ	ⓑ	ⓐ	ⓑ	ⓐ	ⓑ	ⓐ	ⓑ	ⓐ	ⓑ
상점	5	5	257	29								
양조장	369	9	100	5			6	4	2	1		
소주			34	7	1	1	34	16	1	1		
약주			8	1	8	1	5	5	7	3		
맥주			46	8			53	30	35	33		
와인							34	25	29	28	1	1
청주							2	2	61	30	1	1
위스키					7	1	3	2				
보드카			1	1								
합계	374	14	446	51	16	3	137	84	135	96	2	2

조사된 주류 광고의 총수에 해당하는 ⓐ의 합은 1,110건이며 중복 광고를 제외한 ⓑ의 합은 250건이다.[6] 계량화 작업 시 동일 텍스트가 반복적으로 포함되면 게재 일수가 길었던 광고문의 특징이 전체 분석 결과를 좌우하게 되기 때문에 중복 광고를 제외한 ⓑ의 250건을 분석 대상으로 삼

---

6 수입상회나 술집 등 상점 광고에도 주류의 명칭이 등장하기 때문에 연구 자료에 포함시켰지만 이는 엄밀히 말해 주류 광고는 아니다. 따라서 상점 광고는 광고문의 문체와 문법적 특성을 분석할 때의 계량화 작업에는 넣지 않았고, 어휘 분석 부분에서만 상점 광고에 쓰인 주류 명칭을 따로 뽑아 연구 자료로 활용하였다.

았다. 시기별로 보면 1910년대와 1940년대 광고가 매우 적은데 이는 자료상의 제약에 따른 것이다.[7]

2. 주류 광고의 문체적 특징

1) 표제

근대의 신문 광고에서 텍스트가 쓰인 부분은 크게 표제와 본문, 광고주로 나뉘는데 각각 문체적 특징이 서로 달랐다. 표제는 광고문의 구성 요소 중 가나 문자의 침투가 가장 먼저 그리고 가장 적극적으로 이루어진 부분이다. 〈표 2〉에서 볼 수 있듯이 표제에서는 1920년대부터 가나 문자가 쓰였는데, 1920년대 표제가 있는 주류 광고 79건 중 가나가 쓰인 것은 46건으로 58%, 1930년대 표제가 나타난 주류 광고 92건 중 가나가 쓰인 것은 57건으로 62%에 해당했다. 즉, 해당 시기 전체 광고의 절반 이상에서 표제에 가나가 쓰인 것이다.

하지만 1920~1930년대에도 모든 주종의 광고에서 가나가 선호된 것은 아니었다. 〈표 2〉에서 볼 수 있듯이 맥주와 와인 광고의 표제에는 가나가 빈번히 쓰인 데 반해 같은 시기 청주 광고의 표제에는 주로 한자가 쓰였고, 양조장, 소주, 약주 광고에도 가나는 거의 쓰이지 않았다.

맥주와 와인 광고의 표제에 가나의 사용이 두드러졌던 데에는 식민지

---

7 민간지의 강제 폐간으로 인해 1910년대와 1940년대 광고는 다른 시기에 비해 상대적으로 매우 적은 수만 포함되었다. 본고에서는 시기별 편차가 크다는 한계를 인정하면서도 1910년대와 1940년대 광고에 대한 분석 결과도 함께 제시하여 참고로 삼도록 한다.

〈표 2〉 표제의 문자 사용 양상 (수치는 광고 건수)

		양조장	소주	약주	맥주	와인	청주	위스키
1890s	한자	1						
1900s	한글		1	1				
	한자		4	2	5			
	한글+한자				2			
1910s	한자		1	1				
1920s	한글				4			
	한자	3	8	4		2		
	한글+한자		6	1	1	4		
	한글+가나				10			2
	한자+가나		1		1			
	한글+한자+가나				14	16	2	
1930s	한자	1		3		6	22	
	한글+한자						3	
	한글+가나				16			
	한자+가나				3	2	3	
	한글+한자+가나				9	20		
	가나				4			
1940s	한자						1	1

조선에서 가나 문자가 표상하던 사회적, 경제적 지위, 그리고 해당 주종의 주된 소비 계층이 갖는 특성 등이 배경이 되었을 것으로 보인다. 당시 맥주나 와인은 서민층이 쉽게 마실 수 없는 고가의 사치품이었고 그 주된 소비층은 〈그림 1〉에 등장하는 양복 입은 남성처럼[8] 신식 교육을 받았고 경제적 능력이 있는 남성 식자층이었다. 전통적 주류인 소주나 약주 광고와

---

8 분석 대상 와인 광고 중 사람의 이미지가 사용된 것은 총 21건으로, 13건은 남성, 5건은 여성이 단독적으로 등장했다. 그리고 3건은 남녀가 모두 등장하지만 그중 2건은 여성의 몸이 반쯤 가려져 있고 1건은 남성이 3명, 여성이 1명 등장해 남성의 이미지가 중심이 되었다. 또한 맥주 광고의 경우 사람의 이미지가 사용된 총 31건 중 27건은 남성, 4건은 여성이 단독 등장했고 1건은 부부와 아들, 딸 가족의 이미지가 사용돼 와인 광고와 마찬가지로 남성 이미지의 활용도가 훨씬 높았다.

〈그림 1〉 적옥포트와인 광고(19290307동/석3, 19320218동/석4)

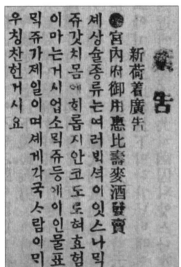

〈그림 2〉 1900년대 맥주 광고(19010520황2, 19020519황3, 19070618제3)

달리 외래 주류인 맥주와 와인 광고의 표제에서 가나 사용이 두드러졌던 것은 소비층의 성향과 기호를 고려하여 '문명의 주류'라는 상징성을 강화하기 위한 전략으로 생각된다.

한편, 같은 주종 내에서도 상표에 따라 문자 사용 양상에 차이가 있었는데, 특히 자사 제품명의 표기 양상에서 차이가 두드러졌다. 〈그림 2〉는 1900년대의 초창기 헤비스맥주(인물표맥주)와 가부도맥주 광고이다.

(1)에서 볼 수 있듯이 헤비스맥주의 경우 본문에서는 한글을 쓰기도 했지만 표제의 제품명은 한자로만 적었다.

(1) ㄱ. 宮內府御用 惠比壽麥酒 發賣. 세상 슐 종류는 여러 빅 셕이 잇스나 믹쥬갓치 몸에 히롭지 안코 도로혀 효험이 마는 거시 업소, 믹쥬 등에 이 인물표 믹쥬가 제일이며 셰계 각국 스람이 미우 칭찬헌 거시요. (19010520황2)

ㄴ. 宮內府御用 惠比壽麥酒(人物標). 世上에 酒類는 여러 빅 가지 잇스나 麥酒 갓치 몸에 히롭지 안코 도로혀 效驗이 마는 거시 업소, 믹쥬 중에 이 人物標헤비스麥酒가 第一이며 世界 各國人이 미우 稱贊헌 거시요, 前日之船便으로 上品 雜貨와 食料 洋酒 麥酒 等이 만히 드러왓슴ᄂᆡ다. (19010727황3)

반면 가부도맥주는 표제 내 수식 문구나 광고주 표시에는 한자를 사용하면서도 표제의 상품명에서는 철저히 한글을 전용해 '加武登'이라는 한자를 전혀 노출시키지 않았다.

(2) ㄱ. 世界 無雙 가부도믹쥬(19070618제3)

ㄴ. 가부도믹쥬. 仁港 秋田商會 告白(19070904제3)

ㄷ. 世界 無雙 가부도믹쥬 仁港 秋田商會 告白(19070910제4)

〈그림 3〉 기린맥주 광고(19240807동/석4, 19290404동/석6, 19350730동/조4)

　상표별로 이러한 문자 사용 양상이 일관성 있게 반복적으로 나타난 것
으로 볼 때, 표제 문자의 선택은 시각화 효과를 통해 타사 제품과의 차별
성을 두드러지게 하려는 광고 전략의 일환이었다고 생각된다.

　1920년대 이후에는 표제에 가나가 쓰이기 시작하고 혼용의 양상도 다
양하게 나타났는데 이때에도 상표별 차이가 있었다. 먼저 기린맥주의 경
우를 살펴보겠다. 〈그림 3〉을 보면 가나를 큰 활자로 하고 거기에 한글 또
는 한자를 작은 부속활자로 덧붙였다. 표제의 큰 활자는 언제나 'キリンビ
ール'였지만 부속활자는 '기린麥酒', '기린맥주', '기린삐―루'와 같이 다
양했다.

　한편, 삿뽀로맥주는 광고의 구성과 문자 선택의 양 측면에서 모두 기린
맥주와는 다른 양상을 보였다. 〈그림 4〉의 ㉠은 한국 신문에 실린 최초의
삿뽀로맥주 광고로, 한글과 가나가 함께 쓰였지만 부속활자가 보통 오른
편에 위치한다는 점에서 한글 표기가 중심이고 가나 표기가 보조적인 것
으로 이해된다. 이처럼 삿뽀로맥주는 최초 게시 광고에서는 가나를 썼지

〈그림 4〉 삿뽀로맥주 광고(왼쪽부터 ㉠19200420동/석3, ㉡19260514동/석3, ㉢19340603동/조5, ㉣19340815동/조6)

만 해당 광고는 1회만 실렸고 이후 〈그림 4〉의 ㉡처럼 가나 없이 한글로 제품명을 적은 광고가 20회 이상 이어졌다.

1920년부터 1930년대 중반까지 삿뽀로맥주는 본문 없이 한글 표제만 넣은 ㉡의 광고를 이어갔다는 점에서, 앞서 살펴본 기린맥주 광고나 기린맥주와 유사한 형식을 취했던 유니온맥주 광고와 차별성이 있었다. 당시 맥주 상표 중 삿뽀로맥주가 판매량이 가장 많았기 때문에[9] 구구절절한 설명 없이 상표만을 노출시키는 광고 전략을 취했던 것으로 보인다.[10]

9 1925년 11월 4일 자『동아일보』2면에 실린 「日本에서 朝鮮으로 近五百萬의 麥酒」라는 기사에는 그해 1월부터 9월까지 국내에 판매된 일본 맥주의 상표별 규모가 밝혀져 있는데, 삿뽀로맥주 3,356,410병(1,285,810원), 사구라맥주 1,147,998병(402,801원), 기린맥주 310,853병(110,692원)으로 삿뽀로맥주가 압도적 우위를 차지했다.

10 높은 인지도에 기댄 삿뽀로맥주의 이러한 전략은 다음과 같이 품질을 상술한 유니온맥주 광고와 대조적이었다. "新釀 發賣. 灘의 名酒는 西の宮의 水로, 古來로 灘의 酒가 芳醇한 名酒로 일음이 높흔 것은 日本 一의 釀造水 西宮의 水를 使用하야 釀造한 까닭입니다. 西の宮의 名水 最高 유니온을 産出함. 此 名水 잇는 곳에 新設된 西宮工場에서 釀造하는 最高 유니온맥주의 新釀은 灘의 맥주로 (…중략…) 모-든 맥주 中의 最良品입니다. 理想的 設備와 原料의 精撰. 西宮工場은 昨年 가을에 竣工되엇습니다. 我國 最新式의 工場이올시다. 全部 獨逸式의 理想的 設備를 하엿습니다. 原料는 精撰한 最優等品을 使用하엿슴으로 日本 一의 良水와 相俟하야 유니온맥주의 品質을 더욱 한層 優良하게 맨듭니다. 商標보다는 品質 本位. 商標에 依하야 其品質의

1920년부터 1933년까지 14년간 본문 없이 한글 표제만으로 광고를 하던 삿뽀로맥주의 독특한 양식은 1934년부터 뚜렷한 변화를 보였다. 〈그림 4〉의 ⓒ과 ⓓ처럼 본문 텍스트를 사용하고 표제를 가나로 적어 경쟁사 맥주들과 같은 방식을 취하기 시작한 것이다.

'문명의 주류'를 마시는 '문명인'이라는 컨셉이 '문명의 문자'와 결합된 결과가 제품명의 가나 표기였다고 볼 때, 삿뽀로맥주가 표제 문자를 한글에서 가나로 바꾼 것은 가나 문자의 후광효과를 광고에 적극적으로 이용하겠다는 전략적 변화로 해석된다. 〈그림 4〉의 ⓒ은 삿뽀로맥주 광고 중 표제에 가나를 사용하고 본문을 삽입한 최초의 광고인데, 표제 문자의 변경이 본문 텍스트의 등장과 동시에 이루어진 것도 우연이 아닐 것으로 생각된다. 십수 년간 인지도에만 기댄 광고를 지속하다가 본문을 넣기 시작한 것은 제품에 대한 정보 제공이나 이미지화를 보다 적극화하는 방향으로 광고 전략을 바꾼 결과로, 이는 가나 문자가 갖는 상징성을 의식해 표제의 문자를 바꾼 것과도 상통하는 변화이다.

이처럼 삿뽀로맥주가 1930년대 중반부터 광고를 더욱 적극적으로 활용하게 된 것은 1934년 국내 맥주 공장 설립과 맥주 시장의 확대로[11] 인해 판매 경쟁이 치열해진 상황을 의식한 결과로 생각된다. 〈그림 4〉의 ⓒ을 보면 표제에 '鮮産サッポロビール'라고 되어 있는데 이는 삿뽀로맥주를 생산하던 조선맥주주식회사가 1934년 1월 1일 영등포 공장의 영업을 시작한 이래[12] 처음으로 게시한 광고이다. 몇 달 뒤 소화기린맥주회사도 영

優良을 決定하지 마시고 內容에 잇서서 品質 第一인 유니온맥주를 愛飮하십시오(19280426동/석3)."
11 1930년대 맥주 시장의 성장에 대해서는 다음의 기사들을 참고할 수 있다. 「朝鮮 內 麥酒 移入 六月 中 增加로」, 『동아일보』 석간, 1933.7.18, 4면; 「朝鮮 內 麥酒 消費 昨年 三百卅五萬 圓」, 『조선일보』 석간, 1934.6.10, 4면.

〈표 3〉 본문의 문자 사용 양상(수치는 광고 건수)

		양조장	소주	약주	맥주	와인	청주	위스키	보드카
1890s	한글	1							
	한글+한자	8							
1900s	한글	1	2		1				
	한글+한자	4	5	1	3				1
	한자				1				
1910s	한글+한자		1	1				1	
1920s	한글						1	1	
	한글+한자	1	9	1	20	23	2	1	
	한자		3	3	1				
	한글+한자+가나		1		2				
1930s	한글+한자	1	1	1	20	18	15		
	한자		1	1			4		
	한글+한자+가나				10	10	4		
	한자+가나				2		2		
1940s	한글+한자+가나					1			
	한자+가나						1		

등포에 맥주 공장을 설립해 기린맥주의 국내 생산을 시작했다.[13] 급성장하던 국내 맥주 시장에[14] 본격적으로 진출하기 위해 공장을 설립한 두 회사는 치열한 경쟁 속에 치밀한 광고 전략을 수립했고 그 결과 광고의 양식과 문자 사용 양상에도 변화가 생겼던 것이다.

---

12 「謹告」, 『동아일보』 석간, 1933.12.28, 1면.
13 「兩 麥酒會社 明年初 開業」, 『동아일보』 석간, 1933.6.17, 4면; 「産業 俱樂部」, 『동아일보』 조간, 1934.6.10, 1면.
14 1933~1934년 무렵부터 신문 기사에는 '맥주당(麥酒黨)'이라는 표현이 쓰였는데(「麥酒黨 黨首는 어느 나라?」, 『조선일보』 특간, 1933.12.5, 2면; 「朝鮮産麥酒 四月頃부터 販賣」, 『동아일보』 석간, 1934.1.18, 4면) 맥주 애호가들을 부르는 명칭이 생겨날 정도로 당시 맥주는 수입 주류 중 가장 인기 있는 주종이었다.

2) 본문

근대의 신문은 주된 독자층에 따라 『황성신문』 등의 국한문 신문과 『독립신문』 등의 국문 신문으로 양분되었는데, 주류 광고의 경우 어떤 문체의 신문에 실리든 본문은 국한문으로 작성되는 것이 일반적이었다.[15] 즉, 게재 신문 자체의 문체보다는 소비자층의 언어적 성향에 더 큰 영향을 받았던 것이다.

〈표 3〉에서 볼 수 있듯이 1920년대부터는 주류 광고의 본문에도 가나 문자가 쓰이기 시작했는데, 앞서 살펴본 표제와 달리 본문의 경우 1920년대에는 본문에서의 가나의 쓰임은 극히 제한적이었다.[16]

1930년대로 오면 본문에서도 가나의 쓰임이 확대된다. 가나와 한글과 한자의 혼용은 다음과 같이 세 가지 양상을 보였다. 첫째, 국한문 문장 안에서 일부 단어의 표기에 가나를 쓴 경우, 둘째, 일부 단어에 가나와 한글을 병기한 경우, 셋째, 광고문 중 일부 문장은 국한문으로 일부 문장은 일문으로 쓴 경우이다.

(3) ㄱ. 西の宮의 名水 最高 유니온을 産出함(19280426동/석3)

ㄴ. キリンスタウト는 英國風의 特殊 濃厚 삐ー루로 こく 만코 營養價는 삐ー

---

15 조일주장의 국한문 광고가 『황성신문』 1899년 1월 10일부터 1899년 4월 3일까지, 『독립신문』의 1899년 1월 10일부터 1899년 2월 17일까지, 『제국신문』 1899년 1월 12일부터 1899년 2월 15일까지 게재되는 등 동일한 국한문 광고가 국한문 신문과 국문 신문에 동시에 실리는 경우도 적지 않았다.
16 1920년대의 경우 맥주 광고에 일본 지명인 '西の宮'이 쓰인 것(2건), 소주 광고에 제품명 고유명사인 '다이야(ダイヤ)燒酎'가 쓰인 것(1건)이 전부였다.

루 中 第一입니다.(19351120동/석6)

ㄷ. 麥酒 大瓶 一本의 營養 價値는 三二〇 칼로리一이므로 牛乳 二合强 バ
ター半斤强 牛肉 四半斤 鷄卵 四個 半과 相等(19340629동/조6)

ㄹ. 一本마다 빼지 않고 味の素 아지노모도 贈呈(19360708동/조)

ㅁ. 應募者 全部에 家庭 常備藥 アースタム 贈呈(19350119동/조4)

(3)은 첫 번째 유형으로, 단어 표기에 가나가 쓰인 예에는 '西の宮' 등의
지명 또는 'キリンスタウト기린스타우트', 'アースタム아스타므' 등의 제품명과
같이 고유명사인 경우도 있었고 'バター버터', 'こく 감칠맛' 등과 같이 일반명
사인 경우도 있었다.

두 번째 유형은 해당 용례가 (4)의 두 건에 불과했다. (4ㄱ)은 일문에
국어의 문법 형태가 병기된 예이고 (4ㄴ)은 국문의 일부 단어에 일어 발
음이 병기된 예이다.

(4) ㄱ. 2本で(으로)당ろ(籤)(19340614동/조4)

　　 ㄴ. 新鮮한 秋의 艶味에 芳醇한 秋(あき)의 美酒(びじゆ)(19381020동/석3)

세 번째 유형은 본문이 여러 개의 문장으로 이루어진 광고에서 일부 문
장은 국한문으로 일부 문장은 일문으로 작성된 경우이다. 〈그림 5〉의 첫
번째 기린스타우트 광고 하단의 네모 칸을 보면 '秋から冬へ가을에서 겨울로'
라는 문구가 일문으로 적혀 있는데 이는 계절감을 나타내기 위한 슬로건
에 해당한다. 반면 해당 광고의 상단에 제시된 국한문 본문에서는 기린스
타우트가 영국풍의 특수 농후 맥주로 감칠맛이 많고 영양가도 맥주 중 제

〈그림 5〉 국한문 본문에 곁들여진 일문(19341120동/석6, 19380607동/석6)

일이라며 상품 자체의 특성을 기술하였다. 〈그림 5〉의 두 번째 적옥포트
와인 광고의 경우도 상단 네모 칸에 적힌 '御老人の爲に노인을위하여'는 슬로
건의 성격을 갖는 반면 하단에 길게 작성된 국한문 본문은 노인의 건강 문
제와 와인의 효능에 대한 내용, 즉 술 자체에 대한 정보를 담고 있다.

한편, 청주 광고 중에는 일문 본문에 국한문 문장이 삽입된 경우도 있었
다. 〈그림 6〉의 두 광고는 신세계청주 광고로, 본문은 일문이지만 왼쪽 구
석에 작은 글씨로 '宿醉 아니 됨'이라는 국한문 문구가 적혀 있다.

〈그림 6〉에서 첫 번째 광고의 '澄む月 この醉 氣も 朗に맑은달이취기기분도밝고'
는 신세계가 가을밤의 정취와 어울리는 술이라는 내용으로 분위기를 조성하
는 역할을 한다. 두 번째 광고에서도 '頑建なる意思を麗酒に求めて勇氣百倍강
건한뜻을아름다운술에서찾아서용기백배'는 그림 속의 전투모처럼 전쟁에 돌입한 일본
의 상황을 나타낸다. 두 경우 모두 일문 본문은 슬로건의 성격을 갖는 반면
왼쪽 구석의 국한문 문장은 '숙취 없는 술'이라는 제품의 특성을 담고 있다.

이처럼 주류 광고의 본문에 일문과 국한문이 함께 쓰인 경우 국한문은

〈그림 6〉 일문 본문에 곁들여진 국한문(19371017동/조3, 19371126동/석3)

제품에 대한 정보를 직접적으로 전달하는 역할을, 일문은 일종의 분위기 조성 역할을 담당해 기능 분담이 이루어지고 있었음을 알 수 있다.

3) 광고주

〈표 4〉에서 볼 수 있듯이 광고의 구성 요소 중 광고주 부분은 시기와 주종을 불문하고 한자 전용의 경향성이 뚜렷했다.

〈표 4〉 광고주 명칭의 문자 사용 양상 (수치는 광고 건수)[17]

		양조장	소주	약주	맥주	와인	청주	위스키	보드카
1890s	한자	7							
	한글＋한자	2							
1900s	한글	1	2						
	한자	4	3	1	7				
	한글＋한자								1
1910s	한자		1	1					
	한글＋한자							1	
1920s	한자	4	14	5	27	5	2		

		양조장	소주	약주	맥주	와인	청주	위스키	보드카
	한글+한자+가나					1			
1930s	한자		1	3	31	7	26		
1940s	한자					1	1		

광고주의 명칭 중에는 주류명이 포함된 경우도 있었는데 해당 주류명이 표제에서는 한글, 한자, 가나 등으로 다양하게 표기되었어도 광고주 표시에서는 거의 대부분 한자 표기로 나타났다. 예를 들어, 1931년 1월 24일자 『동아일보』 석간 6면의 기린맥주 광고의 경우, 표제에서는 "キリンビール 기린맥주"라고 썼지만 광고주에서는 "麒麟麥酒株式會社"라고 썼다.

지금까지 살펴본 것처럼 주류 광고의 문체는 표제, 본문, 광고주 등 광고의 구성 요소별로 서로 다른 특성을 보였으며 주종별, 상표별, 시기별로도 특징적 양상이 나타났다.

3. 주류 광고의 문법적 특징

1) 통사 단위

주류 광고의 본문은[18] 시간의 흐름에 따라 문법적으로 많은 변화를 겪었는데 그중 먼저 문장, 절, 구 등 통사 단위에 대해 살펴보겠다.

---

17 분석 대상 광고 중 광고주가 나타난 광고만을 포함한 것이므로 〈표 1〉에 제시된 전체 광고 수와는 차이가 있다. 분석 대상 250건 중 광고주가 나타난 광고는 159건이었다.

18 광고의 구성 요소인 표제, 본문, 광고주 중 표제와 광고주에는 대체로 구 단위까지만 나타나기 때문에 주류 광고의 문법적 특징을 분석하는 본 절에서는 광고의 본문만을 대상으로 논의를 진행한다.

(5) ㄱ. 문장(어미 종결) : 東亞燒酒는 純全히 國産原料만을 利用합니다.(19270

701동/석5), サッポロ의 맛도 모르고 ビール의 조코 낫뿐 것을 말하지

마라. (19380811동/석)

ㄴ. 문장(어근 종결) : 貴下는 반듯이 强健. (19310915동/석5), 기린이 잇

어서 到處에서 避暑가 完全. (19340818동/조4)

ㄴ′. 문장(어근 종결) : 골골로 퍼지는 芳烈한 그 맛이야말로 世界의 名酒.

(19251004동/석5), 酒界의 霸王은 白鶴. (19320131동/석2)

ㄷ. 문장(서술어 생략) : 한 거름에 쮜어서 健康으로. (19290317동/석4),

滿山 紅葉에 誠鶴을 一杯. (19351006동/조3)

ㄹ. 명사절 : 마시면 마실사록 피 되고 살이 됨. (19230531동/석4), 宿醉

아니 됨. (19371017동/조3)

ㅁ. 명사구 : 그의 맛! (19250520동/석8), 一杯의 威力! (19320505동/석5)

(5ㄱ)은 종결어미를 갖춘 완전한 문장이지만 (5ㄴ)은 '-하-'와 종결어
미, (5ㄴ′)는 '이-'와 종결어미가 생략된 문장이다.[19] (5ㄷ)은 서술어 자
체가 생략된 것으로, 제시된 첫 번째 예에서는 '가다' 등 동사의 활용형이,
두 번째 예에서는 '마시다' 등 동사의 활용형이 생략된 것이다. 문장 단위
외에도 (5ㄹ)과 같은 명사절이나 (5ㅁ)과 같은 명사구의 쓰임도 확인된
다. 1890~1910년대까지는 종결어미를 갖춘 완전한 문장이 주를 이뤘지
만 1920년대부터는 완전한 문장이 차지하는 비중이 급격히 줄어들었다.
〈표 5〉는 한문 및 일문을 제외하고 광고문 본문에 쓰인 통사 단위를 분

---

19 이러한 유형은 생략된 부분이 '-하다'인지 '-함'인지 확정할 수 없는데 절보다 문장이 무표
적이라고 보아 각각 '-하다'와 '이다'가 생략된 불완전한 문장으로 보았다.

석한 결과로, 1890년대에는 주류 광고 본문 중 90%, 1900년대에는 73%가 종결어미를 갖춘 문장이었다. 하지만 1920년대로 오면 문법적으로 완전한 문장의 비율은 47%로 떨어졌고, 1930년대에는 37%가 되었다. 그와 반대로 후대로 오며 쓰임이 대폭 증가한 통사 단위는 명사구로, 1900년대에는 10%, 1920년대에는 39%, 1930년대에는 45%였다. 즉, 1920년대를 기점으로 문장과 구의 사용 비중에 큰 변화가 생겼다.

〈표 5〉 본문의 통사 단위별 출현 빈도

		양조장	소주	약주	맥주	와인	청주	위스키	보드카
1890s	문장(어미 종결)	9							
	명사설	1							
1900s	문장(어미 종결)	8	7	2	8				2
	문장(어근 종결)	2	1						
	명사절		1						2
	명사구	1	2						1
1910s	문장(어미 종결)		2	2				2	
1920s	문장(어미 종결)		17		44	47	2		
	문장(어근 종결)		3	1		2		1	
	문장(서술어 생략)				7	4		3	
	명사절		1		3	6	1		
	명사구	2	12	6	56	14	2		
1930s	문장(어미 종결)	2		1	24	84	14		
	문장(어근 종결)	1			13	14	10		
	문장(서술어 생략)				4	5	4		
	명사절				2	5	2		
	명사구		1	2	34	82	33		
1940s	문장(어미 종결)				5				

압축적인 구 단위의 쓰임이 증가한 것은 이미지의 도입이라는 광고의 형식적 변화에 따른 것으로 보인다. 1920년 이전에도 이미지 광고가 없

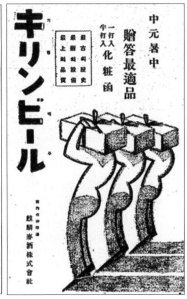

〈그림 7〉 명사구(왼쪽부터 ㉠19240807동/석4, ㉡19270713동/석5)

었던 것은 아니지만 대부분은 텍스트 광고였고 이미지가 삽입되었다고 해도 〈그림 2〉에서와 같이 광고 대상이 되는 맥주의 병을 그려 넣는 정도 였다. 하지만 1920년대부터는 이미지가 광고에서 수행하는 기능이 한층 강화되었고 그만큼 본문 텍스트가 갖는 기능 부담량은 줄어들었다.

〈그림 7〉의 ㉠에 사용된 이미지는 바닷가에서 해수욕을 즐기며 시원하 게 맥주를 마시는 즐거움을 나타낸다. 이미지를 통해 환기된 여름휴가의 느낌은 '一日의 行樂, 一家의 和合'이라는 본문과 결합되며 전달 효과가 한 층 강화된다. 〈그림 7〉의 ㉡을 보면 세 사람이 어깨에 선물상자를 지고 있 는데 이미지 위쪽의 '中元 暑中 贈答 最適品'이라는 문구를 통해 선물상자 안에 맥주가 들어 있음을 짐작할 수 있다. 이처럼 이미지가 광고의 중심적 역할을 하게 되면서 신문의 광고는 '읽는 광고'보다 '보는 광고'의 성격을

〈그림 8〉 불완전한 문장(왼쪽부터 ㉠19350730동/조4, ㉡19340818동/조4)

띠게 되었고 이러한 흐름 속에서 본문 텍스트가 간결화되며 통사 단위에
도 변화가 생긴 것이다.

구와 마찬가지로 불완전한 문장이 확산된 것도 이미지의 도입과 관련이
있었을 것으로 보인다. 〈그림 8〉을 보면 7~8월에 게재된 광고답게 파라
솔과 맥주병이 놓인 해변의 풍경, 그리고 폭포수처럼 쏟아지는 맥주의 시
원한 이미지가 삽입되어 있다. 〈그림 8〉의 ㉠에서 본문 '때는 지금 都鄙 莫
論코 기린삐一여'는 '-를 마신다'가 생략된 불완전한 문장이다. 〈그림 8〉
㉡의 본문 '기린이 잇어서 到處에 避暑가 完全' 역시 '-하-'의 활용형이 생
략되어 어근으로 종결된 불완전한 문장이다. 이러한 문장은 일반적인 문
장의 종결에 필수적으로 요구되는 요소를 결여하였다는 점에서 비전형적
이고 그에 따라 유표성을 갖는다. 이미지 위주의 광고에서 본문 텍스트는
이미지와 긴밀히 결합되면서도 독자에게 강한 인상을 남길 수 있는 방향

〈그림 9〉 종결어미를 갖춘 완전한 문장(19250504동/석4, 19310123동/석6)

으로 형식적 변모를 겪은 것이다.

이처럼 구나 생략형 문장들이 이미지와 긴밀하게 결합되었던 것과 달리 서술어와 종결어미를 갖춘 완전한 문장은 이미지와의 연계성이 떨어졌다. 〈그림 9〉는 종결어미를 갖춘 완전한 문장이 쓰인 예로, 맥주 마시는 사람, 맥주 로고, 와인 병 등의 이미지가 삽입되긴 했지만 본문 텍스트와의 연계성은 뚜렷하지 않다. 이러한 광고의 경우 본문 텍스트의 기능 부담이 컸으며 종결어미를 갖춘 완전한 문장들이 나열되는 경향이 있었다.

2) 문장종결법

본문은 문장종결법의 측면에서도 변화를 보였다. 1890~1910년대까지는 평서문과 명령문만 쓰이다가 1920년대부터는 의문문, 청유문, 감탄문도 쓰여 종결법이 다양화되었는데 주종에 따른 차이는 뚜렷하지 않았다.

다음은 시기별 주류 광고에 나타난 평서형 어미의 목록이다. 이형태가 쓰인 경우 해당 형태를 그대로 제시하였다.

(6) ㄱ. 1890년대 : -라, -옵나이다, -읍

　　ㄴ. 1900년대 : -라, -ㄴ지라, -오, -소, -오리다, -옵ᄂᆡ다, -습ᄂᆡ다, -습

　　ㄷ. 1910년대 : -라, -노라, -습

　　ㄹ. 1920년대 : -라, -다, -ㄴ다, -올시다, -외다, -나이다, -습니다, -ㅂ니다, -옵

　　ㅁ. 1930년대 : -다, -ㄴ다, -오, -올시다, -나이다, -습니다, -ㅂ니다, -ㄴ걸요, -어요

　　ㅂ. 1940년대 : -습니다

시기별로 비교해 보면 '-옵나이다〉-옵ᄂᆡ다', '-습ᄂᆡ다〉-습니다'의 문법사적 변화를 반영한 형태들이 순차적으로 나타났는데 1900년대까지는 축약형으로 쓰이다가 1920년대부터는 재구조화된 형태로 정착된 것을 볼 수 있다. 또한 평서형 종결어미 '-라'가 1920년대까지만 쓰이고 1930년대부터는 쓰이지 않게 되었고 '-다'와 '-ㄴ다'의 쓰임이 확대되어 근대 소설에서부터 시작된 '-라'체에서 '-다'체로의 전환이 광고문에서도 확인된다. 한편, '-옵', '-습'은 1920년대까지만 쓰였고 1930년대부터는 평서문에 쓰이지 않았다.

명령형 어미의 목록은 다음과 같다.

(7) ㄱ. 1890년대 : -옵, -읍, -오

ㄴ. 1900년대 : -웁

ㄷ. 1910년대 : -읍

ㄹ. 1920년대 : -ㄹ지어다, -오, -ㅂ시오, -압, -옵

ㅁ. 1930년대 : -라, -어라, -소, -ㅂ시오, -압, -옵소서

ㅂ. 1940년대 : -ㅂ시오

초기 광고에 명령문이 쓰인 경우 '-읍'이 '-시-'에 후행하여 '-시읍'으로 종결되는 경우가 많았으나 후대로 오며 보다 다양한 명령형 어미가 나타났다. 앞서 살펴본 평서문과 달리 '-압'의 형태가 1930년대까지도 확인된다.

주류 광고에서 의문문과 감탄문은 1920년대부터 나타나기 시작했고 청유문은 1930년대에 처음 쓰였다. (8ㄱ)은 의문문, (8ㄴ)은 감탄문, (8ㄷ)은 청유문의 문법적 표지이다.

(8) ㄱ. -ㄹ가, -는가, -느냐, -으랴, -ㅂ니까

ㄴ. 이여, -로다

ㄷ. -자, -ㅂ시다

3) 상대높임법

본문의 상대높임법은 시기에 따라, 그리고 주종에 따라 실현 양상에 차이가 있었다. 먼저, 격식체와 비격식체로 나누어 볼 때 비격식체는 1920년대부터 나타나기 시작했지만 격식체의 실현 빈도가 압도적으로 높았다. 격식체 중에는 최고 등급인 합쇼체가 시기와 주종을 불문하고 우위를 보였고 중간 등급인 하오체의 사용은 미미했으며 하게체는 쓰이지 않았다.

최저 등급인 하라체는 1920년대부터 비중이 증가했다.

상품 판매를 목적으로 하는 상업 광고의 기본적 성격을 고려할 때 광고의 발신자가 수신자를 높이는 것은 당연한 현상이며 상대높임법의 등급 중 아주높임의 합쇼체와 예사높임의 하오체가 쓰인 것, 그리고 예사낮춤의 하게체가 아예 쓰이지 않은 것도 이러한 맥락에서 이해할 수 있다. 하지만 후대로 가며 아주낮춤의 하라체가 증가한 것은 이와는 다른 문체사적 변화의 흐름을 반영한 것이다. 근대의 문체는 발수신자의 관계의 흔적을 지우는 방향으로, 그리하여 텍스트가 갖는 중립성을 높이는 방향으로 변

〈표 7〉 본문의 상대높임법 실현 빈도

		양조장	소주	약주	맥주	와인	청주	위스키	보드카
1890s	합쇼체	6							
	하오체	2							
	하라체	1							
1900s	합쇼체	3	4	2	1				
	하오체	1	2		7				2
	하라체	4	1						
1910s	합쇼체		2	2					
	하라체							2	
1920s	합쇼체		12			40	11		
	하오체		5				3	2	
	하라체				3	33			
	해체				1	1			
1930s	합쇼체	1		1	10	57	6		
	하오체	1			3	5	1		
	하라체				11	19	7		
	해요체					3			
1940s	합쇼체						5		

화해 왔는데[20] 광고문에서 높임의 문법 표지가 결여된 하라체의 쓰임이 증가된 것도 이러한 문체사적 변화의 일종으로 생각된다.

그런데 유독 와인 광고에서는 후대로 갈수록 합쇼체의 사용이 늘어나 문체사적 변화에 대해 역행적 흐름을 보였다는 특이성이 있다. 〈표 7〉에 나타난 것처럼 1920년대까지만 해도 와인 광고에서는 하라체가 가장 많이 쓰였지만 1930년대가 되면 합쇼체의 비중이 월등히 높아졌다. 이러한 쓰임은 다른 주종의 광고와 비교해 봐도 예외적이다.

(9) ㄱ. 美味 滋養 葡萄酒 赤玉ポートワイン | 健康美! 곱고 젊은 皮膚! 血色! 정말 健康美는 참 훌륭합니다. 健康케 하십시다. 그 效果的인 手段의 한 가지는 朝夕으로 이것을 먹는 것입니다. 이것은 成熟한 葡萄로 醸造한 것으로 健康을 爲하야 必須한 營養素를 許多히 保有하엿음니다! 成分은 葡萄糖 果糖 鐵分 칼슘分 等입니다. 本品의 甘味는 右 葡萄糖 果糖의 甘味이어서 砂糖(蔗糖)에 依한 加味가 아님니다.(19360114동/조4)

ㄴ. アサヒスタウト 營養價 豐富 サツポロ黑ビール | 아사히 스타우트 삽보로 眞味는 암만해도 겨울이라야⋯⋯⋯ | 朝鮮麥酒株式會社(19360116동/조4)

ㄷ. サッポロビール アサヒビール | 훌륭한 이 맛⋯⋯⋯⋯ 이 香氣⋯⋯⋯ 무어라 할 수 없는 이 滋味! 이 삐一루 一本의 營養價는⋯ 鷄卵 四個 牛乳 三合에 匹敵함⋯⋯ | 朝鮮麥酒株式會社(19360513동/조6)

---

20 권보드래, 『한국 근대소설의 기원』, 소명출판, 2000, 272면; 김병문, 「발화기원 소거로서의 언문일치체의 의미에 관하여」, 『사회언어학』 17-2, 한국사회언어학회, 2009, 92면; 안예리, 『근대 한국어의 변이와 변화』, 소명출판, 2019, 224~225면.

ㄹ. 櫻正宗 | 꽃은 사구라 술은 櫻正宗 | 山邑酒造株式會社 (19360516동/석3)

ㅁ. 藥酒 花中仙 | 富永商会 電話 2812番(19371108동/석2)

(9)는 1930년대 광고의 주종별 대표 양식을 보인 것으로, (9ㄱ)의 와인 광고는 다른 광고와 극명한 대조를 이룬다. 1930년대 맥주(9ㄴ, 9ㄷ), 청주(9ㄹ), 약주(9ㅁ) 등의 광고에서는 생략형 문장이나 절 또는 구 표현이 주로 쓰였는데 이들 광고에서 본문 텍스트는 발수신자의 관계의 흔적을 노출시키지 않고 있으며 불특정한 누군가의 독백 혹은 불특정 다수를 대상으로 한 고지의 성격을 띤다. 그에 반해 (9ㄱ)과 같은 와인 광고의 '-습니다'체 문장들은 발수신자의 직접적 대면성을 상정하여 매장에서 점원이 손님에게 상세하고 공손하게 설명하듯 본문을 작성했다. 이러한 특징은 와인 광고의 내용적 변화에 따른 것으로 4절의 어휘 분석에서 자세히 다룰 것이다.

상대높임법과 관련해 마지막으로 짚고 넘어갈 점은 한 광고의 본문에서 둘 이상의 높임 등급이 실현된 경우가 적지 않았다는 점이다. 합쇼체와 하오체 혹은 하오체와 하게체 등 높임의 등급 체계에서 인접한 등급 간에 혼효가 일어나는 일은 언간 자료에서도 널리 나타났던 현상이지만, 광고문에서는 둘 이상의 등급이 섞여 쓰일 때 인접 등급이 아니라 최상위 등급인 합쇼체와 최하위 등급인 하라체가 섞여 쓰이는 것이 일반적이었다는 점에서 특이성이 있다. 이러한 경우는 세 가지 유형으로 분류된다.

첫째, 광고되는 대상이 달라 구분이 필요한 경우, 둘째, 슬로건과 정보 전달 부분의 구별이 필요한 경우, 셋째, 진술과 요청의 구별이 필요한 경우이다. (10)은 첫 번째 유형에 해당한다.

(10) ⓐ世上에 酒類는 여러 빅 가지 잇스나 麥酒갓치 몸에 히롭지 안코 도로

혀 効驗이 마는 거시 업소. 믹쥬 중에 이 人物標 헤비스麥酒가 第一이며

世界各國人이 미우 稱贊헌 거시요. ⓑ前日之船便으로 上品 雜貨와 食料 洋

酒 麥酒 等이 만히 드러왓슴니다.(19010727황3)

(10)에서 ⓐ 부분의 두 문장에는 하오체가 쓰였지만 ⓑ 부분에는 합쇼

체가 쓰였다. ⓐ 부분에서는 자사 상점에서 판매하는 헤비스맥주에 대해

광고하였지만 ⓑ 부분에서는 전일 선편으로 상품 잡화, 식료품, 양주, 맥

주 등이 많이 들어왔다고 하여 상점 자체를 광고하였다. 맥주 광고보다 상

점 광고에서 더 높은 등급의 상대높임법 표지를 사용한 것인데 광고되는

품목이 다르다고 해도 광고의 발신자와 수신자는 여전히 동일하기 때문

에 어느 경우 독자를 더 높이고 어느 경우 더 낮추고자 한 것으로 보기는

어렵다. 이처럼 하나의 광고 안에 두 가지 광고 대상이 존재할 경우 상대

높임법의 등급을 달리한 것은 본문 텍스트의 내용에 구획이 존재함을 나

타내기 위한 방편이었다고 생각된다.

(11)은 두 번째 유형의 예로 슬로건의 성격을 갖는 문장에는 하라체가,

정보 전달에 주력하는 문장에는 합쇼체가 쓰였다.

(11) ㄱ. ⓐ葡萄酒!라고 부르기는 거북하여도 赤玉이라고 하는 것은 쉬울 것이

다. | ⓑ그래도 赤玉은 가장 優秀한 葡萄酒로서 그 品質을 謳歌밧음에

야 更言을 不要함니다.(19240709동/석4)

ㄴ. ⓐ떠들지 마라. サッポロ의 맛도 모르고 ビール의 조코 낫뿐 것을 말

하지 마라. ⓑサッポロビール에는 麥芽糖, 蛋白質, 아미노酸, 燐酸鹽 等 人

體에 必要한 成分이 極히 吸收하기 쉬웁게 包含되여 잇습니다.(19380811
동/석4)

(11ㄱ)의 와인 광고와 (11ㄴ)의 맥주 광고에서 ⓐ 부분은 하라체로 ⓑ
부분은 합쇼체로 종결되었다. 각각에서 하라체 문장은 독자의 주의를 끄
는 역할을 수행한 반면 합쇼체 문장은 품질의 우수성을 강조하거나 상품
자체에 대한 상세한 설명을 제공하였다.

(12)는 세 번째 유형으로 진술의 기능을 하는 문장에는 하라체가, 요청
의 기능을 하는 문장에는 합쇼체가 쓰였다. 둘 이상의 높임법 등급이 한
광고에 함께 쓰인 예 중에는 이 유형이 가장 많은 수를 차지했다.

(12) ㄱ. ⓐ大抵 釀酒란 거슨 日本 內地에 잇셔도 氣候에 嚴寒홈과 暖和홈에 重繫
가 되는 거신데 況水土와 밋 氣候가 大端이 異혼 大韓國에셔 釀造ᄒ기는
極難ᄒ고 또 好品의 美酒를 得ᄒ기 甚히 어려온 거시라. ⓑ然이나 樊場은
數年 以來로 大韓國에셔 釀造혼 經歷에 擢衆혼 勉挈을 加ᄒ야 原料를 精選
ᄒ고 南山藥水는 卽 부엉바위 물을 用ᄒ야 오더니 本年에 至ᄒ야는 一層
好味ᄒ고 衛生上에 有益혼 淸酒를 釀得ᄒ얏ᄉ오니 伏願 大韓僉位계 셔는 一
次 購求ᄒ시와 虛言 아니를 諒知ᄒ시믈 바라옵나이다.(18991129제4)

ㄴ. ⓐ무엇 그러케 迷惑할 것 업다. ⓑ赤玉포트와인을 자십시오. 당신의 煩
悶은 곳 解決 곳 되실 것이니.(19280920동/석5)

ㄷ. ⓐ大黑의 一杯는 그날의 皮勞를 말쑥히 없엘 뿐 아니라 明日의 精力의
蓄積도 된다. ⓑ每日 잡수시오!(19381113동/조2)

(12ㄱ)의 양조장 광고, (12ㄴ)과 (12ㄷ)의 와인 광고 각각에서 ⓐ에는 하라체가, ⓑ에는 합쇼체가 쓰였는데 ⓐ 부분은 진술, ⓑ 부분은 요청에 해당한다. 상대높임법 표지를 통한 이러한 담화 기능의 분담 양상은 광고의 발행 시기나 주종과 관계없이 두루 나타났던 일반적인 현상이었다.

4. 주류 광고의 어휘적 특징

1) 주류명

1890~1900년대 신문 광고에 나타난 주류 명칭은 'X+酒' 구성을 취하는 경우가 많았다. 소주, 탁주, 약주, 청주는 근대 광고에서도 '소주 / 소쥬 / 燒酒',[21] '탁쥬 / 濁酒', '藥酒', '淸酒' 등으로 쓰여 줄곧 'X+酒' 구성을 취했지만, (13)과 같이 'X+酒' 구성으로 쓰이다가 '酒'가 탈락한 형태로 정착된 경우도 있었다.

(13) ㄱ. 의숙이酒(19061205대3), 후이식기酒(19080110황3, 19080219황3); 우시기(19070611제3, 19080307대1, 190 80307황3), 위스키(19091031대3, 19100726황4), 위스키ー(19100726황4), 우이쓰기(19250612동/석4), 우이스키(19251004동/석5)

ㄴ. 불판대酒(19061205대3), 쌕란듸酒(19080 110황3, 19080219황3); 쌀안듸(19000613황3), 부란듸(19080307대1, 19080307황3), 쌕란

---

21 소주 광고의 경우 '甘紅燒酎(19220428동/석4)'처럼 일본식 조어에 따라 '燒酎'로 쓰기도 했다.

되(1909 1031대3)

ㄷ. 삼판쥬(19080307대1), 三鞭酒(19080110황3, 19080219황3); 삼판
(19080307황3)

(13ㄱ)은 위스키, (13ㄴ)은 브랜디, (13ㄷ)은 샴페인을[22] 나타내는 단
어들로, 원어의 발음에 따라 음차하고 그 뒤에 '酒'를 붙인 것을 볼 수 있
다. 해당 주류는 당시 조선인들에게는 생소한 서양의 술로[23] 음차 부분만
으로는 의미 전달이 불충분하다는 인식이 있어 그 종목을 밝혀 '酒'를 붙
인 것으로 이해된다. 이는 당시 커피가 차의 일종임을 명시하기 위해 '珈
琲茶', '카피茶', '커피차' 등으로 쓰던 것과 같은 맥락이다.

포도주의 경우 1890~1900년대 상점 광고에서는 '포도주, 포도쥬, 포도
酒, 葡萄酒' 등으로 썼는데, 1906년 상점 광고에 '白표도쥬슐酒(19061205대
3)'로 쓰인 특이한 예가 있다. '白표도+쥬'에 이미 술임을 나타내는 '쥬'
가 포함되어 있음에도 '슐'을 붙이고 마지막에 한자로 '酒'까지 덧붙인 것
이다. 포도주는 1920년대 일본의 '赤玉포트와인'[24] 광고에서부터 '와인'
으로 지칭되기 시작했는데 '와인'에 '酒'가 결합된 예는 보이지 않았다.

마지막으로 맥주의 경우 줄곧 한자어 '맥주, 믹쥬, 麥酒'로 쓰다가 1930
년대 중반부터 표제와 본문에서 모두 '쎼ー루', '삐ー루', '비ー루', '삐ー

---

22 '三鞭酒'는 중국술의 명칭이기도 하지만 근대 주류 광고에 쓰인 '三鞭酒'는 샴페인의 음역어
에 해당한다. 이종극의 『모던朝鮮外來語辭典』(1937)에도 '三鞭酒'를 다음과 같이 풀이하였
다. "三鞭酒(삼편주) [champagne]=샴펜"
23 외래 주류의 국내 유입 시기 및 과정에 대해서는 다음의 글을 참고할 수 있다. 장지현, 「朝鮮
時代에 流入한 外來酒에 대하여-19世紀~韓末을 中心하여」, 『논문집』 18, 성심여대, 1986.
24 포트와인은 와인에 브랜디를 넣은 주정 강화 와인으로 광고의 제목에서는 주로 '포ー트와
인'으로 썼지만 1930년대 후반부터는 일본어 'ポートワイン'의 발음에 견인되어 '포ー도와
인' 혹은 '포ー도와잉'으로 썼다.

여' 등 음차어의 쓰임이 일반화되었다. 와인과 마찬가지로 맥주의 음차어에 '酒'를 결합시킨 예도 보이지 않았다.

2) 주종별 광고 어휘의 특징

이 절에서는 소주, 맥주, 와인, 청주 광고를 중심으로 주종별 광고 내용 및 전략의 차이가 어휘의 쓰임에 미친 영향에 대해 논의해 보고자 한다. 분석 대상 어휘는 명사로 한정하되 의존명사나 상품명 고유명사는 제외하였고 주종의 명칭도 앞에서 살펴보았기 때문에 제외하였다. 〈표 8〉은 주종별 광고에 쓰인 명사 중 빈도 2 이상인 것을[25] 빈도순으로 제시한 것이다. 어근을 공유하는 파생어나 합성어는 어근 명사와 함께 각괄호 안에 묶어 제시하였다. 괄호 안 숫자는 해당 형태의 출현 빈도를 뜻하며 밑줄 친 단어들은 해당 주류 광고에 특징적으로 쓰인 것들이다.

〈표 8〉 주종별 광고에 쓰인 명사

소주	[廣告(5) / 廣告的(1) / 광고(1)], 酒味(6), 本國(6), 品質(6), 販賣店(5), [告白(3) / 고빅(2)], [廉價(3) / 特廉價(1) / 염가(1)], [朝鮮(3) / 朝鮮産(1) / 朝鮮式(1)], [衛生(4) / 衛生上(1)], 原料(4), 登錄商標(4), 瓶(4), 京城(4), [僉君子(3) / 쳠군즛(1)], [大韓(2) / 大韓國(1) / 韓國(1) / 我韓(1)], 風味(3), 地方(3), [飮料(3) / 好飮料(1)], 特約店(3), 特別(3), 募集(3), 明洞(3), [醸造(2) / 醸造元(1)], 定價(2), 芳香(2), 顧客(2), 花節(2), 飮後(2), 製造(2), 本局(2), 속(2), 價(2), 方法(2), 割引(2), 芳酒(2), 藥酒(2), 酒類(2), 好伴侶(2), 春遊(2), 白米(2), 韓貨(2), 貰錢(2), 外國(2), 精規(2), 內外國(2), 本所(2), 商店(2), 僉彦(2), 그늘(2), 本位(2), 配達(2), 從來(2), 娑(2), 淸遊(2), 信用(2), 愛飮(2), 注文(2), 國産(2), 無毒(2), 私書函(2), 改良(2), [배醸(1) / 빅醸(1)]
맥주	[獨逸式(16), 獨逸(5), 獨逸人(2), 獨逸國(1)], 品質(19), [西宮(13), 西の宮(4)], [榮養(4), 營養價(4), 營養(3), 榮養價(2), 榮養所(2), 榮養分(1)], 大阪(15), 灘(12), 設備(12), 東京(12), [淸涼飮料(11), 淸涼飮料水(1)], [最新(8), 最新式(4)], [化粧函(11), 化粧箱

---

25 광고문은 텍스트 자체의 총량이 적어 단어 간 빈도 차이가 크지 않았지만 각 단어의 출현 빈도가 어휘 사용 양상을 객관적으로 보여줄 수 있다고 생각하여 지면이 허용하는 최대한의 범위 내에서 빈도 2 이상의 모든 명사에 대해 그 목록과 빈도를 제시하였다.

	(1)], 最高(11), 原料(10), 工場(9), 商標(7), 中元(7), 日本(7), 暑中(6), 發賣(6), [酒類(3), 酒(3)], [世界(5), 세계(1)], 新釀(5), 最高級(5), 銀座(5), 맛(5), 天然鑛泉(5), 名水(5), 水(5), [釀造(4), 釀造元(1)], 株式會社(4), 牛肉(4), 世上(4), 優良(4), 米國(4), 鷄卵(4), 몸(4), 名酒(4), 全部(4), 牛乳(4), 相等(4), 最上(4), 濃厚(4), [效驗(3), 효험(1)], [價値(3), 가치(1)], [御贈用(3), 贈答用(1)], 內容(3), 販賣(3), 本位(3), 歷史(3), 風味(3), 年始(3), 歲末(3), 大甁(3), 到處(3), 最優等品(3), 最良品(3), 進出(3), 避暑(3), 最適(3), 製品(3), 本社(3), 칼로리(3), 健康(3), 東洋(3), 깃붐(3), 告白(3), 衛生(3), 飮料水(3), [御贈答(2) 御贈答用(1), 御贈答品(1)], [倫敦(2), 론돈(1)], [製造(2), 製造元(1)], [黑팡(2) 팡(1)], [冬(2), 겨울(1)], [京城府(2), 京城(1)], [술(2), 슐(1)], 特製(2), 最古(2), 仁港(2), 科學(2), 資本金(2), 아미노酸(2), 博多(2), 精選(2), 釀造水(2), 國民(2), 成分(2), 各國人(2), 昨年(2), 靑島(2), 일음(2), 我社(2), 特約店(2), 禁酒法(2), 東西(2), 進展(2), 가을(2), 良水(2), 橫賓港(2), 基地(2), 札幌(2), 從來(2), 優美(2), 蛋白質(2), 體裁(2), 一等品(2), 嗜好(2), 사닭(2), 釀造法(2), 燦酒燦鹽(2), 新製品(2), 감자(2), 麥芽糖(2), 一等國(2), 무엇(2), 贈答(2), 古來(2), 當社(2), 技術(2), 絶對(2), 無雙(2), 人體(2), 發賣元(2), 我國(2), 愛顧(2), [滋養(1), 滋養品(1)], [各國(1), 각국(1)]
와인	[滋養(28), 자양(1), 滋養料(1), 滋養源(1)], [美味(24), 미미(1)], [榮養(7), 營養素(6), 榮養分(3), 榮養素(2), 營養源(1)], [健康(10), 健康美(2), 健者(1), 健康法(1), 健康上(1)], 葡萄糖(12), 當籤(11), [消化(10), 消化液(1)], 國産(10), 左記(10), [렛테르(6), 렛텔(2), 레데르(1), 레데르(1)], 家庭用(8), 老人(8), 淀橋(8), 東京(8), 作用(8), 精力(8), 朝夕(7), 補血(7), 사람(7), 一品(7), 口色掩(7), [葡萄(6), 葡萄果(1)], [强壯(6), 强壯劑(1)], [糖(6), 糖分(1)], [胃腸(5), 胃腸(1), 胃(1)], 方法(6), 德用(6), 本品(6), 住所(6), 果賣出(6), [血(5), 血液(1)], [疲勞(5), 皮勞(1)], 鐵分(5), 萬人(5), 맛(5), 味(5), 身體(5), 우리(5), 裏面(5), 唾液(5), 應募者(5), 發表(5), 景品(5), 贈呈(5), 抽籤(5), 含水炭素(5), 살(5), 肉(4), 大景品(4), 마음(4), 澱粉(4), 番號(4), 包紙(4), 應募(4), 體力(4), 腦力(4), 抽籤券(4), [病(3), 病氣(1)], [칼슘分(3), 칼슘(1)], 規那(3), 夕(3), 本位(3), 老衰(3), 郵送(3), 愛飮家(3), 姓名(3), 成分(3), 家庭(3), 體(3), 切手(3), 共通(3), 피(3), 努力(3), 朝(3), 買上店(3), 純良(3), 食物(3), 優良(3), 希望(3), 運動(3), 胃弱者(3), 下落合(3), 蔗糖(3), 主成分(3), 한데(3), [男(1), 男子(1), 男性(1)], 愛顧(2), 單位(2), 百藥(2), 몸(2), 效果(2), 封書(2), 酒店(2), 病弱(2), 日本(2), 高尙(2), 女性(2), 回復(2), 普通(2), 에낼기(2), 規定(2), 資本金(2), 精神(2), 電氣(2), 紅茶(2), 事實(2), 頭腦(2), 元氣(2), 男性美(2), 活力(2), 平和(2), 食事(2), 呈上(2), 必要(2), 實行(2), 食料品店(2), 빗(2), 香氣(2), 立會(2), 最上(2), 其他(2), 株式會社(2), 來客(2), 御優待(2), 空籤(2), 富士(2), 各位(2), 嚴正(2), 優美(2), 對接(2), 骨格(2), 腸(2), 當籤者(2), 以上(2), 適當(2), 血色(2), 愛用(2), 締切(2), 直接(2), 氏名(2), 發賣元(2), 에네루기(2), 男女性(2), 治療上(2)
청주	釀造元(13), 銘酒(12), 宿醉(8), 天下(6), [秋(2), 秋氣(2), 秋月(1), 秋季(1)], 淸酒(5), 술(5), 健康(5), 賣出(4), 日本酒(4), 仁川(4), 全鮮(4), 第一酒(3), 酒類(3), 甁詰(3), 優等賞(3), 大賣出(3), 美味(3), 品質(3), 景品付(3), 受領(3), 品評會(3), [春(1), 賞春客(1), 新春(1)], 株式會社(2), 總數(2), 進呈(2), 酒(2), 一品(2), 銘釀(2), 凉風(2), 敵影(2), 凉味(2), 銷夏(2), 上等(2), 麗酒(2), 正宗(2), 飮料(2), [꽃(1), 꽃(1)]

〈표 8〉의 목록 중 모든 주종에 2회 이상 공통적으로 나타난 단어는 '품질'뿐이다. 어떤 주종이든 광고 대상이 되는 술의 품질을 선전했다는 점

은 공통적이지만[26] 어휘 사용 양상을 볼 때 그 품질의 우수성을 부각시키기 위해 제시한 세부 내용에는 뚜렷한 차이가 있었다. 이어지는 논의를 통해 주종별 광고에 반영된 수사의 전략과 어휘 사용 양상의 관계에 대해 알아보겠다.

(1) 소주 광고의 어휘

뒤에서 살펴볼 맥주나 와인 광고에 외국 국명과 지명이 자주 쓰인 것과 달리 소주 광고에는 '본국, 조선, 조선산, 조선식, 대한, 대한국, 한국, 아한我韓, 국산, 경성' 등 한국의 국명과 지명이 유독 많이 쓰였다. 근대 신문에는 외국산의 소비를 비판하고 토산품의 사용을 장려하는 논설이[27] 종종 실렸는데 소주 광고는 이러한 여론을 적극 활용했다고 볼 수 있다.

(14) 西洋에서 製造ᄒᆞᄂᆞᆫ (쌀안되) ᄂᆞᆫ 運價, 關稅, 雜稅等費를 要ᄒᆞᄂᆞᆫ 故로 品劣

ᄒᆞ야도 其價ᄂᆞᆫ 高貴ᄒᆞ되 此朝日燒酒ᄂᆞᆫ 大韓國 京城 明洞 朝日酒場에서 釀

造홈이 此等諸費를 不要ᄒᆞᆫ 故로 其品이 優勝ᄒᆞ되 其價ᄂᆞᆫ 極廉ᄒᆞ오니 四方

---

26 단어 자체가 겹치지는 않지만 맛과 관련된 표현들도 공통적으로 나타났다. 소주 광고에는 '주미(酒味)', '풍미', 맥주 광고에는 '맛', '풍미', 와인 광고에는 '미미(美味)', '맛', '미(味)', '감미', 청주 광고에는 '미미', '양미(凉味)' 등의 표현이 쓰였다.

27 "여러분 웨 맥주와 배갈과 포도주와 정종과 부란듸와 위스키를 마십닛가. 맥주 한 병에 오십 전이면 쌀이 두 되요 쌀이 두 되면 한 사람의 사오일 량식이 됩니다. 그런데 여러분이 맥주 한 병을 마실 때마다 우리 조선 사람 한 사람이 사오 일 먹을 량식이 업서지니 해마다 맥주로 하야 업서지는 량식이 얼마나 되겟슴닛가. 한 분이 맥주를 자시기 때문에 우리 조선 사람 중에는 자연히 사오 인의 밥을 굶는 사람이 생기는 것이외다. 포도주는 부란듸는 더합니다. 포도주 한 병에는 한 사람이 십여 일 먹을 량식 부란듸나 상등 포도주 한 병에는 한 사람이 한 달 이상 먹을 량식이 다라납니다. 만일 술을 꼭 자서야 하겟거든 약주나 소주나 막걸리나 조선 사람의 손으로 짓는 것을 자시오. 그러면 그 갑스로 가는 것은 여전히 조선 사람의 손에 떠러지기 때문에 다른 나라로 가지는 아니할 것이외다."(염태진, 「조선 사람은 엇지하면 살고」, 『동아일보』, 1922.12.21, 5면)

僉君子는 甞味ᄒ시면 品良價廉흔쥴 諒悉ᄒ오리다 (19000613황3)

(14)는 조일주장 광고로 서양에서 제조하는 브랜디는 운송비나 관세, 각종 세금으로 덧붙은 비용이 있기 때문에 품질이 낮아도 값이 비싼 반면 대한국 경성 명동에서 양조하는 조일소주는 양주와 달리 비용이 저렴하면서도 품질이 우수하다고 광고하였다. 소주 광고는 일제강점기에도 "純朝鮮式 白米釀造(19291117동/석2)", "朝鮮産 中의 最優等 燒酒(19300316동/석3)" 등과 같이 '조선'을 강조한 것이 특징적이었다.

또한 소주 광고에서는 다른 주종의 광고에서와 달리 '염가, 특염가, 정가, 할인' 등 가격과 관련된 단어들이 많이 쓰였다. 본문 내에 '大瓶 韓貨 四十 錢 小瓶 韓貨 二十 錢(19000613황3)' 등과 같이 가격을 명시한 경우도 많았는데 값이 저렴하다는 것을 장점으로 부각시킨 것이다.

(2) 맥주 광고의 어휘

맥주 광고의 경우 '독일'의 사용 빈도가 가장 높게 나타났다.[28]

> (15) 純 獨逸式 灘의 맥주 ユニオンビール 유니온맥주 | 黑팡과 감자로 훌륭히 健康을 保持하는 獨逸人은 坐한 맥주의 常用者입니다. 이 粗食의 獨逸人이 훌륭한 體格, 明晰한 頭腦, 堅忍不拔의 精神의 所有者인 原因을 獨逸의 노ー루덴 사로몬 兩博士는 麥酒는 卓越한 興奮劑로, 坐한 榮養 支持者인 獨逸 國民이 黑팡과 감자로 훌륭한 健康을 保持함은 全혀 맥주 常用의 德이라고 讚美하

---

28 와인 광고에도 '불국산', '불란서' 등이 등장하긴 하지만 소수의 예에 그친 것을 볼 때 맥주 광고에서 '독일'이 고빈도로 나타난 것은 특징적이라 할 수 있다.

고 잇습니다. 灘의 銘酒의 素宮水는 世界的 名釀地 獨逸 뮨헨의 水와 近似하고 硬度가 非常히 놉아서 酒의 釀造에 조코 쏘 맥주의 釀造에도 조흔 것은 勿論입니다. 유니온맥주는 이 灘에 工場을 增設하고 純 獨逸式 設備와 精選한 原料를 가지고 純 獨逸式 釀造法에 依하야 大量 生産을 하고 잇습니다. 純 獨逸式 유니온맥주가 如何히 여러분의 衛生 及 榮養의 期待에 지지 안코 嗜好에 맛는가 從來 一般의 맥주와 比較하시기를 바랍니다.(19280530동/석5)

(15)는 유니온맥주 광고의 전문으로, 독일인들이 신체적, 정신적 건강을 유지하는 비결이 바로 맥주에 있다고 하여 맥주를 문명개화와 위생의 상징물로 그려냈고,[29] 유니온맥주의 원료로 사용되는 물이[30] 맥주 양조로 유명한 독일 뮨헨의 물과 비슷하다고 강조하였다. 한편, 1935년 삿포로 맥주는 자사 맥주를 독일로 수출한다는 점을 대대적으로 광고하며 '獨逸로 삐一루의 進出!(19350612동/석4)'과 같이 '麥酒의 本바다 獨逸國'에 의해 인정받은 양질의 맥주임을 강조하였다.

맥주 광고에는 '영양, 영양가, 영양소, 영양분, 자양, 자양품' 등 영양과 관련된 단어도 높은 빈도로 나타났는데 이는 맥주를 영양이 풍부하고 몸에 좋은 술이라고 광고하였기 때문이다. 맥주가 건강에 좋다는 주장은 대체로 두 가지 근거에 의해 뒷받침되었다. 맥주의 칼로리를 계란, 소고기,

---

29 1903년 4월 3일 자『황성신문』에 실린 헤비스맥주 광고에서도 맥주를 마시는 자는 개화인이라고 광고한 바 있다. "可飲 可飲 可飲麥酒 不飲麥酒者 非開化之人. 世上에 酒類난 여러 빅 가지가 잇스나 麥酒갓치 몸에 히롭지 안코 도로혀 効驗이 마는 거시 업고 開化한 國民은 能히 飲用한 거시며 麥酒 中에 人物標 惠比壽麥酒가 第一이며 世界 各國人이 미우 稱讚한 거시오.(19030330황4)"
30 '천연광천, 명수, 수(水), 양조수, 양수(良水)' 등 원료로 쓰인 물의 수질이 우수함을 강조하며 물과 관련된 단어를 많이 사용한 것도 맥주 광고의 어휘적 특징 중 하나이다.

우유, 빵, 감자 등 식품과 비교하거나 맥주에 포함된 아미노산, 단백질, 인산염, 맥아당 등이 인체에 꼭 필요한 성분임을 강조하는 식이다.

(3) 와인 광고의 어휘

〈표 8〉에서 볼 수 있듯이 와인 광고에는 '자양滋養,[31] 자양료, 자양원, 영양, 영양소, 영양분, 영양원, 건강, 건강미, 건자健者, 건강법, 소화, 소화액, 정력, 보혈, 강장, 강장제, 원기, 활력, 위장, 위, 장, 피, 혈血, 혈액, 혈색, 살' 등 신체의 건강과 관련 단어가 유독 많이 쓰였다.[32] 와인 광고는 얼핏 보면 약 광고로 착각할 만큼 약효와 치료 효과를 상술한 경우가 많았는데[33] 이러한 광고에서는 '피로, 과로, 악질, 병원, 치료, 회복, 병약자, 허약자, 위약자, 노인, 노쇠' 등 다른 주종의 광고에서는 보이지 않는 어휘가 쓰였다. 1930년대 중반 이후로는 포도당, 과당, 함수탄소(탄수화물), 철분, 칼슘과 같은 와인의 영양소를 구체적이고 상세하게 언급하는 등 건강상의 유익함을 선전하는 장문의 광고가 대부분을 차지했다.

앞서 문법에 관한 논의에서 살펴본 것처럼 다른 주종의 광고와 달리 와

---

31 맥주 광고에도 '자양'이라는 표현이 등장하지만 대개 '영양'으로 쓰인 것과 달리 와인 광고에서는 '자양'과 '영양'이 모두 고빈도로 나타났다.

32 와인 광고에는 '위생'이라는 표현이 쓰이지 않았지만 소주, 맥주, 약주 등 근대의 주류 광고를 보면 술이 위생에 유익하다는 점을 강조한 경우가 많았다. 흥미로운 점은 음주를 권하는 주류 광고뿐 아니라 금주를 권하는 1920~1930년대 금주운동 논설에서도 위생을 이유로 금주를 주장했다는 점이다. 근대의 위생 담론이 음주와 금주라는 정반대의 주장에 모두 동원된 것이다.

33 마시면 마실사록 피 되고 살이 됨.(19230531동/석4); 맛이 조코 滋養되는 葡萄酒. 朝夕의 一杯 百藥보다 나흔.(19250918동/석5); 健康 回復의 急轉은 赤玉 飮用의 直下로부터.(19290210동/석5); 몸은 정말 正直합니다. 남이 모르는 障害도 自己는 곳 압니다. 그만치 自己가 먹은 赤玉의 效果를 自己가 아는 것도 一箇月쯤 되면 압니다.(19310123동/석6); 朝一杯! 夕一杯! 이것을 努力이라 하기에는 너무나 맛나다!(19320218동/석4); 健康…해지는 것은 疾病…이 들기보다 容易한 일애요. 그럼 健康은 朝夕 一杯의 赤玉만으로 어들 수 잇는 걸요!(19330309동/석3); 안 뿌린 씨는 나지 않는다…… 먹지 않은 赤玉에 効驗이 잇으랴.(19331018동/석3)

인 광고는 1930년대로 오며 합쇼체의 종결어미로 끝나는 완전한 문장의 비중이 증가했는데 이는 (9ㄱ)과 같이 와인의 약효를 상술하는 광고 방식으로 인한 것이다. 다른 주종과 달리 1930년대 중반부터 유독 와인 광고에서 이러한 내용적, 형식적 변화가 나타난 것은 당시 사회적 분위기와 무관하지 않아 보인다.

1920년대부터 시작되어 1930년대에 그 규모가 대폭 확대된 기독교 계열의 절제운동 세력들은 각종 선전을 통해 술이 갖는 해악을 적극 설파했다.[34] 술이 모든 질병과 죄악의 근원이라는 선전에 맞서 주류업계에서도 이에 대한 대응책을 마련하지 않을 수 없었을 것이다. 당시 주류 광고 전반에서 해당 술이 갖는 건강상의 효능을 강조하는 경향이 있었지만 그중 특히 와인 광고에서 과대광고의 경향이 강하게 나타났는데, 외국산 주류이자 고가의 사치품이라는 점에서 와인이 특히 거센 비판을 받았기 때문에 그에 대한 대응 역시 더욱 적극적이었던 것이라 생각된다.[35]

(4) 청주 광고의 어휘

청주 광고는 본문이 없거나 간략한 경우가 대부분이었기 때문에 다른 주종에 비해 어휘 사용의 절대량이 적다. 〈표 8〉을 보면 다른 주종처럼 품질과 맛을 설명하고 건강에 좋은 술임을 나타내는 데에 사용된 단어들이 확

---

34 윤은순, 「1920~30년대 기독교 절제운동의 논리와 양상- 금주금연운동을 중심으로」, 『한국민족운동사연구』 59, 한국민족운동사학회, 2009, 150면.

35 외국산 주류라도 맥주는 당시 물가 지수를 측정하는 기준 품목 중 하나로 빠짐없이 등장할 만큼 주요 소비품으로 자리 잡고 있었고 맥주의 과도한 소비를 우려하는 기사들이 종종 발표될 만큼 시장이 급격히 확대되어 갔기 때문에 금주운동에 대한 대응에 있어서는 와인에 비해 소극적이었던 것으로 보인다. 1920년대 중반의 통계에 따르면, 한 해 동안 맥주는 2,150석, 와인과 기타 과실주는 총 197석이 판매돼 맥주가 와인보다 100배 이상 많이 팔렸던 것을 알 수 있다.(「百萬石의 酒類 전조선 일개년 통계」, 『동아일보』, 1926.7.4, 3면)

인되는데 그중 '숙취'는 청주 광고에서만 빈번히 쓰인 단어이다.[36]

(16) ㄱ. 秋氣爽然. 味覺과 醉覺의 頂上을 간다. 宿醉 안 됩니다.(19371014동/석2)

　　ㄴ. 親할 만한 新世界의 風格! 술 맛과 餘韻 天下 一品! 宿醉 안 됩니다.(19361029
　　　동/석3)

　　ㄷ. 適量 麗酒의 活力으로 備하자 明日의 活躍에. 宿醉치 안는 健康 日本酒.
　　　(19380917동/조3)

　　한편, 청주 광고에 쓰인 어휘 중에는 유독 계절감을 드러내는 어휘가 많
았다. 가을 관련 표현들로 '추추秋, 추기秋氣, 추월秋月, 추계秋季' 등이 쓰였고,
'춘春, 상춘객, 신춘, 꽃' 등 봄 관련 표현이나 '소하消夏, 양풍凉風, 양미凉味'
등 여름 관련 표현도 보인다. 이처럼 청주 광고는 어휘의 총량이 많지 않
았음에도 봄, 여름, 가을의 세 계절과 관련된 문구가 쓰일 만큼 계절감을
살리는 경향이 있었다.[37]

36　소주 광고의 경우 '飮後 無毒(19220428동/석4, 19220906동/석4)'이라고 하여 숙취가 없
　　음을 언급하기도 했지만 해당 예가 2건에 그쳤고 '숙취'라는 단어도 쓰이지 않았다. '숙취'
　　가 사전에 등재되기 시작한 것은 게일의 제2판 『韓英字典』(1911)부터로 1910년대에도 쓰
　　임이 있었던 것으로 보이지만 『동아일보』 기사에 1930년대 중반부터 나타나기 시작한 것
　　으로 보아 1920년대에는 널리 쓰이던 표현이 아니었던 것으로 생각된다.

37　계절과 관련된 표현은 소주와 맥주 광고에도 나타났는데 소주 광고에 쓰인 빈도 2 이상 단어
　　목록에 '화절(花節), 춘유(春遊), 꽃' 등 봄과 관련된 단어들만 포함되어 있어 소주는 봄에 어
　　울리는 술로 이미지화되었음을 알 수 있다. 맥주 광고의 경우 '서중(暑中), 피서' 등 여름 관련
　　단어가 가을이나 겨울 관련 단어에 비해 많이 쓰였다. 그와 더불어 맥주 광고에서는 '연시, 세
　　말(歲末)' 등의 표현도 보이는데 이는 맥주가 연말연시 증답품으로 선전되었기 때문이다. 와
　　인 광고의 경우 빈도 2 이상 목록에 특별히 계절감을 드러내는 표현이 포함되어 있지 않았다.

5. 요약 및 남은 과제

 광고의 문구는 수용자에게 친숙하고 편안하게 받아들여지면서도 동시에 신선한 감각을 이끌어낼 수 있어야 한다. 근대의 신문 광고들 역시 문체, 문법, 어휘 등 언어적 장치들을 활용하여 광고 효과를 높이고자 했다.

 문체의 관점에서 볼 때 광고문의 구성 요소 중 변화가 가장 빠른 부분은 표제였다. 표제에는 1920년대부터 가나 문자가 쓰이기 시작했는데 외국산 주류인 맥주와 와인에서 그러한 경향이 두드러졌다. 주류 광고의 본문은 대부분 국한문으로 작성되다가 1930년대부터 일문이 섞이기 시작했는데 하나의 광고 안에 쓰인 국한문과 일문은 담화적 기능이 서로 달랐다. 한편, 광고주 표시에는 시기와 주종과 관계없이 한자가 선호되었다.

 본문의 문장에 나타난 문법적 특징을 살펴본 결과, 1890~1910년대까지는 종결어미를 갖춘 완전한 문장이 주를 이루었으나 1920년대부터는 명사구나 생략형 문장의 비중이 급증하였다. 이는 이미지의 도입이라는 광고의 형식적 변화에 따라 '읽는 광고'가 아닌 '보는 광고'에서 텍스트와 이미지의 결속력이 강화된 결과였다. 문장종결법 역시 1920년대 이전까지는 평서문과 명령문이 주를 이루다가 1920년대부터 의문문, 청유문, 감탄문 등이 나타났다. 상대높임법도 1920년대부터 아주낮춤의 하라체의 쓰임이 증가하는 양상이 보였는데 이는 텍스트의 중립성을 높이는 방향으로의 문체사적 변화와도 일치하는 것이었다. 한편, 와인 광고의 경우 1930년대에 들어 오히려 합쇼체 문장이 급증하는 예외성을 보였다. 하나의 광고에서 합쇼체와 하라체의 양극단의 상대높임법이 뒤섞여 쓰인 경우도 적지 않았는데 이때 각 등급은 서로 다른 담화 기능을 수행했다.

광고문에 쓰인 어휘를 분석한 결과, 주종 간의 차이가 뚜렷했고 주종별 어휘 목록의 비교를 통해 서로 다른 광고 전략을 읽어낼 수 있었다. 소주 광고에서는 국산이며 값이 저렴하다는 점이 강조되었고, 맥주 광고에서는 독일식이라는 점, 영양이 풍부하다는 점이 강조되었다. 와인 광고에서는 건강 증진 효과나 치료 효과를 매우 강조했고 청주 광고에서는 숙취가 없다는 점을 강조하는 한편 계절감을 살리는 경향이 있었다.

기존 연구들이 광고문에 나타난 언어적 변화의 흐름을 단선적으로 기술해 왔던 것과 달리 본고에서는 변화의 흐름 속에서 포착되는 여러 가지 변이의 양상 또한 놓치지 않고 기술하고자 했다. 또한 광고문에서 나타난 언어적 특징들을 이미지와의 관계나 사회문화적 맥락 속에서 해석한 점도 본고가 이룬 하나의 성과라 할 수 있을 것이다.

하지만 주류라는 특정 제품군에만 집중하였기 때문에 갖는 한계점도 분명히 존재한다. 광고의 언어가 해당 제품의 잠재적 소비자층에게 최적화되는 경향이 있다는 점에서 주류 광고는 주된 소비층인 남성 식자층의 언어를 구사했을 가능성이 높다. 본고의 분석 결과 본문에서 주로 국한문체를 사용한다든지 대체로 격식체 어미를 사용하고 비격식체 어미를 선호하지 않는다든지 하는 점은 소비층이 다른 유형의 광고에서는 달리 나타날 수 있는 특징들이다. 본고의 연구 방법론을 동일하게 적용하여 소비층이 다른 광고들을 분석해 본다면 비교 분석의 기틀을 마련할 수 있을 것이며 그러한 연구들이 종합되었을 때 근대 신문 광고의 언어 사용 양상 전반을 포괄적이면서도 동시에 상세하게 그려낼 수 있을 것이다.

참고문헌

1. 기본자료

『독립신문』(대한민국신문아카이브 www.nl.go.kr/newspaper)

『매일신문』(대한민국신문아카이브 www.nl.go.kr/newspaper)

『황성신문』(대한민국신문아카이브 www.nl.go.kr/newspaper)

『제국신문』(한국학진흥사업성과포털 waks.aks.ac.kr)

『대한매일신보』(대한민국신문아카이브 www.nl.go.kr/newspaper)

『동아일보』(네이버 뉴스라이브러리 newslibrary.naver.com)

2. 논문 및 단행본

권보드래, 『한국 근대소설의 기원』, 소명출판, 2000.

김병문, 「발화기원 소거로서의 언문일치체의 의미에 관하여」, 『사회언어학』 17-2, 한국
사회언어학회, 2009.

박영준, 「1890년대 신문 광고 언어 연구」, 『한국어학』 27, 한국어학회, 2005.

_____, 『광고언어론 – 언어학의 눈으로 본 광고』, 커뮤니케이션북스, 2006.

서은아, 「〈독립신문〉에 나타난 광고 언어의 사용 양상」, 『한말연구』 17, 한말연구학회,
2005.

_____, 「개화기 신문 광고에 사용된 어휘 연구」, 『겨레어문학』 42, 겨레어문학회, 2009.

_____, 「신문 광고 어휘의 계량 연구 – 개화기 국문 신문을 중심으로」, 『한말연구』 28,
한말연구학회, 2011.

안예리, 『근대 한국어의 변이와 변화』, 소명출판, 2019.

윤은순, 「1920~30년대 기독교 절제운동의 논리와 양상 – 금주금연운동을 중심으로」,
『한국민족운동사연구』 59, 한국민족운동사학회, 2009.

우시지마 요시미 · 문한별, 「근대전환기 신문 광고에 나타난 계몽의 수사」, 『국어문학』 66,
국어문학회, 2017.

이화선 · 구사회, 「일제 강점기 주세령(酒稅令)의 실체와 문화적 함의」, 『한민족문화연구』
57, 한민족문화학회, 2017.

장지현, 「朝鮮時代에 流入한 外來酒에 대하여 – 19世紀~韓末을 中心하여」, 『논문집』 18,
성심여대, 1986.

채 완, 「개화기 광고문의 표현 기법」, 『한국어 의미학』 12, 한국어의미학회, 2003.

_____, 「일제시대 광고문의 형식과 전략」, 『이중언어학』 27, 이중언어학회, 2005a.

_____, 「일제 시대 광고 카피의 연구-문체와 그 선택 요인을 중심으로」, 『인문과학연구』
11, 인문과학연구소, 2005b.

_____, 「개화기 광고문의 문체」, 『어문논집』 43, 중앙어문학회, 2010.

타옹 마라디, 「『대한매일신보』 광고문의 종결어미 연구」, 한국학중앙연구원 석사논문, 2019.

제2부
근대문학 텍스트와 서사 양식

박진영 | 혁명기 공안소설과 연애 서사의 번역

배정상 | 강명화 정사 사건과 딱지본 대중소설

반재유 | 근대시기 삼강록의 계승과 변용
『경남일보』의 「삼강의 일사」를 중심으로

혁명기 공안소설과 연애 서사의 번역

박진영

1. 공안과 연애의 풍경

우연임이 틀림없는 일이지만 2·8독립선언과 3·1운동이 일어난 날 신문 연재소설이 하나씩 마무리되었다. 5·4운동 전야에 또 한 편이 끝을 마물렀다. 1919년 초를 장식한 첫 번째 소설은 파리의 6월 봉기에서 절정에 달한 뒤 장발장의 장엄한 죽음으로 대단원의 막을 내린 빅토르 위고의 『레 미제라블』이다. 뒤를 이은 것은 신해혁명 전후의 시정市井을 그린 왕렁포王泠佛와 쉬전야徐枕亞의 소설이다. "기쁜 웃음과 만세의 부르짖음으로 지나간 세상을 조상"하기는 섣부르더라도 번역의 시공간이 19세기 서양에서 20세기 중국으로 훌쩍 당겨졌으니 새 시대의 총아를 예고한 사태인지 모른다.[1] 무엇보다 근 10년 동안 유일한 한국어 중앙 일간지로 군림한

지면 위에서 짧은 기간에 벌어진 일이니 문학사적 현상이기도 할 터다.

우리가 눈여겨보아야 할 대목은 1919년 초 예기치 않게 선보인 중국소설『기옥奇獄』과『옥리혼玉梨魂』이다. 이광수의『무정』과『개척자』가 1면에 남긴 유산을 물려받을 적자가 나서지 않은 마당에『홍루몽紅樓夢』마저 중단된 상태였으며, 4면에서는 민태원의『애사哀史』가 번안소설의 시대에 종언을 고한 참이었다.[2] 바야흐로 번역은 다시 한번 색다른 시대정신과 상상력의 도래를 약속할 것인가? 우리는 세 가지 물음을 던지지 않을 수 없다.

첫째, 1910년대 말에 이르러 처음으로, 그리고 잇달아 중국소설이 등장한 것은 어떤 의미를 띠는가?『매일신보』연재 지면에서 뜻밖의 전환점이 포착된 것은 명백하다. 겉보기에 1면의 이광수 창작, 4면의 번안소설을 모두 중국문학이 이어받았을 뿐 아니라 사실상 양 지면을 동시에 석권한 것이나 다름없기 때문이다. 대체 왜 중국문학인가? 중국소설에 대한 이례적인 집중력이 과연 문학사적 연속성을 담보로 발휘되었는지 진지하게 물을 가치가 있다.

둘째, 동시대 중국문학이 근대 한국어로 번역된다는 것은 무엇을 뜻하는가?『기옥』과『옥리혼』은 민국民國 초기를 휩쓴 인기작이 즉각 번역된 드문 성취다. 전자는 베이징에서 일어난 미제 사건을 다룬 공안소설公案小說의 후예요 후자는 상하이에서 싹튼 원앙호접파鴛鴦胡蝶派 문단을 대표한

---

1 민태원, 「애사」, 『매일신보』, 1918.7.28~1919.2.8, 4면(전152회); 양건식, 「기옥」, 『매일신보』, 1919.1.15~3.1, 1면(전41회); 육정수, 「옥리혼」, 『매일신보』, 1919.2.15~5.3, 4면(전73회). 인용은 이광수, 「무정」 126, 『매일신보』, 1917.6.14, 1면.

2 이광수, 「무정」, 『매일신보』, 1917.1.1~6.14, 1면(전126회); 이광수, 「개척자」, 『매일신보』, 1917.11.10~1918.3.15, 1면(전76회); 양건식, 「홍루몽」, 『매일신보』, 1918.3.23~10.4, 1면(전138회, 미완).

다. 또한 전자는 타블로이드판 백화신문에 연재된 반면 후자는 사륙변려문四六駢儷文으로 창작되었다. 여러모로 어울리는 짝이 아닐뿐더러 바로 앞서 소개된 청대 백화문학『홍루몽』과도 이질적이다. 미상불 한중 근대문학 사이에 모종의 동시성이 형성되기 시작했다고 말해도 좋을까?

셋째, 서로 다른 성격의 대중문학이 나란히 건너온 셈이지만 왜 공안과 연애는 공히 문학사적 파문을 일으키지 못했는가? 의옥疑獄 스캔들은 탐정의 시대나 추리소설로 이어지지 않았다. 다가오는 사랑과 애정의 선풍을 이끈 것은 애한哀恨이나 비련의 감각이 아니었다. 그렇다면『기옥』과『옥리혼』이 떠맡은 소명은 무엇이며, 모처럼 동시대 중국으로 시선을 돌린 번역의 성과를 상속할 차세대 주역은 누구인가?

요컨대 1919년이라는 공교한 갈림길에 선『기옥』과『옥리혼』의 존재 방식은 중국문학이란 무엇이며 어떻게 번역되어야 하는가에 대한 문학사적 실험이라 일컬을 만하다. 그것은 중국소설 번역의 매체, 언어, 양식을 둘러싸고 처음 던져진 질문이자 마지막 답안이기도 하다는 점에서 중요하다.

2. 폭풍 전야의『매일신보』연재소설

3·1운동의 여파 끝에 민간 일간지 창간과 지면 경쟁으로 이어진 미디어 생태계의 격변에도 불구하고, 또한 그 와중에 근 10년에 걸친 연륜과 관록을 자랑한『매일신보』연재소설의 급선회가 지닌 특이성에도 불구하고「기옥」과「옥리혼」은 지금까지 별다른 관심을 끌지 못했다. 한일병합

이래 격절을 겪으면서 중국문학을 둘러싼 인적 교류와 문화적 네트워크가 붕괴된 것이 실상에 가깝다 보니 예외적인 현상처럼 보이는 「기옥」과 「옥리혼」에 주의를 기울이기 어려운 탓이다. 그나마 바로 앞서 연재된 「홍루몽」은 중국문학사에서 차지하는 중요성이라든가 조선 후기부터 이루어진 번역 덕분에 꾸준히 연구가 진척되어 왔다.[3]

고전의 반열에 올라선 『홍루몽』과 견준다면 통속적인 대중문학이라 할 『기옥』과 『옥리혼』은 인지도나 중량감이 현저히 떨어진다. 또 공안과 연애라는 감수성이 새롭다 할지언정 그만큼 돌출적으로 보이는 것도 사실이다. 이를테면 일찍이 연재된 바 있는 『신단공안神斷公案』의 사례가 있으나 『기옥』에 이르는 13년의 시차만큼이나 양식적·언어적 격차 또한 심원하다.[4] 『옥리혼』이 드러낸 애정哀情이 엄연히 근대적인 연애관에 포섭되어 있다 할지라도 원앙호접파 문학이 풍미하는 일은 일어나지 않았거니와 차라리 구시대의 인정人情과 정절이 되풀이된 아류로 여기기 십상이다.

사정이 이러할진대 『기옥』과 『옥리혼』에 대한 연구가 일천할 수밖에 없다. 『기옥』은 원작을 밝히지 못한 채 1910년대 연재소설을 다루면서 소략히 언급되는 정도로 그쳤고, 공안소설이나 추리소설의 계보에서도 완전히 누락되었으니 문제다.[5] 한편 전환기의 중국문학사에서 『옥리혼』이 차지하는 비중에 비해 한국어 번역의 문제성은 충분히 다루어지지 못했

---

3   대표적인 성과만 꼽자면 최용철 외, 『홍루몽의 전파와 번역』, 신서원, 2007; 정선경, 「1910년대 『매일신보』에 연재된 『홍루몽』 번역과 서사의 근대성」, 『중국어문학지』 36, 중국어문학회, 2011, 93~116면.
4   「신단공안」, 『황성신문』, 1906.5.19~12.31, 3면(전190회); 한기형·정환국, 『역주 신단공안』, 창비, 2007.
5   박진영, 『번역과 번안의 시대』, 소명출판, 2011, 473면; 박진영, 『탐정의 탄생 ─ 한국 근대 추리소설의 기원과 역사』, 소명출판, 2018.

다. 최근 들어 번역가 육정수陸定洙를 조명하면서 『옥리혼』에서 유실된 시대성이 지적된 바 있으며, 1935년 읍홍생泣紅生에 의한 번역이 처음 제시되어 『홍루몽』과의 관련성 속에서 『옥리혼』 번역의 의미가 고찰되었을 따름이다.[6]

『기옥』과 『옥리혼』을 대하는 편협한 태도는 1910년대 말부터 1920년대 초의 문학사적 성격을 단층斷層으로 바라보는 시각, 신문 연재소설의 연속성과 불연속성 속에서 중국문학 번역이 지닌 의미와 효과에 대한 과소평가에서 빚어진 혐의가 다분하다. 특히 일본을 경유한 번역과 번안의 강력하고 지속적인 자장에 압도됨으로써 불가피하게 생긴 사각지대이기도 하다.

예컨대 3 · 1운동 직후 『매일신보』의 핵심 번역가 겸 편집진이 대거 『동아일보』로 넘어가면서 새로운 경쟁 구도가 정립된 형국은 분명하다. 시대사조에 둔감해진 『매일신보』가 침체에 빠질 수밖에 없었던 반면 『동아일보』는 1910년대 연재소설의 이월과 갱신을 통해 새로운 길을 모색할 수 있었다. 이러한 접근은 비록 실상에 근사할지라도 1919년 전후를 과도기나 혼란기로 치부하는 시각에서 벗어나지 못하며, 번역을 둘러싸고 벌어진 동아시아적인 실천의 경합을 입체화할 수 있는 여지를 좁히게 마련이다.[7] 아닌 게 아니라 신문 연재소설의 안정성이 허물어지기 전에 이미 중국문학이 번역되기 시작했으며, 양건식梁建植이 고집스레 원대 잡극과 청

---

6 오순방, 「1910년대 최대의 베스트셀러 『옥리혼』 종론(綜論)」, 『중국학연구』 30, 중국학연구회, 2004, 155~183면; 홍석표, 『중국현대문학사』, 이화여대 출판부, 2009, 344~351면; 조경덕, 「초우당주인 육정수 연구」, 『우리어문연구』 41, 우리어문학회, 2011, 561~590면; 양은정, 「『옥리혼』의 국내 번역본 비교 연구―『홍루몽』 관련 위주」, 『중국문학』 88, 한국중국어문학회, 2016, 49~69면.
7 이러한 편향은 박진영, 『번역과 번안의 시대』, 470~499면.

대 희곡으로 거슬러 갔다는 사실을 잊지 말아야 한다. 중국문학의 조심스러운 부흥을 압박한 것은 역설적으로 세계문학의 시대요 공안과 연애라는 색다른 화두는 동아시아의 안과 밖, 고전과 동시대의 경계에서 빚어진 내적 파열음일 공산이 크다.

양건식의 『홍루몽』과 『기옥』, 육정수의 『옥리혼』이 당당하게 연재된 일이 중국문학으로서는 초유의 사태라는 사실을 거듭 강조해 둘 가치가 있다. 1910년대 『매일신보』 연재소설의 전반적인 흐름은 이해조 신소설, 일본 번안소설, 일본을 경유한 서양 번안소설, 그리고 이광수 창작소설로 명료하게 간추릴 수 있다. 신소설이 완전히 퇴출되고 번안소설로 주도권이 이양된 1912~1913년이 첫 번째 고비라면 「무정」과 「개척자」가 등장한 1917~1918년이 두 번째 분수령이다. 그사이 연재 지면은 1면과 4면에 모두 성공적으로 안착했으며, 예외적인 경우로는 『아라비안나이트』를 번역한 3면 연재소설 「만고기담萬古奇談」, 조선 후기 고전소설을 번역한 「김태자전金太子傳」을 꼽을 수 있을 뿐이다.[8]

달리 말하자면 1910년대 『매일신보』 연재소설은 얼핏 일본소설이 장악한 듯 보이지만 실제로는 단명했고, 눈물로 얼룩진 가정소설이 풍미한 시대라고 일컫지만 역시 일면적이다. 또 창작으로 수렴된 것은 사실이나 그 뒤로도 번역과 번안이 간단없이 이어졌다. 특히 이광수가 창작의 영토로 확보한 것처럼 보이는 1면에 뒤따른 것이 「홍루몽」과 「기옥」이다. 연재가 끊긴 적이 없는 4면 연재소설은 『레 미제라블』을 번안한 「애사」에서 절정에 달한 뒤 곧바로 「옥리혼」으로 이어졌다.

---

8 이상협, 「만고기담」, 『매일신보』, 1913.9.6~1914.6.7, 3면(전170회); 선우일, 「김태자전」, 『매일신보』, 1914.6.10~11.14, 4면(전113회); 박진영, 『번역과 번안의 시대』, 301~466면.

〈표 1〉 『매일신보』 연재소설 (1917~1919)

1면	연재 기간	4면	
무정	1917.1.1~6.14 (전126회)	산중화 홍루 무궁화 애사 옥리혼	1917.4.3 ~1919.5.3
개척자	1917.11.10~1918.3.15 (전76회)		
홍루몽	1918.3.23~10.4 (전138회, 미완)		
기옥	1919.1.15~3.1 (전41회)		

세 편의 중국문학 번역은 1910년대의 어떤 연재소설과도 이질적이며 공유점이 전혀 없다. 공통적으로 사랑의 문제를 다루었다는 점이 궤를 같이 하는 것처럼 보이지만 『홍루몽』의 애련哀戀이 『장한몽』의 삼각연애와 비슷할 리 없고, 『기옥』과 『옥리혼』의 비극 역시 『애사』의 눈물과 거리가 상당하다. 『홍루몽』은 두말할 나위도 없으려니와 『기옥』과 『옥리혼』이 보여준 독특한 공안과 탐정, 혹은 사랑과 비애는 일차적으로 일본을 경유한 노선에서 벗어남으로써만 가능했다.

특히 『홍루몽』에서 『기옥』으로 나아간 양건식의 도전은 우발적이지 않다. 따지고 보자면 양건식 역시 일본을 거치지 않고서는 결코 중국문학과 서양문학에 다가갈 수 없었다.[9] 그러나 양건식이 예외적일 수밖에 없는 사정은 일평생 중국문학에 몰두하면서 고전 백화, 신문학, 근대 역사극, 평론의 다방면으로 촉수를 뻗쳤기 때문이다. 실제로 양건식은 곧이어 『비파기琵琶記』의 실패를 딛고 『도화선전기桃花扇傳奇』를 거쳐 『장생전長生殿』으로 나아가는 도정을 선택했다.[10] 양건식이 맞은편 날개로 삼은 것은 후스

---

9   박진영, 「번역된 여성, 노라와 시스(西施)의 해방」, 『민족문학사연구』 66, 민족문학사학회, 2018, 327~348면.

10   양건식, 「비파기」, 『매일신보』, 1919.3.26~3.27, 1면; 양건식, 「비파기」, 『신천지』 1, 신천지사,

胡適, 궈모뤄郭沫若, 루쉰魯迅을 비롯한 5·4 신문화운동의 결실이니 동시대 통속문학과 명확히 구별되는 노선이다.

그렇다면 민국 초기로 눈길을 돌린 양건식의 『기옥』과 육정수의 『옥리혼』을 일종의 시행착오라 지목할 수 있을까? 중국문학 번역을 통해 이루어진 상이한 갈래의 모색조차 결과적으로 동시대적인 호응과 공감을 이끌어 내는 데에 실패했기 때문이다. 도리어 『기옥』과 『옥리혼』은 기왕의 가정소설과 차별화를 이루지 못한 채 심각한 역효과마저 불러일으켰다. 물론 패착의 이유는 서로 다르다. 특히 『옥리혼』의 경우야말로 신문 연재소설, 그리고 소설 번역의 양식적·언어적 역사성과 깊이 결부되어 있으므로 주의를 기울여야 마땅하다.

1910년대 『매일신보』 연재소설 가운데 순 한글 표기를 거부한 것은 『옥중화』, 『개척자』, 『홍루몽』뿐이다. 세 편의 한자 혼용 표기가 동일한 결을 지닌 것은 물론 아니다. 먼저 이해조는 『옥중화』와 달리 뒤이은 『강상련』, 『연의 각』, 『토의 간』에서 순 한글 표시로 돌아섰다. 문제는 『개척자』와 『홍루몽』이다. 『개척자』는 앞서 연재된 『무정』의 순 한글과 달리 전면적인 한자 혼용 표기를 취했다. 『개척자』의 한자 혼용 표기란 오늘날 국한문 혼용체라 부르는 한국어 문장이다. 즉 한자로 표기할 수 있는 모든 경우를 과도하게 노출시키되 순 한글로 변환해도 아무 지장이 없을 만큼 근대 한국어 통사 구조를 갖추었다.[11] 따라서 1면 연재소설 『홍루몽』은

1921.7; 양건식, 「비파기」, 『동광』 9~16, 동광사, 1927.1~8; 양건식, 「비파기」, 『신생』 8~9, 신생사, 1929.5~6; 양건식, 「도화선전기」, 『동명』 19~39, 동명사, 1923.1.7~5.27; 양건식, 「도화선」, 『시대일보』, 1925.5~미상; 양건식, 「장생전」, 『매일신보』, 1923.10.3~1924.3.13, 1면(전 153회).

11 박진영, 『번역과 번안의 시대』, 118면·184~197면.

별다른 의심 없이 한자 혼용 표기를 통해 청대 백화소설이 세련된 근대 한국어 문장으로 번역될 수 있는 가능성을 시험하고 또한 성공적으로 입증했다.

미완으로 그쳤지만 『홍루몽』의 문체 선택이 돋보이는 까닭은 아이러니하게도 『기옥』과 『옥리혼』 덕분이다. 1면 연재소설 『기옥』은 물론이려니와 심지어 사륙변려문 『옥리혼』까지 순 한글 표기로 번역되었다. 양건식의 경우는 순 한글로 돌아섰다 해도 『장생전』에서 다시 한자 혼용 표기를 마다하지 않았다. 그러나 육정수의 선택은 뜻밖이 아닐 수 없다. 4면 연재소설의 언어적 정통성을 의식한 고육책이라 보기에는 석연치 않은 결착인 탓이다. 과연 동시대 백화 공안소설과 사륙변려문은 순 한글의 근대 한국어 문장을 빌려 효과적으로 번역될 수 있을 것인가?

3. 가정소설화한 공안소설

양건식의 『기옥』은 이광수 창작소설과 『홍루몽』에 뒤이어 『매일신보』 1면을 차지했다. 그러나 양건식을 끝으로 『매일신보』 1면 연재소설은 동력을 완전히 잃었다. 이듬해인 1920년 3월까지 꼭 1년 동안 『매일신보』는 소설을 위해 1면을 내주지 않았으며, 그 뒤로도 한동안 1910년대의 황금시대에 버금가는 규모와 인기를 되살리지 못했다.[12] 미완으로 그치는 파행 없이 150회가 넘는 본격적인 장편소설을 다시 1면에 불러들인 것은

---

12 위의 책, 470~483면.

1923년 10월『장생전』에 이르러서니 무려 5년 가까운 공백을 메우는 일 역시 양건식과 중국문학이 맡았다.

양건식이『홍루몽』을 대신해 선택한 것은 왕렁포의『춘아씨春阿氏』다. 대개 "춘아씨 살인 사건春阿氏謀夫案"으로 알려진 원작은 1906년 7월 9일 새벽 베이징에서 일어난 사건, 즉 19세의 젊은 부인이 남편을 잔인하게 살해한 실제 범죄를 소설화한 것이다. 사건은 즉각『징화일보京話日報』를 비롯한 여러 신문에 보도되면서 그해 여름 내내 이슈로 떠올랐다. 특히 1913년 왕렁포의 문학적 상상력이 가미된 소설이 연재되고 이듬해에 전6권의 단행본으로 출간되었으며, 파이쯔취牌子曲나 경극京劇으로도 큰 인기를 모았다. 머리말, 일러두기, 삽화가 포함된 초본鈔本이 이미 1911년에 실사소설實事小說이라는 명칭으로 등장했으니『춘아씨』는 당대의 관심이 집중된 사안을 재빠르게 소설화한 작품이다.

왕렁포의 본명은 왕치王綺이며, 왕융샹王咏湘이라는 이름도 썼다. 만주족 출신 작가 왕렁포는 1888년 베이징에서 태어난 것으로 추정된다. 왕렁포는 1910년대 베이징에서『공익보公益報』를 거쳐『애국백화보愛國白話報』기자를 지냈다. 나중에 동북 지역에서 작가 겸 언론인으로 활동한 왕렁포는 특히 1920년대 초 선양瀋陽의『성징시보盛京時報』, 하얼빈의『다베이신보大北新報』,『빈장시보濱江時報』를 무대로 여러 장편소설을 연재했다. 그중에서『춘아씨』는 1913년 7월 30일 창간된 대중 일간지『애국백화보』기자로 활동하면서 그해 12월 20일부터 연재하기 시작한 소설로 왕렁포의 초기 작이자 대표작이다.[13]

---

13 閻紅生,「北京話與『清末時代實事小說春阿氏』」,『北陸大學紀要』18, 1994, 131~145면; 郝凱利,「案件·文本·解讀—以晚清北京"春阿氏案"爲中心」,『漢語言文學研究』, 2005, 29~41면; 關紀

양건식이 베이징 대중 일간지의 연재소설을 직접 번역했을 가능성은 거의 없다. 양건식은 상하이 신소설사新小說社에서 전2권으로 출간된『청말원우기옥淸末怨偶奇獄』을 번역하면서 표제를 딴 것으로 보인다.『청말원우기옥』역시 실사소설 또는 애정소설哀情小說이라는 명칭을 붙여 출간되었는데, 신소설사 초간 연도는 불확실하지만 1935년 상하이 다다도서공응사大達圖書供應社에서 다시 출간되었다. 그 밖에도 1931년 베이징 군강보群强報 인쇄부에서 경극 대본『전본全本 춘아씨 – 원원연冤怨緣』이 단권으로 출간된 바 있기 때문에『춘아씨』가 여러 표제로 거듭 갈아타면서 널리 읽혔음을 알 수 있다.

부부간의 살인 사건이야 언제 어디서고 대중의 입길에 오르내릴 법한 이야깃거리다. 특히 독부毒婦에 의한 치정 사건이라면 흥미로운 가십이자 문학적 소재다. 그런데 유독 춘아씨 사건이 센세이션을 일으킨 까닭은 장기간에 걸친 사법 당국의 수사와 재판에도 불구하고 끝내 미스터리가 풀리지 않았기 때문이다. 1908년 3월 18일 최고 사법 기구 대리원大理院에서 사건이 종료되었으나 이미 수감된 춘아씨가 진범이라고 믿는 사람은 없었다. 결국 1909년 3월 31일 춘아씨가 병으로 옥사하면서 베이징의 만주족 치런旗人 가정에서 일어난 참사는 청말 최대의 의안疑案이라는 오명을 남기고 말았다.

스러져 가는 대제국의 수도 한복판에서 일어난 살인 사건을 다룬 왕렁포의『춘아씨』는 치런 가족의 풍속과 세태를 담고 있다. 또 진상 규명에

新,「"欲引人心之趨向"－關於淸末民初滿族報人小說家蔡友梅與王冷佛」,『滿語硏究』53, 2011, 110~118면; 唐海宏,「滿族作家冷佛生平及文學創作簡論」,『成都大學學報』(社會科學版) 158-2, 2015, 79~85면.

실패한 사건이라는 점에서 만청晚淸 정부와 관료 조직의 무능을 유감없이 폭로했으니 당시 언론에서 집요하게 물고 늘어진 또 다른 이유이기도 하다. 무엇보다 중요한 대목은 비운의 여주인공 춘아씨가 봉건적인 가부장 제도와 구시대적인 결혼 생활의 희생자라는 점이다.

춘아씨는 어릴 때부터 마음에 둔 이웃집의 원척遠戚 형제가 있으나 상대방 집안의 몰락으로 말미암아 원하지 않는 결혼으로 내몰린다. 모친과 오빠가 매파를 놓아 춘아씨를 시집보낸 곳은 시조모와 시부모를 포함해 9명의 식구를 거느린 부잣집이다. 품행이 좋지 않은 시서모媤庶母와 폭언을 일삼는 남편에 시달리던 춘아씨의 신혼 생활은 고작 두 달 만에 살인 사건이라는 파국으로 끝장난다. 음력 5월 27일 밤 춘아씨의 남편이 잔인하게 살해된 채 발견되고, 춘아씨는 살인범으로 체포된다.

왕령포의 연재소설이 인기를 누린 또 한 가지 중요한 비결은 실제 사건이나 언론의 갖가지 추측을 충실히 재현했기 때문이 아니라 작가의 상상력을 바탕으로 사건의 전모와 해결 과정을 재구성해 낸 덕분이다. 『춘아씨』의 첫 장면에서 수상쩍은 치정 관계가 얽힌 사내와 처음 대면한 인물은 곧 민간 탐정으로 은밀히 활약하기 시작하며, 국어 교사인 친구를 보조 탐정으로 곁에 두면서 사건 깊숙이 개입한다. 경찰 관료의 조력자인 민간 탐정 커플의 등장은 레스트레이드 경감을 돕는 셜록 홈스와 존 왓슨을 기대하게 만든다. 한편 관에서도 노련한 장교 2명, 수사관 4명, 저잣거리의 끄나풀까지 동원하여 다각도로 수사를 진척시킨다. 사건 직후 과학적인 초동 수사와 검시가 진행되고, 무려 9명의 탐정이 발 빠르게 주변 정보를 수집하는 데에 뛰어든다. 그러나 수수께끼를 푸는 결정적인 열쇠는 여전히 일방적인 취조와 모진 고문에 의한 자백 말고는 뾰족한 수가 없다. 미궁에서 빠져나오는 유일한 길은 최종적으로 톈진의 탐정에 의해 발견되지만 때는 이미 늦었다.

요컨대 왕렁포는 단순해 보임 직한 살인 사건을 입체화하는 재능을 보였다. 『춘아씨』는 순수한 연정과 사랑을 무참히 짓밟는 늑혼勒婚과 구가정의 폐허뿐 아니라 붕괴를 코앞에 둔 대제국 경찰력의 마지막 안간힘과 무기력까지 잘 버무려 냈다. 가족 제도와 사법 제도, 사랑과 추리라는 두 가지 초점은 물론 조응하는 것이다. 자칫 치정 사건으로 전락할 수 있는 세태의 변화와 흥미 위주로 치우칠 우려가 있는 공안의 기율을 격동기의 젊은 여성이 맞닥뜨려야만 했던 고통스러운 운명으로 수렴시켜 낸 것은 탁월한 면모다.

양건식의 『기옥』은 새로운 시대의 실마리가 될 여성의 운명을 어떻게 번역했을까? 유감스럽게도 양건식은 전18장으로 구성된 『춘아씨』의 체재를 전10장으로 과감하게 축약했다. 권두에 놓인 5편의 서문과 2편의 시가 모조리 빠졌을 뿐 아니라 원작의 장회章回 구분이 무너지면서 파제破題도 사라졌다. 왕렁포의 원작이 반년 가까이 연재된 반면 양건식의 번역은 불과 한 달 반 만에 완료되었다. 전반적인 줄거리는 대체로 유지된 편이지만 등장인물의 성격이나 사건 전개의 디테일이 거칠게 제거되는 바람에 긴밀성과 긴장감을 자아내지 못하는 불상사를 초래했다. 결과적으로 『춘아씨』가 지닌 복합적인 플롯에서 앙상한 뼈대만 남았다. 특히 후반부로 갈수록 탐정들의 입지가 좁아지거나 어수선해져서 갈피를 못 잡는 지경이다. 제7장 후반부터는 용의선상에 오를 수 있는 주변 인물의 혐의를 소략하게 넘긴 채 아예 춘아씨의 혼사 내막을 늘어놓음으로써 추리소설로서의 매력을 퇴색시켰다. 이때부터 『기옥』은 현저히 가정소설로 돌아간다. 살인이 일어난 그날 밤의 비밀과 진범의 정체는 제10장에서 마치 후일담처럼 독자에게 설명될 따름이다.

번역가 양건식은 머리말에서 밝힌바 "혼인 제도의 불완전으로 인하여 일어나는 가정 참극은 조선에도 고래로 끊이지 않고 일어나는 일"임을 잘 알고 있었다. 다만 청춘 남녀의 애정과 욕망에 가해지는 사회적 억압을 타파하고 시대적 의미를 부각시키기 위해서는 부패한 현실을 깊이 들여다보며 숨은 진실을 파헤치는 눈이 절실하다는 사실을 놓쳤다. 춘아씨와 진범의 최후가 지닌 역사성이 개별적이거나 우발적인 사건으로 소비되지 않도록 하는 것이야말로 탐정이 맡은 진정한 소임이라 할 것이다. 그리고 근대적인 연애와 사랑의 미래를 그리는 일이 탐정의 손에 달렸다면 아이러니하게도 전통적인 공안소설의 기틀에서 벗어나 서구적인 근대 추리소설의 길로 매진해야 한다는 사실도 드러났다.

『춘아씨』가 둘러쓴 공안적 외피는 실제 사건에서 모티프를 얻어 문학적으로 재구성하는 방식을 취했기 때문이다. 탐정의 논리적인 추리를 통해 살인 사건을 재구성하는 근대 추리소설이라면 모름지기 허구의 상상력을 기반으로 사건 해결의 오락적 성격에 집중해야 마땅하다. 양건식의 『기옥』은 대담한 축약 과정에서 추리소설로서의 흥미성을 소홀히 다룸으로써 춘아씨를 둘러싼 신구사상의 모순과 갈등에 내포된 역사적 무게감마저 손상시킨 셈이다.

물론 왕렁포의 원작 자체가 추리소설로서의 치밀함을 갖춘 것은 아니다. 또 양건식의 번역에서 생긴 치명적인 한계를 비단 미스터리 요소나 추리 기법의 미숙함 탓으로만 돌리기도 어렵다. 무엇보다 양건식이 『홍루몽』 연재의 대장정을 멈출 수밖에 없었던 이유를 따져 볼 가치가 있다. 양건식은 거작의 초입부만 간신히 번역했을 따름인데, 그럼에도 불구하고 축약이나 누락 없이 충실하게 번역하려는 태도를 고수했다. 본격적인 사건이나 갈등이 시작되지 않은 채 수많은 등장인물을 소개하면서 다양한 쓰임새를 가질 복선을 깔아 놓다 보니『홍루몽』은 밋밋하고 지루함을 피할 도리가 없었다.

번역의 어려움과 독자의 집중력 손실을 감수하면서까지 고집한 양건식의 태도와 방법론은『홍루몽』뿐 아니라 1920년대 초반『인형의 집』과『장생전』번역에서도 줄곧 지켜졌다. 예외가 있다면 바로『기옥』이다. 양건식은『홍루몽』중단을 교훈 삼아 번역 태도와 방법론을 전격적으로 바꾼 셈이다. 원작의 묘미를 살리고자 한다면 양건식은 거꾸로『기옥』에서 성실한 완역과 꼼꼼한 직역을 통해 플롯을 보존하고 디테일한 묘사에 주력했어야 걸맞다. 양건식의 선택이『홍루몽』와『기옥』에서 엇갈린 것은 선구적인 중국문학 번역으로서는 불운이 아닐 수 없다.

4. 원앙호접파 문학과 가정소설의 거리

육정수의『옥리혼』번역은 양건식의『홍루몽』과『기옥』에 힘입은 바 역력하다. 1면에『기옥』이 연재되는 와중에 4면마저『옥리혼』에 내준 것은『매일신보』의 비약적인 모험이지만 그만큼 중국문학에 대해 자신감이 붙었다는 뜻이기도 할 터다.『기옥』과『옥리혼』의 동시 연재는 바야흐로 이상협과 민태원이 주도한 서양소설 번안의 시대가 저물었음을, 그리고 1910년대 연재소설의 획기적인 전기가 임박했음을 시사했다.

그러나 막상 『옥리혼』 뒤에 따라붙은 4면 연재소설은 빈약함을 면치 못했다. 곧이어 항저우를 배경으로 삼은 고전소설 『도화선桃花扇』이 단 13회에 걸쳐 초역抄譯되었을 따름이며, 민태원은 러시아를 무대로 펼쳐지는 서양 번안소설 『설중매』로 돌아왔다.[14] 중국문학은 『매일신보』 4면에서도 더 이상 발붙일 여력이 없었다. 무엇이 문제였을까?

　왕년의 신소설 작가 육정수가 오랜 고심 끝에 들고 나온 것은 쉬전야의 출세작 『옥리혼』이다. 강남 지역에 거점을 둔 남사南社의 일원으로 참여한 쉬전야의 본명은 쉬줴徐覺로 필명은 쉬쉬徐徐, 읍주생泣珠生이다. 젊은 시절의 체험을 밑거름으로 창작된 자전적 성격의 『옥리혼』은 1912년 상하이의 『민권보民權報』 부간副刊에 연재된 뒤 이듬해 단행본으로 출간되어 지식인 계층에게 큰 환호와 갈채를 받았다. 이른바 원앙호접파 문학의 일대 유행을 일으킨 『옥리혼』은 당대 최고의 베스트셀러일 뿐 아니라 훗날까지 판을 거듭하며 사랑받은 스테디셀러이기도 하다. 또 연극, 영화로 변신하여 호평을 받았으며 한국뿐 아니라 홍콩, 싱가포르, 베트남에도 널리 번역되었다.[15]

　원앙호접파라는 명명에서 짐작할 수 있듯이 『옥리혼』은 남녀 간의 애모愛慕를 새로운 시대감각으로 주제화한 통속문학의 선두 주자다. 근대적인

14　일명자(逸名者), 「도화선」, 『매일신보』, 1919.5.4~5.16, 4면(전13회); 민태원, 「설중매」, 『매일신보』, 1919.6.2~8.31, 4면(전76회).

15　오순방, 「1910년대 최대의 베스트셀러『옥리혼』 종론(綜論)」, 『중국학연구』 30, 중국학연구회, 2004, 155~183면; 장징, 임수빈 역, 『근대 중국과 연애의 발견』, 소나무, 2007, 113~140면; 홍석표, 『중국현대문학사』, 이화여대 출판부, 2009, 344~351면; 우푸후이, 김현철 외역, 『중국현대문학발전사』 상, 차이나하우스, 2015, 110~124면; 판보췬, 김봉연 외역, 『중국현대통속문학사』 상, 차이나하우스, 2015, 278~287면; 鄧倩, 「在"東亞"發現"世界"-以『茶花女』『不如歸』『玉梨魂』在中日韓的翻譯和接受爲例」, 제22회 국제비교문학대회(마카오), 2019.7.29~8.2.

사랑과 연애의 정서를 표면화했다는 점에서『옥리혼』은 전혀 다른 계보의『춘아씨』와 일맥상통한다. 그런데『춘아씨』가 공안소설의 의장意匠을 걸쳤다면『옥리혼』은 전통적인 재자가인을 전면에 내세우면서 진부함과 상투성의 일면을 물려받았다.

무엇보다 중요한 것은『옥리혼』이 신진 지식인과 청상과부 사이의 파격적인 염정艷情을 그림으로써 급진적이되 결코 혁명적이지는 않은 자유연애와 연애결혼을 공론화했다는 사실이다. 남녀 주인공이 열정적인 사랑에 불타면서도 사랑의 실천은 어디까지나 섬세한 편지와 정교한 시사詩詞로 제약되어 있기 때문이다.『옥리혼』의 사랑이란 간절하게 사랑하고 욕망하지만 결코 맺어질 수 없는 아름답고도 슬픈 인연이니 한마디로 현대판『홍루몽』이라 일컬을 만하다. 크고 작은 풍파를 일으키며 사랑을 가로막는 주범은 시종일관 구도덕의 속박이다.

육정수의『옥리혼』은 양건식의『기옥』과 달리 원작을 완역하기 위해 애썼다. 육정수도 원작의 서序, 제시題詞, 예원藝苑을 옮기지 않았으나 머리말과 후기에서『옥리혼』의 중요한 상징 가운데 하나인 신이화辛夷花의 붉은 빛이나 개화 시기에 거듭 주의를 돌릴 정도로 원작에 충실한 번역 태도와 직역의 방법론을 표방했다. 기실 육정수의 번역은 훗날 읍홍생의『한면면恨綿綿』에 비해 연재 기간이 턱없이 짧거니와 장의 경계가 제대로 나누어지지 않거나 연재 분량과 잘 들어맞지 않았다. 우선 전30장으로 구성된 원작이 전29장 체재로 번역되었는데, 제14장은 소제목만 누락되었지만 제27장 뒷부분과 제28장 앞부분이 통째로 빠져서 이야기의 흐름이 돌연 끊겼다. 제22회1919.3.11와 제23회1919.3.12 사이에 1회분의 번역이 누락된 것은 연재 과정에서 생긴 단순한 실수라 하더라도 군데군데 축약하거나 생략한 대목이 눈에 띈다.

쉬전야의 원작은 대구로 이루어진 전통적인 파제 대신에 두 글자로 소제목을 달았다. 읍홍생은 2개 장을 제외하고는 명사형의 소제목으로 번역했지만 육정수는 어색함을 무릅쓰고 대체로 글자 뜻에 따라 풀었다. 그 밖에도 육정수는 여러 군데에서 시사를 줄이거나 생략했으며, 결말 대목에서 시대성을 유실시켰다. 두 가지 문제 모두 읍홍생의 번역에서 살아났으니 1910년대와 1930년대의 시차 또한 눈에 띈다.[16] 전자가 문체의 난해함 때문에 불가피했다면 후자는 명백히 고의다.

후자의 문제를 먼저 살펴보자. 육정수가 일부러 오역한 대목은 결말 부분에서 주인공의 죽음을 전하는 방식이다. 『옥리혼』의 서사는 1909년 3월에서 시작되어 이듬해인 1910년 6월에 맺어진다. 그러나 액자 바깥에서 회고되는 주인공의 최후는 1911년 10월 우창봉기武昌起義에서 장렬하게 전사한 소식으로 전해짐으로써 역사적 비극성을 한층 강화한다.[17] 육정수가 연재 당시 한창 파란 속에 휩싸인 3·1운동을 의식했음은 의문의 여지가 없다.[18] 물론 쉬전야의 원작 자체가 개인의 완전한 해방과 근대적 연애관의 쟁취에는 도달하지 못한 약점을 안고 있다. 그런데 육정수의 번역에서는 혁명적인 사랑이 실천되지 못한 시대적 울분이 신해혁명 참여와 공명하지 못하는 바람에 문제의식이 훨씬 더 약화될 수밖에 없었다.

그렇다고 해서 주인공이 뛰어든 혁명의 시대상이 탈각된 탓에 육정수의 『옥리혼』이 곧바로 가정소설에 육박하게 된 것은 아니다. 원작의 역사성

---

16 읍홍생, 「한면면」, 『매일신보』, 1935.2.28~8.29, 3면(전135회).
17 육정수의 번역에서 누락된 대목은 제69회(1919.4.29)와 제72회(1919.6.2)이며, 각각 읍홍생의 번역 제127회(1935.8.20)와 제132회(1935.8.27)에 해당한다.
18 조경덕, 「초우당주인 육정수 연구」, 『우리어문연구』 41, 우리어문학회, 2011, 581~585면.

을 퇴색시킨 진범은 전자의 문제, 즉 고아하고 화려한 사륙변려문이라는 문체다. 육정수는 4면 연재소설 『옥리혼』을 어쩔 수 없이 순 한글 표기의 문장으로 옮겼다. 따라서 시사는 물론이려니와 우미하고 유려한 문장의 미학이 한국어 소설과 어울리기는커녕 의미의 파악조차 곤란하게 만들었다. 『옥리혼』이 구시대의 낡은 가정소설과 확연히 선을 긋지 못한 한계는 문체의 불협화음에서 기인한다.

아닌 게 아니라 육정수의 『옥리혼』은 읍홍생의 번역에 견주더라도 고답적이다 못해 고루한 문체를 구사했다. 문면 그대로 직역한 육정수는 한글로 독음을 달듯이 옮겨서 어색하거나 문맥을 파악하기 어려운 경우가 많으며, 시사와 편지를 제대로 번역하지 못한 경우도 종종 생겼다. 육정수의 경우라면 애초에 한자 혼용 표기가 더 걸맞다. 반면에 읍홍생은 "다소 치기와 과장"이 포함된 원작의 묘미를 살려 "고문체로 역술"할 필요를 의식했다. 고문소설古文小說이라는 명칭을 내건 읍홍생의 『한면면』은 괄호 안에 한자를 표기해 넣는 국한문 혼용 방식을 취했으며, 중요한 시사의 경우에는 번역문 뒤에 원문을 달았다. 의미상의 차이가 크지 않더라도 읍홍생의 번역이 더 매끄럽고 세련된 문장으로 음미된 것은 필연적이다.[19]

전통 문언문과 린수林紓나 량치차오梁啓超의 문체, 혹은 고전 백화와 5·4 시기로 다가서는 당대 백화문 사이의 치열한 경합 속에서 쉬전야는 독특하게 시적인 사륙변려문을 선택했다. 쉬전야의 고심은 새로운 시대사상과 감수성에 물든 청춘 남녀에게 깃든 애상의 정취를 효과적으로 융화시

---

19 양은정은 『홍루몽』에 대한 이해에 한정하여 육정수와 읍홍생의 번역을 비교했으나 두 번역의 전반적인 특징이라 보아도 무방하다. 양은정, 「『옥리혼』의 국내 번역본 비교 연구-『홍루몽』 관련 위주」, 『중국문학』 88, 한국중국어문학회, 2016, 49~69면.

키며 『옥리혼』을 원앙호접파 문학의 열풍 한복판에 세웠다. 『옥리혼』은 알렉상드르 뒤마 피스의 『춘희』를 고문으로 번역한 린수의 『파리다화녀유사巴黎茶花女遺事』와 구별되면서도 백화문운동 속에서 루쉰의 「광인일기」가 탄생하기까지 남성 지식인 독자를 매료시키는 데에 성공적이었다.[20]

반면에 쉬전야의 최대 강점이자 공적이라 할 문체 선택에 대해 육정수는 그다지 자각적이지 않았다. 육정수는 세 남녀 주인공 사이에 흐르는 미묘한 감정의 울림과 애틋한 심문心紋을 표현하기에 적합한 한국어 문장을 고안해 내는 과제 앞에서 좌초했다. 원작에 속박되면서도 최적의 문체를 대응시키지 못한 육정수의 번역 태도와 방법론은 1인칭 액자소설의 형식 안에 담긴 감성 어린 시사, 편지를 통한 세심한 소통, 최후의 내면 고백이 담긴 일기를 빛나게 하기에 역부족이었으며, 결과적으로 구시대의 가정소설과 스스로 구별되는 데에 성공하지 못했다.

미완으로 그친 『홍루몽』의 후계자는 『기옥』이 아니라 현대판 『홍루몽』의 되어야 할 『옥리혼』이었는지 모른다. 따라서 『옥리혼』의 실패는 양건식이 왜 『홍루몽』을 미완으로 남겨 둘 수밖에 없었는지 짐작케 한다. 육정수의 『옥리혼』은 『매일신보』의 연재 지면을 그릇 잡았거나 번역 문체를 잘못 골랐다. 혹은 『신단공안』과 같은 한문 현토체 독자를 너무 기다리게 했거나 읍홍생의 『한면면』에 비해 너무 빨리 왔다고 말할 수도 있다.

---

20 앞의 각주 15에서 언급한 문헌을 두루 참고.

5. 중국문학 번역의 실험과 전환

남녀 주인공의 비참한 죽음 혹은 자살로 마무리된 『춘아씨』와 『옥리혼』의 결말은 서로 닮았다. 구시대의 명약관화한 패퇴에도 불구하고 새로운 세대의 꿈과 운명은 아직 낙관적이지 않았다. 세상의 변화를 엿본 청년과 욕망을 숨겨야 하는 여성이 첫 번째 희생자였다. 어지러운 세태와 흔들리는 애정관을 적나라하게 드러낸 것이야말로 불현듯 중국의 공안과 연애를 비극의 형식으로 불러들인 진의일 터다.

양건식의 『기옥』과 육정수의 『옥리혼』은 신해혁명을 눈앞에 둔 중국의 시정 속에서 변화의 징후를 포착해 낸 첫걸음이다. 『매일신보』 연재소설은 격변기를 관통해 가고 있는 동시대 중국문학을 처음으로 타자화하고, 번역을 통해 시대정신과 상상력을 공유 혹은 연대할 수 있는 동아시아적 실천의 가능성을 열어 놓았다. 1919년 초에 『기옥』과 『옥리혼』이 동시에 번역된 것은 결코 우연이 아니다.

그러나 『기옥』과 『옥리혼』이 과연 새로운 시대정신과 상상력에 걸맞은 양식과 언어를 모색하는 데에 성공했는지는 의문이다. 『기옥』은 근대 추리소설을 넘보지 못했고, 『옥리혼』은 문체의 풍치에 무관심했다. 중국문학은 10년 만에 가까스로 확보된 연재 지면을 지키지 못한 채 다시 밀려났으니 공통적으로 번역 태도와 방법론, 그리고 『매일신보』 연재소설의 역사성과 결부된 문학사적 문제였다. 근대 한국의 중국문학 번역은 일본 가정소설이나 서양 번안소설과 어깨를 나란히 하며 세계문학으로 포섭될 수 있는 절호의 기회를 살리지 못했다.

참고문헌

1. 자료

徐枕亞,『玉梨魂』, 民權出版部, 1913; 淸華書局, 1929; 小說世界社, 1935.

王冷佛,『淸末怨偶奇獄』上‧下, 新小說社; 大達圖書供應社, 연도 미상.

_____, 松頤 校釋,『春阿氏』, 吉林文史出版社, 1987.

_____, 姜安 校注,『春阿氏』, 北京大學出版社, 2018.

完熙生, 朴在淵 校點,『包公演義』, 학고방, 1995.

한기형‧정환국 편,『역주 신단공안』, 창비, 2007.

2. 논문 및 단행본

박진영,『번역과 번안의 시대』, 소명출판, 2011.

_____,『탐정의 탄생-한국 근대 추리소설의 기원과 역사』, 소명출판, 2018.

_____,「번역된 여성, 노라와 시스(西施)의 해방」,『민족문학사연구』66, 민족문학사학회, 2018.

_____,『번역가의 탄생과 동아시아 세계문학』, 소명출판, 2019.

양은정,「『옥리혼』의 국내 번역본 비교 연구-『홍루몽』관련 위주」,『중국문학』88, 한국중국어문학회, 2016.

오순방,「1910년대 최대의 베스트셀러『옥리혼』종론(綜論)」,『중국학연구』30, 중국학연구회, 2004.

정선경,「1910년대『매일신보』에 연재된『홍루몽』번역과 서사의 근대성」,『중국어문학지』36, 중국어문학회, 2011.

정현선,「근대 변체소설『옥리혼』의 서사 언어 고찰」,『중국인문과학』42, 중국인문학회, 2009.

조경덕,「초우당주인 육정수 연구」,『우리어문연구』41, 우리어문학회, 2011.

최용철 외,『홍루몽의 전파와 번역』, 신서원, 2007.

홍석표,『중국현대문학사』, 이화여대 출판부, 2009.

루쉰, 조관희 역,『중국소설사략』, 살림, 1998.

아잉(첸싱춘), 전인초 역,『중국근대소설사』, 정음사, 1987.

우푸후이, 김현철 외역,『중국현대문학발전사』상, 차이나하우스, 2015.

장징, 임수빈 역,『근대 중국과 연애의 발견』, 소나무, 2007.

판보췬, 김봉연 외역, 『중국현대통속문학사』 상, 차이나하우스, 2015.

唐海宏, 「滿族作家冷佛生平及文學創作簡論」, 『成都大學學報』(社會科學版) 158-2, 2015.

鄧 倩, 「在"東亞"發現"世界"－以『茶花女』·『不如歸』·『玉梨魂』在中日韓的飜譯和接受爲例」,
　　　제22회 국제비교문학대회(마카오), 2019.7.29~8.2.

關紀新, 「"欲引人心之趨向"－關於淸末民初滿族報人小說家蔡友梅與王冷佛」, 『滿語硏究』 53,
　　　2011.

閻紅生, 「北京話與『淸末時代實事小說春阿氏』」, 『北陸大學紀要』 18, 1994.

郝凱利, 「案件·文本·解讀－以晚淸北京"春阿氏案"爲中心」, 『漢語言文學硏究』, 2005.

강명화 정사 사건과 딱지본 대중소설

배정상

1. 자유연애와 정사 그리고 소설

1923년 6월 『동아일보』에는 사랑하는 사람의 품에 안겨 스스로 목숨을 끊은 한 여인의 비극적 사연이 보도되었다. 경성 최고의 기생 강명화와 대부호의 아들 장병천의 안타까운 사랑 이야기는 새로운 시대의 연애를 갈망하는 당시 대중들의 호기심을 자극하기에 충분했다. 자유의지에 의해 이루어진 그들의 연애는 오랜 세월의 관성을 거스르는 만큼 혹독한 대가를 지불해야만 했다. 하지만 사랑을 위해 죽음을 불사하겠다는 그들의 정신은 새로운 시대의 이념이자, 시대를 초월하는 보편성을 내포하고 있었다. 1920년대 초 '연애'라는 새로운 기호가 대중에게 빠른 속도로 전파되던 시점, 강명화와 장병천의 정사情死는 그야말로 지금이 '연애의 시대'임

을 증명하는 상징적인 사건이 되었다.[1]

이 사건은 그 자체로 흥미로운 소설의 재료가 되었다. 당시 몇몇 작가와 출판사들은 이 사건이 지닌 대중적 파급력에 주목하고, 이를 소재로 한 소설의 저술 및 발행을 적극적으로 시도했다. 이 중 가장 대표적인 것은 이해조의 『(여의귀)강명화실기』, 최찬식의 『(신소설)강명화전』, 박준표의 『(절세미인)강명화의 설음』이다. 이해조와 최찬식은 이인직과 함께 한 시대를 풍미한 대표적인 신소설 작가이며, 박준표는 딱지본 대중소설의 장 안에서 활발한 저술활동을 했던 작가였다. 이들 작품은 회동서관, 박문서관, 영창서관이라는 당시 대형 출판사의 출판 기획 및 대중화 전략과 무관하지 않다. 이후 강명화 정사 사건을 다룬 딱지본 대중소설은 1970년대에 이르기까지 각기 다른 출판사들에 의해 지속적으로 발행되었다. 이 같은 현상은 강명화 이야기가 지닌 대중적 콘텐츠로서의 파급력을 보여준다.

강명화 정사 사건을 다룬 딱지본 대중소설들은 식민지 서적출판문화의 독특한 양상을 살펴보기 위한 유용한 대상이 된다. 동일한 소재를 다룬 딱지본 대중소설이 이렇게 다양한 형태로 발행된 경우는 흔한 일이 아니다. 또한 이러한 현상이 당대 유명 작가들과 식민지 서적출판문화를 주도하던 몇 개의 대형 출판사의 출판기획을 중심으로 이루어졌다는 사실도 의미심장하다. 따라서 강명화 정사 사건을 다룬 딱지본 대중소설에 대한 비교 연구는 각 작가들의 소설 기획과 대중화 전략, 그리고 제한된 독서 시장을 두고 벌어지는 출판사들의 출판 기획 및 판매 전략을 살필 수 있는 효과적인 전략이 된다.

---

1   1920년대의 연애 열풍에 대해서는 다음의 책이 상세하다. 권보드래, 『연애의 시대』, 현실문화연구, 2003.

지금까지 강명화 이야기를 다룬 소설 텍스트에 대한 연구가 몇 차례 이루어진 바 있다.[2] 이들 연구는 강명화 소재 소설 텍스트의 존재 양상을 드러내고, 작품이 지닌 사회문화적 특징과 의미를 다양한 각도에서 밝히고 있다는 점에서 후속 연구의 토대가 되었다. 그러나 지금까지 연구에서는 강명화 관련 딱지본 소설 텍스트의 규모가 온전하게 다루어지지 못했거나, 서지의 불분명으로 인해 그 영향관계에 오류가 보이기도 한다. 또한 대부분의 작품들을 아류작으로만 평가하여 각각의 작품에 대한 상세한 분석, 영향관계나 모방 양상에 관한 연구 역시 이루어진 바가 없다. 따라서 텍스트의 전체 규모를 온전히 드러내고, 잘못된 서지를 바로잡는 작업은 다양한 후속 연구를 이끌어 내기 위한 기초적인 전제가 된다.

이에 따라 본 연구는 지금까지 그 실체가 알려지지 않았던 이해조 『(여의귀)강명화실기』 상편을 비롯한 몇 개의 작품을 추가 발굴·정리하여, 현존하는 강명화 소재 딱지본 대중소설 텍스트 전체의 규모와 서지를 실증적으로 밝히고자 한다. 또한 대표적인 작품들을 구체적으로 비교 분석하여, 각 텍스트의 영향관계 및 모방 양상을 상세하게 드러내고자 한다. 동일한 소재를 두고 벌어지는 작가별 서술 전략과 표지 디자인, 활자나 조판 등 출판 형식에 따른 출판사의 대중화 전략 역시 관심의 대상이다. 이러한 연구는 강명화 소재 딱지본 대중소설을 넘어, 식민지 서적출판문화 안에

---

2 김경연, 「주변부 여성 서사에 관한 고찰-이해조의 『강명화전』과 조선작의 『영자의 전성시대』를 중심으로」, 『여성학연구』 13, 부산대 여성학연구소, 2003; 김영애, 「강명화 이야기의 소설적 변용」, 『한국문학이론과 비평』 50, 한국문학이론과비평학회, 2011; 황지영, 「근대 연애 담론의 양식적 변용과 정치적 재생산-강명화 소재 텍스트 양식을 중심으로」, 『한국문예비평연구』 36, 한국현대문예비평학회, 2011; 이혜숙, 「이해조 소설에 나타난 가정 담론 연구-홍도화, 산천초목, 여의귀 강명화실기를 중심으로」, 『돈암어문학』 25, 돈암어문학회, 2012; 신현규, 「『女의 鬼 康明花實記 下』(1925) 부록 「妓生의 小傳」 연구」, 『근대서지』 6, 근대서지학회, 2012; 신현규, 「기생 「康春紅小傳」 연구」, 『어문론집』 61, 중앙어문학회, 2015.

서 딱지본 대중소설이 지닌 특징 및 의미를 규명하기 위한 구체적인 시도
가 될 것이다.

2. 강명화 소재 딱지본 대중소설의 종류와 특성

지금까지의 연구에서 강명화 정사 사건을 소재로 한 딱지본 대중소설의
종류를 언급한 경우는 몇 차례 있었으나, 전체의 규모와 서지적 특성이 온
전하게 제시된 적은 없다. 각 텍스트 간의 영향 및 모방 관계에 대해서도
바로잡아야할 오류가 보인다. 이처럼 텍스트의 전체 규모를 온전히 파악
하고, 서지적 특성을 실증적으로 재구하는 일은 더욱 깊이 있는 텍스트 연
구의 바탕이 된다.

가장 큰 문제는 『(여의귀)강명화실기』 상편의 실물을 확인하지 못한 상
황에서 발생하는 여러 가지 추측과 오해였다. 지금까지의 연구에서 『(여의
귀)강명화실기』 상편은 실물 확인이 불가능한 상황이었다. 따라서 대부분
의 연구자들은 『(여의귀)강명화실기』 상편은 존재하지 않으며, 내용상 『(여
의귀)강명화전』과 『(여의귀)강명화실기』 하편을 상하편의 관계로 볼 수 있
다고 정리하였다.[3] 이러한 견해는 『(여의귀)강명화실기』와 『(여의귀)강명화

---

3 김영애는 『(여의귀)강명화실기』 상편이 존재하지 않으니, 내용상 『(여의귀)강명화전』과
  『(여의귀)강명화실기』는 상·하편의 관계로 볼 수 있다고 주장하였다. 이러한 논의는 이후
  이혜숙과 신현규의 연구에서도 그대로 활용되어 『(여의귀)강명화실기』와 『(여의귀)강명
  화전』 연구의 기본적인 전제가 되었다. 이는 송하준의 『한국 근대소설사전』도 마찬가지이
  다. 김영애, 위의 글, 87면; 이혜숙, 앞의 글, 204면; 신현규, 『『女의 鬼 康明花實記 下』(1925)
  부록 「妓生의 小傳」 연구」, 464~465면; 신현규, 「기생 「강춘홍소전」 연구」, 230면; 송하준,
  앞의 책, 18~19면.

전』에 대한 서지적 오류를 포함하고 있으며, 최찬식의 『(신소설)강명화전』을 강명화 정사사건을 다룬 최초의 텍스트로 오인하게 만들었다.[4] 이러한 상황에서 각 작품의 영향 관계와 모방 양상을 살피는 일은 요원한 일이 될 수밖에 없었다.

그런데, 최근 『(여의귀)강명화실기』 상편이 한국학중앙연구원에 소장되어 있다는 사실을 알게 되었다.[5] 직접 실물을 살펴보니 『(여의귀)강명화실기』 상편이 1924년 4월 5일 회동서관에서 초판 발행되었으며, 『(여의귀)강명화전』과 동일한 내용임을 확인할 수 있었다. 이는 지금까지 추정으로 이루어졌던 두 작품 사이의 관계를 구체적으로 실증할 수 있는 의미 있는 계기가 된다. 한편, 기존 연구의 서지적 오류 역시 수정 및 보완이 필요하다. 기존 연구에서는 저작자가 정확하게 밝혀지지 않거나 구체적인 발행 날짜를 확인하기 어려웠다. 누락된 작품을 추가 발굴하여 전체 텍스트의 규모를 온전하게 드러내는 작업 역시 필요하다. 본 연구에서는 잘못된 서지를 바로잡고, 춘파 작 『(실정애화)미인의 정사』와 홍문서관에서 발행한 『강명화전』을 새롭게 추가하여 논의하고자 한다.

이에 따라 새롭게 정리한 강명화 정사 사건을 다룬 딱지본 대중소설 목록은 다음과 같다. 이 목록은 지금까지 연구에서 드러나지 않았던 작품들을 발굴·보완하고, 각각의 텍스트에 대한 서지사항을 실증적으로 확인하여 완성된 것이다.

---

4   황지영은 강명화 관련 소설들의 대부분이 최찬식의 『(신소설)강명화전』을 조금씩 개작한 것으로 보았다. 황지영, 앞의 글, 518면.
5   한국학중앙연구원의 한국학도서관 홈페이지에서는 '근대자료산책'이라는 코너를 만들어, 한국학도서관이 소장하고 있는 귀중본 도서를 소개하고 있다. 『(여의귀)강명화실기』 상편에 관한 내용은 2016년 12월 7일에 게시되었다.

〈표 1〉 강명화 정사 사건 소재 딱지본 대중소설 목록

번호	저작자	제목	출판사	발행날짜	면수	소장처
1	이해조	『(여의귀)강명화실기』 상	회동서관	1924.4.5	93	한국학중앙연구원 한국학도서관
2	이해조	『(여의귀)강명화실기』 하	회동서관	1925.1.18	90	동덕여자대학교 춘강학술정보관
3	최찬식	『(신소설)강명화전』	박문서관	1925.11.25	81	연세대학교 국학자료실
4	이해조	『(여의귀)강명화전』	회동서관	1927.1.25	93	국립중앙도서관
5	박준표	『(절세미인) 강명화의 설음』	영창서관	1928.5.15	56	서울대학교 중앙도서관 / 하버드대학 도서관
6	춘파	『(실정애화)미인의 정사』	영창서관	1933.12.15	97	국민대학교 성곡도서관 / 계명대학교 동산도서관
7	박준표	『(절세미인)강명화전』	영창서관	1935.12.25	56	국립중앙도서관[6]
8		『강명화전』	홍문서관	1938.11.25	58	동덕여자대학교 춘강학술정보관
9		『강명화』	동화당 서점	1945.9.20	58	개인소장 (오영식 소장본)
10		『강명화의 애사』	세창서관	1952.8.30	56	국립중앙도서관 / 이화여자대학교 도서관
11		『(정사애화) 강명화의 죽엄』	향민사	1972.9.15.	47	연세대학교 국학자료실

제일 먼저 강명화와 장병천의 정사 사건에 주목한 사람은 이해조였다. 이해조는 강명화의 죽음을 알린 신문기사와 관련된 소문들을 수집하여 『(여의귀)강명화실기』라는 소설을 저술하였다. 1924년 4월 5일에는 『(여

---

6 특이하게도 국립중앙도서관 소장본과는 다른 표지 그림이 들어있는 『(절세미인)강명화 전』의 표지와 판권지가 『오래된 근대, 딱지본의 책 그림』에 수록되어 있다. 표지그림은 다르지만 판권지의 내용은 국립중앙도서관본과 동일하다. 아래 그림 7-1은 『오래된 근대, 딱지본의 책그림』에 수록된 표지이다. 오영식·유춘동, 『오래된 근대, 딱지본의 책그림』, 소명출판, 2018, 38면.

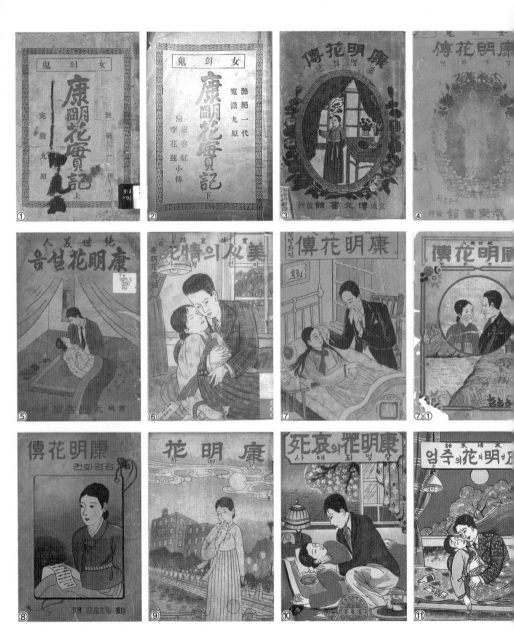

〈그림 1〉 강명화 소재 딱지본 대중소설의 표지

의귀)강명화실기』상편이, 1925년 1월 18일에는『(여의귀)강명화실기』하편이 모두 회동서관에서 발행되었다. 공통적으로 본문 첫 장에는 "저작자著作者 이해관李海觀"이라고 적혀 있으며, 판권지에는 "저작겸발행자著作兼發行者 이해조李海朝"라고 되어 있다. 두 작품 사이에는 9개월 정도의 시차가 있지만, 상편의 표지 제목 아래 '上'이라고 명시되어 있어 애초부터 상하 두 편으로 기획된 출판물이었음을 알 수 있다.『(여의귀)강명화실기』의 표지 디자인은 이 작품이 애초에 딱지본 대중소설과는 다른 방향성을 가지고 발행된 것임을 보여준다.

1927년에 1월 25일에는『(여의귀)강명화전』이 회동서관에서 발행되었는데, 이 작품의 경우『(여의귀)강명화실기』상편과 동일한 내용을 표지와 제목을 바꾸어 출판한 것이다. 판권지를 확인해 보니 '저작겸발행자'의 이름이 회동서관의 주인 고유상으로 변경되었다. 따라서 판권을 소유한 고유상이 딱지본 대중소설 독자들을 염두에 두고 제목과 표지를 바꾸어 발행한 것으로 보인다.『(여의귀)강명화전』은 '전'이라는 전통적 이야기 양식에 익숙한 독자들을 유인하기 위해 제목을 바꾸고, 꽃으로 장식된 원안에 강명화의 사진을 배치한 것으로 표지 디자인을 변경하였다. 흥미로운 사실은『(여의귀)강명화전』의 표지가 최찬식의『(신소설)강명화전』의 표지 디자인을 그대로 모방하였다는 데 있다. 이는 동일한 독자군을 두고 벌어진 판매 경쟁과 관련이 있어 보인다.

『(여의귀)강명화실기』가 대중들의 인기를 모으자 이해조와 함께 대표적인 신소설 작가 중 한명으로 활약했던 최찬식은 1925년 11월 25일 박문서관을 통해『(신소설)강명화전』을 발행하였다. 본문 첫 페이지에는 '해동초인 저'라고 최찬식의 필명이 분명하게 적혀 있으며, 판권지에도 '저작겸

발행자'에 최찬식의 이름이 적혀 있다. 『(여의귀)강명화실기』가 실제 사실을 기반으로 한 이야기임을 제목에서부터 드러내고자 했다면, 이 작품은 제목에서부터 '소설'이나 '전'을 노출시켜 대상 독자의 구획을 명확히 했다. '신소설'이란 표제 역시 『(여의귀)강명화실기』와는 구별되는 독자 지향성을 보여준다. 특히, 울긋불긋한 색상의 표지 디자인은 딱지본 대중소설의 전형적 특성을 보여주며, 박문서관의 대중적 출판 전략을 살필 수 있는 흥미로운 사례가 된다.

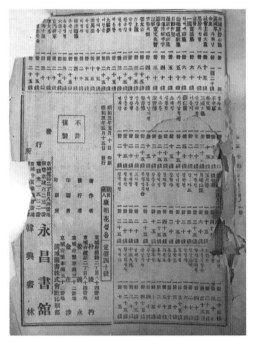

〈그림 2〉 『(절세미인)강명화의 설음』의 판권지

『(절세미인)강명화의 설음』은 1928년 영창서관에서 발행되었다. 기존 연구에서는 이 작품을 1925년에 발행된 것으로 정리하였는데, 이는 명백한 오류이므로 바로잡을 필요가 있다.[7] 이 작품은 현재 서울대학교와 하버드대학 도서관에서 소장하고 있다. 서울대학교 중앙도서관 소장본의 경우 판권지가 누락되어 있고, 하버드대학 도서관 소장본의 경우 발행연도 부분이 도서관 반납규정 딱지로 가려져

---

7 기존 연구에서는 발행연도를 1925년으로 기록하고 있으나 1928년으로 수정될 필요가 있다. 김영애의 경우 그에 대한 구체적인 근거가 제시되어 있지 않고, 송하춘의 책에는 하버드대 소장 자료를 참고했다고 되어 있다. 김영애, 「강명화 이야기의 소설적 변용」, 86면; 송하춘, 앞의 책, 19면.

있어 정확한 날짜를 확인하기는 어려웠다. 그런데, 하버드대학 도서관 한국학 자료 담당자에게 문의한 결과『(절세미인)강명화의 설음』이 1928년 5월 15일에 초판 발행된 것임을 확인할 수 있었다.[8] 이러한 사실은 강명화 소재 딱지본 대중소설의 선후관계를 명확하기 밝히고, 텍스트 간 영향관계를 논의하기 위한 중요한 바탕이 된다.

본문 첫 장에는 제목 아래 "朴哲魂 編"이라고 적혀 있으며, 판권지에는 '저작겸발행자'에 '박준표朴埈杓'라는 이름이 명시되어 있다. '철혼哲魂'은 딱지본 대중소설의 작가 박준표의 필명이다. 철혼 박준표는 1920~30년대에 주로 활동한 딱지본 대중소설의 대표적 작가 중 한명으로,『의문』,『비행의 미인』,『운명』,『윤심덕일대기』,『애루몽』등 다수의 딱지본 대중소설을 저술한 바 있다.[9]『(절세미인)강명화의 설음』은 1935년 제목과 표지를 바꾸어『(절세미인)강명화전』으로 재출간 되었다. 이는 앞서 살펴본『(여의귀)강명화실기』가 이후『(여의귀)강명화전』으로 재출판 된 것과 동일한 현상으로,『(절세미인)강명화전』에는 박철혼의 이름이 본문 첫 장과 판권지에서 사라지게 된다.

1933년 12월 15일 영창서관에서『(실정애화)미인의 정사』가 발행되었다. 표지에는 제목 옆에 '일명 강명화의 죽음'이라는 글자가 부기되어 있다. 본문 첫 장에는 '춘파春坡 저'라고 작가의 필명이 적혀 있으며, 판권지에는 영창서관의 사주 강의영의 이름이 '저작겸발행자'로 기록되어 있다. 당시 활동했던 문인 중『개벽』,『부인』,『신여성』등의 잡지에서 활발하게

---

8 귀중한 자료의 제공 및 확인을 도와주신 하버드대학 도서관 강미경 선생님께 깊은 감사의 인사를 드린다.

9 배정상,「딱지본 대중소설의 작가 철혼 박준표 연구」,『대동문화연구』107, 성균관대 대동문화연구원, 2019.

활동한 박달성朴達成이 '춘파春坡'라는 필명을 사용한 바 있다. 하지만 1920 년대 초중반 주로 고급문예의 장에서 활동하던 박달성을 딱지본 대중소 설『(실정애화)미인의 정사』의 작가로 단정하긴 쉽지 않다. 게다가『(실정애화)미인의 정사』는 8페이지에 해당하는 초반부를 제외하고는 거의 대부분의 내용이『(여의귀)강명화실기』를 축약한 형태로 이루어져 있는데, 이 역시 작가 추정에 고려되어야 할 요소가 된다.

이 작품은 국민대학교 성곡도서관과 계명대학교 동산도서관에 소장되어 있다. 국민대학교 소장본에는 표지가 유실되어 있지만, 계명대학교 동산도서관 소장본에는 '(실정애화)미인의 정사'라고 되어 있는 표지가 있다. 다만 계명대학교 소장본은 1954년 공동문화사 판인데, 본문에는 제목이 '강명화의 눈물'로 바뀌어 있고 내용도 다르다. 오히려 계명대학교 소장본의 내용은 1972년 향민사에서 발행한『(실정애화)강명화의 죽음』과 거의 동일하다. 계명대학교 소장본은『(실정애화)미인의 정사』의 표지와『(신소설)강명화의 눈물』이라는 또 다른 작품의 내용이 결합되어 있는 특이한 사례이다.

1938년 홍문서관에서 발행된『강명화전』은 동덕여자대학교 춘강학술정보관이 유일하게 소장하고 있는 작품이다. '강명화전'이라는 이전의 제목을 동일하게 사용하였지만, 표지의 디자인의 경우 새로운 변화를 주었다. 이 작품은 첫 만남의 장소를 한강 인도교에서 창경원으로 변경하였으며, 첫 만남에서 강명화 역시 장병천의 외모에 반한 것으로 묘사하였다. 하지만 저작자가 드러나지 않으며, 전체적인 구성이나 문장 구사 등 거의 대부분이 이전 작품의 모방작을 벗어나지 못한다.

1945년 동화당서점東和堂書店에서 발행된『강명화』의 경우 표지에는 제목이 '강명화'로 되어 있지만, 본문에는 제목이 '강명화전'으로 되어 있다.[10] 본문은 58페이지이며 판권지 '저작겸발행'에는 동화당서점의 사주로 짐작되는 '신창환申昌煥'이라는 이름이 표기되어 있다.[11] 이 작품은 석왕사에서 사랑을 나누는 강명화와 장병천의 이야기로 시작되는데, 이후의 이야기는 기존 작품들을 모방하여 축약한 형태이다. 기존의 표지 디자인과는 구별되는 새로운 그림이 눈길을 끈다.

1952년 세창서관에서 발매된『강명화의 애사』[12]와 1972년 향민사에서 발행된『(실정애화)강명화의 죽엄』[13]은 모두 식민지 시기에 발행되었던 기존 작품들을 재간행 한 것이다. 세창서관과 향민사는 1970년대까지 딱지본 대중소설의 발행에 집중했던 출판사이다.『강명화의 애사』의 경우 한강에서 나들이하던 장병천과 남주사가 우연히 강명화와 만나게 되는 것으로 시작된다. 이는 최찬식의『(신소설)강명화전』의 시작과 유사하므로,『강명화의 애사』는『(신소설)강명화전』을 저본으로 삼아 축약된 것임을 알 수 있다. 또한『(실정애화)강명화의 죽엄』은 전체의 구성과 내용이 이해조의『(여의귀)강명화실기』와 매우 유사하며, 묘사에 사용된 표현이나 속

---

10 『오래된 근대, 딱지본의 책그림』을 통해 처음 세상에 존재가 드러났으며, 현재 서지학자 오영식 선생이 소장하고 있다. 귀중한 자료의 확인을 도와주신 오영식 선생님께 감사의 인사를 드린다. 오영식·유춘동 편, 앞의 책, 40면.

11 동화당서점(東和堂書店)에서 발매된 서적들을 검토해 본 결과 1945~47년 무렵 서울 종로에서 운영되던 서점이며, 사장은 신창환으로 짐작된다.『숙영낭자전』(동화당서점, 1945),『애정』(동화당서점, 1945) 등 딱지본 대중소설이 발행되었으며, 이때 판권지 '저작겸발행자'에 신창환의 이름이 동일하게 표기되어 있다.

12 현재 국립중앙도서관에서 소장하고 있는데, 판권지가 누락되어 정확한 서지 정보를 확인하긴 어렵다. 이화여대 도서관 소장본을 참고하여 1952년에 발행된 것을 확인할 수 있었다.

13 『(실정애화)강명화의 죽엄』의 경우 연세대학교 국학자료실본은 판권지가 누락되어 있다. 『딱지본 대중소설의 발견』에『(실정애화)강명화의 죽엄』전체가 부록으로 영인되어 있는데, 여기 실린 판본에서는 판권지를 확인할 수 있다. 이영미 외, 앞의 책.

담 등이 동일하게 사용되고 있음을 확인할 수 있었다.

이상 살펴본 바와 같이 강명화 정사 사건을 소재한 딱지본 대중소설들은 1924년에서 1972년에 이르기까지 꽤나 긴 시간 동안 기존 텍스트의 모방과 복제의 방식으로 존재했다. 현실에서 일어난 하나의 사건이 소설화되어 이렇게 오랜 시간동안 다양한 판본의 형태로 존재할 수 있었다는 점은 강명화 서사가 지닌 문화적 파급력을 짐작케 한다. 그렇다면 어떻게 이러한 일이 가능했던 것일까? 이러한 문제를 해명하기 위해서는 텍스트 간 비교 분석을 통해 모방과 전유의 양상을 구체적으로 살펴볼 필요가 있다.

특히, 이해조의 『(여의귀)강명화실기』, 최찬식의 『(신소설)강명화전』, 박준표의 『(절세미인)강명화의 설음』 세 작품은 이러한 측면을 비교하여 살펴보기에 적합한 텍스트이다. 이 작품들은 당시 딱지본 대중소설로서는 드물게 저자가 명시되어 있고, 자신의 이름을 내걸고 있는 만큼 나름의 서사 전략 및 기법을 보여주기 때문이다. 또한 딱지본 대중소설의 시장에서 경쟁하던 회동서관, 박문서관, 영창서관의 소설 출판 기획 및 대중화 전략을 비교해 볼 수 있는 흥미로운 사례가 된다.

3. 주요 텍스트의 서사 전략 및 모방 양상

1) 이해조의 『(여의귀)강명화실기』 상·하, 그리고 『(여의귀)강명화전』

『(여의귀)강명화실기』는 상·하편 두 권으로 이루어져 있는데 그 구성이 조금은 독특하다. 상편은 강명화와 장병천이 서로 만나 사랑하였지만, 결국 이루어지지 못하고 강명화가 스스로 목숨을 끊는 것으로 마무리된다.

작품 말미에는 실제 신문 기사를 전문 인용하여 이러한 이야기가 실제 사건을 토대로 하고 있음을 생생하게 전달한다. 하편의 경우, 강명화의 친구 ○○○와 그녀를 찾아간 '묻던 사람' 사이의 대화를 중심으로 두루마리 속 세 개의 이야기를 다루고 있다. 그 첫 번째 두루마리가 실제 하편에 해당하는데, 강명화의 죽음 이후 장병천이 스스로 목숨을 끊기까지의 이야기를 다루고 있다. 나머지 두 개의 두루마리에는 역시 자살로 생을 마감한 기생 강춘홍과 이화련에 대한 이야기가 담겨 있다.

『(여의귀)강명화실기』 상편은 강명화에 대한 이야기이고, 하편은 장병천, 강춘홍, 이화련 세 인물에 대한 이야기로 구분할 수 있다. 상편은 신소설의 관습에 따라 일반적인 전지적 작가 시점으로 서술되었지만, 하편의 경우 두루마리 속 이야기를 통한 액자식 구성을 취하고 있다는 차이가 있다. 또한 상편의 경우 띄어쓰기와 대화지문에 대한 구분이 거의 이루어지지 않았던 것과는 다르게, 하편은 어절 띄어쓰기를 하고 있고, 대화지문을 겹낫표를 통해 구분하고 있다는 점에서 차이를 보인다. 신소설에서 주로 사용되던 괄호 안 발화자 지시 표현이 하편에서 현저하게 줄어드는 것도 의미 있는 변화이다. 아마도 상편의 경우 '전통적 독자층'을 염두에 두고 발행되었지만, 하편의 경우 당시 새롭게 형성되던 '근대적 대중 독자'들을 포괄하기 위해 변화를 준 것으로 보인다.[14]

『(여의귀)강명화실기』의 표지는 활자텍스트 중심의 심플한 디자인으로

---

14 천정환은 1920~30년대의 소설 독자층을 다음과 같이 구분하였다. "① 구활자본 고전소설 (딱지본) 및 일부 신소설의 독자, 구연된 고전소설과 일부 신소설 등의 향유자: '전통적 독자층' ② 대중소설, 번안소설, 신문 연재 통속소설, 일본 통속소설, 1930년대 야담, 일부 역사소설 등의 향유자: '근대적 대중 독자' ③ 신문예의 순문예작품, 외국 순수문학 소설, 일본 순문예작품 등의 향유자: '엘리트적 독자층'", 천정환, 『근대의 책 읽기』, 53면.

구성되어 있다. 당시의 딱지본 대중소설이 주로 울긋불긋한 색채의 그림으로 독자들의 관심을 끌었던 것과는 사뭇 다르다. '실기(實記)'가 실제 사건을 있는 그대로 기록하겠다는 의지가 반영된 표현인 것처럼, 이 작품은 일반적인 딱지본 대중소설과는 다른 설정으로 기획된 텍스트로 보는 것이 타당하다. 영창서관은 당시 신문에 『(여의귀)강명화실기』에 대한 광고를 게재하기도 했는데,[15] 이는 『(여의귀)강명화실기』에 대한 출판주체로서의 기대감을 보여준다. 일반적으로 근대 신문에서 딱지본 대중소설에 대한 광고는 쉽게 찾아보기 어렵다. 딱지본 대중소설은 저렴한 가격의 대중적 출판물이라는 인식이 컸으며, 신문광고보다는 알록달록한 표지의 그림으로 독자를 유인하는 것이 일반적이다. 『(신소설)강명화전』, 『(절세미인) 강명화의 설음』을 비롯하여, 이후 강명화 정사 사건 소재 딱지본 대중소설의 신문광고는 이루어진 바 없다.

『(여의귀)강명화실기』는 '실기'라는 제목에서 명시된 것처럼, 실제 사건을 기반으로 삼아 이로어진 소설 텍스트이다. 이해조가 실제 사건에서 소설의 재료를 취재한 것은 이번이 처음이 아니지만, 제목에서부터 실제 사건을 기록한 것임을 노골적으로 드러낸 것은 『(여의귀)강명화실기』가 유일하다.[16] 실제로 『(여의귀)강명화실기』는 당시 사회적 반향을 일으켰던 몇 편의 신문기사를 서사를 운용하는 중요한 뼈대로 삼고 있다는 특징을 지닌다. 상편의 경우 작품 말미에 당시 강명화 정사 사건의 전모를 상세하

---

15 "천추에 원한(千秋怨恨)을 품고 신성한 연애(神聖戀愛)에 희생(犧牲)이 된 절대가인(絶代佳人) 그 다정다한(多情多恨)한 경경 비절참절(悲絶慘絶)한 하소연 엇잿던 한번 보시오", 「강명화실기」, 『동아일보』, 1926.2.23.
16 '실기(實記)'라는 제목의 표현은 실제 있었던 사실을 다루겠다는 의도가 강하게 반영된 것인데, 이해조가 남긴 40여 편의 저술 중에서도 유일한 시도였다. 배정상, 『이해조 문학 연구』, 소명출판, 2015 참조.

게 정리한 기사와 이 사건에 대한 신여성 나혜석의 논평, 강명화와 똑같은 방법으로 스스로 목숨을 끊은 장병천의 기사를 전문 게재한다.[17] 이는 여타 소설에서는 찾아보기 힘든 예외적인 기법이며, 『(여의귀)강명화실기』 상편의 지향점과 목표가 어디에 있었는지를 구체적으로 보여주는 사례가 된다.

하지만 『(여의귀)강명화실기』 상편에는 위 기사에서 다루어지지 않은 이야기들이 풍부하게 담겨 있다. 가령, 강명화의 가정환경과 기생이 되기까지의 과정, 정가 청년의 구애 거절과 장병천과의 만남, 동경 유학 생활에서의 고난, 시댁에 직접 찾아가 용서를 구한 일, 문중 선산에 묻어달라던 강명화의 유언 등은 기사에 등장하지 않는다. 또한 기사에서 짧게 언급되었던 단발, 단지 사건 등은 작품 속에서 훨씬 비중 있게 서술되어 있다. 결국, 『(여의귀)강명화실기』 상편은 강명화 자살 사건을 다룬 위 『동아일보』 기사를 토대로 하되, 다양한 소문의 취재와 작가적 상상력을 더해 한편의 극적 구성을 갖춘 소설로 완성된 것임을 알 수 있다. 이처럼 일급 기생과 부잣집 아들의 비극적인 사랑은 동시대를 살아가는 대중독자의 호기심과 관음증을 해소시키는 흥미로운 이야기가 될 수 있었다.

하편의 경우에도 크게 다르지 않다. 신문 기사 전문을 직접 인용하지는 않았지만, 장병천, 강춘홍, 이화련 세 명의 이야기 모두가 당대의 신문기사에 근거하고 있음을 확인할 수 있다. 하편에 수록된 장병천의 이야기는 강명화의 죽음 이후 방황하던 장병천이 결국 강명화의 뒤를 따라 스스로

---

17 「꽃가튼 몸이 생명을 싫키까지에 그녀의 생활에는 엇더한 비밀이 잇섯던가－강명화의 애화」, 『동아일보』, 1923.6.16; 羅晶月, 「康明花의 自殺에 對하야」, 『동아일보』, 1923.7.8; 「富豪의 獨子 張炳天의 自殺」, 『동아일보』, 1923.10.30.

목숨을 끊기까지의 내용을 담고 있다. 강명화의 죽음으로 괴로워하던 장병천은 빈민구제와 고아교육 등의 사회활동을 시작하였으나 결국 포기하고 죽음을 택하게 되는데 이러한 이야기 역시 실제 사실에 일정한 근거를 두고 있다.[18] 강춘홍과 이화련의 이야기도 마찬가지이다. 「강춘홍소전」[19]과 「이화련소전」[20] 역시 당시 신문기사를 뼈대로 삼아, 작가의 상상력을 덧붙여서 재구성한 이야기임을 확인할 수 있다.

또한 『(여의귀)강명화실기』의 중요한 특징은 강명화 정사 사건을 다룬 다른 작품들에 비해 계몽적 성격이 강하다는 점이다. 『(여의귀)강명화실기』는 이해조의 신소설이 대체로 그러했던 것처럼, 독자를 계몽의 대상으로 여기고 작품 안에 교훈적 메시지를 담고자 했다. 무엇보다 이해조는 강명화를 자유연애를 통해 사랑을 쟁취하려는 근대적 여성 주체라기보다는 비록 기생이지만 정절을 지킨 전통적인 열녀烈女의 이미지로 제시하고자 했다.[21] 또한 장병천의 우유부단한 성격, 장길상의 매정함과 함께 자신의 머리카락과 손가락을 자르고, 스스로 목숨을 끊은 강명화의 극단적 선택을 있는 그대로 제시하여, 윤리적 · 도덕적 차원에서 이러한 극단적 모습

---

18 「問題의 네 사람이」, 『동아일보』, 1923.7.30; 「金若水外二氏 無事放免」, 『동아일보』, 1923.10.30; 「富豪의 獨子 張炳天의 自殺」, 『동아일보』, 1923.10.30; 「애인의 芳魂을 추적할, 결심으로 경북 부호 장길상씨의 장남이 쥐잡는 약을 먹었다」, 『매일신보』, 1923.10.30; 「時局標榜犯人 五名 逮捕 사긔사건도잇다」, 『동아일보』, 1923.10.30.

19 「기생자살-정부의 박정과 생활의 곤란으로」, 『동아일보』, 1921.11.30; 「강춘홍의 음독자살-그 못된 양모의 마귀갓혼 단련으로 히셔 이번에 즈살흠인가」, 『매일신보』, 1921.11.30.

20 「浮浪檢擧益々嚴重, 부정한 여자의 검거 변호사에게 밀매음한 계집 두 기생의 감옥구류」, 『매일신보』, 1915.7.20; 「美人自殺-생활곤란으로 목숨은 아즉 살앗스나 대기는 구휼 수 업다고」, 『매일신보』, 1924.3.8.

21 죽어가던 강명화의 마지막 유언은 장씨문중의 선산에 묻어달라는 것이었다. 기생이라는 신분을 극복하고 양반 가문의 며느리가 되고자 했지만 결국 실패하고 말았다는 이야기는 결말은 다르지만 일정 부분 〈춘향전〉의 서사를 연상시킨다.

을 경계하고자 했다. 이는 다른 작품들이 강명화와 장병천을 아름답고 매력적인 인물이자 근대적 자유연애를 위해 목숨을 던진 순교자로 제시한 것과는 구별되는 지점이다.[22]

결국, 『(여의귀)강명화실기』는 새로운 시대의 자유연애가 기존의 전통적인 가족 체제 안으로 편입되지 못함으로써 발생하는 비극을 다루고 있다. 특히, 『(여의귀)강명화실기』 상편이 내용과 주제, 형식적 측면에서 다분히 구소설 또는 신소설의 서사 관습에 익숙한 '전통적 독자층'을 염두에 두고 있었음을 확인할 수 있다. 하지만, 당대의 독자들은 강명화의 정사를 새로운 시대의 문화적 맥락에서 받아드린 것으로 보인다. '전통적 독자층'은 물론 근대적 학교 교육을 통해 구성된 '근대적 대중 독자'들 역시 강명화의 이야기에 열광적인 반응을 보였다. 한편에서는 이것을 기생의 신분이지만 정절을 지킨 열녀의 이야기로, 다른 한편에서는 자유연애와 사랑을 위해 시대적 한계와 대결한 이야기로 받아들였다.

상편이 발매되고 얼마 지나지 않은 시점, 어느 기성세대는 '차 안에서 트레머리를 한 여학생이 연신 고개를 끄덕이며 『강명화실기』를 재미있게 읽는 모습'을 보고 큰 충격을 받았다고 한다. 그는 '국민의 어머니가 될 그들, 우리 여자운동에 선봉이 될 여학생이 어찌 곰팡내와 야비한 것이 느껴지는 책을 읽는단 말인가'라며 탄식했지만, 오히려 이것은 이 작품의 대중적 인기를 역설적으로 드러내는 의미 있는 사례가 된다.[23] 『(여의귀)강명화실기』는 당대 큰 화제가 되었던 실제 사건에 기반을 둔 상류 세계의 비

---

22 『(여의귀)강명화실기』의 경우 강명화와 장병천의 첫 만남의 순간이라던가, 강명화가 장병천을 선택한 이유가 상세하게 제시되지 않는다. 장병천은 든든한 배경을 제외하고는 장점을 찾기 어려운 우유부단하고 수동적인 인물로 그려지고 있다.

23 「녀학생의 닑는 책을 보고」, 『시대일보』, 1924.6.21.

극적인 사랑 이야기를 다루고 있다는 점에서, 자유연애라는 새로운 시대의 기호에 열광하던 대중들의 관심을 폭넓게 이끌어 내는 데 성공했던 것이다. 이러한 성공은 『(신소설)강명화전』과 『(절세미인)강명화의 설음』 등 딱지본 대중소설의 출판에 지대한 영향을 주었다.

2) 최찬식의 『(신소설)강명화전』

일찍이 임화는 신소설의 대표작가로 이인직, 이해조, 최찬식을 거론한 바 있다. 이때 임화는 이인직은 순수한 현대작가, 이해조를 전통적 작가, 최찬식을 대중작가라고 규정하였다.[24] 실제로 최찬식은 『추월색』, 『금강문』, 『안의성』, 『도화원』, 『능라도』, 『백련한』, 『자작부인』, 『용정촌』 등 대중성 강한 작품의 저술에 집중한 작가였다. 『(신소설)강명화전』 역시 최찬식의 대중소설 작가로서의 역량을 확인할 수 있는 텍스트가 된다.

최찬식의 『(신소설)강명화전』은 1925년 11월 25일 박문서관에서 발행되었다. 『(신소설)강명화전』의 표지에는 노란색 배경에 마치 거울을 연상시키는 꽃으로 장식된 타원 안에 강명화의 모습이 그려져 있다. 이러한 표지 디자인은 이 작품이 『(여의귀)강명화실기』와는 달리 전형적인 딱지본 대중소설로 기획된 것임을 짐작케 한다. 회동서관에서 발행된 이해조의 『(여의귀)강명화실기』가 인기를 끌자, 박문서관에서는 최찬식을 통해 『(신소설)강명화전』을 발행한 것으로 보인다.

『(여의귀)강명화실기』가 실제 사실을 기반으로 한 이야기임을 제목에서부터 드러내고자 했다면, 이 작품은 제목에서부터 '소설'이나 '전'을 노출

---

24 임화, 임규찬·한진일 편, 『임화 신문학사』, 한길사, 1993, 157면.

시켜 문학적 지향점을 드러내고자 했다. 애초에 소설이라는 허구적 글쓰기를 전제한 이상, 『(신소설)강명화전』이 실제의 사건을 얼마나 적실하게 다루고 있는지의 문제는 크게 중요하지 않다. 이 경우 작가의 상상력이 개입할 수 있는 여지는 더욱 커진다고 볼 수 있다. 이미 기생 강명화와 부호의 자제 장병천과의 사랑과 비극적인 결말은 많은 독자들에 알려진 상태이다. 그렇다면 이 이야기를 소설이라는 형식을 통해 어떻게 재미있게 전달할 것인가. 『(여의귀)강명화실기』가 최대한 사실을 기록하려는 데 치중한 반면, 최찬식의 『(신소설)강명화전』은 이야기의 대중적 성격을 더욱 강화한 텍스트이다.

최찬식이라는 작가에 대한 기대감 때문인지 언뜻 보기에 『(신소설)강명화전』은 독자적인 작품으로 보인다. 하지만 꼼꼼하게 텍스트 비교 분석을 시도해 보면, 『(신소설)강명화전』은 온전한 창작이 아니라 『(여의귀)강명화실기』를 저본으로 삼아 모방한 텍스트임을 알 수 있다. 『(여의귀)강명화실기』가 당시 관련된 신문 기사들을 토대로 저술된 것이라고 한다면, 『(신소설)강명화전』은 『(여의귀)강명화실기』를 토대로 저술된 것으로 볼 수 있다. 『(신소설)강명화전』의 곳곳에서 『(여의귀)강명화실기』의 흔적들을 찾을 수 있는데, 대표적인 대목들을 살펴보면 다음과 같다.

> (가)-1 평양부에셔 이십 리 가량되는 남형뎨산南兄弟山골이라는 촌이 잇다 그 촌에 둘직가라면 시비홀만치 빈한흔 집은 곳 강긔덕康奇德이라는 사람의 집이다 강긔덕은 텬셩이 오활ᄒ야 치산범졀은 전혀 모르고 집에 돈양이 잇스면 가지고 나아가 업실 쏜인디 『(여의귀)강명화실기』 상, 11면
>
> (가)-2 강명화는 본래 평양부의 남형뎨산골에 사는 강기덕康奇德의 맛쌀로서

어려셔부터 빈한한집 고생사리 속에셔 자라낫다 그의 친부 강긔덕은 셩
졍이 넘어도 오활하고 부랑하야 돈푼이나 잇스면 술먹고 노름하야 업새
버릴 샌이오 아모쪼록 버러다가 졀문 안해와 어린 자식들을 먹여 살니리
라 하는 생각은 쑴에도 안이한다『(신소설)강명화젼』, 7~8면

(나)-1 그 만은 기싱 중 종로 쳥년회관 뒤 사는 김옥련金玉蓮은 동시 평양기싱
으로 확실의 집과 친분이 믜오 자별흔 터이라 그럼으로 확실의 삼모자
일힝이 남문안을 드러셔 다른 곳으로 안이가고 바로 옥련의 집을 차자갓
다 옥련은 쯧밧게 확실을 만나 친골육갓흔 졍분으로 일변 쑬아래칙를 치
우고 그 삼모자를 쥬졉ᄒ고 일동일졍 듸소사를 힘자라는 듸로 보아준
다『(여의귀)강명화실기』 상, 17면

(나)-2 림시쳐변으로 종로쳥년회관 뒤 김옥련金玉蓮의 집을 ᄎ자가니 옥련은
본릐 동향기싱이오 확실의 집과 친분이 자별한 터이라 옥련의 집에셔 별
안간 확실의 일힝을 맛나믜 일변 반갑고 일변 가이업셔 쑬아릐 방 한 채를
치워주고 셔력되는듸로는 살님사리를 보아준다『(신소설)강명화젼』, 10면

(다)-1 큰일낫네 무슨 곡졀은 알지못ᄒ나 근일 경찰이 긴장ᄒ야 즈네뒤를
대단히 쥬목ᄒ니 필경 오리지 안이ᄒ야 무슨 좃치못흔 일이 싱길 것 갓
고 쏘 기믹힐일이 즈네가 금젼을 마음듸로 쓰지못ᄒ게 흔다고 함함ᄒ야
살부회殺父會를 조직ᄒ고 스스로 회장이 되야 왓고 부형을 타살흘 계획을
흔다고 사랑사랑이 시비가 분분ᄒ니 그 안이 쌱흔 일인가 늬 싱각에는
즈네가 아즉은 아모 일도 말고 감아니 드러안졋는 것이 합당흘 쯧 ᄒ
이『(여의귀)강명화실기』 하, 20면

(다)-2 큰일낫네 무슨 일인지 자세히는 알 수 업스나 경찰셔원과 신문긔자가
     자네 동정을 심히 쥬목ᄒᄂ는 모양이오 일변으로 들니는 소문에는 경향부랑
     ᄌ들이 부모의 돈을 마음ᄃᆡ로 쓰지 못하고 그 부모를 웬슈가치 싱각ᄒ야
     관고부형을 암살ᄒᄌ고 살부회殺父會를 조직ᄒᆞ얏는데 ᄌ네가 회장이 되얏
     다고 사랑ᄉᄉ이 시비가 분분ᄒᄂ니 이런 긔가막힐 일이 어ᄃᆡ 잇나 그런즉
     ᄌ네가 아즉은 아모 일도 ᄒ지 말고 감아니 들어안져서 제이회의 시긔를
     기다리는 것이 죠흘ᄯᆺᄒ니 ᄌ네 싱각ᄒ야 보게 『(신소설)강명화전』, 76~77면

(라)-1 어머니 고기가 바다에 가 놀아야 룡되기 쉽고 나무가 향양ᄒᄃᆡ셔야
     ᄭᅩᆺ이 쉽게 픠인다ᄂᄃᆡ 『(여의귀)강명화실기』 상, 14면
(라)-2 소위 고기가 바다에 가 놀아야 룡이 되기 쉽다고 『(신소설)강명화전』, 9면

(마)-1 머리를 독긔삼아 『(여의귀)강명화실기』 상, 53면
(마)-2 머리를 독긔삼아 『(신소설)강명화전』, 44면

(바)-1 그런 요망악독ᄒᆫ 것이 뉘집을 망쳐노으랴고 왓단 말이냐 『(여의귀)강명화
     실기』 상, 56면
(바)-2 고런 악독ᄒ고 요괴스러운 것이 뉘집을 망치랴고 왓다는 말이냐 『(신소
     설)강명화전』, 46면

(사)-1 방ᄌᄒ고 도담시럽게 엇의를 왓단 말이냐 『(여의귀)강명화실기』 상, 56면
(사)-2 고런 방ᄌᄒ고 ᄃᆡ담ᄒᆫ 것 닉 허락 업시 어듸를 왓서 『(신소설)강명화전』, 46면

3(아)-1 쓸아리 거격을 쌀고 셕고딕죄를 흐얏다『(여의귀)강명화실기』상, 58면

　(아)-2 쓸아리 거격을 쌀고 딕죄까지 흐얏스나『(신소설)강명화전』, 47면

　위 예문은『(신소설)강명화전』이『(여의귀)강명화실기』를 저본으로 삼아 저술된 것임을 입증하는 대표적인 사례들이다. (가)와 (나)의 경우 표현이 일치하지는 않지만 이야기의 진행 방식이 동일한 구조로 이루어져 있는 경우이다. 또한 압축된 한자식 표현을 알기 쉬운 한글 표현으로 바꾸어 서술한 부분도 눈에 띈다. 나머지 사례들은 모본의 표현들을 거의 그대로 사용하고 있는 경우들이다. 『(여의귀)강명화실기』에서 사용된 고유의 표현들을 그대로 차용하여 반복하고 있다. 물론 최찬식은 모본의 단락이나 문장을 통째로 옮겨오지는 않았고, 나름의 일관된 문체에 따라 조금씩 수정을 가했다. 하지만『(신소설)강명화전』이『(여의귀)강명화실기』를 저본으로 삼아 이루어진 작품임은 부정하기 어렵다.

　그럼에도 불구하고, 최찬식의『(신소설)강명화전』은『(여의귀)강명화실기』와 몇 가지 뚜렷한 차이점을 지니고 있다. 이러한 차이는『(신소설)강명화전』이 지닌 고유의 특징이 될 수 있으며, 최찬식이 지닌 대중소설 작가로서의 역량을 파악하기 위한 방법이 될 것이다. 가장 눈에 띄는 차이는『(여의귀)강명화실기』에서는 찾을 수 없는 새로운 이야기가 추가되었다는 점이다.『(신소설)강명화전』의 서두는 강명화와 장병천의 운명적인 만남으로 시작된다. 어느 따뜻한 봄날 아름다운 미인 한명이 한강 인도교 난간에 서서 사람들의 시선을 끈다. 부호의 자제 장병천은 그 여인과 서로 운명같은 눈맞춤을 하고, 친구인 남주사는 그 여인이 유명한 평양기생 강명화라고 일러준다. 이러한 시작은『(여의귀)강명화실기』에서는 찾아볼 수 없는 장면이다.

『(여의귀)강명화실기』에서는 강명화와 장병천의 만남의 과정이 생략되어 있으며, 그저 '우연히 남자 하나를 만난' 것으로 처리되어 있다.[25] 이는 강명화와 장병천의 운명적인 사랑을 강조하거나, 비극적인 죽음을 극대화하는 데 있어 아쉬움이 남는 부분일 수밖에 없다. 모본이 가진 이러한 한계를 분명히 인식했던 최찬식은 한강 인도교에서의 운명 만남으로 작품을 서두를 열었다. 따뜻한 봄날의 일요일, 창경원이나 남산에 꽃 구경을 나온 인파, 한강 인도교, 학생들의 보트 경주 등은 강명화와 장병천의 만남을 식민지 여가문화의 한 구체적 장소로 재현하기 위한 시도이다. 이러한 설정은 작품의 대중성을 강화하고, 더 많은 독자들을 포섭하기 위한 소설적 장치로 활용된다.

또한 둘 사이의 운명 같은 만남 이후 이어지는 이야기 역시 『(신소설)강명화전』에서 새롭게 추가된 것이다. 어느 여름, 석왕사에서 행복한 시간을 보내던 둘은 부처님 앞에서 백년가약을 맺게 되는데, 이러한 장면은 이후의 불행한 결말을 더욱 극대화시키는 장치가 된다. 여기에서는 두 연인 사이의 사랑스러운 대화 장면이 자연스럽게 연출된다.

『여보 나리 한강털교 생각하시오 엇지 몹시 보시든지 면구해서 죽을 번 햇셔』

『죽을 번만 하고 죽지는 안엇스니 다행이지 나는 자네를 쑤러차고 십허서 죽을 번 햇셔』

『지금이라도 쑤러셔 차시우구려 쑤러셔 차던지 장식을 해서 츳던지 우리 두

---

25 "그 허다히 소기를 ᄒᆞᄂᆞᆫ 남ᄌᆞ를 모다 비쳑ᄒᆞ든 명화가 우연히 남ᄌᆞ ᄒᆞ나를 만나 그 남ᄌᆞ가 명화를 흠모ᄒᆞᄂᆞᆫ 이보다 명화가 그 남ᄌᆞ를 흠모ᄒᆞᄂᆞᆫ 것이 일호도 감홀 것이 업셔", 이해조, 『(여의귀)강명화실기』 상, 회동서관, 1924, 23면.

사람이 일평생 떠나지만 맙시다』

『자네 말은 말긋마다 향내가 나네 나는 그런 말을 들을 졔마다 자네를 쓱 써 안고 그대로 죽고 십어』

『죽고 십은 일이 웨 그리만소 나는 나―리 모시고 쳔년만년 살고 십소』

장병텬은 명화의 등등 툭〃치며

『살고 십은 것도 사랑 죽고 십은 것도 사랑 〈랑이 깁흐면 죽어도 좃치』

하며『허 허 허』웃는데

『나―리 나의 일신은 나―리에게 밧첫소 내가 비록 쳔한 기생이나 나―리가 바리 시지 안이하면 내가 나―리쌕에 가셔 종노릇을 하야도 조아요 그럼으로 이 강명화 의 일신은 장병텬의 사람이지요 그 뿐만 안이라 이몸이 죽고죽어 고혼이 될지라 도 나―리댁 귀신이 되야 귀신이라도 항상 나―리를 짜라다니겟소』[26]

이처럼 작가는 사랑에 빠진 두 연인 간의 조금은 낯간지러운 일상적 대 화를 생생히 묘사하고 있다. 이 같은 대화 장면은 각각의 인물에 개성을 부여하고 독자로 하여금 상황에 몰입하게 만드는 효과적인 장치가 된다. 『(여의귀)강명화실기』에서도 대화 장면이 등장하지만 둘 사이의 대화는 어디까지나 점잖게 묘사되어 있다. 그와는 달리 위 대화 장면은 신분과 체 면을 넘어 두 젊은 연인의 사랑을 구체적으로 재현하고 있다. 한편 '사랑 이 깊으면 죽어도 좋지'와 같은 표현은 이후의 비극적 결말을 극대화시키 는 복선의 의미를 지니고 있다.

『(여의귀)강명화실기』와는 달리 『(신소설)강명화전』에서는 장병천을 매

---

26 최찬식, 『(신소설)강명화전』, 박문서관, 1925, 3~4면.

력적인 인물로 재창조하기 위한 다양한 노력을 기울이고 있다. '서색 양복에 롱코트를 벗어들고 적대모 안경에 금시계 줄을 느린 것이 누가 보던지 재산가의 아들인 듯 미묘한 용모에 마음도 매우 안상하여 보인다'[27]와 같은 묘사는 장병천이라는 인물의 외양 역시 꽃 같은 외모로 사람들의 시선을 끄는 강명화에 결코 부족하지 않음을 보여준다. 또한 작가는 장병천을 '외화도 얌전하고 공부도 상당하며 더욱 천성이 안상하고 정한이 풍부한 남자'라거나 '그녀를 사랑함에 진정을 다하는' 인물로 묘사하고 있다.[28] 이러한 묘사 역시 장병천이라는 인물에 개성을 불어넣어 강명화의 선택에 정당성을 부여하려는 시도로 볼 수 있다.

또한 『(신소설)강명화전』에서의 장병천은 더욱 적극적인 인물로 그려진다. 강명화가 스스로 생을 마감 한 후 실의에 빠져 있던 장병천은 자선사업을 계획하고 부친에게 십 만원의 거금을 달라고 요청한다. 『(여의귀)강명화실기』에서는 강명화가 꿈에 나타나 권유한 것으로 되어 있으나, 『(신소설)강명화전』에서는 장병천이 스스로의 의지로 이러한 계획을 실행에 옮긴 것으로 되어 있다. 한편 『(신소설)강명화전』에는 장병천이 강명화의 무덤 앞에서 한시를 지어 읊는 장면이 추가되었는데, 이 역시 이러한 성격 창조의 연장선상에 놓여 있음을 짐작할 수 있다.[29]

결국 『(신소설)강명화전』은 『(여의귀)강명화실기』를 모본으로 삼아 이루

---

27 위의 책, 2면.
28 "장병텬이와 가티 외화도 얌전하고 공부도 상당ㅎ며 더욱 텬성이 안상하고 정한이 풍부한 남자는 처음 구경ㅎ얏슬 쑨안이라 비록 부모의 재산일 망졍 령남텬디에는 데일가는 갑부오 겸하야 문벌이 혁々ㅎ고 행세를 졈잔히 ㅎ는 가정인즉 이만한 자격을 다시 구ㅎ기 어려울 쑨안이라 그가 그를 사랑홈이 진정을 다 ㅎ야 간담을 토ㅎ니 이 사람을 바리고는 남편 재목이 업다ㅎ고 부텨님 압헤 행세를 ㅎ야 자긔의 일신을 허락ㅎ얏다", 최찬식, 『(신소설)강명화전』, 15면.
29 위의 책, 66면.

어진 모방 텍스트이지만, 딱지본 대중소설의 형식에 맞도록 새롭게 변형된 작품임을 알 수 있다. 『(신소설)강명화전』은 새로운 이야기를 추가하여 둘 사이의 사랑을 강조하고, 서사의 진행에 불필요한 요소를 과감하게 삭제하였다. 또한 설명보다는 대사의 비중을 높이고, 어려운 한자말을 쉬운 우리말 표현으로 바꾸어 읽기 쉬운 텍스트로 만들고자 했다. 신소설의 발화자 지시 표현이 거의 사라지고 빈칸 띄어쓰기를 통해 가독성을 높이고자 한 것도 중요한 변화이다. 게다가 장병천을 매력적인 인물로 묘사하여 강명화의 선택에 정당성을 부여하거나 그들의 사랑에 몰입할 수 있도록 하였다. 『(신소설)강명화전』은 강명화와 장병천의 이야기를 더욱 세련된 딱지본 대중소설로 완성한 텍스트이며, 추가된 장면들은 이후의 작품에도 많은 영향을 주었다.

3) 박준표의 『(절세미인)강명화의 설음』과 『(절세미인)강명화전』

『(절세미인)강명화의 설음』은 『(여의귀)강명화실기』와 『(신소설)강명화전』을 복합적으로 모방하되, 대중적 요소를 강화하여 편집한 텍스트이다. 다른 두 작품이 각각 이해조와 최찬식의 저작임을 밝히고 있는 반면, 『(절세미인)강명화의 설음』의 첫 장에는 박철혼이 '편집'한 텍스트임을 분명하게 드러내고 있다. 따라서 『(절세미인)강명화의 설음』은 외국소설, 근대소설, 신소설, 고전소설, 신문기사 등 다양한 모본을 참고하여 딱지본 대중소설의 형태로 제작해 내는 데 능했던 철혼 박준표 저작의 특징이 잘 드러난 작품으로 볼 수 있다.

작품의 서두는 이전 작품들에서 찾아 볼 수 없는 부분으로, 박준표는 본격적인 이야기의 시작에 앞서 나름의 연애론을 늘어놓는다.

사랑은 인생의 오아시스이다 목숨은 짤브나 사랑은 길어짐을 조차 오늘의 청
춘은 시대의 변천變遷을 쌀아『러브』의 파라다이스에서 힘껏 마음 것 청춘의 광
야曠野를 덧업시 보내는 긔풍이 업지 안타 일혼 봄철 아츰볏이 곱게 빗길 째나
가을철에 산들산들 부는 바람이 소군거리며 하소연 할째마다 젊은이의 즐거운
마음을 충동衝動식히어 무의식중無意識中에 사랑의 불길은 타오른다[30]

　사랑은 인생의 오아시스이다.『(절세미인)강명화의 설음』은 춘성 노자영
의『사랑의 불꽃』머리말에 적힌 첫 문장을 연상시키는 표현으로 시작된
다.[31] 연애서간집『사랑의 불꽃』이 '연애의 시대'의 본격적인 도래를 알렸
던 것처럼, 박준표는 강명화의 정사 사건을 1920년대의 사회문화적 맥락
위에 위치시킨다. 또한 이러한 시작은『(여의귀)강명화실기』와『(신소설)강
명화전』를 모방한 작품임에도 불구하고, 마치 새로운 텍스트인 것처럼 보
이게 만드는 전략이기도 했다. 박준표는 사랑 때문에 목숨을 끊는 행위를
안타까워하면서도, 이를 부정한 현실에 저항하고 신성하고 순결한 사랑
을 추구한 결과로 포장하며 본격적인 이야기를 시작한다.

　그런데, 이후에 진행되는 본격적인 이야기는『(여의귀)강명화실기』와『(신
소설)강명화전』을 복합적으로 모방하여 편집한 것이다. 물론 새롭게 추가되
거나 다듬어진 부분이 없지 않으나, 거의 대부분이 모본의 내용과 표현을
그대로 차용한 것이다. 이는『(절세미인)강명화의 설음』의 중요한 특징이자,
1920년대 딱지본 대중소설의 한 특징으로 보아도 무리가 없을 것이다.

30　박준표,『(절세미인)강명화의 설음』, 영창서관, 1928, 1면.
31　"사랑은 인생의 꽃이외다. 그리하고 인생의 '오아시스'외다", 노자영, 권보드래 편,『사랑의
　　불꽃·반항(외)』, 범우, 2009, 257면.

『(졀세미인)강명화의 셜음』의 대표적인 모방 양상을 살펴보면 다음과 같다.

(가)-1 쌔는 음력 ᄉ월 초순경이다 온양온경은 그림 가튼 산쳔이 록음에 싸이여셔 초록쟝을 둘러친 듯이 미려ᄒ고 그윽한 속에 벗을 부르는 쇠ᄉ리 소리는 ᄌ연의 음악을 알외인다 ᄒᆫ편 언덕 위 솔나무 그늘에는 무슨 이약인지 쌍갈쌍갈ᄒ는 쳥츈남녀 두 ᄉ름이 잇다 희고흰 반양복을 눈이 부시도록 ᄒ고 ᄒᆫ손에는 ᄭᅩᆺ을 썩거든 미인은 곳 강명화이오 양복을 버셔 나무에 걸고 슈건을 ᄂᆡ여 쌈을 싯는 남ᄌ는 곳 그 애인 쟝병쳔이다 그 두 ᄉ름이 그 곳에 오기는 발셔 삼ᄉ일이나 되얏다 그들이 그곳에 온 후에는 목욕을 해도 가티ᄒ고 산보를 해도 가티ᄒ야 ᄌ유롭고 유쾌ᄒ고 ᄉ랑스러운 셰월을 몃칠 동안 보ᄂᆡ는 것이다 이날도 목욕ᄒᆫ 뒤에 산보를 나왓다가 그를 밋헤셔 이약이을 ᄒ는 것이다

명『여보나ᅳ리 나는 요새 엇지ᄒᆫ 일인지 몸이 몹시 불편ᄒ고 심긔가 공연히 ᄉ나워셔 죽을ᄯᅳᆺ 죽을ᄯᅳᆺᄒᆫ 생각이 나니 아마 ᄂᆡ가 죽을가 보오』

쟝『마음이 불평하면 ᄌ연히 그런게지 그럿타고 죽기야 홀까』『(신소셜)강명화젼』, 56~57면

(가)-2 쌔는 음력 사월 초순경이다 온양온쳔溫陽溫泉은 그림가튼 산쳔이 록음에 싸이여셔 초록쟝을 둘너친 듯이 아름답고 그윽한 속에서 벗을 부르는 누른 쇠ᄉ리 소리는 자연의 음악을 알외는 듯한데 한편 언덕위 솔나무 그늘에는 양복을 버셔 나무에 걸고 수건을 내여 쌈을 씻는 남자엽헤는 희고 흰 반양복을 눈이부시도록 하고 한 손에는 ᄭᅩᆺ을 썩거든 미인이 안져서 무슨 이야기인지 서로 웃으면서 주고밧고 한다 그 쳥년남녀는 이곳에 오기는 발서 삼사일이나 된 모양이다 그 둘이 이곳에 온 후로 목욕을

해도 가티하고 산보를 해도 가티하야 자유롭고 유쾌하고 사랑스러운 세월을 몃칠 동안 보내는 것이다 이날도 목욕한 뒤에 산보를 나왓다가 그늘밋헤서 이야기를 하는 것이다

『여보서요 나으리 나는 요새 어찌한 일인지 몸이 몹시 불편하고 심긔가 공연히 사나워서 죽을쯧 죽을쯧한 생각이 나니 아마 내가 죽을 것만 갓허요』

『마음이 불평하면 자연히 그런게지 그럿타고 죽기야 할까』『(절세미인)강명화의 설음』, 4면

(나)-1 밤이 언의 씨가 되얏는지 가삼을 혼들ㅅㅅㅎ며

나으리 나으리 고만 줍으시고 이러나시오

ㅎ는 소리에 쌈작 놀나 잠을 씨여 이러나 보니 명화는 소셰를 졍히 시로 ㅎ고 긔복을 시로 입엇다

웨-잇씨까지 잠을 안이ㅈ고 오독갑시럽게 소셰를 ㅎ고 의복까지 새로 입엇나 닭이 더럭ㅅㅅ 울제는 아마 시로 셕뎜은 되얏는가본데

명화가 압흐로 와락와셔 장소년의 픔에 가 안기면서

나는 독약을 억엇스닛가 인져는 세상을 하직이오 마쥬막 나으리 픔에 좀 안겨 봅시다』『(여의귀)강명화실긔』, 72면

(나)-2 밤이 어느째나 되엿든지 원촌에 자진 닭이 요란이우러 적막한 공긔를 흔든다

『나으리 나으리 고만 지무시고 이러나서요』 하는 소리에 쌈작 놀라 쌔여 보니 그 여자는 소셰를 졍히하고 새옷을 가라 입엇다

『왜- 이째까지 잠을 아니자고 어느새 소새는 왼일이며 새 옷은 왜 가라 입엇나』

그 여자는 그 청년의 압흐로 달여드러 품에 가 안기며

『나는 독약을 먹엇스니까 이제는 세상을 하직이니 마지막 나으리 품에

좀 안겨봅시다』『(절세미인) 강명화의 설음』, 10면

(가)는 최찬식의 『(신소설)강명화전』을 차용한 대목이다. 약간의 표현상
변화는 있지만, 문장의 흐름을 그대로 옮겨왔음을 확인할 수 있다. 다만, 대
화의 발화자 지시 표현이 사라졌으며, 아래 아자의 표기가 오늘날 현대 한
국어의 표기 방식으로 바뀌었다. (나)는 이해조의 『(여의귀)강명화실기』를
차용한 대목이다. 『(신소설)강명화전』에서는 볼 수 없는 부분인데, 필요에
따라 두 작품을 번갈아가며 모방하였음을 알 수 있다. 다만 대화 인용문에
겹낫표를 사용하여 독자들의 편의를 도왔으며, 아래아 표기를 바꾸고 어
절 띄어쓰기를 실행하고 있다.[32] 『(절세미인)강명화의 설음』의 표기 방식은
현대 한국어 표기에 한층 가까워졌다고 볼 수 있는데, 이는 텍스트의 가독
성을 높이는데 기여했을 것으로 보인다. 결국 『(절세미인)강명화의 설
음』은 전체가 모본이 되는 두 텍스트를 복합적으로 모방하여 '편집'한 것
임을 알 수 있다.

(가)-2는 『(절세미인)강명화의 설음』에서 머리말 이후 본격적인 이야기
가 시작되는 부분이다. 이 작품은 강명화가 스스로 목숨을 끊은 온양온천
에서의 일화를 서두에 배치하는 파격을 시도한다. 『(여의귀)강명화실기』와
『(신소설)강명화전』이 모두 온양온천에서의 일화를 작품의 마지막에 배치

---

32 위 예문들의 경우 가독성을 높이기 위해 임의로 현대 한국어 표기법에 맞게 띄어쓰기 한 것
이다. 실제 원문의 띄어쓰기의 빈도는 『(여의귀)강명화실기』, 『(신소설)강명화전』, 『(절세
미인)강명화의 설음』의 순서로 높아진다. 따라서 『(절세미인)강명화의 설음』이 가장 오늘
날 현대 한국어 표기에 가깝다고 볼 수 있다.

하고 있는데 비해, 『(절세미인)강명화의 설음』은 결말에 해당하는 사건을 서두에 배치하는 파격적인 구성을 시도하였다. 이 작품이 실제 사건을 기반으로 한 이상 비극적 결말은 이미 알려진 사실이다. 이러한 상황에서 결말을 서두에 배치하는 역전적 구성을 통해, 독자로 하여금 작품에 쉽게 몰입할 수 있도록 한 것이다. 이는 박준표 나름의 작가적 개입이 가장 적극적으로 반영된 장치이며, 『(절세미인)강명화의 설음』의 대중소설로서의 특징이 잘 드러난 부분으로 볼 수 있다.

또한 『(절세미인)강명화의 설음』에서만 나타나는 변경된 지점이 몇 가지 있다. 우선 강명화가 장병천을 선택하는 과정에 대해서 세 작품은 각각 나름의 방식을 구사하고 있다. 『(여의귀)강명화실기』에서는 강명화가 장병천을 선택한 이유가 명확하게 제시되지 않고, 풍류를 좋아하던 정 씨 소년을 거절한 이유를 통해 간접적으로 장병천의 인물됨을 유추하게 했다. 『(신소설)강명화전』의 경우 정 씨 소년에 대한 삽화를 아예 삭제한 대신 장병천을 매력적인 인물로 묘사하고 있다. 하지만 『(절세미인)강명화의 설음』의 경우 『(여의귀)강명화실기』에 등장하는 정 씨 소년의 풍류기질을 장병천의 성격으로 결합시켰다. 한강 인도교에서 우연히 강명화에게 반한 장병천이 수차례 구애하였지만, 명화는 장병천의 풍류기질을 염려하여 수차례 거절한다. 이러한 차이는 두 사람의 사랑에 더욱 강한 결속력을 부여하는 장치가 되는데, 이는 주인공의 결합에 역경을 부여하는 대중소설의 기법을 연상시킨다.

세 작품에는 명화가 병천과 말다툼을 하다가 머리카락을 자르는 삽화가 공통적으로 등장한다. 『(절세미인)강명화의 설음』의 경우 두 인물의 심리 상태를 더욱 상세하게 묘사한다. 예컨대, 두 인물이 서로의 마음을 의심하며 대화를 나누는 장면에서 '얼굴빛이 변하더니', '명화 역시 따라서 깔깔 웃다가 다시 기색을 변하며 별안간 눈물을 지우면서'와 같은 묘사는 약간의 질투와 의심, 억울한 마음을 복합적으로 드러내는 장치가 된다.[33] 또한 병천은 머리를 잘라 결백을 증명하는 명화를 보며, 안타까움과 분노가 섞인 복잡한 심경을 드러내는데 이 역시 『(절세미인)강명화의 설음』에서만 볼 수 있는 대목이다. '병천의 눈에는 눈물이 엉기었다가 어느 사이에 씻은 듯 부신 듯 사라지고 노기가 어리인 눈으로 명화를 흘겨본다'는 묘사는 장병천이라는 인물에 활력을 불어 넣는다.[34] 이는 『(절세미인)강명화의 설음』에서만 찾을 수 있는 표현으로, 두 인물의 성격에 독특한 개성을 부여하는 한편, 극적인 상황에 대한 나름의 개연성을 부여한다.

마지막으로, 『(절세미인)강명화의 설음』에는 강명화의 죽음 이후 장병천이 자선사업을 계획하였다가 실패하였다는 삽화와 자살의 부정적 측면을 경계하는 부분이 삭제되었다. 이에 따라 죽은 명화를 간절히 그리워하던 병천은 무정한 사회를 원망하며 스스로 목숨을 끊게 되고, 그 시체는 이태원공동묘지 명화의 무덤 옆에 묻힌 것으로 마무리된다. 이처럼 갑작스러운 마무리는 다른 두 작품과는 차이가 있다. 병천이 사회사업을 도모하다가 실패하였다거나 명화를 닮은 기생집에 드나들었다는 이야기가 생략되어 있기 때문이다. 따라서 『(절세미인)강명화의 설음』에서의 이러한 변화는 실제 사실 여부와는 상관없이 강명화 중심의 완결된 서사를 구축하기 위한 전략으로 볼 수 있다.

결국, 『(절세미인)강명화의 설음』은 앞선 두 작품을 모방하되, 더 가볍게

---

33 박준표, 『(절세미인)강명화의 설음』, 영창서관, 1928, 28면.
34 위의 책, 30면.

읽기에 좋은 '스낵 컬쳐snackculture'의 형식으로 기획된 딱지본 대중소설임을 알 수 있다. 『(절세미인)강명화의 설음』은 앞선 두 작품에 비해, 가장 적은 56페이지의 분량으로 이루어져 있다.[35] 적은 분량인 만큼, 군더더기를 삭제하고 속도감 있는 이야기의 진행이 시도되었다. 또한 가장 시인성이 높은 활자를 사용하고 있으며 적극적인 띄어쓰기를 구사하고 있다는 점도 특징적이다. 표지의 그림은 쥐약을 먹은 강명화가 장병천의 품에 안겨 숨을 거두는 가장 극적인 장면을 연출하고 있는데, 이는 다른 작품들과 달리 강명화의 죽음을 도입부에 과감하게 배치한 작품의 구성을 표지 디자인에 활용한 결과이다. 이러한 측면은 딱지본 대중소설의 출판에 가장 적극적이었던 영창서관의 노련한 출판 기획 및 판매 전략을 살펴볼 수 있는 대목이 된다. 1935년 제목과 표지 그림을 바꾸어 『(절세미인)강명화전』으로 재출간한 것 역시 '전傳'이라는 전통적 이야기 양식을 선호하는 독자들을 겨냥한 상업적 전략의 일환이었을 것이다.

4. 모방과 표절의 경계에서

본 연구에서는 강명화 정사 사건 소재 딱지본 대중소설들을 새롭게 정리하고, 주요 작품들의 서사 전략 및 모방 양상을 구체적으로 살펴보고자 했다. 특히, 『(여의귀)강명화실기』상편의 존재를 처음으로 드러내어 기존

---

35 『(여의귀)강명화실기』의 경우 상·하편의 강명화와 관련된 내용만을 합하면 총 114면(93＋21)이고, 『(신소설)강명화전』의 경우 81면으로 이루어져 있다. 『(절세미인)강명화의 설음』의 경우 가장 띄어쓰기가 잘 되어 있음을 감안하면 실제의 분량 차이는 더욱 커질 것이다.

연구의 잘못된 서지를 바로잡고, 춘파의 『(실정애화)미인의 정사』, 홍문서관에서 발행된 『강명화전』 등 몇 개의 작품을 추가할 수 있었다. 한편, 이해조의 『(여의귀)강명화실기』, 최찬식의 『(신소설)강명화전』, 박준표의 『(절세미인)강명화의 설음』에 대한 상세한 비교분석을 통해, 각 작품의 서사 전략 및 모방 양상을 드러내고자 했다. 이러한 시도는 강명화 소재 딱지본 대중소설이 지닌 개별 작품의 특성을 넘어, 식민지 서적출판문화 속 딱지본 대중소설의 특징을 이해할 수 있는 유용한 방편이 된다.

신소설의 대표 작가 이해조에 의해 저술된 『(여의귀)강명화실기』는 일반적인 딱지본 대중소설과는 다른 의도와 지향점을 지닌 채 회동서관에서 발행되었다. 『(여의귀)강명화실기』 상편은 강명화의 이야기가 주를 이루고, 하편은 장병천, 강춘홍, 이화련의 이야기로 구성되어 있다. 이 작품은 '실기'라는 제목에서 짐작할 수 있듯이, 이 이야기가 실제 사실에 기반하고 있음을 부각시키고자 했다. 당시 신문기사를 서사의 뼈대로 삼고, 그 밖의 다양한 소문을 취재하거나 허구적 상상력을 추가하여 하나의 소설로 완성하였다. 『(여의귀)강명화실기』 상편은 당시 대중적 인기를 끌어 사회문제가 되기도 하였으며, 강명화 정사 사건을 다룬 다양한 소설 텍스트의 모본이 되었다. 이후 작품의 저작권을 온전히 소유한 회동서관의 사주 고유상은 『(여의귀)강명화실기』 상편의 제목과 표지 디자인을 변경하여 『(여의귀)강명화전』을 출판한다. 이는 『(신소설)강명화전』의 제목과 표지 디자인을 모방한 것인데, 딱지본 대중소설 시장을 의식한 회동서관의 출판 전략으로 이해할 수 있겠다.

또 다른 신소설 작가 최찬식의 『(신소설)강명화전』은 이해조의 『(여의귀)강명화실기』을 저본으로 삼아 모방하되 딱지본 대중소설의 형식에 맞도록 기획 출판된 작품이다. 하지만, 두 남녀의 운명적인 만남을 서두에 배치하고, 두 연인 사이의 사랑스러운 대화 장면을 삽입하거나, 장병천을 매력적인 인물로 묘사한 것은 『(신소설)강명화전』만의 새로움이라고 볼 수 있다. 또한 서사의 진행에 불필요한 요소를 과감하게 삭제하고, 어려운 한자말을 쉬운 우리말 표현으로 바꾼 것도 이 작품의 특징이다. '신소설', '전'과 같이 대중독자에게 익숙한 표현을 제목에 활용하고, 울긋불긋한 표지의 그림을 통해 독자의 시선을 끈 것도 이 작품이 더 폭넓은 독자들을 끌어들이기 위한 대중화 전략의 일환이었다. 대중성의 측면에서 볼 때, 『(신소설)강명화전』은 이해조의 『(여의귀)강명화실기』에 비해 한발 진전된 모습을 보인다.

　『(절세미인)강명화의 설음』은 딱지본 대중소설의 작가 철혼 박준표에 의해 영창서관에서 발행되었다. 이 작품은 『(여의귀)강명화실기』와 『(신소설)강명화전』을 복합적으로 모방한 작품이다. 작가 역시 이를 의식하였는지, 이름 뒤에 '박철혼 편'이라고 해 놓았다. 하지만 나름의 연애론을 서두에 배치하거나 등장인물에 대한 묘사를 강화하는 등 나름의 방식으로 원작과의 차별화를 시도하였다. 또한 독자의 시선을 끄는 인상적인 표지 그림, 정제된 활자의 선택과 가독성을 높이는 띄어쓰기는 그동안 집약된 영창서관의 출판 역량을 보여준다. 『(절세미인)강명화의 설음』은 압축된 빠른 사건 전개가 돋보이는, 가장 가볍게 즐길 수 있는 하나의 상품으로 기획된 전형적인 딱지본 대중소설이다.

　1920년대 중반 강명화 정사 사건을 두고 벌어진 대형 출판사 간의 소설 출판 경쟁은 근대의 소설에 대한 또 다른 시각을 제시한다. 분명 오늘날의 관점에서 볼 때 이들 작품들의 출판 상황은 쉽사리 이해가 되지 않는다.

자기 복제, 모방과 표절로 점철되어 있는 이러한 상황이 당시 유명 작가와 대형 출판사의 주도로 이루어져 있음을 어떻게 이해할 수 있을까. 이는 저작권과 표절에 대한 인식이 뚜렷하지 않았던 당시의 사정을 여과 없이 보여주는 사례이다.

1924년 1월 11일 자 『동아일보』에는 「조선 초유의 저작권 침해소송」이라는 제목의 흥미로운 기사가 게재 되었다. 기사에 따르면 보성고등보통학교의 교원 황의돈黃義敦이 덕흥서림의 주인 김동진과 저자 박해묵 두 사람을 고소한 사건인데, 『(반만년)조선역사』박해묵, 덕흥서림라는 책이 자신의 책 『신편조선역사』이문당, 1923를 처음과 끝 열장 가량만 바꾸고 나머지는 동일하게 표절하였다는 것이다.[36] 일심 공판에서 각각 100원의 벌금형을 받았던 김동진과 박해묵은 이에 불복하여 공소를 제기하였는데,[37] 몇 달 뒤 결국 유죄로 결정되어 100원의 벌금형이 확정되고 말았다.[38]

한편 1924년 12월 덕흥서림의 주인 김동진은 자신이 발행한 『옥루몽』을 김광서림에서 발행한 김익수의 『(토어)옥루몽』이 표절했다며 소송을 걸었다. 김동진은 일심에서 원고 승소 판결을 받았지만, 이후 복심에서는 '고대소설 권위자'로 위촉된 이해조와 김홍권에게 내용감정까지 받은 결과 번복되어 원고 패소 판결을 받은 바 있다.[39] 덕흥서림의 주인 김동진은 두 번에 걸친 저작권 관련 재판에서 모두 패하는 진귀한 경험을 하게 되었던 것이다. 이를 통해 적어도 1920년대 중반까지는 표절에 대한 명확한 기

---

36 「『半萬年歷史』로 著作權侵害訴訟, 조선에서 처음 잇는 이 재판, 남의 원고를 변작 출판한 것」, 『동아일보』, 1924.8.17.
37 「저작권사건 일심불복공소」, 『동아일보』, 1925.12.2.
38 「朝鮮初有의 著作權侵害訴, 結局有罪로 判決言渡, 각 벌금 빅원에 언도되얏다」, 『매일신보』, 1925.5.27.
39 「『玉淚夢』裁判, 저작권 침해, 피고가 이기어」, 『동아일보』, 1926.12.30.

준이 마련되지 않았음을 짐작할 수 있다.

판결 내용에 대한 구체적인 내용을 확인하긴 어렵지만, 이러한 저작권과 관련된 두 차례 소송 사건은 우리에게 유의미한 정보를 제공한다. 역사를 기술한 앞의 사례의 경우에는 표절로 판결이 났지만, 원천 이야기가 존재하는 소설의 경우에는 표절로 보기 어렵다는 재판부의 결정이 있었다. 고소설 〈옥루몽〉이 존재하는 이상 두 판본 간의 표절을 엄격하게 판단하기 어렵다는 것이 재판부의 입장이었을 것이다. '고대소설 권위자'로 위촉된 두 명의 전문가가 내용감정을 했다는 사실은 이러한 정황을 입증하는 사례가 된다. 이보다 앞선 1910년대에 〈춘향전〉을 모본으로 삼은 다양한 딱지본 대중소설들이 발행된 사실을 기억한다면, 김동진의 『옥루몽』과 김익수의 『(토어)옥루몽』은 모두 〈옥루몽〉을 모본으로 삼은 '비창작적 저작물'이라고 볼 수 있다.

강명화의 정사 사건을 다룬 소설들이 모방과 표절의 경계에서 이처럼 다양하게 발행될 수 있었던 것은 이것이 하나의 실제 사건을 모델로 삼은 '비창작적 저작물'이었기 때문이었다.[40] 강명화 소재 소설의 모본이 되는 『(여의귀)강명화실기』가 당대 신문 기사에 실린 실제 사건을 바탕으로 이루어진 이상 후속작들의 표절 여부를 두고 소송을 하기는 쉽지 않았을 것이다. 이후에 발행된 작품들 역시 표절을 피하기 위한 다양한 장치들을 마련하고 있었는데, 도입부에 새로운 내용을 배치하거나, 이야기의 순서를

---

40 방효순의 논의에 따르면 이들 소설은 『동아일보』에 실린 실제 사건에 기반을 둔 '비창작적 저작물'로 볼 수 있다. 방효순은 식민지 시기의 경우 "창작적 저작물과 달리 비창작적 저작물의 경우 저작물에 대한 저작권 침해여부의 판별이 쉽지 않았다"고 정리한 바 있다. 방효순, 「일제시대 저작권 제도의 정착과정에 관한 연구－저작관련사항을 중심으로」, 『서지학연구』 21, 244면.

바꾸고, 문장의 어순이나 표현을 바꿨던 것, 두 개의 작품을 혼성 모방하는 것도 어느 정도 표절 혐의로부터 벗어날 수 있는 방편이 되었던 셈이다. 또한 한권에 40전 정도에 불과한 상업적 출판물을 두고 저작권 문제로 기나긴 소송을 하기보다는, 새로운 책들을 찍어내는 일이 딱지본 대중소설의 시장에 적합했다.[41]

이러한 모방과 전유의 양상이 부정적이지만은 않다. 어쨌든 이러한 소설 출판 과정을 통해 강명화와 장병천의 애틋한 사랑 이야기는 더욱 많은 사람들에게 전해질 수 있었다. 강명화 정사 사건을 다룬 딱지본 대중소설의 발행은 식민지시기에 국한되지 않았으며, 1970년대까지 전대의 작품들을 모방하며 지속적으로 이루어졌다. 최근에는 이해조의 『(여의귀)강명화실기』를 오늘날 현대어법에 맞게 바꾸어 낸 『평양기생 강명화전』새움, 2015이 출판되었고, 박준표의 『(절세미인)강명화전』이 E-book올댓북, 2017의 형태로 발행되기도 했다. 이러한 현상은 강명화와 장병천의 사랑 이야기가 시대를 초월하는 보편성을 획득하고 있기 때문으로 보인다. 이렇듯 죽음을 불사한 그들의 사랑 이야기는 시대를 넘어 목숨보다 소중한 사랑을 상징하는 하나의 기호가 되었다.

---

41 이와는 다르게 지식인 중심의 근대소설, 고급문예의 장에서는 표절에 대한 다양한 논의와 번역보다 창작을 중시하는 태도 등을 통해 점차 창작자의 권리가 강화되어 간다. 유석환, 「근대문학시장의 형성과 신문·잡지의 역할」, 성균관대 박사논문, 2013, 154~162면 참조.

참고문헌

권보드래,『연애의 시대』, 현실문화연구, 2003.

김경연,「주변부 여성 서사에 관한 고찰-이해조의『강명화전』과 조선작의『영자의 전성시대』를 중심으로」,『여성학연구』13, 부산대 여성학연구소, 2003.

김영애,「강명화 이야기의 소설적 변용」,『한국문학이론과비평』50, 한국문학이론과비평학회, 2011, 87면.

노자영, 권보드래 편,『사랑의 불꽃 · 반항(외)』, 범우, 2009.

방효순,「일제시대 저작권 제도의 정착과정에 관한 연구-저작관련사항을 중심으로」,『서지학연구』21, 한국서지학회, 2001.

배정상,「딱지본 대중소설의 작가 철혼 박준표 연구」,『대동문화연구』107, 성균관대 대동문화연구원, 2019.

_____,『이해조 문학 연구』, 소명출판, 2015.

송하춘,『한국 근대소설사전-1890~1917』, 고려대 출판부, 2015.

신현규,「기생『강춘홍소전』연구」,『어문론집』61, 중앙어문학회, 2015.

_____,「『女의 鬼 康明花實記 下』(1925) 부록「妓生의 小傳」연구」,『근대서지』6, 근대서지학회, 2012.

오영식 · 유춘동,『오래된 근대, 딱지본의 책그림』, 소명출판, 2018.

유석환,「근대문학시장의 형성과 신문 · 잡지의 역할」, 성균관대 박사논문, 2013.

이영미 외,『딱지본 대중소설의 발견』, 민속원, 2009.

이혜숙,「이해조 소설에 나타난 가정 담론 연구-홍도화, 산천초목, 여의귀 강명화실기를 중심으로」,『돈암어문학』25, 돈암어문학회, 2012.

임　화, 임규찬 · 한진일 편,『임화 신문학사』, 한길사, 1993.

천정환,『근대의 책 읽기』, 푸른역사, 2003.

황지영,「근대 연애 담론의 양식적 변용과 정치적 재생산-강명화 소재 텍스트 양식을 중심으로」,『한국문예비평연구』36, 한국현대문예비평학회, 2011.

근대시기 삼강록의 계승과 변용

『경남일보』의 「삼강의일사」를 중심으로

반재유

1. 『경남일보』의 연구사와 자료적 가치

『경남일보』는 한국인에 의해 지방에서 발행된 최초의 신문이며, 한일강제병합 이후 한국인이 발행하던 신문들이 모두 폐간되었을 때에도 지속적으로 간행되었던 신문이다. 겉으로는 일간형식을 공표하였지만, 극심한 경영난으로 인해 창간일1909.10.15로부터 70여 일 동안에 총 19호까지의 신문만을 발행할 정도였고, 20호를 발행한 1910년 1월 5일부터는 격일제로 발간형태를 개정하기에 이른다.[1]

당시 『경남일보』의 정치적 성향은 쉽게 규정하기가 어려울 만큼, 친일과

---

1 한상란, 「구한말 유일의 지방지 경남일보에 관한 고찰」, 이화여대 석사논문, 1976, 70~72면 참조.

항일 색채들이 공존하는 면모를 보인다. 이는 창간부터 장지연이 주필로 활동한 사실 이면에, 당시 경남지역의 친일 인사였던 김홍조金弘祚와 김영진金榮鎭 등이 신문사 설립과 운영을 주도했다는 사실과도 관련성이 깊다.

그로인하여 1910년 10월 11일 자「詞藻」란에 한일강제병합을 비난하며 자결한 매천梅泉 황현黃玹의 「유시遺詩」를 게재하여 정간을 당하기도 하였지만, 복간 뒤에는 본격적인 친일 논조의 글들이 발표되는 등,『경남일보』에는 1910년대의 혼란했던 국내 정치상을 고스란히 담고 있다.

『경남일보』에 대해서는 한상련이 「구한말 유일의 지방지 경남일보에 관한 고찰」,[2]을 통하여 학계에 처음으로 소개하였다. 이후 영남대학교에서 영인본[3]이 출간되었고, 최기영[4]을 비롯하여 김남석,[5] 최윤경[6] 등이 『경남일보』에 대한 간행과 운영, 관여자, 체재 등을 고찰하며 신문의 창간과정과 지향점, 성격 등에 대한 분석이 시도되었다. 그러나 이후『경남일보』에 대한 더딘 연구의 진척은 분명 아쉬운 점이다. 이는 주필을 비롯한『경남일보』의 친일성향 논쟁[7]으로 인해 연구자료로서의 가치까지 폄하된 것도

---

2 위의 글.
3 『경남일보』 上·下, 영남대 출판부, 1996.
4 최기영, 「구한말『경남일보』에 관한 일고찰」, 『언론문화연구』 6, 서강대 언론문화연구소, 1988; 「진주의〈경남일보〉-유일의 지방지」, 『대한제국시기 신문연구』, 일조각, 1991.
5 김남석, 「1910년대 경남일보의 성격에 관한 고찰」, 『동북아연구』 13, 경남대 극동문제연구소, 2008.
6 최윤경, 「1910년 전후『경남일보』의 사회개조론과 정치적 성격」, 『지역과역사』 41, 부경역사연구소, 2017.
7 장지연의 친일 행적은 일찍이 강명관(「장지연 시세계의 변모와 사상」, 『한국한문학연구』 9·10, 한국한문학회, 1987), 이강옥(「장지연의 의식변화와 서사문학의 전개」 (상)·(하), 『한국학보』 16-3/4, 일지사, 1990), 김도형(「장지연의 변법론과 그 변화」, 『한국사연구』 109, 한국사연구회, 2000) 등에 의해 지적된 바 있다. 이후 장지연이 총독부의 기관지『매일신보』에 활동하기에 앞서, 『경남일보』 주필 시절에도 하얼빈역에서 저격당한 이토히로부미를 추모하는 글(1909.11.5)과 천장절(天長節) 축하 기념한시를 게재(1911.11.2)했다는 주장들이 제기되었다. 2008년 4월 민족문제연구소가 발표한 친일인사명단에 장지연이

주된 요인으로 들 수 있다.

또한, 유독 신문의 결호가 많은 점도 연구 공백을 낳은 큰 이유가 되었다. 현존하는『경남일보』272부는 전체 887부(추정)의 약 1/3 수준이다.[8] 따라서 사설의 전체적인 논조의 방향이나 흐름을 살피기 어려우며, 「조선이언朝鮮俚諺」, 「풍화소설風化小說」 등의 연재물 또한 온전한 내용을 확인할 수 없어 본격적인 논의를 진행하기가 어렵다.

그러나 「삼강의일사」의 경우, 비교적 결호가 적은 1910년대 말까지 발표된 작품이므로 작품의 연재 성격과 전체적 특징 등을 파악할 수 있다. 또한, 각 호의 내용도 특정 주제의 일화들을 단편적으로 서술한 작품이므로, 당대『경남일보』의 성향이나 편찬의식 등을 엿볼 수 있는 중요한 자료가 될 수 있다.

『경남일보』의 「社說－謹謝朱基洹氏 兼且各郡紳士에게 警告홈」1910.3.16을 보면, 본보 발간의 취지는 '민지개발과 실업장려民智開發 實業獎勵' 라는 목적 아래, '법률과 지방자치 등을 모아 게재하고法律과地方의自治等을蒐揚', '삼강의 일사를 통해 윤리상 아름다운 행적을 기리며三綱의逸史는倫理上嘉蹟懿行을褒揚', '농상공업의 학술과 교육의 상황을 기술하는農工商工業의學術과敎育의狀況을述載' 등의 구체적인 방법들을 제시하고 있다. 이를 통해『경남일보』의 창간에 있어서 「삼강의일사」가 차지했던 역할과 비중이 적지 않았음을 짐작할 수 있다.

그로 인해『경남일보』를 언급함에 있어 「삼강의일사」는 항상 빠짐없이 등장하지만, 정작 해당 연재물에 대한 본격적인 연구는 진행되지 못하고

포함되면서 이 문제를 둘러싼 언론과 학계의 입장들이 첨예하게 대립하게 되었다. 장지연의 친일논란에 대한 자세한 내용은 정대수의 「장지연 선생의 언론사적 평가와 친일논란에 대한 비판적 접근」(『한국언론학회 학술대회 발표논문집』, 한국언론학회, 2005)을 참조할 것.

8 최기영, 앞의 글, 226면; 최윤경, 앞의 글, 217면 참조.

있다. 이는 「삼강의일사」가 작자 미상의 작품이며, '여성의 존재를 가부장적 계보에 철저히 귀속된 보수 회귀적 성담론'[9]으로 치부되었기 때문이다. 장지연에 대한 '보수 회구적 성담론'의 예시로「삼강의일사」를 언급한 글[10]에서 조차도 작자 고증을 생략한 채 해당 작품들을 인용하고 있어, 작품 분석과 함께 저자 규명의 문제도 선행되어야할 과제라 할 수 있다.

따라서 이 글에서는 먼저「삼강의일사」의 저자 문제에 대해 검토하고, 아울러 작품의 편찬의식에 대해 논의해보고자 한다. 이는 지역사회 속 근대매체의 역할과 함께, 한일병합조약 시기 장지연 사상을 살펴볼 수 있는 작업이 될 것으로 기대한다.

2. 「삼강의일사」와 정표정책

경남지역의 신문간행 논의는 1909년에 이르러 본격화 되기 시작했다. 1909년 2월에 경남지역 유지와 지식인, 관리들이 신문사를 설립하는데 뜻을 모아 경남일보주식회사가 발기되었으며, 1909년 10월 15일에 창간호를 발행하기에 이른다. 『경남일보』의 발간은 당시 경남 관찰사였던 황철黃鐵, 경흥 부윤직을 역임한 김영진金榮鎭, 울산 대지주 김홍조金弘祚와 진주 유지 김기태金琪邰 등의 주도로 이루어졌다.[11]

장지연의 경남일보사 주필초빙은 전 부윤府尹 김영진金榮鎭이 인쇄시설을

---

9 홍인숙, 「근대계몽기 개신 유학자들의 성 담론과 그 의의」, 『동양한문학연구』 27, 동양한문학회, 2008, 429면.
10 위의 글.
11 최윤경, 앞의 글, 222~226면 참조.

매입하기 위하여 상경한 9월 초순이었을 것으로 짐작된다. 장지연은 경북 상주군 내동면 동곽리 출신의 교남인嶠南人으로, 김영진과도 교분이 있었 다.[12] 장지연은 경남일보사에서 10월 15일 창간일부터 줄곧 주필로 활동 했지만,[13] 황철, 김기태 등 친일인사의 개입으로 발족된 『경남일보』의 성 향상, 장지연의 주필활동에 일정 부분 제약이 있었을 것으로 여겨진다.

『경남일보』에는 '한문사 장지연 述漢文師張志淵述'이 명기된 기사[14]들 외에 도, 장지연이 여타 신문사에 재직했을 때와 동일하게 사설면과 함께 역사 기사 등의 집필을 담당했을 것이다. 실제 『경남일보』는 1910년 10월11일 자에 장지연의 평과 함께 실린 황현의 절명시를 게재하여 정간처분1910.10.15 을 당하는 사태가 있었다. 정간은 십여 일 뒤1910.10.25로 해제되고 곧바로 속간1910.10.27되었지만, 이후부터 『경남일보』에는 사설이 게재되지 않았다. 이에 대해 선행연구에서는 경남일보사 부설로 야학교가 설치1910.11.14된 사 실에 착안하여, 장지연이 야학교의 한문교사직을 맡은 것도 사설면이 게 재되지 않던 상황과 무관하지 않았을 것이며 이를 통해 병합이후 경남일 보사에서 장지연의 역할은 상당히 축소되었을 것이라 추정한 바 있다.[15]

본고에서 주목한 「삼강의일사」도 장지연이 야학교 한문교사직을 맡기 전 까지 『경남일보』 1면에 꾸준히 연재된 작품으로, 『경남일보』의 정간 처분 이후, 두 편曹氏孝行1910.10.27;朴氏孝行1910.11.2의 작품만을 확인할 수 있다. 『경

---

12 최기영, 앞의 글, 189면 참조.
13 "亦到十五日余 被聘于 慶南日報社 爲主筆 始刊第一号"(「年譜」, 『張志淵全書』 10, 1134면)
14 「夜學科－夜學利害論」, 『慶南日報』, 1910.11.25; 「夜學科－體育論」, 『慶南日報』, 1910.11.27;
   「夜學科－豚論」, 『慶南日報』, 1910.11.29; 「夜學科－燈火說」, 『慶南日報』, 1910.12.3; 「夜學科－
   松說」, 『慶南日報』, 1910.12.7; 「夜學科－賞楓說」, 『慶南日報』, 1910.12.9.(노관범, 「대한제국기
   장지연 저작목록의 재검토」, 『역사문화논총』 4, 역사문화연구소, 2008, 305면)
15 최기영, 앞의 글, 223~224면 참조.

남일보』에 연재된 「삼강의일사」 69편의 목록을 정리하면 다음 표와 같다.

〈표 1〉 삼강(三綱)의 일사(逸史) 목록

번호	일자	제목	번호	일자	제목
1	1909.10.15	-16	36	1910.2.6	固城孝烈
2	1909.11.5	晉州孝烈(一)	37	1910.2.8	朴氏懿行
3	1909.11.6	晉州孝烈(二)	38	1910.2.16	密陽의 孝烈
4	1909.11.7	晉州孝烈(三)	39	1910.2.18	(前號續)
5	1909.11.16	晉州孝烈(四)	40	1910.2.20	(前號續)
6	1909.11.17	晉州孝烈(五)	41	1910.2.22	(前號續)
7	1909.11.18	晉州孝烈(六)	42	1910.2.24	金海郡孝烈
8	1909.11.19	晉州孝烈(七)	43	1910.2.26	金海의 忠孝烈
9	1909.11.20	晉州孝烈(八)	44	1910.2.28	金海의 忠孝烈(前號續)
10	1909.11.21	晉州孝烈(九)	45	1910.3.2	金海의 忠孝烈(前號續)
11	1909.11.23	晉州孝烈(十)	46	1910.3.4	金海의 忠孝烈(前號續)
12	1909.11.24	晉州孝烈(十一)	47	1910.3.6	金海의 忠孝烈(前號續)
13	1909.11.25	晉州孝烈(十二)	48	1910.3.8	金氏孝烈 晉州郡元
14	1909.11.26	晉州孝烈(十二)	49	1910.3.16	孝哉金氏
15	1909.11.27	晉州孝烈(十二)	50	1910.3.18	李門三孝
16	1909.11.28	晉州孝烈(十三)	51	1910.3.20	李氏烈行
17	1909.11.30	-	52	1910.3.24	金氏烈行
18	1909.12.29	-	53	1910.3.27	猿溪處士遺蹟
19	1910.1.1	咸安趙氏孝烈	54	1910.3.29	吮腫祝天
20	1910.1.5	一門三孝	55	1910.3.31	是子是婦
21	1910.1.7	徐氏異蹟	56	1910.4.2	金氏懿行
22	1910.1.9	洪氏孝烈	57	1901.4.4	金氏烈行
23	1910.1.11	具家婦卓行	58	1910.4.6	黃氏의 孝行
24	1910.1.13	李氏의 至誠救夫	59	1910.4.20	黃氏烈行
25	1910.1.15	孫氏의 救夫, 蟾魚感孝	60	1910.4.22	黃氏烈行(續)
26	1910.1.17	四世七孝	61	1910.5.8	尹氏孝行
27	1910.1.19	四世七孝(續)	62	1910.5.12	吳氏友愛
28	1910.1.21	河氏救夫鄭氏廬墓	63	1910.5.14	朴氏孝行

번호	일자	제목	번호	일자	제목
29	1910.1.23	姜氏孝行, 金孝養志	64	1910.5.16	金氏慈善
30	1910.1.25	子孝婦烈	65	1910.6.3	李氏殉節
31	1910.1.27	一家三孝	66	1910.6.5	朴氏孝行
32	1910.1.29	高氏孝行	67	1910.10.1	朴氏孝行
33	1910.1.30	趙氏孝友	68	1910.10.27	曹氏孝行
34	1910.2.2	姜氏婦孝行	69	1910.11.2	朴氏孝行
35	1910.2.4	機張郡孝烈			

위 목록은 현존 하는 『경남일보』 272부 가운데, 「삼강의일사」 작품을 목
록화한 것이다. 1909년 10월 15일부터 1910년 11월 2일까지 「三綱의逸
史」 「三綱逸史」의 제목으로 1면 5~6단에 발표된 것을 확인할 수 있으며, 연새
마다 각 소제목 아래 1~5편의 개별 일화들이 소개되고 있다.

『경남일보』 사설에 자주 보이는 '신사제공紳士諸公'이나 '유림제공儒林諸公'
이라는 표현들을 통해 주독자층이 경남지역의 유림층이었음을 알 수 있
다.[17] 따라서 「삼강의일사」는 '풍속의 선양을 감화風俗의善良을感化케흠'[18]하려
는 의도 하에, '도내 고금의 효신효자열녀절사를 대표하는 인사들의 행적
을 발표 표양함'本道內各郡에古今을勿論ᄒ고忠臣孝子烈女節士와及其他奇行卓節과文學技術이
有흔人士의行蹟을褒揚述錄ᄒ야[19]으로써 지역의 자긍심과 함께 풍속교화 등의 교
육적 효과를 노린 기획이었을 것으로 보인다. 실제 1909년 11월 6일 자
「社告」에는 「삼강일사」의 고정란 설치 이유를 밝히고 있다. '경상남도내

---

16 영남대에서 영인한 『경남일보』에는 창간호가 누락되어 있는데, 김남석의 「1910년대 경남
일보의 성격에 관한 고찰」에 따르면, 2003년에 진주시 지명당(知命堂) 하세응(河世應) 종
가에서 창간호가 발견되었다. 1면 마지막단에는 진주군 봉곡리에 사는 김성두씨의 자효함
과 자선심에 대해 소개하고 있음을 밝히고 있다.(김남석, 앞의 글, 2008)
17 최기영, 앞의 글, 217~218면 참조.
18 「社說-謹謝朱基洹氏 兼且各郡紳士에게 警告흠」, 『慶南日報』, 1910.3.16.
19 「社告」, 『慶南日報』, 1909.11.6.

고금 인물들과 관련한 충효열 등의 행적을 기록하여 사승史乘에 전하고자 했다'는 서술에서 확인할 수 있듯, 편집자는 「삼강의일사」를 역사편찬의 일환으로 보았음을 알 수 있다. 이는 과거 장지연이 신문사 주필을 역임하면서 신문을 '사기史記의 갈래流'로서, 옛적 사관들이 취했던 '패관稗官'과 '야사野史' 등을 이제는 신문이 그 역할을 대신하게 되었다[20]고 여겼던 사명의식과 동일한 맥락에서 살펴볼 수 있다. 「晉州孝烈(十)」1909.11.23의 서두에서 밝힌 "기사의 붓을 잡고 삼강의 일사를 기술하는 자(記事의 筆을 執ᄒ고 三綱의 逸事를 述ᄒᄂ 者)"는 당시 『경남일보』의 주필이었던 장지연을 지칭하는 것이다.

실제 장지연이 주필로 있었던 신문사마다 사설의 집필과 함께 고사 등의 연재를 병행하였는데, 해당 시기부터는 한미한 집안이나 미천한 신분의 인물들을 위주로 정리를 시도한 것으로 보인다. 이 같은 서술태도는 훗날 장지연이 『매일신보』에서 장기간 「일사유사逸士遺事」를 연재한 것과 동일선상에서 파악할 수 있다. 장지연은 『매일신보』에 '숭양산인崇陽山人'이라는 필명으로 1916년 1월 5일부터 동년 9월 5일까지 9개월동안 총 179회에 걸쳐 「송재만필宋齋漫筆」이라는 코너에 「일사유사」라는 제목으로 글을 연재하였다. 연재하는 기간 동안 장지연은 조선시대 여러 부분에서 뛰어난 행적을 보였던 한미한 선비 및 중인들을 비롯한 하층민 372명의 인물전기를 정리해 내었다.[21] 이는 「일사유사서술逸士遺事敍述」1916.1.11에서 밝힌 바와 같이, '조선이 고려말의 폐단을 이어받아李朝承麗季之弊' '한미한 집안의 선비들寒畯之士'과, '하층 신분中庶常賤', '평안도·함경도 지역地分西北兩

---

20 "古者에稗官野史가有ᄒ야作史ᄒᄂ者或取之러니今에變爲新聞ᄒ니其法이盖肇自英伊ᄒ야近世에盛行各邦ᄒ니是亦史之流也라"(「本報發刊之趣旨」, 『時事叢報』, 1899.1.22).

21 김석회 외, 「해제−장지연과 일사유사」, 『조선의 숨은 고수들−장지연의 일사유사』, 청동거울, 2019, 13~14면.

道' 등의 구분을 두고 인물을 등용하여 망국의 길로 들어섰다는 문제의식에서 연유한 것이다. 「삼강의일사」 또한 경남 일대로 인물의 특정 출신 지역을 한정하면서, 이름이 알려지지 않은 인물들을 위주로 일화를 소개했다는 면에서 유사점을 찾을 수 있다.

「일사유사서述逸士遺事敍述」 1916.1.11에는 『희조일사熙朝軼事』, 『침우담초枕雨談草』, 『추재기이秋齋紀異』, 『위항쇄문委巷瑣聞』, 『어우야담於于野談』 등 「일사유사」 편찬과정에서 인용한 여러 서목들을 밝힌 것에 반하여, 「삼강일사」의 경우 읍지邑誌와[22] 묘지墓誌[23] 및 기타 군내에 정려旌閭, [24] 복호復戶 기록[25] 등을 참조하였다. 등장인물을 경남 지역으로 한정하고 주제도 충효열로 제약하고 있기 때문에 다양한 문헌들을 참조하기 어려웠을 것으로 사료 된다. 다음은 당시 『경남일보』에 실린 「광고」의 내용이다.

본보에 기재하는 삼강일사는 경상남도 각 군에서 고금을 막론하고 충신, 효자, 열녀, 절사와 기타의 기행·탁절과 문학·기술이 있는 인사의 행적을 칭찬 장려하며 새로이 기록하여 세계인들의 이목을 발동하게 하고 천추백세의 사승에 유전하게 하고자 하니, 누구든지 항목에 관계되는 것이 있거든 그 전문을 본사에 모아보내주시되 시기를 빠트리지 마시오.

—「社告」, 『慶南日報』, 1909.11.6[26]

---

22 "以上並固城人으로 邑誌에 載ᄒ니라"(「삼강의일사—固城孝烈」, 『慶南日報』, 1910.2.6).
23 "今趙公墓ᄂ 在本郡桐谷里ᄒ니 南溟先生이 撰其墓誌ᄒ니라"(「삼강의일사—晉州孝烈(四)」, 『慶南日報』, 1909.11.16).
24 "旌其閭ᄒ니 亦在昌寧郡ᄒ니라"(「삼강의일사—金海의 忠孝烈(前號續)」, 『慶南日報』 1910.3.2).
25 "或蒙復戶之典ᄒ니라"(「삼강의일사—機張郡孝烈」, 『慶南日報』 1910.2.4).
26 "本報에 記載ᄒᄂ 三綱逸史ᄂ 本道內各郡에 古今을 勿論ᄒ고 忠臣孝子烈女節士와 及其他奇行卓節과 文學技術이 有ᄒ 人士의 行蹟을 襃揚返錄ᄒ야 世界土耳目을 發動케ᄒ고 千秋百世의 史乘에 遺傳케ᄒ고자ᄒ노니 勿論誰某ᄒ고 有項에 涉ᄒ 紀蹟이 有ᄒ시거든 其全文을 本社로 纂

위 광고의 내용을 살펴보면, 당시 읍지의 기록 외에도 독자 기고 등을 통해 「삼강일사」의 내용을 수집하였음을 알 수 있다. 작품 말미에 "…旌褒의 典을 未蒙ᄒ얏슴으로 士林이 皆嗟惜히 녁인다더라"[27]의 서술을 통해서도 문헌에 실리지 않은 구비전승된 내용까지 수집하여 정리했음을 알 수 있다. 애당초 「삼강의일사」의 찬술목적이 '현재 소멸되어 기록되지 않았지만 여항에서 전해지는 인물들을 정리하는 것'[28]에 초점을 맞추고 있었기 때문에 공인되지 않았던 다방면의 관련기록들을 수집했을 것으로 짐작된다. 이를 통해 「삼강의일사」의 연재는 "일사逸士들을 슬퍼하고 더욱이 그들의 자취가 사라짐을 슬퍼하였던盖悲其人而尤悲其跡泯滅也"[29] 「일사유사」의 집필 동기와 동일선상에서 살펴볼 수 있다.

「삼강의일사」에서는 농민, 양인의 처<孫氏의 救夫>, 1910.1.15 / <固城孝烈>, 1910.2.6 / <金海의 忠孝烈前號續>, 1910.3.4, 기녀<晉州孝烈 十>, 1909.11.23 / <晉州孝烈 十一>, 1909.11.24, 노비家奴·사비私婢 <四世七孝>, 1910.1.17 / <金海의 忠孝烈 前號續>, 1910.2.28 / <晉州孝烈 九>, 1909.11.21, 사비寺婢 <晉州孝烈 八>, 1909.11.20 등 신분이 낮은 여성들에 대한 일화와 함께 정포旌褒와 급복給復을 하사한[30] 정황을 기술하고 있다.

고종1863~1907·순종1907~1910 시기 정표자旌表者의 신분을 보면, 효자·효부의 경우 사족이 약90%를 차지하고 있는 반면 평민은 8%에 불과하고, 열녀의 경우에도 사족의 처가 81%나 되는 반면에 양인의 처는 9%에 불

<hr>

送ᄒ시되 時機를 勿失ᄒ시오"(「社告」,『慶南日報』1909.11.6).

27 「삼강의일사—黃氏의 孝行」,『慶南日報』, 1910.4.6.

28 "率皆湮沒無傳ᄒ고 其略存者ᄂ 但村間間에 煌煌홀 楔이 荒烟秋草에 殘留홀 뿐이라 今에 其旌閭의 數을 槪擧ᄒ야 左揭ᄒ노라"(「삼강의일사—晉州孝烈(五)」,『경남일보』, 1909.11.17).

29 張在軾, 「逸事遺事跋」.

30 "以上 烈婦貞女ᄂ 並皆旌褒의 典과 給復의 恩을 蒙ᄒ얏ᄂ디 或殺身殉夫ᄒ며 或孝養舅姑ᄒ야 其卓節美行이 邑誌에 俱載ᄒ니라"(「三綱의逸史—金海의 忠孝烈(前号續)」,『경남일보』1910.3.6).

과하다.[31] 이처럼 당대 정표정책은 사족 계층을 중심으로 시행되며, 상대적으로 신분이 낮은 계층의 인물들은 주목받지 못하였다. 그러나 「삼강의 일사」에서는 반대로 역사적으로 주목받지 못했던 하층 신분의 인물들을 조명함으로써, 충효열의 윤리의식이 모든 계층에서 본받고 따라야하는 것임을 강조하고 있다.

조선의 정표정책은 일제에 의해 비판의 대상이 되기도 하였다. 『조선풍속집朝鮮風俗集』[32]에서는 '효행에 거짓이 많은 원인으로 효자를 가문의 명예라고 여기는 것이 심하고, 병역의 면제, 의복 물품의 수여 등 이익이 있기 때문'[33]이라고 설명한다. 또한 '신정新政과 함께 이후로는 헌병과 경찰의 확실한 조사에 의해 실제와 다르이 없는 진정한 효자, 열녀, 절부가 정표를 받게 될 것이다'[34]라고 서술하고 있다. 실제 병합 이후 조선 정부가 효자·절부에게 수여하던 포상을 총독부에서 이어서 포상·표창하였으며 정표旌表와 기로耆老·상치尚齒의 우대도 행함으로써, 철저히 식민지 유교정책을 수행해 나갔다.[35] 이는 일제의 대동학회大東學會 조직 등 당시 유림 친일화 정책과 연관해 살펴볼 수 있는 대목이다.[36]

---

31 박주, 「19세기 후반기의 정표정책」, 『조선시대의 효와 여성』, 국학자료원, 2000, 293~299면 참조.
32 이마무라 도모(今村鞆, 1870~1943)가 조선의 경찰간부로 재직(1909.3~1914.7)하면서 발행한 『조선풍속집』은 초판(1914년)이 발행된 이후 곧바로 이듬해 재판이 발행되었으며 1919년 정정3판이 나올 만큼 조선에서 꾸준히 읽힌 책이다.(홍양희, 「이마무라도모의 〈조선풍속집〉과 조선사회인식」, 『한국학논집』 45, 한양대 동아시아문화연구소, 2009, 295면)
33 이마무라 도모, 홍양희 역, 『조선풍속집』, 민속원, 2011, 207면 인용.
34 위의 책, 212면 인용.
35 이명화, 「조선총독부의 유교정책(1910~1920년대)」, 『한국독립운동사연구』 7, 독립기념관 한국독립운동사연구소, 1933, 88~89면 참조.
36 류준기는 일제의 유림 친일화 정책을 다음 여섯 가지로 정리하였다. 첫째, 관료 선발에 개입하여 유생관료의 친일화를 유도함. 둘째, 일제는 일본식 유교를 이식하기 위한 사전 전략으로 친일단체를 결성 후원함. 셋째, 조선의 지배층인 유림을 회유하는데 적극적인 노력을 기

1909년 9월에 장지연은 대한협회가 일진회와 연합하여 정견협정위원
회政見協定委員會를 구성하자 이를 반대하며 평의원직을 사임하였고, 곧이어
박은식이 조직한 대동교大同敎의 편집부장에 선임되었다.[37] 「연보」에 의하
면 1909년 9월은 장지연이 진주 촉석루에서 대한협회(전 대한자강회)의 연
설대회에 참석한 시기였으며, 『경남일보』 주필로 초빙되었던 시기도 같
은 해인 1909년 10월경이었다.[38] 그렇다면 장지연은 대동교의 편집부장
으로 활동하면서 『경남일보』의 주필로 초빙되었던 것이다. 대동교의 창
설 동기가 유림계를 친일화하려는 일제의 정치공작에 대항한 것이라 한
다면,[39] 「삼강의일사」의 연재 또한 일제의 친일 정책에 동화되어 가던 유
림들로 하여금 본래의 유학정신을 회복하게 하고자 한 의도를 내포하고
있는 셈이다. 이는 『경남일보』 1910년 2월 22일, 24일, 26일 자에 걸친
「사설社說−고유림신사제공告儒林紳士諸公」에서 경남 유림들에게 수시변통隨
時變通의 시대 속에 공맹孔孟의 유학정신을 회복하여 시의에 적합한 방침으
로 교육에 매진하라고 주장[40]한 사실을 통해서도 확인할 수 있다.

울임. 넷째, 회유정책과 함께 유학교육에 대한 통제정책을 실시함. 다섯째, 유림계의 분열
정책을 실시하여 한국인의 항일의식을 말살하려함. 여섯째, 제도적 개편을 통한 친일화정
책을 착수함.(류준기, 「1910년대 전후 일제의 유림 친일화정책과 유림계의 대응」, 『한국사
연구』 114, 한국사연구회, 2001, 59~65면)
37 김순석, 「근대 유교계의 지각변동」, 『종교문화비평』 22, 종교문화비평학회, 2012, 108면.
38 「年譜」(『張志淵全書』 十).
39 류준기, 앞의 글, 80~84면.
40 "慶南一省은 自古 道德節行으로써 百世에 風聲을 樹호며 一方에 遺澤을 傳호 者ㅣ 固磊磊想望
호 地方이라 … 若夫入荒이 洞開호고 萬國이 交通호야 環球世界에 一大革新의 風潮가 震盪호
는 今日에 處호야는 正히 君子의 隨時通變홀 時代라"(「社說−告儒林紳士諸公」, 1910.2.22).
"맛당히 孔孟의 隨時變通호는 道를 講究호며 伊傳의 利國澤民호던 術을 參考호야 宗敎나 哲學
이나 經濟나 政治나 何等事業을 勿論호고 時宜에 適合훈 方針을 確立호야 後生을 開導호며 斯
民을 拯濟홀 責任으로 自居훔을 吾輩는 諸公에게 企望호는바라"(「社說−告儒林紳士諸公」,
1910.2.24).
"諸公의 今日 事業은 其惟敎育에 在호다홀지니 宗敎上道德倫理의 學은 諸公의 旣己傳授호는

장지연이 『경남일보』를 사직1913.8.30 하기 전까지 효행 및 정표旌表와 관련한 잡보기사가 일정 편차를 두고 게재된 정황이 보이지만,[41] 1910년 11월 2일 이후로 「삼강의일사」는 더이상 연재되지 않았다. 「삼강의일사」는 장지연이 과거 『시사총보』, 『황성신문』, 『대한자강회월보』 등에서 주필활동을 하며 집필했던 '고사' 작품들과 비교했을 때 집필 성격의 전환을 확인할 수 있으며, 『여자독본』에 이어 「일사유사」로 이어지는 장지연 편찬의식의 흐름을 확인할 수 있는 사료라 할 수 있다.[42] 이 같은 편찬의식 흐름은 조선시기 국가적 차원에서 간행한 삼강록과도 맥을 같이한다.

3. 삼강록의 계승, 그리고 여성의 열행烈行

조선은 개국 이래로 삼강윤리 보급을 강조하여 사회 전체가 최고의 윤리적 가치를 효·충·열에 두어 효자와 충신·열녀를 포상하고 장려하기에 바빴다. 뿐만 아니라 왕조의 계속적인 관심이 삼강과 오륜의 행실에 관한 서적을 발간하여 국민을 교화시키려 하였다.[43]

교화를 위한 대표적 서적으로는 조선 전기에 다수 편찬된 『삼강행실도』를 들 수 있다. 세종16년1434 『삼강행실도』가 반포된 이후 성종21년1490 「삼

바어니와 其他智育體育等科學制度에 關ᄒ야는 不可不新學術을 採用ᄒ야 新思想과 新知識을 鼓發獎勵홀지니"(「社說-告儒林紳士諸公」, 1910.2.26).

41 「京城通信-孝烈表彰數(『경남일보』, 1910.11.9), 「잡보-李氏孝行」(『경남일보』, 1911.1.10), 「잡보-朴童孝行」(『경남일보』, 1911.3.26) 등.

42 그 흐름에 대한 면밀한 검토를 위해서는 장지연의 야학교 시절 집필 작품과 관련 활동에 대한 논의가 뒷받침 되어야 할 것인데, 병합 이후 『경남일보』의 수많은 결호들로 인하여 고증의 어려움이 있다. 이에 대해서는 추후 연구를 통해 보완하고자 한다

43 박주, 『조선시대의 정표정책』, 일조각, 1990, 7면.

강행실도」선정본選定本, 중종 9년1514『속삼강행실도續三綱行實圖』, 중종13년 1518, 『이륜행실도二倫行實圖』, 광해군9년1617『동국신속삼강행실도東國新續三綱行實圖』, 정조21년1797『오륜행실도五倫行實圖』등 19세기까지 각종 행실도가 수차례 간행 및 중간되었다.

대한제국시기에 이르러서도 『속수삼강록續修三綱錄』1909이 편찬되는 등, 삼강록의 편찬을 통한 교화 정책은 지속되었다. 불충함과 도덕적 타락에서 국가 위기가 연유한 것이라 판단했기 때문이다. 따라서 국난의 극복 방안으로서 윤리 회복을 강조하였는데, 개화기 유림들도 여성의 효열을 통해 군신간 충 윤리의 모범으로 삼고자 하였다.[44] 이 같은 분위기는 당대 신문 기사를 통해서도 확인할 수 있다.

병에 걸린 부친을 위해 할고割股한 아들과 단지斷指한 며느리의 기사,[45] 군수郡守가 마을 내 불효자를 감화시켜 효행하도록 한 일화,[46] 기존 궁내부 宮內府에서 효자·열부에게 포상하던 제도를 내부內部에서도 수여할 수 있도록 확대한 정책[47] 등을 신문지면에 보도하는데, 기존 국가차원에서 간행되고 유포되던 교훈서의 내용들이 근대매체를 통해 확대 생산되고 있음을 확인할 수 있다. 다음 인용문 1909년 9월 11일 자『황성신문』에 「위인고사偉人古事」의 제명으로 게재된 글이다.

金莊憲之㘉는 勝朝高宗時人이라 力學能文하고 風姿가 魁偉하더니 江東戰役時

---

44 김기림, 「19세기 이후 효열부 담론의 양상과 의미」, 『동양고전연구』 58, 동양고전학회, 2015, 165~168면 참조.
45 「잡보-孝子孝婦」, 『황성신문』, 1909.3.19.
46 「잡보-奇談寓諷」, 『황성신문』, 1909.8.3.
47 「잡보-孝烈의 內部褒賞」, 『황성신문』, 1909.8.6.

에 其父ㅣ 軍隊에 隷屬하얏거늘 公이 太學生으로 在하다가 代父請行홀시 戰士의 楯頭에 擧皆奇獸를 畵하얏는딕 公은 獨히 一絶句를 書하야 曰 國患臣之患이오 親憂子所憂라 代親如報國하면 忠孝可雙修라 하얏더니 元帥 趙點이 閱軍하다가 見之驚喜하야 因而器使하고 明年에 凱旋흔 後 登第하야 位가 中書侍郎에 至하니라[48]

윗글은 고려 고종高宗 시기의 일화이다. 태학생太學生으로 있던 자식이 부친을 대신하여 전쟁터로 나갔는데, 방패 머리에 "나라의 우환은 신의 우환이오 부친의 근심은 자식의 근심이라 부친 대신함을 나라에 보답함과 같이하면 충효를 모두 같이 수행할 수 있다."國患臣之患이오 親憂子所憂라 代親如報國하면忠孝可雙修라는 문구를 썼다. 이를 기특하게 본 원수元帥가 그를 중용하였으며, 이듬해 등과하여 벼슬이 중서시랑에 이르렀다는 이야기이다. 군신君臣과 부자父子의 관계를 동일시하여, 충효를 함께 수행할 것을 독려한일화라 할 수 있다.

「삼강의일사」에서도 「김해金海의 충효열忠孝烈」이란 제목으로 총 5회1910.2.26~3.6에 걸쳐 61명의 인물을 소개하고 있다. 경남지방 일대의 충효열 관련일화를 같은 작품 내에서 순차적으로 소개한 것은 가정윤리 뿐만이 아닌, 지역사회의 시급한 과제 중 하나였던 관료질서의 확립을 독려하고자 한것으로 짐작된다. 더불어 「삼강의일사」는 『경남일보』의 창간일부터 '삼강三綱'이란 제명 아래 고정란을 두고 장기간 연재를 이어갔다는 면에서 기존삼강록의 역할을 계승하고자 한 면모를 살펴볼 수 있다.

「삼강의일사」에서 주목할 만한 것은 전대 삼강록에 비해 신분이 낮은

---

48 「偉人古事」, 『황성신문』, 1909.9.11.

여성에 대한 '열행烈行'을 강조했다는 점이다. 「삼강의일사」에 수록된 인물(총 212인)들 가운데 이름이 전하지 않은 여성들(92인)에 대한 비중이 절반에 가깝다.[49] 이는 「삼강의일사」의 출전을 찾기 어려운 요인으로 꼽을 수 있는데, 『경상도읍지』[50]에서도 약 21인[51]에 대한 정보만을 찾을 수 있다. 장지연이 앞서 1908년에 편찬한 『녀ᄌ독본 샹』에서는 40여 명의 자국의 대표적 여성상을 소개한 것과 달리, 「삼강의일사」에 등장하는 대다수의 여성들은 평범한 아무개의 처妻[52]와 딸女[53], 손녀孫女[54]들이다.

실제 역사적으로 효열 행위의 주체가 하층민으로 확대되는 현상은 17세기 이후 꾸준히 지속되는데, 19세기에 오면 기록의 양이 증가하는 특징을 보인다. 〈최열부전崔烈婦傳〉『秋齋集』卷8, 〈열녀홀개불관정려기烈女忽介佛寬旌閭記〉『鼓山集』卷9, 〈기삼비사記三婢事〉『修堂遺集』卷4 등 19세기 문인의 기록에서는 고용살이를 하는 하층 여성이나 기녀, 여종의 다양한 행적을 적극적으로 드러낼 뿐 아니라 하층민이 효열행의 포상 추대에도 자발적으로 움직였던 사실을 확인할 수 있다. 또한 하층 여성의 열행을 기록하며, 나라의 변고가 거듭 지극할 때에 당대의 선비와 조정의 관료들이 부끄러워해야할 일이라며 해당 기사를 소개하고 있다.[55] 이 같은 조선 후기 문인들의 사고

---

49 『매일신보』에서 「일사유사」를 연재했을 때, 전체 372명 가운데 여성인물 106명 전체 분량의 1 / 3을 할당하였던 사실과도 비견된다.(조지형, 『「일사유사」의 편찬의식과 인물수록 양상』, 『동양고전연구』 70, 동양고전학회, 2018, 514~516면 참조)

50 韓國學文獻研究所 編, 『韓國地理志叢書 邑誌 一 一慶尙道編』, 亞細亞文化史, 1982.

51 (晉州) 牟恂, 朴氳, 姜應台, 得妃, 李翮 妻; (東萊) 玉從孫; (金海) 曺爾樞, 潘碩撤, 張是行; (密陽) 朴尋, 今之, 魚泳河, 孫起倫, 裵尙絅; (咸安) 趙希玉; (昌寧) 張是行, 張翼禎; (機張) 玉從孫, 徐弘仁, 金順迪, 王八五.

52 "節婦 黃氏ᄂᆞᆫ 都事李藩의 妻니"(「삼강의일사—晉州孝烈(七)」, 『경남일보』, 1909.11.19).

53 "姜貞女ᄂᆞᆫ 夢禎의 女니…"(「삼강의일사—晉州孝烈(八)」, 『경남일보』, 1909.11.20).

54 "節婦 姜氏ᄂᆞᆫ 孝子 應台의 孫"(「삼강의일사—晉州孝烈(六)」, 『경남일보』, 1909.11.18).

55 강성숙, 「19세기 여성 담론 일고찰」, 『한국고전여성문학연구』 26, 한국고전여성문학회,

는 장지연의 저술에서도 드러나는데, 「삼강의일사」 뿐만 아니라 1908년 광학서포에서 발행한 『여자독본』에서도 확인할 수 있다. 단, 『여자독본』은 그 교육 및 교화의 대상이 여성으로 한정된 경우라 할 수 있다. 다음 인용문은 「뎨일쟝 총론」『녀ᄌ독본상』에서 서술한 글이다.

> 녀ᄌ는 나라 빅셩된 쟈의 어머니 될 사ᄅᆷ이라 녀ᄌ의 교육이 발달된 후에 그
> ᄌ녀로ᄒ여곰 착ᄒᆫ 사ᄅᆷ을 일울지라 그런고로 녀ᄌ를 ᄀᄅ침이 곳 가뎡교육을 발
> 달ᄒ야 국민의 지식을 인도ᄒᄂ는 모범이 되ᄂ니라
>
> ─「뎨일쟝 총론」, 『녀ᄌ독본 상』

위 인용문에 볼 수 있듯이, 『여자독본』의 저술은 가정교육의 주체로서, 여성의 역할에 대한 문제의식에서 비롯되었다. '녀ᄌ를 ᄀᄅ침이 곳 가뎡 교육을 발달ᄒ야 국민의 지식을 인도ᄒᄂ는 모범이 되ᄂ니라'는 여성 교육의 당위성은 장지연으로 하여금 일련의 연재물을 통해 가정내 어머니와 아내, 그리고 딸 역할의 모범을 세우게 한 것이다.[56] 실제 『여자독본』은 『열녀전列女傳』劉向이 취했던 전통적 여성 대상 교과서의 형식을 그대로 계승했는데,[57] 「삼강의일사」 또한 기존 삼강록의 목적이었던 유교이념의 확립과 백성 교화의 성격을 그대로 차용한 것으로 볼 수 있다.

그러나, 『여자독본』에서는 평범하거나 신분이 낮은 여성들을 별도의

2013, 67~78면 참조.

56 "然則 家庭者 必以主婦 爲主也 彼良人 男子者 出而在外 求行凡百之事業 專委其家族於主婦之手 爲主婦者 其任 大矣 養老慈幼 卽事舅姑育子女 是爲惟一義務 詩所爲惟酒食是議者 卽躬執饌饈 以 供養夫子 是已"(〈社說上-家庭博覽會〉, 「文稿卷之八(外集)」, 『張志淵全書 十』)

57 문혜윤, 「근대계몽기 여성 교과서의 열녀전, 그리고 애국부인들」, 『반교어문연구』 35, 반교 어문학회, 2013, 112면 참조.

「잡편」상권5장으로 분류했다면, 「삼강의일사」에서는 그러한 여성들의 행적이 대다수 작품의 주요 소재가 되었다는 차이점을 가진다. 특히 「삼강의일사」는 하층 여성인물에 대한 '열행烈行'에 주목하였는데, 이는 「삼강의일사」에 실렸던 논개 일화를 통해서도 확인할 수 있다.

> 當地矗石樓에 千古芳名奇節이 樵童野叟의 口碑에 銘ᄒᆞ야 吾人入의 無窮ᄒᆞᆫ 曠感을 興케ᄒᆞᄂᆞᆫ 一奇蹟이 有ᄒᆞ니 此地에서 記事의 筆을 執ᄒᆞ고 三綱의 逸事를 述ᄒᆞᄂᆞᆫ 者ㅣ 엇지 一枝筆로써 此義娘의 芳魂을 慰酹치 아이ᄒᆞ리오 急히 其名을 先聞코져ᄒᆞ면 蓋二壯士雙忠臣과 其他毅魂節魄은 皆堂堂ᄒᆞᆫ 大丈夫라 國難을 臨ᄒᆞ야 勢孤力竭ᄒᆞ면 一死報國ᄒᆞᄂᆞᆫ 것은 當然ᄒᆞᆫ 分義라ᄒᆞ려니와 身이 官妓에 屬ᄒᆞ야 枝迎南北鳥ᄒᆞ고 葉送往來風은 卽其常事라 誰料此紅粉裏에서 能히 丈夫의 難行ᄒᆞᆯ 事를 行ᄒᆞᆯ者ㅣ 有ᄒᆞ얏스리오 往在國朝中葉에 全羅道 任實縣 楓用里地方에셔 一個奇特ᄒᆞᆫ 女子가 産出ᄒᆞ니 名은 論介라
>
> —「三綱의 逸史-晉州孝烈 十」, 『慶南日報』, 1909.11.23

위 인용문은 의기義妓 논개論介에 대한 일화를 설명하기 전 편자의 논평을 서술한 대목이다. '국난國難에 처하여 고립되고 힘이 다하면, 일사보국一死報國하는 것이 당연한 도리'이지만, '누가 이 관기官妓처럼 장부丈夫도 하기 어려운 일을 행할자 있겠는가'라는 문장에서 확인할 수 있듯이, 장부의 '충'의식을 신분이 낮은 기녀의 행적을 통해 고양시키고 있음을 알 수 있다.

「삼강의일사」의 많은 작품들이 각 인물들의 행적만을 간략히 서술하고 있는 것과는 달리, 해당 작품에서는 논개의 일대기를 두 편1909.11.23~24에 걸쳐 소개할 만큼 긴 분량을 할애하고 있다. 이는 『여자독본』에서 계화월,

금섬金蟾, 애향愛香 등의 기녀들과 함께 논개의 행적만을 짧게 기술한 것과도 대비를 이루는 것으로,[58] 「삼강의일사」의 편찬의도를 전달함에 있어 논개의 행적이 차지했던 비중이 적지 않았음을 짐작할 수 있다.

논개는 임진왜란 이후에도 관기官妓란 이유로 정렬한 인물로 평가되지 못했으며, 『조선왕조실록』 및 『동국신속삼강행실도』1617,광해군9 등 국가의 공식기록 속에 수록되지 못하고, 유몽인柳夢寅의 『어우야담於于野談』과 정식鄭栻의 『명암집明庵集』 등 사적 기록으로만 전해졌다.

『어우야담』1621의 경우, '임진난때 관기가 왜적을 만나 욕을 당하지 않고 죽은 자는 이루 다 기록할 수 없다'壬辰之亂, 官妓之遇倭不見辱而死者, 不可勝記고 하며, '논개도 음탕한 창기이니 정열貞烈로서 일컬을 수 없다'彼官妓淫娼也, 不可以貞烈稱고 하였다. 또한 '적에게 몸을 더럽히지 않은 것은 그들 역시 임금의 교화를 입은 사람 중의 한사람으로서 차마 나라를 배반하여 적을 따를 수 없었던 것이지, 별다른 충성심은 없었을 뿐이다不汚於賊, 渠亦聖化中一物, 不忍背國從賊, 無他忠而已矣'라고 하여 '열' 뿐만 아니라 '충'도 인정받지 못하였다. 그러나 1740년영조16 논개의 사당이 공인된 뒤, 『호남절의록』1799, 정조 23·『호남삼강록』未詳 등의 기록에서는 논개를 '의기義妓'로서 소개하였으며, 정약용丁若鏞의 『여유당전서』卷13에도 논개의 행적을 '충'의 성격으로 설명하였다.[59] 논개에 대한 '충'의 행적을 강조한 면모는 1908년에 발행된 장

---

58 훗날 장지연이 편집한 「일사유사」(『매일신보』)에서도 논개의 행적을 연홍·계월향·금섬·애향·홍랑 등의 기녀들과 함께 짧게 소개하고 있다.

59 논개 사적에 대한 기록의 과정은 정지영의 「'논개와 계월향'의 죽음을 다시 기억하기」(『한국여성학』 23, 한국여성학회, 2007, 163~167면)와 「임진왜란 이후의 여성교육과 새로운 '충'의 등장」(『국학연구』 18, 한국국학진흥원, 2011, 168~177면)을 참조할 것. 단, 해당 논문들에서는 『어우야담』의 "無他忠而已矣(별다른 충성심은 없었을 뿐이다)" 문장을 오역(충이 아니고 무엇이겠는가)하여, 유몽인이 논개의 행적을 '충'으로 인정했다고 보았다. 따라서 조선 후기 '충' 담론이 새롭게 만들어지는 과정의 예시로서 해당 기록을 제시하고 있는

지연의 『여자독본』<의기론가>을 비롯하여, 같은 시기에 발행된 정인호鄭仁浩의 『초등대한역사』<負日將墜水>에서도 동일하게 발견된다. 그러나 해당시기 문헌에서도 기녀신분이었던 논개의 행적에 '열행'을 언급하지 않았다.

반면 「삼강의일사」에서는 논개를, 충의공忠毅公 최경회崔慶會가 경상우도 병사兵使로 부임하여 진주성을 수호할 때에 그를 따라 종임한 기녀로 소개하였고,[60] 작품 말미에는 '후인이 그 의로운 열행을 기억하여 바위 위에 의기암 세글자를 새겼다'[61]는 기록을 언급함으로써 그녀의 열행을 강조했음을 확인할 수 있다.

右는 皆里婦村娘의 天生的孝烈의 嘉蹟이라 彼閭巷婦女가 變難의 際를 遭ᄒ야 能히 節行을 完全히ᄒ고 視死如歸의 志를 踐ᄒ니 豈先賢의 遺風에 習染ᄒᆫ바아니리오 堂堂丈夫의 軀殼을 有ᄒᆫ者 或奴顏婢膝의 辱을 自甘ᄒᄂᆫ者는 嗚呼라 此婦女에 愧死치아니ᄒᆯ가[62]

「진주효열晉州孝烈(五)」1909.11.17에서 「진주효열晉州孝烈(九)」1909.11.21까지는 진주 지역 45명의 마을 아녀자里婦와 촌가 처녀村娘의 열행을 소개하였다. 위 인용문은 연재말미에 붙인 편자의 논평단락이다. '여항의 여인들이 변란을 만나 절행을 완전히 하고 죽음을 두려워하지 않는 뜻을 실천하였음'

데, 이에 대한 정정이 필요하다.

60 "忠毅公 崔慶會氏가 長水郡에 莅任ᄒ지라 論介의 才貌를 見ᄒ고 寵愛異常ᄒ야 巾櫛을 奉케ᄒ더니 及 崔公이 慶尙右道 兵使로 轉任ᄒ야 晉州城을 守ᄒᆯ시 論介도 亦 崔公을 從任ᄒ얏더니" (「三綱의 逸史 — 晉州孝烈 十」, 『慶南日報』, 1909.11.23).

61 "後人이 其義烈을 追念ᄒ야 巖上에 義妓巖三字를 刻ᄒ고" (「三綱의 逸史 — 晉州孝烈 十一」, 『慶南日報』, 1909.11.24).

62 「三綱의 逸史 — 晉州孝烈 九」, 『慶南日報』, 1909.11.21.

을 표양하며, '장부의 몸으로 노안비슬奴顔婢膝의 치욕을 감당하는 자는 이 부녀자들에게 부끄러운 것'임을 강조하고 있다.

이 같은 면모는 당시 개화기 유림들이 충효열의 이치가 하나라고 강조하며, 여성 '열행'의 사례를 남성 사대부의 '충' 윤리 전범으로 삼은 사실[63]과도 연관지을 수 있다. 예컨대, 송사 기우만松沙 奇宇萬은 효열부 이야기를 지으면서, '부끄러움으로 삼을 것은 세신世臣, 친신親臣이면서 임금을 배반하고 적에게 붙어 따르는 자들이라'[64]하며 그 목적을 분명히 드러내기도 하였다. 간재 전우艮齋 田愚도 '그들(선비)이 하씨의 가르침을 듣는다면 부끄러워 죽지 않을 수 있겠는가. 하늘이 하씨를 낳아 격려함으로써, 무릇 세상에 이익을 좋아하고 의를 행하지 않는 사람들을 되돌리게 한 것이라 생각한다'[65]라고 하여, 선비들의 도덕성 회복에 여성의 열행을 본보기로 삼았음을 확인할 수 있다. 이 같은 배경은 경남 일대의 유림층을 주요 독자층으로 삼았던 「삼강의일사」에서도 적지 않은 영향을 주었을 것이며, 특히 하층 여성의 열행을 강조함으로써, 지역사회의 윤리담론을 더욱 확고히 했다고 볼 수 있다.

---

63 김기림, 앞의 글, 166~168면 참조.

64 "忠與烈所施雖不同, 而其理則一也, 吾又欲表出而告之, 以愧爲世臣親臣而背君附賊者"(奇宇萬, 〈孝烈婦李氏事蹟碑〉, 『松沙集』 卷二十五).

65 "其聞河氏之風, 能不愧死乎, 意者天生河氏, 以激勵夫世之反覆嗜利, 無行義之徒歟, 噫"(田愚, 〈題烈婦河氏行錄〉, 『艮齋集』 前編續 卷五).

4. 「삼강의일사」의 의미

지금까지 『경남일보』에 연재된 「삼강의일사」에 대한 저자규명 문제와 편찬의식에 대해 논의해보았다. 이를 위해 2장에서는 장지연이 『경남일보』의 주필로 초빙되어 활동한 정황들과 「삼강의일사」의 편찬 취지 등을 살펴봄으로써, 장지연을 해당 연재물의 저자로 지목하였다. 「삼강의일사」는 『경남일보』의 창간호부터 줄곧 신문 1면에 게재된 작품으로 『경남일보』의 발간취지를 설명하는 기사마다 「삼강의일사」의 목적에 대해 상세히 소개할 만큼 큰 비중을 두었던 연재물이다. 이같은 점은 「삼강의일사」가 주필의 주도 아래 연재가 진행되었을 것으로 추정하게 한다. 연재가 종료된 시점도 『경남일보』가 정간청분을 당한 뒤 장지연의 사설이 더이상 게재되지 않았던 때로, 해당시기부터 신문사내 장지연의 역할이 축소된 정황과 연관지어 살펴볼 수 있다. 장지연이 주필로 있었던 신문사마다 사설의 집필과 함께 고사 등의 연재를 병행한 것과, 『여자독본』·「일사유사」『매일신보』의 찬술방향 및 취지가 「삼강의일사」와 유사한 점도 장지연이 「삼강의일사」의 연재를 담당했을 것이라는 추론을 뒷받침한다.

또한, 장지연이 『경남일보』의 주필로 초빙되었던 시기는 그가 대동교의 편집부장으로 활동하던 때였다. 대동교의 창설 동기가 일제의 대동학회 조직 등 유림 친일화 정책에 대항하기 위한 것이었듯, 「삼강의일사」의 연재도 일제의 친일 정책에 동화되어 가던 유림들로 하여금 본래의 유학정신을 회복하게 하고자 한 의도를 내포하고 있었다.

다음으로 3장에서는 '삼강록의 계승'이라는 주제로 「삼강의일사」의 의미를 조망하였다. 개별 작품들과 편자 논평을 통해, 전대 삼강록에 비해 신분이 낮은 여성의 열행을 강조한 면모를 확인하였으며, 유교이념의 확립과 백성 교화의 성격을 가졌다는 점에서 『여자독본』과의 관련성에 대해서도 검토하였다.

이 같은 「삼강의일사」의 특징은, 19세기에 이르러 효열 행위의 주체가 하층민으로 확대되는 현상과, 개화기 유림들을 중심으로 여성 '열행'의 사례를 남성 사대부의 '충' 윤리 전범으로 삼은 정황들과도 연관지을 수 있다.

「삼강의일사」는 장지연이 과거 『시사총보』, 『황성신문』, 『대한자강회월보』 등에서 주필활동을 하며 집필했던 '고사' 작품들과 비교했을 때 집필 성격의 전환을 확인할 수 있는 중요한 텍스트이다. 아울러 『여자독본』에 이어 「일사유사」로 이어지는 장지연의 편찬의식의 흐름을 확인할 수 있는 자료라 할 수 있다. 이 글은 『경남일보』에 실린 「삼강의일사」만을 연구의 대상으로 삼았지만, 추후 『경남일보』에 발표된 「사설」과 다양한 연재물에 대한 논의를 전개할 계획이다. 이는 『경남일보』를 비롯한 근대 지방신문의 자료적 가치를 규명하는 데 기초 작업이 될 것으로 기대한다.

참고문헌

1. 자료

『慶南日報』;『每日申報』;『皇城新聞』, 국립중앙도서관 대한민국신문 아카이브.

『어우야담』1~3, 전통문화연구회, 2001~2003.

『張志淵全書』1~10, 단국대 출판부, 1979~1989.

『韓國文集叢刊』, 한국고전번역원 한국고전종합 데이터베이스.

韓國學文獻硏究所 編,『韓國地理志叢書 邑誌 一一慶尙道編』, 亞細亞文化史, 1982.

『한국개화기 국어교과서 13-여자독본』, 경진, 2012.

2. 논저

강명관,「장지연 시세계의 변모와 사상」,『한국한문학연구』9·10, 한국한문학회, 1987.

강성숙,「19세기 여성 담론 일고찰」,『한국고전여성문학연구』26, 한국고전여성문학회, 2013.

김기림,「19세기 이후 효열부 담론의 양상과 의미」,『동양고전연구』58, 동양고전학회, 2015.

김남석,「1910년대 경남일보의 성격에 관한 고찰」,『동북아연구』13, 경남대 극동문제연구소, 2008.

김도형,「장지연의 변법론과 그 변화」,『한국사연구』109, 한국사연구회, 2000.

김석회 외,『조선의 숨은 고수들-장지연의 일사유사』, 청동거울, 2019.

김순석,「근대 유교계의 지각변동」,『종교문화비평』22, 종교문화비평학회, 2012.

노관범,「대한제국기 장지연 저작목록의 재검토」,『역사문화논총』4, 역사문화연구소, 2008.

류준기,「1910년대 전후 일제의 유림 친일화정책과 유림계의 대응」,『한국사연구』114, 한국사연구회, 2001.

문혜윤,「근대계몽기 여성 교과서의 열녀전, 그리고 애국부인들」,『반교어문연구』35, 반교어문학회, 2013.

박 주,『조선시대의 정표정책』, 일조각, 1990.

_____,「19세기 후반기의 정표정책」,『연구논문집』52, 1996.

_____,「19세기 후반기의 정표정책」,『조선시대의 효와 여성』, 국학자료원, 2000.

이강옥,「장지연의 의식변화와 서사문학의 전개(상)」,『한국학보』16-3, 일지사, 1990.

이강옥, 「장지연의 의식변화와 서사문학의 전개(하)」, 『한국학보』 16-4, 일지사, 1990.

이마무라 도모, 홍양희 역, 『조선풍속집』, 민속원, 2011.

이명화, 「조선총독부의 유교정책(1910~1920년대)」, 『한국독립운동사연구』 7, 독립기념관 한국독립운동사연구소, 1933.

정대수, 「장지연 선생의 언론사적 평가와 친일논란에 대한 비판적 접근」, 『한국언론학회 학술대회 발표논문집』, 한국언론학회, 2005.

정지영, 「'논개와 계월향'의 죽음을 다시 기억하기」, 『한국여성학』 23, 한국여성학회, 2007.

_____, 「임진왜란 이후의 여성교육과 새로운 '충'의 등장」, 『국학연구』 18, 한국국학진흥원, 2011.

조지형, 「『일사유사』의 편찬의식과 인물수록 양상」, 『동양고전연구』 70, 동양고전학회, 2018.

최기영, 「구한말 『경남일보』에 관한 일고찰」, 『언론문화연구』 6, 서강대 언론문화연구소, 1988.

_____, 「진주의 〈경남일보〉-유일의 지방지」, 『대한제국시기 신문연구』, 일조각, 1991.

최윤경, 「1910년 전후 『경남일보』의 사회개조론과 정치적 성격」, 부산대 석사논문, 2011.

_____, 「1910년 전후 『경남일보』의 사회개조론과 정치적 성격」, 『지역과역사』 41, 부경역사연구소, 2017.

한국학문헌연구소 편, 『韓國地理志叢書 邑誌 一-慶尙道編』, 亞細亞文化史, 1982.

한상란, 「구한말 유일의 지방지 경남일보에 관한 고찰」, 이화여대 석사논문, 1976.

홍양희, 「이마무라도모의 〈조선풍속집〉과 조선사회인식」, 『한국학논집』 45, 한양대 동아시아문화연구소, 2009.

홍인숙, 「근대계몽기 개신 유학자들의 성 담론과 그 의의」, 『동양한문학연구』 27, 동양한문학회, 2008.

언문일치와 구어체 한글소설의 정착 과정

이광수의 경우를 중심으로

김영민

1. 들어가며

한국 근대문학사의 전개 과정에서 이광수만큼 문체에 관한 고민을 구체적으로 드러내 보였던 작가도 드물다. 이는 문체 변화가 급격했던 시기에 이광수가 문단 활동을 시작했다는 데에서도 그 이유를 찾을 수 있다. 이 논문은 「한국 근대문체의 형성 과정−이광수 문장의 언문일치와 구어체 소설의 정착」[1]의 후속 작업으로 쓴 것이다. 앞선 논문에서는 이광수 문장의 변화 과정에 대해 개략적으로 논의한 바 있다. 이광수의 문체 변화는 구문구조→어미→문자표기→어휘선택의 영역에서 이루어졌다. 이 변

---

1 김영민, 「한국 근대문체의 형성 과정−이광수 문장의 언문일치와 구어체 소설의 정착」, 『현대소설연구』 제65호, 2017, 39~77면.

화가 꼭 단계를 구별하며 순차적으로 이루어진 것은 아니지만 큰 틀에서 보면 그 순서도 크게 다르지 않다.[2]

　이광수의 초기 문장은 동시대 필자들과 비교할 때 구문 구조에서부터 적지 않은 차이를 보여준다. 어미변화를 포함한 이광수 소설 문장의 지향점은 여타 근대 작가들의 경우와 마찬가지로 언문일치라는 지점으로 수렴된다. 다만, 언문일치에 대한 이해가 모두 같은 것은 아니었기에 근대 작가들의 문장의 지향점이 동일했다고 말하기는 어렵다. 이 글의 목적은 이광수의 소설 세계에서 언문일치가 의미하는 바가 무엇이며, 그가 이를 어떠한 방식으로 구현해 나갔는가 하는 물음에 대해 답하는 것이다. 논의의 전개 과정에서는 언문일치라는 용어의 의미 변화 과정, 그리고 이광수가 받아들인 언문일치의 의미와 그 실현 단계 및 방식 등에 대해 차례로 정리해 나가려 한다.

2. 언문일치와 이광수의 한글소설

　언어의 근대화 과정이란 '입말과 글말의 분리 상황을 극복'하고, 입말로 대표되던 '언문'이 '국문'의 자리를 향해 가는 과정을 의미한다.[3] 입말과 글말의 분리 상황 극복 과정은 곧 '언문일치'의 구현 과정이기도 하다. 언문일치는 문자, 문장의 통사구조, 종결어미의 변화를 통해 실현된다.[4] 하

2　위의 글, 73면 참조.
3　고영진, 「근대 한국어 연구의 성과와 과제」, 『한일 근대어문학 연구의 쟁점』, 소명출판, 2013, 199~240면 참조. 고영진은 언어의 근대화 과정에서 글말의 규범화 과정이 필요하고 이는 철자법, 문법, 사전의 정비를 통해 진행된다고 정리한다.

지만, 근대 초기 매체에서 발견되는 언문일치라는 용어의 의미는 지금과
는 적지 않은 거리가 있었다. 다음은 1907년 7월 『황성신문』에 게재된 광
고 기사의 일부이다.

本報는 國漢文을 交用ᄒ되 漢字傍에 國文을 附ᄒ야 國文만 知ᄒᄂ 者도 漢文의
意義ᄭ지 解得ᄒ도록 言文一致의 文法을 專用

本報는 堂堂ᄒ 獨立新聞으로 一般 社會上公益을 唱ᄒ야 同胞의 平等 博愛 不羈
獨立의 精神을 喚發

本報는 人心世態를 活畵ᄒᄂ 新小說을 每日 續載홀 터이온ᄃᆡ 小說作者ᄂ 血의
淚의 鬼의 聲을 著作ᄒ던 人氏

右의 四項外에 敏活精實ᄒ 探訪記事로 諸君子에게 報道홀 터이오니 陸續 購覽
ᄒ짐을 望ᄒ오

京城會洞八十五統四戶 前萬歲報社[5]

이는 『대한신문』의 창간을 알리는 광고이다. 광고 기사 중 "本報는 國漢
文을 交用ᄒ되 漢字傍에 國文을 附ᄒ야 國文만 知ᄒᄂ 者도 漢文의 意義ᄭ
지 解得ᄒ도록 言文一致의 文法을 專用"이라는 구절은 이보다 앞서 발표된
『만세보』논설 속의 다음 구절과 내용이 유사하다.

자금 이후   국문   습   상직   일일   공   비   통   ᄒ
自今 以後로 國文을 習ᄒ면 上才는 一日의 工을 費ᄒ야 通홀 것이오 비록 下

4   김병문, 『언어적 근대의 기획』, 소명출판, 2013, 73~81면 참조.
5   「대한신문사고백」, 『황성신문』, 1907.7.16. 인용문에서 강조를 위한 굵은 활자 표시는 이
    글에서 추가한 것이다. 여타 각주에서도 동일하다.

才라도 十數日間이면 必也 能通홀지니 (…중략…) 本報의 活字는 附屬國文이
有ᄒ고 文法은 言文一致를 用ᄒ고 目的은 社會進步的主義라[6]

『만세보』의 논설은 주필을 맡았던 이인직이 대부분 집필했다.『대한신
문』은『만세보』의 뒤를 이어 1907년 7월 18일부터 발간된 신문이다.『대
한신문』의 사장 역시 이인직이다. 따라서 이 두 편의 글은 모두 이인직이
작성한 것으로 추정된다. 위 광고 기사에서는『대한신문』이 신소설을 매일
연재할 것이며 작가는 「혈의루」 및 「귀의성」의 작가 즉 이인직임을 밝히고
있다. 이인직은 위에 인용한『만세보』논설에서 이 신문이 부속국문 활자
를 통해 언문일치의 문법을 실현하고 있음을 강조한다. 이인직의 작품 「소
설단편」과 「혈의루」 그리고 「귀의성」 등은 모두 부속국문체로 발표되었
다. 따라서 이인직은 자신이 이러한 작품들을 통해 언문일치를 구현하고
있다고 발언하는 셈이다. 후일 김태준은 「조선소설사」에서 '언문일치의
신문체'가 이인직의 작품들에서부터 시작되었다고 기술한 바도 있다.

小說이라면 神話的 傳統的의 것으로만 알든 것은 그쌔의 讀者나 作家가 가티
늣기고 잇든 속에서 이러한 手法을 보인 것은 靑天의 霹靂이라고 할 만큼 眞正한
意味의 小說과 語文의 一致의 新文體를 보여주엇다 지금 가트면 問題될 것도 업겟
지만 그쌔는 漢文套가 上下階級을 支配하는 쌔요 國文을 諺文, 內書라고 하야 排斥
하고 賤視하든 쌔임에 不拘하고 그는 儼然히 모든 傳說과 因習을 버서나서 言文一
致의 新文體를 지엇나니 그 內容과 形式이 무릇 朝鮮小說의 始祖가 될 것이다.[7]

---

6   「길성(吉聲)」,『만세보』, 1906.7.25.
7   김태준, 「조선소설사－국초 이인직 씨와 그의 작품」,『동아일보』, 1931.2.19.

김태준이 여기서 주목한 것은 이인직이 인습적 한문투를 버리고 국문을 사용한 언문일치의 신문체로 소설을 지었다는 점이다. 다만, 김태준은 이인직의 언문일치 문장의 특징에 대해서는 구체적으로 설명한 바 없다.

『황성신문』의 광고 문안에 따르면 『대한신문』은 『만세보』와 마찬가지로 한자와 한글을 나란히 적는 부속국문체를 사용할 예정이며, 이것이 곧 '언문일치의 문법을 전용'하는 일이 된다.[8] 이렇게 한자 옆에 한글을 적어 읽는 이의 편의를 도모하는 일을 곧 언문일치로 생각하는 사례는 다음의 서적 광고에서도 발견된다.

學凡 朴勝彬先生 譯

言文一致日本國六法全書

合冊 (洋裝美本) 定價二圜二十錢 分冊憲法三十五錢 △民法八十錢 △商法六十錢 △刑法 [舊] 二十五錢 △民事訴訟法七十錢 △刑事訴訟法二十五錢 △新刑法과 밋 그 施行法도 不遠出售 △郵送費不要 (但合冊은今月念間出售)

此書는 法學界의 泰斗 朴勝彬先生이 學界의 便益을 圖하야 年餘를 硏精하야 言

---

8 이에 대해 고영진은 『대한신문』의 문체가 오늘날 우리가 이해하는 '언문일치체'였을 가능성은 전혀 없다고 단언한다. 아울러 당시의 언문일치란 '조선말로 쓰면서도, 곧 조선말의 어순을 따르면서도 한자어는 한자어로 쓰는 방식', 다시 말하면 오늘날 우리가 말하는 국한문혼용체가 당시는 '언문일치체'로 이해되고 있었다고 정리한다. 고영진, 「한국어의 근대 문체 연구 서설」, 『제9회 근대한국학연구소 국제 심포지엄 자료집 ― 20세기 초 동아시아의 언어관』, 2011, 83~94면 참조. 참고로, 아직까지 『대한신문』의 원본은 발굴 공개된 바 없지만 이 신문의 일부 기사를 필사한 이른바 『대한신문』 '초록집'이 학계에 공개된 바 있다. 이 필사본의 문체는 다음과 같은 국한문체이다. "일전에 최(最)히 대가경(大可驚) 대가악(大可愕)할 일종 흉설을 사연(肆然)히 동 『매일보(每日報)』의 악습관으로 교회(狡獪)한 심술과 영독한 숭완을 남롱(濫弄)하던 전후 황설에 비(比)키 불가할 흉설이기로." 『대한신문』 '초록집' 관련 논의는 이상경, 「『대한신문』과 이인직」, 『어문학』 제126호, 2014, 337~369면 참조. 단, 필사본 '초록집'의 한글과 괄호 속 한자 표기는 원래 본문에 한자를 쓰고 위에 한글로 음을 단 부속국문체 표기였을 것으로 추정된다.

文一致로 譯成혼 것이니 法學界에는 毋論이오 日文의 譯法과 國語의 文典을 硏修코
자하는 者에게도 無等혼 好叅考라

漢城南部絲井洞五十九統五戶

総發售處 新文舘[9]

『황성신문』에 게재된 이 광고는 박승빈이 번역한 책『일본국육법전서』에
관한 것이다.『일본국육법전서』의 번역상 특징은 "모든 한자에 음이나 훈
을 달고 있는 것이 아니라, 일부의 명사나 지시사 혹은 조사 등에 한정하
여, 그것도 이른바 '훈독'을 하고 있는 것"[10]이다. 번역본『일본국육법전
서』의 '언문일치'의 핵심은 한자와 한글을 나란히 적는 일에 있다. 박승빈
은 후일『일본국육법전서』번역에 작업에 대해 자신이 '한문훈독법을 취
하고 언문을 소정의 법칙에 따라 사용했다'고 회고한다.[11] 박승빈이 한자
를 훈독해 그것을 한글로 나란히 적는 일을 언문일치로 이해한 것은 언言
은 소리聲이고 문文은 글書이라는 인식에 바탕을 둔 것이다.

　其次의 問題는 漢字를 우리 言文으로 訓讀케 할 必要가 有하다 하노니 蓋言文
은 自己의 意思를 人에게示하는 器具로 此를 分하야 말하면 言은 聲으로써 表示하

---

9 『황성신문』, 1909.1.27.
10 고영진, 「한국어의 근대문체 연구 서설」, 자료 2면.
11 박승빈의『일본국육법전서』의 번역과 관련된 자세한 논의는 시정곤,『훈민정음을 사랑한
변호사 박승빈』, 도서출판 박이정, 2015, 176~185면 참조. 시정곤은 박승빈의 번역서의 특
징을 다음과 같이 정리한다. 첫째, 구어체에 입각하여 말과 표기를 일치시키기 위해 노력했
다. 이는 일반 사람들이 쉽게 읽을 수 있도록 하기 위해서였다. 둘째, 한문훈독법을 이용했
다. 이 방식은 일본의 한문훈독법을 차용한 것으로 보인다. 셋째, 용언의 표기 방식은 박승
빈의 문법(용언활용법)을 따랐다. 넷째, 겹받침 표기를 허용하지 않았다. 다섯째, 받침은 8
종성가족용의 원칙을 따랐다. 여섯째, 경음 표기로 된시옷을 사용했다 등.

고 文은 書로써 表示하는 者이라 然즉 言과 文이 一致하야 言을 書하면 文이 되고
文을 聲에 發하면 言이 됨이 必要且緊切하건를 從來로 我朝鮮은 不然하니 卽 上古
로부터 支那의 文을 輸入하야 朝鮮固有語와 融化케 하고자 하얏스니 그 系統과
組織及 年代와 다른 他人族의 文으로 엇지 安全容易함을 企ᄒ리요[12]

언틈을 글로 적으면 문文이 되고 문文을 소리 내어 읽으면 언틈이 되는 것
이 언문일치의 세계이다. 그러나, 조선의 경우 중국의 한문을 수입하여 조
선 고유어와 융합시키려는 시도가 진행되었고, 이로 인해 언문의 불일치
현상이 일어나게 된다. 박승빈이 한자의 훈독을 주장한 이유는, 한자의 음
독과 달리 훈독은 곧바로 언틈이 될 수 있다고 판단한 때문이다. 그런 점에
서 보면 "言語와 文字는 分ᄒ 則 二며 合ᄒ 則 一"이라는 생각을 지녔던 유
길준이 『노동야학독본』에서 부속국문체의 활용을 통해 한자 훈독을 실험
한 것 또한 우연이 아니었다고 할 수 있다.[13] 1900년대 후반의 유길준이
나 박승빈의 한자 훈독 실험은 한글 전용이 쉽지 않은 상황에서 나온 대안
적 성격이 강한 시도들이었다.

언문일치에 대한 최초의 구현 방식은 한자를 한글로 읽어 병기하는 것
이었고, 병기 방식은 세로쓰기 본문의 오른쪽에 부속활자로 표기하는 것
이 주종을 이룬다. 부속국문체 표기가 근대 초기의 언문일치 표기를 대표
하는 셈이다. 근대 문장의 언문일치 표기는 이렇게 한자와 한글의 병기로
부터 출발해, 한문을 국문으로 대체하려는 생각으로 변화하게 된다. 그런

---

12 박승빈, 「계명구락부(啓明俱樂部) 주최 강연록(2) ─ 언문(言文)에 관한 긴급한 요구」, 『조선
    일보』, 1921.2.8.
13 유길준의 문체에 관한 자세한 논의는 김영민, 「근대계몽기 문체 연구 ─ 유길준을 중심으
    로」, 『동방학지』 제148집, 2009, 391~428면 참조.

점에서 1909년 2월 『황성신문』의 논설 「권고삼남문학가勸告三南文學家」는 주목해 볼 가치가 있다.

> 本朝五百年間에 文學家 歷史를 論ᄒ건딕 京師 以外에ᄂ 嶠南과 湖西와 湖南이 最其彬彬可觀ᄒ 歷史가 有ᄒ얏고 以其地勢로 言ᄒ면 釜山과 木浦와 馬山과 群山 等 各港의 開通이 已久ᄒ야 外洋의 輪舶이 聯絡ᄒ고 京釜鐵路의 千里長線이 中心 을 橫貫ᄒ얏스니 外國文物이 觸於耳目ᄒᄂ 者가 他道보다 尤其殷繁ᄒ것이오 以 其人物로 言ᄒ면 儒先薰陶의 化와 聰明才俊의 産이 從古不乏地오 以其財力으로 言ᄒ면 土地膏沃ᄒ야 農産과 物品이 最히 豐富ᄒ 鄕이니 其於文化開進에 眼孔이 先開ᄒ고 用力이 頗易ᄒ지어날 反히 他道보다 遲緩不及의 歎이 有ᄒ은 何也오 抑 其泥舊의 偏見으로 求新을 厭惡ᄒ야 然ᄒ인가 文弱의 積甚으로 奮發을 不能ᄒ야 然ᄒ인가 種種病痛이 固結不化ᄒ 者多ᄒ거니와 第一彰著ᄒ 者ᄂ 文學家에셔 漢 文을 專尙ᄒ고 國文을 賤視ᄒᄂ 習慣이 是라 盖漢文은 言文相離의 苦難이 有ᄒ 故 로 普通敎育에 不合ᄒ고 國文은 言文一致의 便易가 有ᄒ 故로 普通敎育에 適合ᄒ느 니 故로 國文의 敎가 發達치 못ᄒ고난 文化開進이 決無可望ᄒ지라 乃近日三南地 方에 文學家들이 國漢文의 利害가 何如ᄒ 것을 初不硏究ᄒ고 但國文을 賤視ᄒ야 曰此ᄂ 婦女와 賤人輩나 學ᄒ 것이라 ᄒ며 或曰 近日 新聞文字가 純漢文을 不用ᄒ 고 國漢文을 交用ᄒ 故로 閱讀을 不欲ᄒ노라 ᄒ니 噫其誤解의 甚이 何其至此오[14]

이 글의 바탕을 이루는 언어 인식은 '한문은 언과 문이 서로 거리가 있어 보통교육에 부적합하지만, 국문은 언문일치의 편리함이 있어 보통교

---

14 「권고삼남문학가」, 『황성신문』, 1909.2.16.

육에 적합하다'는 것이다. 아울러 국문에 대한 가르침이 발달치 못하면 문화개진의 가망이 없다는 것이 글쓴이의 판단이다. 국문을 천시하는 일은 결과적으로 문명 발달을 저해하는 일이 된다. 한문은 아무리 총명한 자라도 이를 배우는 데 한없는 시간이 소요되며, 국문은 아무리 우둔한 자라도 짧은 시간 안에 배움을 모두 마칠 수 있다. 따라서 필자는 각종 학술과 각종 사업의 수행이 시급한 우리에게 필요한 것이 국문 발달과 국문 교육임을 강조하는 것으로 논설을 마무리한다. 언문일치에 대한 인식이 곧 한문 교육으로부터 국문 교육으로의 전환을 강조하는 일로 이어지고 있는 것이다.

비슷한 시기에 신채호가 『대한매일신보』에 발표한 글 「고인古人의 사상발표思想發表의 난難」도 이와 유사한 생각을 담고 있다.

思想 발표의 利器는 舌과 筆이 是인디 一吐ᄒᆞᄆᆡ 人으로 ᄒᆞ야금 心이 快ᄒᆞ며 神이 爽ᄒᆞᄂᆞᆫ 者는 舌이 筆에 過ᄒᆞ나 遠地에 播ᄒᆞ며 後世에 傳ᄒᆞᄂᆞᆫ 者는 筆이오 舌이 아니라 故로 비록 哲理가 胷에 빈紛ᄒᆞ며 政見이 心에 盈溢ᄒᆞᆯ지라도 此를 발표ᄒᆞᆷ은 不得不筆을 待ᄒᆞᆯ지어늘 古代에는 國文을 輕히 ᄒᆞ고 漢文만 尙ᄒᆞᆷ으로 言文이 一致되지 못ᄒᆞᆫ 故로 心으로 能히 思ᄒᆞ며 口로 能히 言ᄒᆞ야도 幾十年漢文에 用力ᄒᆞ야 著作을 能치 못ᄒᆞ면 到底히 此를 簡冊에 셔ᄒᆞ야 後에 傳ᄒᆞᆯ 수 無ᄒᆞ고 且或漢文에 能ᄒᆞ야 其思想을 能히 發表ᄒᆞᆯ지라도 幾個漢文學者以外에는 能히 解讀ᄒᆞᄂᆞᆫ 者ㅣ 無ᄒᆞᆫ 故로 塵箱에 藏ᄒᆞ야 蠹食에 供ᄒᆞᆯ 而已니 惜哉라 故로 國을 善爲ᄒᆞᄂᆞᆫ 者는 言文一致의 道에 注重ᄒᆞᄂᆞ니라[15]

15 검심(劍心), 「고인(古人)의 사상발표(思想發表)의 난(難)」, 『대한매일신보』 국한문판, 1909.12.15.

이 글에서 신채호는 언문일치가 되지 못하는 근본적 원인을 "국문을 가볍게 여기고 한문만 숭상함"에서 찾고 있다. 언문일치가 되지 않으면 생각하고 말한 것을 글로 적어 후세에 전할 수 없고, 간혹 한문으로 적어 전한다 해도 이를 일부 한문학자 이외에는 해독하기 어렵다. 따라서 나라를 위하는 자는 언문일치의 길로 가야만 한다는 것이 신채호의 결론적 주장이다. 신채호가 여기서 말하는 언문일치의 길이란 한문을 버리고 국문을 사용하는 길이다.

이광수는 비교적 이른 시기에 국문 사용의 필요성을 자각한 몇 안 되는 근대 작가 중 한 사람이다. 그는 이미 1908년 『태극학보』에 발표한 자신의 첫 글 「국문과 한문의 과도시대」에서 한문을 전폐하고 국문을 전용할 필요성에 대해 강조한 바 있다. 이광수는 이후 한글 전용이 신지식의 수입에 저해가 된다는 등 몇 가지 현실적 어려움을 이유로 들어 자신의 주장을 유보한다. 하지만 그는 각 나라 문학 발전의 기본이 언어의 효과적인 사용과 정비에 있다는 생각을 버리지 않았고 문장과 문체에 대한 관심을 지속적으로 드러낸다.[16]

이광수가 순한글로 처음 작품을 발표하게 되는 것은 1917년 1월 『매일신보』에 연재한 장편소설 「무정」을 통해서이다.[17] 이광수는 이 작품을 국

---

16 이광수의 국문 사용 주장과 관련된 자세한 논의는 김영민, 「한국 근대문체의 형성 과정-이광수 문장의 언문일치와 구어체 소설의 정착」, 44~51면 참조.

17 참고로, 이광수는 「먹적골 가난방이로 한 세상을 들먹들먹한 허생원」(『아이들보이』 제10호, 1914.6), 「물나라의 배판」(『새별』 제15호, 1914.12) 등 어린이들을 대상으로 한 작품을 한글로 창작 발표한 바 있다. 이와 관련된 논의는 최주한, 「근대소설 문체 확립을 향한 또 하나의 도정」, 『이광수와 식민지 문학의 윤리』, 소명출판, 2014, 381~400면 및 하타노 세츠코(波田野節子), 「『無情』の表記と文体について」, 『朝鮮學報』 제236집, 2015, 1~28면 참조. 그럼에도 불구하고 이광수는 이 작품을 자신의 첫 국문체 소설로 회고한다. 이와 관련된 자세한 논의는 김영민, 「한국 근대문체의 형성 과정-이광수 문장의 언문일치와 구어체 소설의 정

한문혼용체로 창작했다. 그러나, 『매일신보』에 연재하면서 이를 한글로
고쳐 발표한다. 그가 「무정」을 고쳐 쓴 이유는 "漢文混用의 書翰文體는 新
聞에 適치 못홀 줄로 思ᄒ야"[18]라는 구절에 밝혀져 있다. 신문소설의 독자
는 곧 한글 독자라는 생각으로 인해 문체를 변경했던 것이다. 최근의 한
연구에서는 이광수가 「무정」의 전반부는 국한문체로 작성했던 것을 한글
로 변경해 발표했고, 후반부는 처음부터 한글로 작성했다는 견해도 제시
된 바 있다.[19] 최초의 근대적 한글 장편소설로 지칭되는 「무정」의 문체는
한국 근대문학사에서 통상 근대적 문체 혹은 언문일치체로 지칭된다.[20]
전통적 국문체를 계승 발전시켜 새로운 근대적 산문 문체를 확립한 것이
장편소설 「무정」이라고 평가되기도 한다.[21] '한문을 국문으로 대체하는 일'
을 언문일치의 목표로 상정할 경우, 이는 이광수의 장편소설 「무정」을 통
해 이미 대부분 성취되었다고 말할 수 있다. 그러나, 이광수 자신에게는
그가 지향하는 언문일치의 세계가 장편소설 「무정」에서 완성되었던 것은
아니다. 이광수는 「무정」을 연재하는 과정에서 자신의 작품을 소리 내어

착」, 61면 참조.

18 『매일신보』, 1917.1.1.

19 波田野節子, 「『無情』から『嘉實』へ―上海體驗を越えて」, 『朝鮮學報』, 제249 · 250합집, 2019,
88~100면 참조. 이광수의 장편소설 『무정』이 원래 70회 정도는 미리 써 둔 것이고, 이후는
『매일신보』 연재 시작 이후 집필한 것이라는 사실을 염두에 두면 이러한 주장은 충분히 개
연성이 있다.

20 "이 점에서 장편 「무정」(1917)에서 정점에 도달한 한국 근대소설의 근대문체는 메이지 일
본에서 제도로서 확립된 언문일치 문장의 영향이라든가 서구 및 일본 근대소설의 번역이나
번안의 자극에 힘입은 것 이상으로, 이들 다양한 문체 실험과 더불어 근대적이면서도 한글
의 통사구조에 적합한 최적의 언어를 모색하는 과정에서 성취된 것이었다고 할 수 있다."
최주한, 『한국 근대 이중어 문학장과 이광수』, 소명출판, 2019. 23면.

21 양문규, 『한국 근대소설의 구어전통과 문체 형성』, 소명출판, 2013. 99면 참조. 양문규는
"이광수가 실제로 『매일신보』와 같은 신문을 통해 독자들을 만나게 되었을 때 옛날 이야기
문학의 전통과 문체를 마음 속에 담아두어야만 했다"(95면)고 정리한다.

읽는 새로운 독자 집단을 만나게 된다.

장편소설 「무정」은 연재를 거듭할수록 독자들의 인기를 끌었다. 독자 가운데 일부는 감동을 글로 적어 신문사에 보내기도 했는데, 다음은 그러한 독자투고 가운데 하나이다.

나난 소셜을 보기 됴와ᄒᄂᆞ 편이라 중에도 「무졍」은 특별히 의미잇게 ᄌᆞ미잇게 보아왓도다 (…중략…) 나는 엇지한 세음인지 무슨 이상ᄒᆞᆫ 감동이 돌며 쇼름이 젼신에 쑥 ᄭᅵ치인다 니의 읽던 목소리는 졈졈 가늘어지기를 시쟉ᄒᆞᆫ다 어음이 챠츰 분명치 못ᄒᆞ야진다 그러나 보기는 여젼히 계속ᄒᆞᆫ얏다 이졔는 심샹ᄒᆞᆫ 말구졀도 니게 무슨 감회를 줄 능력이 잇ᄂᆞᆫ듯ᄒᆞ다 언으듯 ᄌᆞ선음학회를 열며 경찰셔댱의 세쳐녀를 소기ᄒᆞ난 구졀에 일으럿다 (…중략…) 여기ᄭᅵ지 보앗다 나난 이졔이 다시 더 불[볼] 용기가 업다 챠츰 적어져 오던 음셩은 그만 아쥬 나오지 못ᄒᆞ다 두 눈에셔 오직 눈물만 써러질 ᄲᅮᆫ이엿다[22]

독자 김기전은 「무정」 122회를 소리 내어 읽다가 감동으로 인해 목소리가 점점 가늘어지게 된다. 차츰 적어지던 그의 음성은 이제 더 이상 나오지 않게 되고 두 눈에서는 눈물이 흐르게 된다. 이 글은 당시대 독자들이 이광수의 「무정」을 읽으며 크게 감동했다는 증거로 종종 활용이 된다. 그러나 이 글의 의미는 「무정」의 감동을 전하는 일에만 있지 않다. 이 글은 당시 「무정」의 독자들이 신문의 낭독을 통해 집단적 독서를 했다는 사실을 알려준다.

---

22 김기전, 「무정(無情) 122회를 독(讀)ᄒᆞ다가」, 『매일신보』, 1917.6.15.

동서양을 막론하고 음독(낭독)에서 묵독으로의 전환은 근대적 독서 형태의 상징으로 거론된다. 하지만, 근대초기 독자의 상당수는 묵독과 함께 음독을 병행했다.[23] 일본의 경우, 메이지明治 이후 가족이나 친구들이 함께 모여 소리를 내며 신문을 읽는 집단적 독서가 성행했다.[24] 낭독 행위를 통한 신문의 집단적 독서는 근대 초기 조선에서도 성행했다. 신문을 소리내어 낭독하는 장면은 집안에서뿐만 아니라 거리에서도 어렵지 않게 볼 수 있었다.[25] 『황성신문』 외보에 러시아의 종람소 설치 기사가 등장하는 것을 보면 당시 이러한 독서형태는 세계 여러 나라에서 성행했던 것으로 보인다.[26] 조선에 처음 신문종람소가 설치된 것은 1902년 11월 18일이다. 다음의 『제국신문』 기사 및 광고를 통해 이를 알 수 있다.

---

23 마에다 아이, 유은경·이원희 역, 『일본 근대 독자의 성립』, 이룸, 2003, 162~200·345~350면 참조.

24 永嶺重敏, 『雜誌と讀者の近代』, 日本エデイタースクール出版部, 2004, 36~40면 참조. 메이지 유신 정부는 다양한 방식으로 신문의 독서를 장려했는데 그 첫째는 신문의 구독과 회람을 장려하는 것이었고 둘째는 신문해화회(新聞解話會)를 개설하는 것이었으며 셋째는 신문종람소(新聞縱覽所)를 설치하는 것이었다. 그러나 메이지 초기에는 혼자 힘으로 신문을 읽을 수 있을 정도로 독서 능력이 있는 사람은 관공리나 교원 등 소수였다. 그래서 생각해 낸 방법이 신문을 읽을 능력이 없는 사람들을 대상으로 신문 기사를 알기 쉽게 해설하여 들려주는 간접적인 방법이었다. 신문해화회의 시도가 그것이다. 신문 독서의 보급 시도에서 신문해화회보다 더 큰 성공을 거둔 것이 신문종람소의 설치였다. 신문종람소는 여러 가지 신문을 모아 읽을 수 있게 한 독서 시설이었던 바, 이는 관에 의해서뿐만 아니라 민간에 의해서도 설립이 되었고 영리를 목적으로 한 상업적 종람소까지 설치되었다(나가미네 시게토시, 다지마 테쓰오·송태욱 역, 『독서국민의 탄생』, 푸른역사, 2010, 202~236면 참조). 신문종람소에서도 음독에 대한 규제는 없었다. 음독의 관습은 그대로 용인되었고 사람들은 이곳저곳에서 소리를 내며 여러 종류의 신문을 읽었다.(永嶺重敏, 『雜誌と讀者の近代』, 47~50면 참조)

25 정진석, 「거리의 신문낭독'과 신문종람소」, 『조선일보』, 2009.12.3 참조.

26 『황성신문』 1900년 10월 13일 자 「아국(俄國)의 동양연구회(東洋硏究會)」 기사 가운데 "文庫 及書籍縱覽所를 設置훌 事"라는 구절이 있다. 참고로, 서구의 경우 영국에서는 커피하우스가 프랑스에서는 살롱이 이러한 기능을 담당했다. 채백, 「개화기의 신문잡지종람소에 관한 연구 ─일본 및 서구와의 비교를 중심으로」, 『언론과정보』 제3호, 1997, 127~129면 참조.

設立縱覽所 명동 경성학당에셔 신문잡지 보는 쳐소를 셜시ᄒᆞ야 각국 신문과 잡
지 등을 모아노코 아모라도 학문에 유의ᄒᆞᆫ 사름은 드러가보기를 허락ᄒᆞᆫ다더라[27]

開始縱覽所 명동 경성학당에셔 신문잡지종람소를 셜시 ᄒᆞᆫ다는 말은 젼보에
긔지ᄒᆞ엿거니와 작일붓터 긔시ᄒᆞᆺ는데 시간은 하오일시붓터 구시ᄭᅥ지 작뎡
ᄒᆞ고 월요일은 휴일이라더라[28]

弊堂에셔 今般에 新聞雜誌縱覽所를 開設ᄒᆞ고 日本 有名ᄒᆞᆫ 新聞雜誌를 닉다가
何人니던지 無料縱覽을 許ᄒᆞᆫ는데 日曜日은 午前十一時로붓터 他는 午后一時로붓
터 同八時半ᄭᅥ지 隨意로 縱覽ᄒᆞ심을 望ᄒᆞ오
但月曜日은休場
京城學堂附屬
新聞雜誌縱覽所[29]

위 『제국신문』 기사에서는 명동에 있는 경성학당 부속 신문잡지종람소
가 각국의 신문과 잡지를 비치해놓고 누구에게나 무료로 개방하고 있다
는 사실을 알리고 있다. 특히 12월 18일 자 광고 기사 속에서는 이 종람소
가 일본의 유명한 신문잡지를 비치하고 있다는 사실을 명시하고 있다.[30]

---

27 「설립 종람소」, 『제국신문』, 1902.11.14.
28 「개시 종람소」, 『제국신문』, 1902.11.19.
29 『제국신문』, 1902.12.18.
30 이는 경성학당이 일본인들에 의해 설립된 일어학교였던 때문이다. 경성학당이 일본인들에
  의해 설립된 학교이므로 이 종람소도 일본인들에 의해 설립된 것이라 할 수 있다. 채백, 앞
  의 글, 109~110면 참조. 채백은 한국의 종람소의 설치 과정과 그 특징에 대해 다음과 같이
  정리한다. "한국의 신문잡지종람소는 근대신문이 활성화되기 시작하는 1898년부터 그 싹
  이 트기 시작하여, 을사보호조약 이후 애국계몽운동이 활발하게 전개되는 데에 힘입어 확

1900년대 중반을 지나면서 조선에서는 한성뿐만 아니라 지방 곳곳에서도 신문종람소 및 신문잡지종람소가 계속 설치된다. 1906년 8월 27일 『황성신문』에 수록된 「대구광학회취지大邱廣學會趣旨」에는 민지民智 개발을 위한 서적종람회와 신문종람소의 필요성이 언급되어 있다. 1907년 5월 29일 자 『만세보』에는 경상남도 진주성내에 신문종람소가 설치되었다는 기사가 실려 있다.

> 本人이 特置 新聞縱覽所ᄒ오니 從今以往으로 無論大小民人ᄒ고 願見者ᄂ 來于 本所ᄒ야 備覽 開明ᄒ시옵기 伏望흠[31]

진주에 설치된 종람소의 주소는 '사천동沙泉洞 김선재씨가金善在氏家'로 표기되어 있어, 특정 개인 집에 신문종람소가 설치되었음을 알 수 있다. 이후 신문종람소는 전국 각지로 퍼져나간다.

1920년대 이광수 소설의 가장 주된 발표 지면은 『동아일보』였다. 당시 『동아일보』에서도 종람소 관련 기사는 어렵지 않게 발견할 수 있다. 이 시기 『동아일보』 소재 신문종람소 관련 기사에서는 상당수 설립 주체가 각 지역 청년회靑年會라는 점이 특기할 만하다. 1920년대 초반 『동아일보』에는 법성포청년회,[32] 영변청년회,[33] 포항청년회,[34] 고흥청년회,[35] 덕천청년

산되어 갔다고 할 수 있다. 국민계몽을 위해 신문이 필요하고 효과적인 매체임에도 불구하고 문자해독률도 낮고 경제적인 능력도 부족하여 신문을 직접 구독할 수 있는 사람이 제한된 상황에서 신문의 보급을 극대화하기 위한 목적에서 이 신문잡지종람소가 생겨났던 것이다. 특히, 한국의 신문잡지종람소는 대부분 순수 민간들에 의해 설립되었다는 점을 특징으로 한다. 민간인들이 자발적으로 나서서 장소를 마련하고 신문과 잡지를 구비하여 많은 사람들이 열람할 수 있게 하였다. 따라서 이들의 목적은 국민계몽을 통해 당시의 애국계몽운동에 기여하기 위한 것이었다고 해석할 수 있다."(같은 글, 129면)

31 「신문종람소(新聞縱覽所) 취지서(趣旨書)」, 『만세보』, 1907.5.29.

회,[36] 김포청년회,[37] 포천청년회[38] 등 수많은 청년회가 도서 및 신문잡지종 람소를 설치했다는 기사가 연이어 게재된다. 『동아일보』의 다음 기사는 종 람소에 모이는 사람들이 누구였는지 그리고 그곳에서 어떠한 방식으로 독 서를 즐겼는지를 매우 구체적으로 묘사하고 있다.

이에 그는 다시 여러 사람과 의론하야 동각東閣을 말씀하게 수리한 뒤에 「글놀이 ㅅ방」이라는 것을 새로 설치設置하얏다 이것은 이름그대로 글을 가지고 노는 것을 의미한 것이니 몃가지의 신문과 아울러서 그들의 정도에 가장 알마즌 잡지라든지 서적을 여러 가지로 늘어노코 그들로 하야금 놀면서 이것을 보게 하라는 것이엇다 말하자면 이것은 간이한 도서종람소圖書縱覽所이엇다 어떠한 사람이든지 오라는 것이엇다 또는 어떠한 일이든지 자유로 하라는 것이엇다 일을 하다가 쉬게 되는 째에는 곰방대를 물고 이곳으로 와서 마음대로 눕기도 하고 마음대로 이야기도 하야 놀아가면서 다만 한편으로는 다시 그들이 어든바 그 지식을 노치지 아니할 만큼 죡음씩의 힘만을 쓰자는 것이엇다 (…중략…) 과연 이 글놀이ㅅ방에 대한 인기는 굉장하얏다 어른 아이 할 것 업시 일을 아니하고 쉬게 되는 째에는 언제이 나 너도나도하고 서로 다토아가면서 모여들엇다 (…중략…) 여러사람은 모이면 누구나 먼저 신문을 추켜들엇다(…중략…)사회면이나 소설란가튼 것은 신문을 들기가 밧브게 큰 소리로써 읽엇다 (…중략…) 그들은 잡지의 소설에도 물론 눈을 쓰게 되엇다[39]

---

32 『동아일보』, 1920.6.17.
33 『동아일보』, 1921.2.24.
34 『동아일보』, 1921.3.16.
35 『동아일보』, 1921.6.20.
36 『동아일보』, 1921.9.7.
37 『동아일보』, 1923.4.20.
38 『동아일보』, 1923.12.27.
39 몽고생(蒙古生), 「향리(鄕里)에 돌아와서-「글놀잇방」을 설치」, 『동아일보』, 1929.10.16.

도서종람소에서 가장 인기 있는 읽을거리는 신문이었고, 사람들은 신문 사회면과 소설란을 큰 소리로 읽었다. 처음에는 신문 소설란을 읽던 마을 사람들이 점차 잡지 소설에도 눈을 뜨게 되었다는 대목도 흥미롭다.

낭독을 통한 집단적 독서 관행이 유지되는 상태에서, 근대적 문장 쓰기에 대한 고민은 이광수에게도 예외가 될 수 없었다. 결국 대중 독자들 사이에서 적지 않은 인기를 끌고 있던 작가 이광수가 얻은 결론은 순한글 구어체로 소설을 쓰는 것이었다. 이광수의 이러한 시도가 처음 세상에 드러난 것은 1923년 2월 『동아일보』에 연재 발표한 단편소설 「가실」을 통해서이다. 순한글 구어체 소설 「가실」은 우연히 태어난 것이 아니라, 이광수가 의도했던 '새로운 시험'의 결과물이었다.[40] 이광수는 가실의 문체에 대해 다음과 같이 스스로 해설한다.

〈가실〉은 내ㅅ간에 무슨 새로은 試驗을 해보느라고 쓴 것이오 「거룩한 이의 죽음」, 「순교자」, 「혼인」, 「할멈」도 〈가실〉을 쓰던 態度를 變치 아니한 것이다. 그 態度란 무엇이냐. 「아모ㅅ조록 쉽게, 언문만 아는 이면 볼 수 있게, 낡는 소리만 들으면 알 수 있게, 그리하고 교육을 밧지 아니한 사람도 理解할 수 잇게, 그리고도 讀者에게 道德的으로 害를 받지 안케 쓰자」하는 것이다. 나는 만일 小說이나 詩를 더 쓸 機會가 잇다 하면 이 態度를 變치 아니 하란다.[41]

---

40 참고로, 波田野節子는 이광수가 평이한 한글체로 작품을 쓰기 위해 의식적으로 노력하게 된 데에는 상해에서의 체험이 직접적 계기가 되었다고 서술한다. 독자로서의 '인민(人民)'의 존재를 의식하게 되면서 지식층으로부터 대중으로 상정 독자가 변경되었다는 것이다. 「『無情』から『嘉實』へ—上海體驗を越えて」, 100~105면 참조.
41 이광수, 「멧마듸」, 『춘원단편소설집(春園短篇小說集)』, 홍문당, 1923.

이광수가 「가실」을 쓰면서 염두에 두었던 것은 '아무쪼록 쉽게, 언문만
아는 이면 볼 수 있게, 읽는 소리만 들으면 알 수 있게' 하는 것이었다. 이
광수 식 언문일치 문장 쓰기의 핵심은 결국 '읽는 소리만 들으면 알 수 있
는' 소설을 쓰는 일로 귀결된다. '입말과 글말의 분리 상황 극복'이 실현
되는 것이다.

3. 『춘원단편소설집』과 구어체 한글소설의 정착

이광수가 1923년 '지금까지 써온 단편소설 중에서 내 맘에 아까운 몇
편'을 모아 출간한 『춘원단편소설집春園短篇小說集』에는 모두 여덟 편의 작품
이 수록되어 있다. 이 가운데 세 편은 국한문혼용체로 작성된 것이고 다섯
편은 순한글체로 작성된 것이다. 이광수가 『청춘』 등에 발표한 세 편의 국
한문혼용체 작품은 이광수의 이른바 시문체 작품의 대표작들이기도 하다.

1910년대 무렵 줄곧 이광수가 신문관의 최남선과 함께 관심 가졌던 시
문체 보급 운동 역시 그 목표는 언문일치의 실현에 있었다. 1920년대 중
반 『동아일보』의 기자가 작성한 신문관 탐방기는 출판사 신문관이 그동
안 거둔 성과를 '언문일치의 선전'과 '출판보국出版報國의 표방' 두 가지로
정리한다.

세상에 나온 첫소리로 질은다는 것이 『소년少年』이란 월간잡지엿지요 지금은
어느 신문이니 잡지니 물론하고 언문일치言文一致로 나날이 진보해갑듸다만은
그째야 어데 그럿습듸까 『소년』이란 그것이 물론 사상선뎐思想宣傳과 문명수입

을 중심으로 한 것이지만요 그째에는 가장 새로운 언문일치를 실현하야 가위 파텬황破天荒이란 평판을 바덧섯지요 그 뒤를 니여 『청춘』青春이 내 일홈으로 나가고 『붉은저고리』니 무엇이니 하든 자미스러운 잡지도 모도 내 압을 서서 나갓담니다 최근에는 『동명』東明이 세상에 나타낫섯든 것은 누구나 다 아시는 일이지요 지금은 아모 소식 업시 잠만 잠니다다만은 그래도 남다른 리상으로 봄바람 가을비를 지긋지긋하게도 마저가며 려명운동黎明運動과 출판보국出版報國으로 최창선씨 품에 안기여 그 아우님 등에 업히여 오늘까지 잘아낫슴니다.[42]

여기서 '출판보국의 표방'은 다소 상투적인 명분론에 지나지 않는다. 신문관의 실질적 업적은 결국 '언문일치의 선전'이 된다. 『소년』을 통해 시작한 언문일치 운동은 모진 비바람 속에서 신문관이 주력해온 '려명운동黎明運動'의 핵심을 이룬다.[43] 이 기사에서는 신문관에 드나들던 주요 인물들을 주시경, 이갑, 장지연, 류근, 신규식, 박은식 등으로 지칭한다. 그 중 주시경에 대한 회고가 가장 많은 부분을 차지한다. '지사志士 일거후一去後 눈물로 이째까지'라는 소제목에 나오는 '지사' 역시 주시경이다. 이 기사에서는 주시경에 대해 "그 중에도 주시경周時經씨는 『조선말모이』朝鮮語辭典의 첫페이지와 조선글을 가로쓰는 활자活字를 수북히 만들어노코는 그만 간다 온다는 말조차 업시 황천黃泉으로 간 뒤로는 지금까지 그것이 그대로 한구석에서 몬지만 쏘이고 잇담니다"라고 회고한다. 신문관의 최남선이 시문체에 대해 관심을 지니게 된 주요 요인 가운데 하나를 주시경과의 교

---

42 「문패의 내력담 ― 언문일치를 선전 출판보국을 표방」, 『동아일보』, 1926.1.2.
43 김병문은 이 기사를 바탕으로, 최남선이 관계했던 잡지들의 문체 혁신이 모두 '언문일치'라는 과제를 의식한 결과로 해석한다. 김병문, 앞의 책, 78면 참조.

류에서 찾을 수 있는 대목이기도 하다. 이광수는 최남선이 주창한 시문체의 특징을 '국주한종國主漢從'과 '언주문종言主文從'으로 받아들였다.[44]

시문체라는 용어가 1910년대 무렵 주로 사용이 되었던 것은 사실이지만, 그것이 꼭 이 시기에만 사용되었던 것은 아니다. 양주동은 1930년대 말 『동아일보』에 「고가요古歌謠의 어학적語學的 연구研究」를 연재하면서 시문체라는 용어를 다음과 같이 사용한다.

> 「三月」은 他動詞 「나」의 目的語이니 「三月나며 開흔」은 「온 三月을 나면서 핀」의 뜻이다.
>
> 開흔. 「開흔」은 當初 原歌詞대로가 아니오, 後人의 諺漢時文體에 依한 改竄임이 可惜하다.[45]

양주동이 여기서 해설하고 있는 것은 "三月나며 開흔"이라는 시 구절이다. 양주동은 이 시가 후인들에 의해 언한시문체諺漢時文體로 바뀌었다는 사실을 지적한다. 그가 언한시문체의 사례로 적시한 구절은 '開흔'이다. 양주동이 이해하고 있던 시문체의 특징 가운데 하나는 언한문의 공존이었다. 특히 양주동은 "時文體에 依한 漢字單用"[46] 현상을 지적하며 "三月나며 開흔" "排ᄒ야 두고" "過도 허물도 千萬업소이다" 등의 구절을 그 예로 들고 있다. 시문체는 1910년대 전후라는 특정한 시기를 대표하는 문체라기

---

44 이광수는 후일 최남선의 문예 활동에 대해 다음과 같이 회고한 바 있다. "六堂 崔南善은 조선의 새문예운동으로 보아 첫 사람이다. 첫째, 그는 오늘날에 조선에서 씨우는 문체 즉 국주한종(國主漢從)과 언주문종(言主文從)체를 처음으로 쓴 사람이다."(이광수, 「육당 최남선론」, 『조선문단』 제6호, 1925.3, 81면)
45 양주동, 「고가요의 어학적 연구」, 『동아일보』, 1939.8.2.
46 양주동, 「고가요의 어학적 연구」, 『동아일보』, 1939.8.13.

보다는, 이 시기에 보편화된 특정한 형식을 지향하는 문체였다. 시문체의 본질은 한자와 한글의 결합에 의한 문장 사용이다. 하지만, 그 결합의 방식에는 일정한 기준이나 규칙이 존재하지 않는다.[47] 그런 점에서 시문체가 "한 가지 유형의 표준화된 문체가 아니라 글의 목적과 유형, 주된 독자층에 따라 언문일치의 정도가 적절히 조절되고 선택되는 문체였다"[48]는 지적은 설득력이 있다. 실제로, 최남선은 잡지 『청춘』의 현상문예를 주관하면서 시문체의 사용을 매우 중요하게 생각했지만 순한문의 경우를 제외하면 문장 형식에 비교적 관대한 편이었다.[49]

최남선과 이광수는 시문체를 과도적 시기에 사용하는 한 방편으로 생각했다. 최남선은 『시문독본』 서두에서 "이 책은 文體는 過渡時期의 一方便으로 생각하는 바-니 毋論 完定하자는 쓰시 아니라 아즉 동안 우리글에 對

---

47 문혜윤, 박진영, 임상석은 이 문제에 대해 다음과 같이 각각 언급한 바 있다. "『시문독본』은 내용적으로나 형식적으로 혼종적인 텍스트들의 집합체이다. 이들을 하나로 묶어주는 '시문(時文)'이라는 개념은, 『시문독본』에 실린 작품(글)들을 통해 볼 때, '국한문혼용'을 의미한다. 국한문혼용은 한문의 문장 구조를 그대로 가지고 오는 경우부터, 한글의 통사 구조를 유지한 채 부분 부분의 어휘들만을 한자로 표기하는 경우까지 그 스펙트럼이 다양하다"(문혜윤, 「문예독본류와 한글 문체의 형성」, 『어문논집』 제54호, 2006, 199면). "게다가 이때 '시문'이나 '시문체'라 일컬어진 문장은 균질적이지 않았고 일관성을 유지하지도 못했다. 단지 '한자 약간 섞은 시문체'라는 대원칙만 제시되었을 뿐이어서 뚜렷한 방향성을 드러낸 것도 아니었다. 실제로 한문 문장의 통사적 구심력이 보존된 문장부터 사실상의 국한문 혼용 문체 즉 한자 혼용 표기를 취하되 통사 구조상 근대적인 한국어 문장에 이르기까지 그 편차가 대단히 클 수밖에 없다. 이 차이와 불균형은 『소년』이나 『청춘』은 물론 『시문독본』에도 고스란히 반영되어 있다"(박진영, 「최남선의 『시문독본』 초판과 정정 합편」, 『민족문학사연구』 제40호, 2009, 424면). "『시문독본』의 번역은 『소년』의 한글화, 『청춘』의 한문 문장체, 『고등조선어급한문독본권1』의 체제가 절충되어 나타난다. (…중략…) 그리고 문체의 혼종성은 1910년대 당시의 '시문(時文)'을 가늠할 지표가 될 수 있을 것이다"(임상석, 「1910년대, 국역의 양상과 한문고전의 형성-최남선의 출판 활동을 중심으로」, 『사이』 제8호, 2010, 78면).
48 안예리, 『『시문독본』과 시문체」, 『근대 한국어의 변이와 변화』, 소명출판, 2019, 206면.
49 이와 관련된 자세한 논의는 손동호, 「『청춘』의 현상문예와 근대 초기 한글운동」, 『인문연구』 제90호, 2020, 1~34면 참조.

하야 얼마콤 暗示를 주면 이 책의 期望을 達함이라"[50]고 발언한다. 그런데, 주목해 볼 것은 최남선의 문체가 지향하는 세계가 한문투를 벗어나는 것 이기는 했으나 그것이 곧 순한글의 사용을 의미하지는 않았다는 사실이 다.[51] 양주동이 사례로 든 '開흔'과 같은 방식의 조어법 즉 한자에 어미 '하다'를 접합시키는 조어법은 최남선의 『시문독본』에서 매우 빈번히 발 견된다. 최남선은 고유어 용언들이 있는 단어들조차 단음절 한자어에 '하 다'를 결합시킨 용언들을 상당수 사용한다.[52] 최남선에게는 한자와 한글 의 결합을 기본으로 하는 시문체 사용의 보편화가 목표일 수 있었지만, 결 과적으로 보면 이광수에게 그것은 하나의 과정에 불과한 것이었다. 최남 선과 이광수 모두 독자 계몽을 염두에 두고 글을 쓴 사람들이다. 하지만, 두 사람의 글을 읽는 독자 집단의 성격은 동일하지 않았다. 이광수는 자신 의 글을 소리내어 읽는 독자들의 존재를 무시할 수 없었다. 최남선과 이광 수가 상정한 독본讀本의 의미가 같을 수 없었던 것이다.

이광수 문장의 변모 양상을 확인하기 위해 『춘원단편소설집』에 수록된 여덟 편 작품들의 서두를 제시해 보면 다음과 같다. 『춘원단편소설집』에 서는 순한글체 소설을 앞에 놓고 국한문체 소설을 뒤에 수록했다. 그러나, 여기에서는 작품이 발표된 순서대로 배열하고 괄호 속에 원 발표지를 밝 혀두었다. 탈고 일자를 알 수 있는 경우는 이 역시 함께 표시했다.

---

50 최남선, 『시문독본(時文讀本)』, 신문관, 1916, 2면.
51 이와 관련해 문혜윤은 다음과 같이 지적한 바 있다. "『시문독본』에 실려있는 글들 중 한문
    을 원전으로 하는 글들이 모두 국한문체로 번역되어 실려있다는 점을 보더라도 최남선은
    완전한 한글 전용보다는 적절한 부분에 적절한 방식으로 한문을 삽입하는 문체를 지향하고
    있었다고 볼 수 있다."(문혜윤, 앞의 글, 212면)
52 자세한 논의는 안예리, 앞의 글, 190면 참조.

(가) 蘭秀는 사랑스럽고 얌전하고 才操잇는 處女라. 그 從兄되는 文浩는 여러 從妹들을 다 사랑하는 中에도 特別히 蘭秀를 사랑한다. 文浩는 이제 十八歲되는 싀골 어느 中等程道學生인 靑年이나 그는 아직 靑年이라고 부르기를 슬혀하고 少年이라고 自稱한다.「少年의悲哀」,『청춘』제8호, 1917.6. 탈고 일자 : 1917.1.10

(나) 나는 感氣로 三日前부터 누엇다. 그러나 只今은 熱도 식고 頭痛도 나지아니 한다. 오늘아참에도 學校에 가랴면 갈수도 잇섯다. 그러나 如前히 자리에 누엇다. 留學生寄宿舍의 二十四疊房은 휑하게 부엿다. 南向한 琉璃廠으로는 灰色구름이 덥 힌 하날이 보인다.「彷徨」,『청춘』제12호, 1918.3. 탈고 일자 : 1917.1.17

(다) 尹光浩는 東京K 大學 經濟科 二年級學生이라. 今年九月에 學校에서 주는 特待 狀을 바다가지고 춤을추다십히 깃버하엿다. 各新聞에 그의 寫眞이 나고 그에 略歷 과 讚辭도 낫다. 留學生間에서도 그가 留學生의 名譽을 놉게하엿다하야 眞情으로 그를 稱讚하고 사랑하엿다.「失戀」,『청춘』제13호, 1918.4. 탈고 일자 : 1917.1.11

(라) 째는 김유신이 한창 들날리던 신라말단이다. 가을볏이 째듯이 비초인 마당에는 벼낫가리 콩낫가리 메밀낫가리들이 웃둑웃둑섯다. 마당 한쪽에는 겨 우내 째일 통나무덤이가 잇다. 그 나무덤이밋헤 엇던 열여닐곱 살 된 어엿부고 도 튼튼한 처녀가 통나무에 걸터안저서 남쪽 행길을 바라보고 울고잇다. 이째 에 엇던 젊은 농군 하나이 큰 독긔를 메고 마당으로 들어오다가 처녀가 안저 우 는 것을 보고 웃둑 서며, 「아기 웨 울어요?」하고 은근한 목소리로 뭇는다.「가실 · 嘉實」,『동아일보』, 1923.2.12~23

(마) 싹싹하는 장독째모퉁이 배나무에 안저우는 까치소리에 깜작놀란드시 한손으로 북을 들고 한손으로 바듸집을잡은대로 창 중간에나 나려간 볏을보고 김씨는 「벌서 저녁째가 되엇군!」하며멀거니 가늘게된 도투마리를보더니 말코를싯르고 베틀에서 나려온다.「거룩한 이의 죽음」, 『개벽』, 1923.3~1923.4

(바) 珏伊의 집, 가난한 房. 깜박깜박한 燈盞불밋헤 珏伊는 집세를 삼고, 그 한편에는 白寡婦가 바느질을 하고 다른편에서는 順伊가 집세기 총을 꿴다. 밤이 꽤 깊흔 모양, 順伊는 각금 존다. 寡婦는 바늘귀를 쉬량으로애를 쓰다가 火症을 내며, 母「順아, 요년아, 어느새 졸아? 엇다, 바늘ㅅ귀 좀 쒸여라 ……… 에구 눈이 어두어서 …… 기 굵은 바늘ㅅ귀도 쑐ㄹ구사 업구나. 그져 늙으면 죽어야.」(順이도 졸리던 눈에잘 못쒸난 것을 보고)「글세 요년아, 바늘ㅅ귀도 못쒸어!」하고 악을 쓴다.「殉敎者」

(사) 굴째라는 동네 일홈은 굴이 난다는데서 온것이외다. 뒤에 큰 산을진 서해바다가에 스므남은 집이나 서향하고 안진 것이 굴째라는 동네이니 동네 주민은 반은 농사하는 사람이요 반은 해산(고기잡이) 하는 사람이외다.「혼인」

(아) 「어야, 어야」 하는 압길로 지나가는 상두군 소리를 추석준비로 놋그릇을 닥고안졋던 할멈이 멀거니 듯다가 마루에 안저 바느질하는 주인아씨더러, 「아씨 저게 무슨 소리유?」하고 뭇는다.「할멈」, 탈고 일자 : 1922.9.20

(가), (나), (다)는 발표 시기가 1917년 6월부터 1918년 4월까지 대략 1년에 걸쳐 있다. 하지만, 실제 작품이 창작된 시기는 1917년 1월 10일부

터 17일 사이이다. 거의 동시에 세 작품이 모두 쓰인 것이다. 작품 (다) 「실연」은 발표 당시의 제목이 「윤광호」였다. 『춘원단편소설집』에 수록하면서 제목을 바꾸고 원 작품의 마지막 행 "P는 남자러라"를 삭제하는 등 일부 수정 작업이 있었지만 문체는 그대로 두었다. (가), (나), (다)의 문체는 '국문을 토대로 하면서 한자를 약간 섞어 쓴'[53] 시문체의 전범을 이룬다.

작품 (라) 즉 「가실」은 『동아일보』에 1923년 2월 12일부터 23일까지 연재 발표된 작품이다. 이 작품은 Y생이라는 비실명으로 발표되었다. 이광수가 필명이 아니라 전혀 생소한 가명을 쓴 이유는 이 시기가 이른바 필화사건으로 인해 어디에도 글을 싣지 못하던 시기였던 때문으로 추정된다.[54] 「가실」은 『동아일보』의 1면 중앙에 수록 연재되었는데, 『동아일보』사 측의 이광수에 대한 배려가 돋보이는 지면 배치이다. 당시 『동아일보』는 나도향의 장편소설 「환희」를 4면에 연재하던 중이었다. 이후 이광수는 『동아일보』의 객원客員으로 참여하면서 소설과 논설을 계속 집필하게 된다. 『동아일보』가 이광수 소설의 가장 주된 발표지면이 되는 것이다. 「가실」의 줄거리는 『삼국사기』 열전 속 '가실과 설씨녀 설화'를 바탕으로 한 것으로, 이광수는 이에 대해 "三國史를 읽다가 얻은 感興을 題材로 한 것"[55]이라 술회한다. 「가실」은 이광수가 1921년 상해에서 귀국한 뒤 발표한 첫 소설이다. 그가 1919년 상해로 출국하기 전 발표한 마지막 작품은 「윤광호」였다. 「윤광호」는 「실연」이라는 새로운 제목으로 재수록된 작품 글(다)이다. 글

---

53 김영민, 「한국 근대문체의 형성 과정 – 이광수 문장의 언문일치와 구어체 소설의 정착」, 50면 참조.
54 이광수는 1922년 5월 『개벽』에 발표한 「민족개조론」으로 인해 문단뿐만 아니라 조선 사회 전반에 파란을 일으킨 바 있다. 일본 동경의 유학생 사회에서도 이광수에 대한 격렬한 성토가 이루어졌다.
55 이광수, 「문단생활 30년의 회고」, 『조광』, 1936.6, 120면.

(다)와 (라) 사이에는 한자와 한글이라는 표기 문자의 변화 외에도, '-이라'와 '-이다' 등 어미의 변화도 발견된다. 글 (다)는 한자를 문장 표기에 사용하고 있지만 구문구조에서는 (라)와 큰 차이가 없다. 그 점에서 보면 (다)와 (라) 사이의 가장 큰 차이는 어휘 선택의 차이가 된다. 한자어와 순 우리말의 차이가 되는 것이다.

「가실」은 이광수가 『동아일보』에 연재한 원고 상태 그대로가 아니라 일부 수정 및 교열 과정을 거쳐 『춘원단편소설집』에 수록이 되었다. 『동아일보』 연재본과 글 (라) 사이에는 부분적으로 차이가 있다. 차이를 확인하기 위해 (라)의 『동아일보』 발표 당시 원본을 인용하면 다음과 같다.

째는 김유신이 한창 들날리던 신라말이다 가을볏이 쌩쌩이비초인 마당에는 벼낫가리콩낫가리 모밀낫가리들이 웃뚝웃뚝섯다 마당한쪽에는겨우내째일통나무덤이가잇다그나무덤이밋헤 엇던열여닐곱살된어엿부고도 튼튼한 처녀가 통나무에 걸터안저서 남쪽행길을 바라보고 울고잇다 이째에엇던젊은 농군하나이 큰독긔를 메고 마당으로 들어오다가처녀가안저 우는것을 보고 웃둑서며 「아기 웨 울어요?」하고은근한 목소리로 뭇는다.

두 판본을 비교할 때 가장 먼저 눈에 띄는 것은 문장부호의 사용과 띄어쓰기의 적용이다. 『동아일보』 발표 원본에는 마침표와 쉼표가 전혀 없지만, 『춘원단편소설집』에 수록된 글 (라)는 다섯 개의 문장 마지막에 각각 마침표를 찍고 있다. 마지막 문장 중 구절 '웃둑 서며,'에서는 쉼표도 사용한다. 『동아일보』 판본의 경우는 띄어쓰기가 거의 되어 있지 않고 띄어 쓴 구절들의 경우도 거기서 일관된 원칙을 발견하기가 어렵다. 그러나, 『춘원단편소설집』에서는 구절 띄어쓰기의 원칙을 나름 적용하고 있다. 심지어 원본에서는 문장 구별이 없거나 거의 모든 낱말을 붙여쓴 경우도 있지만, 인용문 (라)에서는 문장 구별은 물론 띄어쓰기도 적극적으로 시도한다.

> 마당한쪽에는겨우내째일통나무덤이가잇다그나무덤이밋헤 엇던열여닐곱살된어엿부고도 튼튼한 처녀가통나무에 걸터안저서 남쪽행길을 바라보고 울고잇다『동아일보』

> 마당 한쪽에는 겨우내 째일 통나무덤이가 잇다. 그 나무덤이밋헤 엇던 열여닐곱살된 어엿부고도 튼튼한 처녀가 통나무에 걸터안저서 남족 행길을 바라보고 울고잇다.『춘원단편소설집』

문장 부호 사용 및 구절 띄어쓰기와 더불어 이광수가 작품 교열 과정에서 시도한 것은 어휘의 변화이다. 위 인용문에서만 보더라도 '쌩쌩이→째듯이', '모밀→메밀', '웃뚝웃뚝→웃둑웃둑', '남쪽→남족' 등의 변화가 발견된다.『동아일보』에서는 아직 부분적으로 남아있던 서술격조사의 종결어미 '-라'를 '-다'로 통일 시키는 작업도 병행된다.

> 가실은그젊은 농군의일홈이라『동아일보』
> 가실은 그 젊은 농군의 일홈이다.『춘원단편소설집』

이광수는「글과 글짓는 기초요건基礎要件」에서 어휘선택의 중요성에 대해 다음과 같이 언급한 바 있다.

글을 짓는데 基礎要件이 되는 것은 말을 고르는 것이다. 첫재로 낱말^{單語}을 고르고 둘재로 文體를 고르는 것인데 文體에 關하여서는 다른 章에서 말하겠거니와, 낱말에 關해서 몇 마디 말하려 한다. 사람이라는 말에도 人生, 人間, 爲人, 人格, 人物, 두발 달린 즘생, 머리를 하늘로 둔 즘생 等 여러 가지 同義語가 있다. 이러한 여러 가지 말은 비록 同義語 뜻같은 말이라고 하더라도 다 쓰는데 맞는 데가 따로 있는 것이니 어떤 이의 말에 한 境遇에 맞는 말은 오직 한마디 밖에 없다는 말은 깊이 들어둘 말이다 사람이라면 좋을 데다가 人間이라고 할 때에 우리는 퍽 어색하게 듣는다.

「내가」 해도 좋을 데를 「本人」이 한다든지, 「어리석은 무리」라면 누구나 다 알아들을 것을 「愚癡한 大衆」이라고 한다든지 「구실」이라거나 所任이라거나 하여도 좋을 데를 「役割」이라는 非慣用語를 쓴다든지 하는 것은 外來語, 新語, 學語, 難解語 等을 좋아하는 一種의 虛榮心에서 나오는 單語選擇의 잘못이라.[56]

좋은 글을 짓기 위해서는 가장 어울리는 자리에 어울리는 낱말을 선택해 사용해야 한다. 말공부라 하면 사람들은 흔히 외국어만을 생각하는데 이는 잘못된 생각이다. 이광수는 조선 사람이 조선말을 모두 잘 알고 있다고 생각하는 것은 오해이며, 제나라 말을 잘 알아듣도록 배우는 것이 결코 쉬운 일이 아니라 사실을 강조한다. 모두가 쉽게 알아들을 수 있는 제나라 말을 사용하는 일의 중요성에 대해 강조하고 있는 것이다.

「가실」 창작 이후 이광수가 근대 문장과 관련지어 시행했던 일은 다음의 두 가지였다. 하나는 순한글 구어체로 작품을 계속 창작하는 일이었다.

---

56 춘원(春園), 「글과 글짓는 기초요건(基礎要件)」, 『학등』 제17호, 1935.7, 11면.

다른 하나는 「어린 벗에게」와 같이 이미 시문체로 발표했던 작품을 순한 글체로 개작 발표하는 일이었다. 1917년 『청춘』에 발표한 국한문표기 소설 「어린 벗에게」를 1926년 단행본으로 간행하면서 순한글표기 소설 「젊은숨」으로 개작한 경우가 그 대표적 사례이다.

그가 한 방울 피를 흘린다사 무슨 자리가 아니날모양으로 그가 가슴에 가득 찬 사랑의 一滴을 흘린다사 무슨 자리가 나랴. 쓰거운 沙漠길에 몬지먹고 목마른 사람이 서늘한 샘을 보고 一掬水를 求할째 그 움물을 지키는이가 이를 拒絶한다하면 넘어 慘酷한일이아니오릿가.「어린 벗에게」,『청춘』 제9호, 1917.7, 113면

그가 한방울 피를 흘린다사 무슨 자리가 아니날 모양으로 그가 가슴에 가득 찬 사랑의 한방울 흘린다사 무슨 자리가 나랴. 쓰거운 사막길에 몬지먹고 목마른 사람이 서늘한 샘을 보고 한잔의 물을 구할째 그 움물을 지키는이가 이를 거절한다하면 넘어 참혹한일이아니오릿가.「젊은숨」,『젊은숨』, 박문서관, 1926, 37~38면

위의 인용문에서는 『청춘』의 「어린벗에게」에서 사용한 한자 표기를 전부 한글 표기로 바꾸었다. 그뿐만 아니라 '一滴'을 '한방울'로 '一掬水'를 '한잔의 물'로 바꾼 것에서 볼 수 있듯이 한자어를 순우리말로 바꾸는 작업 역시 시도하고 있다.[57]

물론, 국한문혼용체 소설 중 일부 어휘를 순우리말 어휘로 바꾸고 표기를 순한글로 바꾼다고 해서 그것이 곧바로 구어체한글소설로 바뀌는 것

---

57 한자어를 순우리말로 바꾼 사례들에 대한 더 자세한 논의는 김영민, 「한국 근대문체의 형성 과정 – 이광수 문장의 언문일치와 구어체 소설의 정착」, 69~70면 참조.

은 아니다. 다음 구절을 보면 이를 알 수 있다.

이째를 당하야 그네가 정당한 사랑을 구득하면 그 이년삼년의 사랑기에 심신
의 발달이 완전이 되고 남녀량성이 서로 리해하며 인정의 오묘한 리치를 께닷나
니 공자께서 학시호「學詩乎」아 하심가치 나는 학애호「學愛乎」아하려 하나이다.
이러케 실리를 초절하고 육톄를 초절한 순애醇愛에취하엿다가 만일경우가 허하
거든 세상의 습관과 법률을 딸아 혼인함도 가하고 아니하더라도상관업슬것이
로소이다.「젊은꿈」,『젊은꿈』, 박문서관, 24~25면

「젊은꿈」에는 아직도 한자어가 외형 표기만 한글로 바뀐 구절들이 적지
않게 남아 있다. 읽는 소리만으로는 그 뜻을 제대로 알 수 없는 구절들이
남아 있는 것이다. 하지만 그럼에도 불구하고 한국 근대소설사에서 문체
와 문장을 개작한 경우는 그 사례를 찾아보기 힘들다는 점에서 이광수의
이러한 작업은 의미가 크다.

작품 (마) 「거룩한 이의 죽음」은 1923년 3월부터 4월까지『개벽』지에
장백長白이라는 필명으로 발표되었다. 발표될 당시 제목은 「거룩한 죽음」
이다.[58] 「거룩한 죽음」은 이 작품이 단순히 구어체 순한글로 쓰인 작품일
뿐만 아니라, 이광수가 '잡지'에 발표한 첫 번째 한글소설이라는 점에서도
의미가 있다. 이로 인해, 이광수가 잡지에 발표한 작품은 모두 지식인 독자
를 대상으로 한 국한문 소설이라는 도식이 더 이상 유효하지 않게 된다.[59]

---

[58] 『춘원단편소설집』의 목차에는 이 작품의 제목이 「그륵한 이의 죽음」으로 되어있고, 본문에
는 「거룩한 이의 죽음」으로 되어 있다. 목차의 제목은 본문 제목의 오타로 보인다.
[59] 어린이 잡지의 경우 예외적으로 한글로 작품을 게재했다는 사실에 대해서는 이미 앞에서
언급한 바 있다.

작품 (바)「순교자」, (사)「혼인」그리고 (아)「할멈」은 여타 신문이나 잡지에 발표되지 않은 채 바로『춘원단편소설집』에 수록된 것들이다. 작품 (바)「순교자」는 '극劇'으로 별도의 양식 표기가 되어 있다.「순교자」는 제목과 등장인물의 이름이 한자로 표기되어 있을 뿐만 아니라 본문에서도 한자를 혼용하고 있다. 문장은 구어체가 주를 이루지만 표기에는 한자를 사용하고 있는 것이다.「순교자」에는 탈고 일자가 기록되어 있지 않다. 하지만『춘원단편소설집』서문을 보면 이 작품이 1922년 이후에 쓰였다는 사실만은 분명하다.

「가실」,「거룩한 이의 죽음」,「순교자」,「혼인」,「할멈」의 五篇은 昨年以來로 쓴 것이오,「少年의 悲哀」,「彷徨」,「失戀」은 七八年 前에 지은 것이오.[60]

이광수가 1922년 이후 창작한 다섯 편의 작품 가운데 유독「순교자」에서만 한자 혼용표기를 하고 있는 이유를 단정해 말하기는 어렵다. 단지, 소설의 표기 문자와 희곡의 표기 문자가 달랐다는 사실만을 확인할 수 있을 뿐이다.

작품 (사)「혼인」과 (아)「할멈」은 구어체로 쓴 순한글 소설들이다. 훗날 이광수는 이 중「할멈」을 '나의 단편 중에 가장 나은 작품'으로 지목한 바 있다.

「할멈」은 나의 短篇 中에 가장 나흔 것을 골은 셈인데 朱요한 君이 나의 短篇 中에는 第一 조타고 말한 일이 잇서서 지금껏 記憶하고 잇습니다.[61]

---

60 이광수,「멧마디」,『춘원단편소설집』.
61 이광수,「현대조선문학전집(現代朝鮮文學全集)의 위용(偉容)-「할멈」과「방황」」,『조선일

「할멈」은 원고지 40매에도 미치지 못하는 소품이다. 특별히 깊이 있는 주제를 다룬 작품도 아니다. 「할멈」은 시골서 올라와 집안일을 돕고 있는 나이든 할멈의 순수한 행동과 모습을 매우 담백한 필치로 그려내고 있을 뿐이다. 그럼에도 불구하고 이광수가 이 작품을 자신의 대표적 단편소설로 꼽는 이유는 무엇일까? 다음은 작품 「할멈」의 서두와 마무리 부분이다.

「어야, 어야」하는 압길로 지나가는 상두군 소리를 츄석준비로 놋그릇을 닥고 안졋던 할멈이 멀거니 듯다가 마루에 안저 바느질하는 주인아씨더러,

「아씨 저게 무슨 소리유?」하고 뭇는다.

「상여나가는 소리야」 아고 고개도 안들고 여전히 바늘을 옴기면서 대답한다.

「싸람 주어나가는거유?」 할멈은 경상도 사투리로 사람을 싸람이라고 한다.

「그래.」

할멈은 닛발 하나도 업시 두 볼이 옴쏙 쪼구라진 입을 옴질옴질하며 한참 머뭇머뭇하더니

「아씨, 나 구경 나가보아요?」 한다.

아씨는 여전히 바느질을 하면서,

「가보게그려」 한다.「할멈」,『춘원단편소설집』, 93면

「추어서 엇더케 잇서요. 서울은 춥다는데」.하고 늘하던 추어서 못잇난다는 평계를 한다. 아씨는 한번더 말류라노라고

「이것바 할멈, 옷도 해주고 니불도 주구 학게 가지말어요, 응, 할멈」한다.

보』, 1938.2.3.

할멈은 간절한 만류를 얼는 거절하기어려운드시 한참 머뭇머뭇하더니,

「그러면 추석 쇠어서 가지오」 한다. 할멈의 먼이 쓰고 잇는눈에는 그의 아들과 쌀과 칠십 년간 고싱은하엿것마는 정든 고향산천이 비최난듯하엿다. 다시 크게 결심하는듯한 어조로,

「그럼 추석 지내서 가요!」 한다.

모도 엄숙해젓다, 말이 업섯다. 볏히 마당 가운데 간것을 보고 할멈은 부억으로 들어간다. 근 칠십 년 동안에 만흔 아회를 나코 쉴새업시 만흔 로동을 하여온 할멈은 불평한빗 하나업시 아궁지압헤 불을 지키고 안젓다. 「할멈」, 『춘원단편소설집』, 100면

「할멈」은 「가실」의 경우와 마찬가지로 본문 서술에서 대부분 순우리말 어휘를 사용하고 있기 때문에 이를 한자로 바꾸어 표기하는 일 자체가 불가능하다. 「할멈」은 구어체 순한글의 효과를 극대화시켜 보여주는 작품이다. 작품의 대부분은 등장인물들의 대화로 채워져 있고, 이들이 사용하는 구어는 현장의 느낌을 거의 그대로 전달한다. 구어체 한글소설의 가장 큰 장점은 현장성과 생동감이다. 이광수가 「할멈」을 자신의 대표적 단편소설이 칭한 이유는 그가 추구하던 순한글 구어체 문장의 장점을 매우 잘 살려낸 작품이었던 때문이라 할 수 있다.

『춘원단편소설집』 이후 이광수가 지향했던 것은 계속해서 순한글 구어체로 작품을 쓰는 일이었다.[62] 그는 '소설이나 시를 쓸 기회가 있다하면 이 태도를 변치 아니하련다'는 약속을 지키게 된다. 『춘원단편소설집』 간

---

[62] 하타노세츠코는 이광수가 쓴 마지막 국한문소설을 상하이판 『독립신문』에 연재한 「피눈물」(1919.8.21~1919.9.27)과 「여학생일기(女學生日記)」(1919.9.27~1919.10.16)라고 본다. 이후는 계속 한글로만 소설을 쓴 것이다. 이와 관련된 논의는 하타노세츠코, 「상하이판 『독립신문』의 연재소설 「피눈물」의 작자는 누구인가」, 『근대서지』 제20호, 2019, 920~937면 참조.

행 직후인 1923년 12월부터 1924년 3월까지 이광수는 『동아일보』에 장편 「허생전」을 연재한다. 연재 직후 이 작품은 단행본으로 간행되었다. 출판사에서는 이 작품에 대해 저자가 깊이 깨달은 바 있어 '새로운 시험으로 붓을 든' 작품이라 소개한다. 『춘원단편소설집』의 머리말을 연상시키는 홍보 구절이다.

> 此書는 作者 | 깁히 깨다른바 잇서서, 새 試驗으로, 붓을 든 거시니 實로 有史以來로 처음 생긴 바, 朝鮮 사람의 理想을 朝鮮 사람의 손으로 表現하야, 朝鮮의 香氣가 濃厚한 朝鮮文學이다.[63]

『동아일보』와 『조선일보』의 신간 소개에서는 「허생전」의 특징을 모두 '언문일치'라는 용어로 기술한다. 『동아일보』의 기사에서는 「허생전」을 저자의 독특한 언문일치체로 재미있게 부연한 작품으로 소개한다. 『조선일보』는 「허생전」의 가장 큰 특징을 세간에 정평이 있는 저자의 세련된 언문일치로 취미진진하게 만든 작품이라 소개한다.

> 許生傳 이것은 朝鮮文學 革新者로 有名하든 燕巖 朴趾源 先生의 傑作 中 一編을 著者의 獨特한 言文一致體로 滋味잇게 敷衍한 것인데[64]

> 이 小說은 燕巖 朴趾源 先生의 所作으로 世間에 定評이 잇는 著者의 洗練한 言文一致로 趣味津々하게 맨긴 책이다[65]

---

63 「장백산인 이광수 작 허생전」, 『동아일보』, 1924.8.29.
64 「신간 소개 허생전(이광수 저)」, 『동아일보』, 1924.8.24.

『춘원단편소설집』이후 집중적으로 발표한 순한글 구어체 소설들의 문체 특징에 대해 이광수 스스로는 특정한 용어를 사용해 설명한 바 없다. 그럼에도 불구하고, 당시 출판계에서는 이광수의 일련의 구어체 한글소설의 집필 작업을 곧 '언문일치'의 실현으로 이해하고 있었던 것이다.

4. 나오며

근대 초기의 언문일치 표기는 한자를 한글로 읽어 나란히 적는 방식으로 구현되었다. 언言은 한글을, 그리고 문文은 한자를 의미한다고 이해했던 때문이다. 언言은 소리聲이고 문文은 글書이라는 인식 또한 이와 상통한다. 1900년대 후반의 한자 훈독 실험은 한글 전용이 쉽지 않은 상황에서 나온 대안적 성격이 강한 시도들이었다. 한자와 한글의 병기는 본문을 한자로 쓰고 한글을 부속활자로 표기하는 방식이 주종을 이루었다. 그러나 이렇게 한자와 한글의 병기로부터 출발한 언문일치는 한문을 국문으로 대체하려는 생각으로 바뀌게 된다. 언문일치가 되지 않으면 생각과 말을 글로 적어 후세에 전하기 어렵고, 한문으로 적어 전한다 해도 이를 일부 한문학자 이외에는 해독하기 어렵다는 주장은 이를 잘 보여준다. 이 경우 언문일치의 실현 방법은 한문을 폐기하고 국문을 사용하는 일이 된다.

이광수는 비교적 이른 시기에 국문 전용의 필요성을 자각하고 이를 주장한 바 있다. 비록 현실적 어려움을 이유로 들어 자신의 주장을 유보한

---

65 「신간 허생전(이광수 저)」, 『조선일보』, 1924.8.26.

바 있지만, 그는 각 나라 문학 발전의 기본이 언어의 효과적인 사용과 정비에 있다는 생각을 버리지 않았다. 이광수가 한글로 처음 작품을 발표하게 되는 것은 1917년 『매일신보』에 연재한 장편소설 「무정」을 통해서이다. 한문식 구문 구조를 탈피하고, 한자 표기를 한글로 대체하는 것을 언문일치의 완성으로 본다면 이는 「무정」을 통해서 이미 성취되었다고 할 수 있다. 그러나, 이는 이광수 언문일치의 종착점이 아니었다. 낭독을 통한 집단적 독서의 관행이 유지되는 상태에서, 이광수가 얻은 새로운 결론은 순한글 구어체로 소설을 쓰는 것이었다. 순한글 구어체 소설 「가실」의 탄생은 이광수가 의도했던 '새로운 시험'의 결과물이었다. 이광수 식 언문일치 문장 쓰기의 핵심은 '읽는 소리만 들으면 알 수 있는' 것이다. 이를 통해 '입말과 글말의 분리 상황 극복'이 실현되는 셈이다.

근대문학사의 전개 과정에서 작가들이 언문일치에 관심을 갖는 중요한 이유 중 하나는 이들의 작품이 눈으로 보는 텍스트일뿐만 아니라 소리로 듣는 텍스트이기도 했기 때문이다. 소리로 듣는 텍스트에서는 문자 표기 이상으로 어휘 선택이 중요하다. 한자 어휘를 한글로 표기하는 방식만으로는 이 문제가 해결되지 않는다. 이른바 순한글 구어체소설의 완성을 위해서는 순수 우리말 어휘에 대한 사용 빈도수를 높이는 일이 절대적으로 필요했다. 『춘원단편소설집』에 수록된 「가실」, 「할멈」, 「거룩한 죽음」, 「혈서」 등 일련의 작품들은 구어체한글소설을 창작하려는 이광수의 의도의 산물이다. 이들 작품을 통해서는 순우리말 어휘의 발굴에 대한 이광수의 집념을 확인할 수 있다. 이광수가 근대 문장과 관련지어 시행했던 일은 다음의 두 가지였다. 하나는 순한글 구어체로 작품을 계속 창작하는 일이었다. 다른 하나는 이른바 시문체로 발표했던 작품을 순한글체로 개작 발표하는 일이었다.

　이광수는「할멈」을 자신의 대표적 단편소설이라 지칭한 바 있다.「할멈」은 구어체 순한글의 효과를 극대화시켜 보여준 작품이다. 구어체 한글소설의 가장 큰 장점은 현장성과 생동감이다. 이광수는『춘원단편소설집』간행 이후『동아일보』와『조선일보』등에 발표한 신문 연재소설뿐만 아니라『조선문단』,『동광』,『삼천리』,『문장』등 잡지에 발표한 단편소설들도 모두 순한글로만 썼다. 당시 출판계에서는『춘원단편소설집』에 이은 이광수의 일련의 구어체 한글소설의 가장 주목할 만한 특징을 '언문일치'라는 용어로 정리했다. 그가 1920년대 이후 주력했던 구어체 한글소설 창작에 대한 일관된 시도를 언문일치를 향한 도정으로 받아들였던 것이다.

참고문헌

1. 기본 자료

검심(劍心), 「고인(古人)의 사상발표(思想發表)의 난(難)」, 『대한매일신보』 국한문판, 1909.12.15.

김기전, 「무정(無情) 122회를 독(讀) ᄒ다가」, 『매일신보』, 1917.6.15.

김태준, 「조선소설사-국초 이인직 씨와 그의 작품」, 『동아일보』, 1931.2.19.

몽고생(蒙古生), 「향리(鄕里)에 돌아와서-「글놀잇방」을 설치」, 『동아일보』, 1929.10.16.

박승빈, 「계명구락부(啓明俱樂部) 주최 강연록(2)-언문(言文)에 관한 긴급한 요구」, 『조선일보』, 1921.2.8.

이광수, 『춘원단편소설집(春園短篇小說集)』, 홍문당, 1923.

_____, 『이광수전집』, 삼중당, 1963.

최남선, 『시문독본(時文讀本)』, 신문관, 1916.

최주한, 하타노 세츠코 편, 『이광수 초기 문장집』 1・2, 소나무, 2015.

「개시 종람소」, 『제국신문』, 1902.11.19.

「권고삼남문학가」, 『황성신문』, 1909.2.16.

「길성(吉聲)」, 『만세보』, 1906.7.25.

「대한신문사고백」, 『황성신문』, 1907.7.16.

「설립 종람소」, 『제국신문』, 1902.11.14.

「신문종람소(新聞縱覽所) 취지서(趣旨書)」, 『만세보』, 1907.5.29.

2. 단행본 및 논문

고영진, 「한국어의 근대문체 연구 서설」, 『제9회 근대한국학연구소 국제 심포지엄 자료집 -20세기 초 동아시아의 언어관』, 2011.

_____, 「근대 한국어 연구의 성과와 과제」, 『한일 근대어문학 연구의 쟁점』, 소명출판, 2013.

김병문, 『언어적 근대의 기획』, 소명출판, 2013.

김영민, 「근대계몽기 문체 연구-유길준을 중심으로」, 『동방학지』 제148집, 2009.

_____, 「한국 근대문체의 형성 과정-이광수 문장의 언문일치와 구어체 소설의 정착」, 『현대소설연구』 제65호, 2017.

문혜윤, 「문예독본류와 한글 문체의 형성」, 『어문논집』 제54호, 2006.

박진영, 「최남선의 『시문독본』 초판과 정정 합편」, 『민족문학사연구』 제40호, 2009.

손동호, 「『청춘』의 현상문예와 근대 초기 한글운동」, 『인문연구』 제90호, 2020.

시정곤, 『훈민정음을 사랑한 변호사 박승빈』, 박이정, 2015.

안예리, 「『시문독본』과 시문체」, 『근대 한국어의 변이와 변화』, 소명출판, 2019.

양문규, 『한국 근대소설의 구어전통과 문체 형성』, 소명출판, 2013.

이상경, 「『대한신문』과 이인직」, 『어문학』 제126호, 2014.

임상석, 「1910년대, 국역의 양상과 한문고전의 형성 − 최남선의 출판 활동을 중심으로」,
    『사이』 제8호, 2010.

채　백, 「개화기의 신문잡지종람소에 관한 연구 − 일본 및 서구와의 비교를 중심으로」,
    『언론과 정보』 제3호, 1997.

최주한, 「근대소설 문체 확립을 향한 또 하나의 도정」, 『이광수와 식민지 문학의 윤리』,
    소명출판, 2014.

_____, 『한국 근대 이중어 문학장과 이광수』, 소명출판, 2019.

나가미네 시게토시(永嶺重敏), 『雜誌と讀者の近代』, 日本エディタースクール出版部, 2004.

마에다 아이(前田愛), 유은경·이원희 역, 『일본 근대 독자의 성립』, 이룸, 2003.

하타노 세츠코(波田野節子), 「『無情』の表記と文体について」, 『朝鮮學報』 제236집, 2015.

_____, 「『無情』から『嘉實』へ −上海體驗を越えて」, 『朝鮮學報』, 제249
    ·250합집, 2019.

_____, 「상하이판 『독립신문』의 연제소설 「피눈물」의 작자는 누구인
    가」, 『근대서지』 제20호, 2019.

'국어문법'의 계보와 문어文語 규범의 형성이라는 문제에 대하여

박승빈의 표기법 및 문법을 중심으로

김병문

1. 들어가기

1933년 조선어학회가 발표한 「한글마춤법통일안」(이하 「통일안」)은 근대계몽기에서부터 지속된 우리말 표기법 논의에 대한 일단락이라고 해도 과언이 아닐 것이다. 현재 우리가 준용하고 있는 「한글 맞춤법」 역시 다소간의 수정은 있었지만, 큰 틀에서는 이 조선어학회의 「통일안」이 세운 원칙을 따르고 있다. 그런데 1930년대 내내 이 조선어학회의 「통일안」을 두고 격렬한 논쟁과 각종의 성명전이 벌여졌다는 사실 역시 잘 알려져 있다. 조선어학회의 반대편에 선 중심인물을 꼽으라면 단연 박승빈을 빼놓을 수 없을 것이다. 그는 지금의 관점에서 보면 대단히 특이하다고 할 수 있는 '단활용설'에 입각하여 주시경이 제안한 표기법을 20년대부터 비판하고 있었다. 그러한 대립은 당시 사회적으로도 매우 주목 받고 있는 상황이었는데, 1932년 11월에는 각각의 진영에서 3명씩의 대표가 출석하여 3일간 토론을 펼치고 그 속기록이 근 20일에 걸쳐 『동아일보』 지상에 연재된 사실은 저간의 사정을 충분히 짐작하고도 남음이 있다.[1]

물론 이러한 사실에 대해서는 기존의 한국어학사 연구에서도 충분히 다루어 왔다. 그러나 한동안 현재 우리가 채택하고 있는 표기법이나 문법 체계에 기반하여 당시의 논쟁을 해석하다 보니 조선어학회에 대립한 박승빈의 논리와 학적 체계를 충분히 검토하거나 온전히 평가하지 못했던 감이 없지 않았다. 다행히 근래에 들어 문법 이론을 포함한 박승빈의 언어 연구 전반을 충실히 재구성하려는 노력이 활발히 시도되고 있어서 근대 시기의 한국어 연구사에 대한 좀 더 균형 잡힌 서술이 가능해진 것으로 보인다.[2] 그럼에도 불구하고 여전히 미진한 부분을 꼽자면 이 표기법 논의를 문법 이론과의 관계에서뿐만 아니라 한국어 문어文語의 글쓰기 규범이 형성되는 전체적인 맥락에서 해석하는 시도가 별로 없었다는 것이다.[3] 이는 물론 박승빈 연구에만 해당하는 것은 아니고 근대 한국어학 연구 전반

---

1 「사흘 동안 백열전을 계속한 한글토론회 속기록」이라는 제목으로 1932년 11월 11일에서 29일에 걸쳐 『동아일보』에 실린 이 토론회에 대해서는 4절에서 다시 다루도록 한다.
2 신창순(1999), 최호철(2004)와 같은 논의가 있었으나, 특히 2020년 8월 20일 "학범 박승빈"이라는 주제로 열린 한국어학회 제79차 전국학술대회에서는 네 명의 발표자가 박승빈의 생애와 국어연구(시정곤), 국어학사적 위상(최경봉), 언어운동(신지영)과 그의 번역서 『언문일치 일본국육법전서』(장경준) 등을 다루어 박승빈에 대한 총체적인 검토가 이루어졌다는 점에서 주목할 만하다. 본고는 특히 이 가운데 최경봉(2020)과 장경준(2020)에 계발된 바가 크다.
3 이때의 '글쓰기 규범'이란 맞춤법 및 띄어쓰기, 문장부호와 관련한 것은 물론이고 바람직한 문장 모델에 관한 규범을 뜻한다. 이는 북한 언어학의 '서사규범'이란 개념을 염두에 둔 것이다. 리동빈·양하석(1986)의 '서사규범' 항목 참조.

에 두루 적용되는 문제일 것이다.

이 글에서는 주시경으로부터 비롯한 조선어학회의 표기법에 대립한 박승빈의 이론을 한국어 문어文語의 글쓰기 규범이 형성되는 맥락에서 재검토하고자 한다. 전통적인 한문 문장의 규범에서 탈피하여 새롭고 근대적인 형태의 문장 쓰기를 시도하던 1910년대 전후의 지식인들은 여러 문장 모델을 검토했던 것으로 보인다. 그 가운데 특히 박승빈은 이른바 한자 훈독식 표기에 입각한 문장, 즉 '한자 훈독문'[4]을 적절한 문장의 모델로 삼았는데, 그의 독특한 단활용설 역시 이러한 표기 양식에서부터 비롯한 것으로 해석할 여지가 있다. 또한 이와 같이 박승빈의 문법 이론을 그가 시도한 한자 훈독문과의 관련성 속에서 해석할 때 이른바 '국어문법의 계보' 역시 온전히 밝혀질 수 있게 될 것으로 기대한다.[5] 이를 위해 2장에서는 근대 시기 논의되었던 문장 모델 가운데 한자 훈독문이 차지하는 위상이

---

4 이 글에서는 이른바 한자 훈독식 표기가 사용된 문장을 '한자 훈독문'이라고 부르기로 한다. 이 용어는 박승빈이 「朝鮮言文에 關한 要求」, 『계명』 2호, 1921에서 사용한 "漢文 訓讀文體"라는 표현을 따른 것인데, 다만 '훈독'은 한문 문장이 아니라 한자라는 글자에 대한 것이므로 '한문'을 '한자'로 바꾼 것이다. '부속국문(付屬國文), 부속국문체'라는 용어도 사용되고 있으나 원칙적으로 이때의 '부속 국문'은 음독을 포함하는데 비해 여기서 논의하는 문장의 형태는 훈독을 전제하는 것이므로 이 용어를 채택하지 않았다.

5 "박승빈 문법은 주시경에서 김두봉으로 이어지는 분석적 문법을 심화한 성과라는 점에서 주시경학파의 계보에 포함할 수 있을 것이다"(최경봉 2020 : 119)와 같은 논의는 박승빈 문법의 위상을 온전히 평가하려는 정당한 시도에서 나온 것임에도 불구하고, 각각의 이론이 분립하면서도 서로 영향을 주고받는 과정을 동일한 '계보'를 이루는 근거로 해석하고 있다는 점에서 그 양자 간에 있을 수 있는 근본적인 차이점을 무시하고 있다는 점을 지적할 수 있겠다. 물론 박승빈의 단활용설을 통해 지금의 선어말어미와 피사동 접사에 해당하는 것의 문법적 지위를 제대로 설명하지 못했던 주시경 문법의 문제점이 드러나게 되었고, 이것이 최현배의 '보조어간'이라는 개념(박승빈의 '조용사'에 해당)을 성립하게 한 계기였을 가능성이 제기된 바 있다.(김병문 2016) 그러나 그러한 영향 관계의 가능성에도 불구하고 그들 사이에 놓인 근본적인 차이점을 확인하지 않고는 '국어문법의 계보'가 온전히 밝혀질 수 없으며 1930년대의 그 격렬한 논쟁을 총체적으로 이해하기도 쉽지 않을 것이라는 게 이 글의 가정이다.

어떠했으며, 당대에 논의되던 주요 문장 형태가 한글 표기 방식과 일정한 관련을 맺고 있었을 가능성을 검토해 본다. 3장에서는 박승빈이 한자 훈독문에 대해 취한 입장과 실제로 그가 한자 훈독 표기를 활용하여 작성한 문장에 대한 검토를 통해 그의 단활용설이 한자 훈독문의 정교화 과정에서 제출될 수 있었음을 살펴볼 것이다. 4장에서는 앞서의 논의를 바탕으로 1930년대 이루어진 표기법 논쟁을 재검토할 것인데, 특히 박승빈이 유독 현실적이고 구체적인 소리의 반영을 강조하는 데 비해 최현배를 비롯한 조선어학회 인사들이 표음문자인 한글의 표의화表意化를 특히 강조하고 이를 문법의 개념과 연관시키고 있는 것의 의미를 '국어문법의 계보'와 관련하여 해석해 보겠다.

2. 근대 한국어의 문장 모델과 한글 표기법 논의의 관련성

1912년 유일서관에서 발행된 『실용작문법實用作文法』의 제1장 총론에서 저자 이각종은 당시 "朝鮮에 現用ㅎㄴ 朝鮮 文章에ㄴ 三種"이 있다며 그 세 가지 문장의 유형을 "其 一은 漢文이오 其 二는 諺文이오 其 三은 新體文 卽 諺漢字交用文"이라고 정리하고 각각의 특성을 설명한다. 그리고 나서 이 책에서는 "儀式 典傳"에 많이 쓰는 한문이나, "小說 情報"[6]에 적합한 언문

---

6   이각종이 다음에 제시한 '언문'의 특성으로 볼 때 이때의 '情報'란 사람의 '감정을 전달'하는 기능을 뜻하는 것으로 보인다. "古雅優美ㅎ야 逼近히 人情을 敍ㅎ고 叮嚀히 世態를 說ㅎ며 혹은 纏綿婉約ㅎ며 혹은 彬蔚幽閑ㅎ며 或은 淸麗悲哀ㅎ며 或은 炳然爛漫ㅎ야 讀者로 하야곰 一唱三歎케ㅎ고 聽者로 하야곰 俯仰徘徊케 ㅎㄴ 妙에 至ㅎ야ㄴ 諺文의 右에 出ㅎ 者ㅣ 無ㅎ며" (이각종 1912 : 4)

이 아니라 "諸般 實用"에 주로 쓰는 신체문新體文을 위주로 하여 작문상의 방식과 규모規模를 서술한다고 밝히고 있다(이각종 1912∶4~5). 이어서 각 문장 유형의 실례를 아래의 (1)과 같이 보이는데, 흥미로운 점은 '四'의 한자 훈독문을 문장의 세 유형 중 '언문'에 속하는 것으로 보고 이를 '언문일치체'라고 지칭하고 있다는 점이다.

(1) 一, 學而時習之不亦說乎.

　　二, 學而時習면之不亦說乎아.

　　三, 學ᄒ야此를時로習ᄒ면쏘흔悅치아니ᄒ가.

　　四, 學빈와셔此이를時로習익키면亦쏘흔悅깃브지不아니ᄒ乎가.

　　五, 빈와셔이것을쩌마다익키면쏘흔깃브지아니ᄒ가.

이각종은 우선 '一, 三, 五'를 각각 '한문, 신체문, 언문'의 실례로 든 후, '二'는 비록 '면, 아'와 같은 '언자諺字'가 쓰였지만 그것이 문장의 구성과 의미의 성립에 직접적으로 관여하지 않는 '격외格外의 조용助用'에 불과하므로 '한문'에 포함할 수 있고, 반면에 '四'는 비록 한자가 사용되기는 하였으나 '문의文意'의 성립에는 한자가 거의 관여하는 바가 없고 단지 기본 의미를 드러나게 하여 '언자諺字의 사상思想'을 표현하는 참고용에 불과하므로 '언문'에 속한다는 것이다.[7] 다만, 이들 각각을 '一'의 '한문' 및 '五'

7　"二,ᄂ 漢字와 諺字를 交用ᄒ엿스되 其[면] 及[아]ᄂ 格外의 助用이요 原意成立에ᄂ 無關ᄒ야 비록 此를 拔去ᄒ여도 文의 意義에ᄂ 無害ᄒ고 獨立흔 漢文을 成ᄒᄂ 故로 此를 쏘흔 漢文이라 稱홀지오 四,ᄂ 諺字와 漢字를 交用ᄒ엿스되 其 漢字ᄂ 根本意를 示ᄒ야 諺字의 思想을 表ᄒᄂ 參考用이요 該 文意의 成立에ᄂ 殆히 漢字의 用을 不成ᄒ고 卽 漢字를 諺字로 代用홈과 同ᄒ니 故로 此를 諺文이라 稱홀지니라" 이각종(1912∶6)

의 '언문'과 구별하기 위하여 '통속'에서는 전자를 '한문현토문漢文懸吐文', 후자를 '언문방주문諺文傍註文', 또는 '언문일치체言文一致體'라고 일컫는다고 부연한 것이다.

물론 여기서 이각종이 근대계몽기에 발행된 신문『만세보』나 유길준의 『노동야학독본』 등에서 실험된 한자 훈독식 표기에 의한 문장을 '언문일치체'라고 한 것이 우선 눈에 띄는 대목이거니와[8] 이러한 형식의 문장을 '언문'과 같은 부류로 묶고 있다는 것 역시 주목을 요하는 지점이 아닐 수 없다.[9] 더군다나 이『실용작문법』의 초판이 줄간된 지 한참 후인 1920년 대까지도 이러한 한자 훈독식 표기는 조선어를 글로 적을 때 선택할 수 있는 여러 문장 형태 가운데 하나로 꾸준히 거론되고 있었다는 점에서 그러한 시도가 결코 몇몇 인사의 섣부른 실험으로만 치부될 성질의 것은 아니었다고 생각된다. 예컨대 아래의 (2)는 1921년 김희상이『매일신보』에 실은 「諺文綴字法 改正案에 就ᄒ야」4.14~17[10]에서, (3)은 1926년 김윤경이 『동광』5호에 실은 「조선말과 글에 바루 잡을 것」이란 글에서 제시한 예시 문장인데 모두 한자 훈독문을 포함하고 있다.

(2) 余는南山에往ᄒ야花를切ᄒ야來ᄒ얏다

　　나는南山에가서꽃을꺾어서오얏다.

　　余나는南山에往가서花꽃을折꺾어서來오얏다.

---

8 이러한 점에 주목한 논의로는 허재영(2011), 한영균(2017) 등이 있다.

9　한자 훈독식 표기를 가장 적극적으로 평가하는 관점은 이러한 문장이 보기와는 달리 한글로 먼저 씌어지고 나서 한자가 삽입된 것이며 궁극적으로는 '순국문' 쓰기를 지향하고 있었던 시도라는 해석이다. 김영민(2009) 및 김영민(2013) 참조.

10　'상, 하'로 두 번에 나누어 실린 글 가운데 (2)에 인용한 예는 '하'의 마지막 부분에 제시되어 있다.

(3) 배우어서 때로 익히면 또한 즐겁지 아니하냐

學하여 時로 習하면 亦 悅하지 아니하냐

學배우어서 時때로 習익히면 亦또한 悅즐겁지 不아니하냐

學而時習之면 不亦悅乎아

學而時習之 不亦悅乎

김희상은 (2)의 첫 번째 문장이 '한문자漢文字에 언문토만 단 것'으로 보
통학교용 교과서에서 채택하고 있는 문장인데 이를 대신하여 그 아래의
문장처럼 "言文一致의 體를 採用함이 웃더훌는지" 제안하고 있다. 다만 이
와 같이 "諺文에 偶合ᄒᄂ는" 때에만 한자를 쓰면 문장이 너무 단순하여 "諺
文의 天地이오, 漢字는 흰밥에 뉘 같다고" 염려하거나 비판할 이들이 있을
것이므로 한자 훈독식 표기를 사용한 그 아래 세 번째의 문장을 채택하는
것도 '무방할 듯'하다고 대안을 제시한다. '언문일치체'라는 개념에 대한
이해는 이각종과 다소 차이가 있지만, 조선어 문장의 가능한 유형에 대한
견해는 크게 다르지 않은 것으로 이해된다. 특히 한자 훈독문을 자신이 제
시한 '언문일치체'에 상당相當한 것으로 본다는 점에서는 더욱 그러하다.
더구나 김윤경이 제시한 (3)의 예문은 바로 이각종이 『실용작문법』에서
든 것을, 한글 표기에서의 미세한 차이가 있지만,[11] 순서만 바꾼 채로 거
의 그대로 가져왔다는 점에서 당대의 지식인들이 조선어로 글을 쓸 때 가
능한 문장 형태를 어떻게 인식하고 있었는지를 잘 알 수 있다. 물론 이들
이 그 가운데 바람직한 문장의 형태를 무엇으로 보았는지 하는 점에 있어

---

11 그러나 이 한글 표기에서의 미세한 차이가 '국어문법의 계보'를 가를 수 있는 중대한 문제
이기도 하다는 점은 후술하기로 한다.

서는 관점의 차이가 있었다. 이각종이 이런 몇 가지 유형 가운데 '언한교용문諺漢交用文'인 '신체문新體文'을 문장 쓰기의 모델로 삼았던 데에 비해, 김희상은 '언문' 위주의 '언문일치체'를 우선하되 그것이 어렵다면 한자 훈독문을, 그리고 김윤경은 한자를 완전히 배제한 문장을 "본보기 글標準文"로 제시했던 것이다.

그런데 조선어를 글로 적는 문제에는 문장 형태에 대한 이러한 논의와는 별도로 또 하나의 중요한 고려 사항이 있었으니, 즉 한글의 표기 방식을 어떻게 할 것인가 하는 것 역시 당대의 주요 관심사 가운데 하나였다. 잘 알려진 바와 같이 이각종의 『실용작문법』이 발행된 1912년에는 조선총독부의 「보통학교용 언문철자법」이 발표된 때이기도 하다. 그리고 앞서 언급한 김희상의 「諺文綴字法 改正案에 就ᄒ야」는 바로 그 「보통학교용 언문철자법」에 제기된 여러 문제를 시정하기 위해서 마련된 개정안에 대한 글이었다. 김희상은 기본적으로 주시경의 표기법과 문법을 지지하던 입장이었는데, 개정 철자법이 받침의 확대와 같은 주시경식 표기의 원칙을 따라야 한다는 것과 한자의 경우 전통적인 역사적 표기가 아니라 당대의 소리를 반영한 표음식 표기를 해야 한다는 주장을 하고 난 뒤 글의 말미에 개정 교과서에 사용할 문장 형식에 관한 위의 내용을 덧붙인 것이었다.

1926년 『동광』에 실린 김윤경의 「조선말과 글에 바루 잡을 것」은 그 제목에서 알 수 있듯이 조선어와 조선어로 씌어진 글에 관해 고려해야 할 사항들이 종합적으로 다루어져 있다. 우선 사투리를 쓰지 말고 '본보기말(표준어)'을 세워야 한다는 설명에 이어 '본보기글(표준문)'을 정해야 한다고 주장하는 과정에서 앞서의 문장 유형들이 제시된다. 그리고 문장에 한자를 섞어 쓰는 버릇을 깨야 한다는 주장에 이어지는 것은, 그렇다면 한글을 어떻게 통일하여 적을 것인가 하는 문제이다. 이에 대해 물론 주시경의 제자였던 김윤경은 '낫[鎌], 낫[晝], 낯[面], 낱[個]'[12]과 같이 받침을 확대해야 함을 주장한다. [낟]이라는 동일한 소리를 표시하는 당대의 표기는 '낫' 하나뿐이었고 이것만으로는 이들을 서로 구별할 길이 없기 때문이다. 여기서 더 나아가 그는 한글을 '낫내'(음절)가 아니라 '씨'(단어)를 기본 단위로 풀어쓰기를 해야 한다고 힘주어 강조한다. 단어와 달리 음절은 의미가 아니라 소리에 토대를 둔 것이기 때문인데, 이런 풀어쓰기 주장 역시 주시경에게서 비롯했음은 주지의 사실이다.

한문 문장이 기본이 되었던 전통적인 글쓰기에서 현대 한국어 문어의 글쓰기 규범이 형성되기까지는 많은 이들의 상당한 노력이 필요했을 것임은 자명한 일이다. 크게 보아 한문의 문장구조에서 탈피하여 한국어의 통사구조에 입각한 글쓰기가 중요한 방향이었을 터이고,[13] 그 과정에서 관용어처럼 굳어진 각종 한문구의 처리 문제나 '有하다, 無하다, 問하다'와 같이 서술어로 사용되던 수많은 1음절 한자어, '之, 莫, 乎, 與'와 같이 문법적 기능을 하는 각종 허사, '此, 彼, 余, 吾' 같은 대명사 문제 등 실로 다양한 한문 문장의 간섭을 극복해야만 우리가 아는 현대적인 문어에 근접할 수 있었다.[14] 그런데 이러한 전통적인 한문의 문장구조에서 탈피하는 문제와 동시에 해결해야 하는 과제는 바로 소리글자인 한글의 의미 전달 기능을 높이는 일이었다.[15] 그 하나는 앞서 김윤경의 글에서 확인했듯

12　실제 김윤경의 글에는 '낯'에 '個'을 '낱'에 '面'를 달아 놓았으나 이는 한자가 서로 바뀐 단순 오식으로 보인다.

13　이에 대해서는 한기형(2005), 임상석(2008), 배수찬(2008) 등 참조.

14　이에 대해서는 한영균(2013), 안예리(2012) 등 참조.

15　이에는 낱낱의 글자들을 어떻게 철자(綴字)할 것이냐 하는 문제와 더불어 띄어쓰기와 문장부호의 사용 등 역시 함께 고려되어야 할 것이나, 이 글에서는 좁은 의미의 철자법 문제만을

이 소리가 같으면 모두 동일하게 적던 방식('낫')에서 벗어나 실제 소리와는 차이가 생기더라도 이들을 일정한 원칙에 의해 구별해서 적는 방식('낫, 낫, 낯, 낱')으로의 변화이다. '표음문자의 표의화'라고 할 수 있는 이러한 표기 방식은 주시경이 1905년경부터 주장한 것으로서, 그는 이를 '본음, 원체, 법식'에 따른 표기라고 했다.

그런데 그 비슷한 시기인 1906년경부터 이능화, 이인직, 유길준 등에 의해 제안되고 실험되던 표기 양식이 바로 한자 훈독식 표기인데, 이들은 이러한 한자 훈독문이 한문의 문법에서 벗어나 우리의 말을 있는 그대로 적을 수 있는 효과적인 문장 형태라고 인식하고 있었다.[16] 이각종이 한자 훈독문을 두고 '언문일치체'라고 하고 심지어 '언문諺文'의 하나로 인식했던 것도 그러한 차원에서 이해되어야 할 것이다. 그리고 그것은 또 그 '언문'의 의미 전달 가능성을 극적으로 높일 수 있는 방식이기도 했다. "漢字는 根本意를 示ᄒ야 諺字의 思想을 表ᄒᄂ 參考用"이라고 한 이각종의 언급은 그러한 사실을 잘 드러내 준다. 결국 우리말의 통사구조에 입각한 문장쓰기를 가능하게 하면서도 소리글자인 한글의 약점을 보완한다는 점에서는 주시경식 표기나 한자 훈독식 표기가 유사한 역할을 할 수 있는 것이라 할 수 있겠지만, 물론 그 목적을 이루기 위해 사용된 방식은 사뭇 다른 것이었다. 전자가 실제적이고 구체적인 소리와는 구별되는 추상적 층위의 소리('본음')를 상정하여 이를 한글로 시각화하는 것이었다면, 후자는 의미의 시각화라는 문제를 한자로 해결하기 때문에 한글은 소리에만 집

논의의 대상으로 삼도록 하겠다.
16 이능화, 유길준 등의 한자 훈독식 표기와 박승빈이 시도한 것의 공통점 및 차이점에 대해서는 3장에서 다시 다루도록 한다.

중할 수 있었고 또 그래야만 했던 것이다.

예컨대 (3)의 예에서 김윤경은 '學하여'에 해당하는 부분을 '배워서'가 아니라 '배우어서'로 표기하고 있다. 이는 물론 한 낱말이 분포적 환경에 따라 제각기 달리 실현되는 실제의 소리가 아니라 변화 이전의 '본음, 원체'를 밝혀 적어야 한다는 주시경식 표기를 고수한 때문인데, 그 결과 실제의 소리와 표기 사이에는 괴리가 발생할 수밖에 없다.(김희상이 (2)에서 '來ᄒᆞ얏다'를 '왔다'가 아니라 '오앗다'로 표기한 것 역시 같은 이유에서이다.) 물론 이러한 표기법을 그대로 훈독식 표기에 적용하면 '學배우어서'가 되지만, 그러나 '배우고, 배우니, 배우며'의 '배우-'라는 용언의 의미를 '學'이라는 한자로 표시하는 한자 훈독식 표기에서는 실제의 소리와 멀어지는 인위적인 표기 '배우어서'를 상정할 필요가 애초에 없다. 다만 이때 다른 토와는 달리 '서'가 왔을 때 왜 '배우'는 '배워'가 되는지 설명해야 할 과제가 남는다. 그리고 이와 관련된 논의는 1920년대 중반에서 1930년대까지 이어지는 표기법 및 문법 논쟁에서 매우 중요한 쟁점 가운데 하나가 된다.

실제로 김윤경이 위의 글을 발표한『동광』에서는 그 몇 달 뒤에 조선어 교사와 연구자들을 대상으로 한「우리글 표기례의 몇몇」이라는 제목의 설문 조사를 시행하는데 총 10 문항 가운데 6, 7, 8번은 용언 어근과 어미의 결합 시에 용언의 어근이 변동되는 현상을 어떻게 적을 것인가에 관한 것으로 앞서본 '배우어서 vs. 배워서'의 문제 역시 여기에 해당되는 것이다. 대체로 어근의 형태를 고정하여 적는 주식경식 표기를 기본으로 하여야 한다는 의견이 다수인 가운데('배우어서'의 유형), 박승빈만이 유일하게 자신의 단활용설을 바탕으로 이에 대해 일관되게 대립되는 의견을 제출하고 있었던 것이다('배워서'의 유형).[17] 사실상 이 세 가지 문항 자체가 박승빈의 단활용설에 대한 입장을 묻는 성격을 띠고 있던 것이라 해도 무방하다.[18] 그런데 그는 1921년 『계명』에 발표한 글에서 주시경과는 구별되는 자신의 독자적인 문법이 이미 1908년에 자신이 번역하여 간행한 『언문일치 일본국 육법전서』에 채택되어 있다고 밝힌 바 있다. 그리고 그가 펴낸 이 저술에 사용된 '언문일치'란 이각종이 『실용작문법』에서 예로 든 바로 그 '언문일치체', 즉 한자 훈독문이었던 것이다. 박승빈의 문법을 한자 훈독식 표기와의 관계 속에서 해석해야 하는 이유가 바로 여기에 있다.

3. 박승빈의 문법과 한자 훈독식 표기와의 관계

박승빈은 자신이 주도적으로 활동하던 계명구락부가 기관지 『계명』을 발행하자 창간호에서부터 「朝鮮 言文에 關한 要求」라는 제목의 글을 실어 조선어와 조선어 문장, 그리고 표기법 등에 대한 자신의 견해를 밝힌다. 이 글은 2호와 3호까지 '논문란'에 세 번에 걸쳐 연재되는데, 서론을 제외하면 "第一 兒童 互相間에 敬語(하오)를 使用하게 하는 事"(창간호), "第二 漢字의 訓讀를 許하는 事"(2호), "第三 諺文使用의 法則을 整理하는 事"(3호)의 세 부분으로 이루어진다. 언문言文을 발달하게 하는 것이 사회를 위한 제일 긴요한 급무急務이므로 이의 개선을 위해 노력하지 않을 수 없고, 그

---

17 1927년 1월 『동광』 9호에 실린 이 설문에 대해서는 4장에서 다시 다루기로 한다.
18 이 가운데 특히 8번 문항은 현재의 용어로는 불규칙 활용에 해당하는 것인데 주시경 문법으로는 적절히 대응하기가 어려운 문제들이었다. 이에 대한 상세한 논의는 김병문(2020) 참조.

러한 까닭에 자신이 "從來에 最히 痛切히 感한 二三의 改善할 事項을 述하야 (…중략…) 官民 諸氏의 猛省 勇斷"을 촉구하고자 한다는 것인데^{박승빈} 1921ㄱ:15, 물론 우리가 관심을 갖는 것은 2호에 실린 한자 훈독식 표기에 관한 부분과 3호의 언문 사용 법칙의 정리에 관한 것이다.

우선 2호에 실린 '한자의 훈독을 허하는 事'에서 박승빈은 한문의 전래와 이두의 발생, 훈민정음의 창제 등을 언급하고 결국에는 한문과 언문 諺文이 분리되어 '일반 지식 계층'은 한문을 "外國語體대로 襲用하는 慣習"을 이루었다고 한탄한다. 비록 "甲午革新 政治의 初頭"에 '혁신파 선배'가 일반공문서에 '한문과 언문의 교용交用하는 제도'를 시행했지만, 여전히 그 문체는 한문을 주성분으로 하여 그것을 음독音讀하는 것이고 언문은 "助詞(토, 英語의 接續詞, 助動詞, 前置詞의 類)로" 쓰는 것에 불과하기 때문에 결국 이러한 문체는 "漢文을 消化하지 못하고 中華國語대로 朝鮮語와 交用"한다는 비난이 가능하다는 것이다. 결론적으로 박승빈은 당대에 사용되는 문체가 다음의 '제일 문체'와 '제이 문체'이며, 이에 대해 '제삼 문체'를 자신의 대안으로 제안하고 있다.

(4) 第一 文體

一. 雲이消하니雨가止하다 (讀法) 운이소하니우가지하다

二. 弟가兄을隨하야兄弟가同히學校에往來하오 (讀法은 上句에 準함)

第二 文體

一. 구름이사라지니비가그치다

二. 아오가兄을딸아서兄弟가가티學校에往來하오

第三 文體(漢文의 訓讀을 許함)

一. 雲구름이消사라지니雨비가止그치다

二. 弟아오가兄을隨딸아서兄弟뎨가同가티學학校교에往왕來래하오(박승빈 1921ㄴ:6)

박승빈에 따르면 (4)의 '제일 문체'는 "漢文을 主成部分으로 書하야 音讀하고 諺文을 助詞로 書ㅎ야 兩種文을 交用한"'갑오식 문체' 그대로인데 이것이 바로 당시에 사용되던 '일반 사회의 공용 문체'라는 것이다. 그런데 그 '一'의 "雲이消하니雨가止하다"에 대한 독법이 "운이소하니우가지하다"와 같이 제시된 것에서 알 수 있듯이 이때의 "漢文字의 音은 朝鮮語의 言이 되지 아니한 것이 多함으로써 그 漢文字의 發音은 朝鮮의 言과는 全然히 相異한 音이 出"하고 따라서 도저히 조선어를 문장으로 적은 것이라고는 말할 수 없다는 것이다. "중화국어"의 일절一節과 조선어의 일절을 섞어서 발음하는 것이니 그 불합리함이 논할 바가 아니라는 게 박승빈의 평가인데, 이는 곧 앞서 '한문을 소화'하지 못하고 '중화국어대로' 쓰는 문제를 제기한 것의 반복이라고 할 수 있겠다. 그런데 그의 문제제기가 일관되게 소리 내어 읽었을 때 한자의 음이 조선의 말이 되지 않는다며 그 말소리를 강조하고 있음에 주목할 필요가 있다.

이에 비해 '제이 문체'는 '한문의 음'이 '조선어의 음이 된 성분' 즉 "漢文係 朝鮮語"만을 한문으로 적고 그 밖에는 모두 '언문'으로 적은 것으로서 바로 "言文一致의 主義"에 의한 문장이므로 앞서의 폐단, 즉 한자를 소리 내어 읽었을 때 조선어가 되지 않는다는 문제는 모두 제거된다는 것이다. '한문계 조선어'란 물론 한자어를 뜻하는 것일 텐데 '중화국어'와 '한문계 조선어'를 판별하는 기준이 그것을 소리 내어 읽었을 때 조선어가 되느냐 여부라는 점도 흥미로운 대목이거니와, 이러한 '한문계 조선어'들은 그대로 한자로 적어도 '언문일치'에는 전혀 위배됨이 없다는 점에서 이때의 언문일치는 문자의 문제가 아니라 말, 그 중에서도 소리의 문제였음을 분명히 알 수 있다. 그런데 박승빈이 보기에는 이 언문일치에 의한 '제이 문체'에도 불합리한 부분이 있으니, 즉 '고유 조선문'인 언문이든지 '수입하여 조선문이 된' 한문이든지 모두 현재 조선 사회에서 사용하는 '조선문'이라는 점에서는 다를 바가 없는데도 어떤 말의 "意義를 表示"할 수 있는 한문을 사용하지 못한다는 것은 "全然히 矛盾"된다는 게 그의 입장이다. '한문계 조선어'를 한자로 적어서 그 의미를 표시하듯이 '고유 조선어' 역시 그 의미를 표시하기 위해서는 당연히 한자를 사용해야 한다는 것이다. 그리하여 그가 대안으로 제시하는 것이 바로 (4)의 '제삼 문체'인 것이다.

물론 이 '제삼 문체'는 앞서 이각종이나 김희상, 김윤경의 글에서 살펴본 바로 그 한자 훈독문이다. 박승빈은 "兄, 兄弟, 學校, 往來" 같은 것들은 모두 '한문'으로 적으면서 "아오, 쌀아, 가티"는 그 의미를 표시할 수 있는 문자弟,隨,同가 있으면서도 이를 적지 못하는 것은 이들을 '한문'으로 적으면 "朝鮮의 言으로 發音함을 許容하지 아니하는 制度"가 있기 때문이라는 것이다. 따라서 그는 "漢文을 音이나 訓(세김)이나 朝鮮語(漢文系 朝鮮語 及 固有 朝鮮語)의 發音대로 讀함을 許"해야만 그러한 부조리와 불편이 사라질 수 있다고 보았다. 그리고 그것은 물론 그가 "漢文 訓讀文體"라고 부른 위의 '제삼 문체'에서 보인 문장 형태다. 결국 조선어의 '언문일치 문장'이란 그것을 소리 내어 읽었을 때 그 들리는 소리가 조선어가 되는 문장을 뜻하며 그때 그 조선어의 소리는 '언문'이, 의미는 '한문'이 담당하게 되는 셈이다. 그리고 그러기 위해서는 한자를 '새김'으로 읽는 것, 즉 훈독을 허용하는 제도가 필요하다는 것이 박승빈의 주장이다. 한자의 음독이 '한문계 조선어'를 조선어의 한자음대로 읽는 것이라면 한자의 훈독은 '고유 조선어'를, 그 의미는 한자로 표시하면서도 한자음이 아니라 고유어의 소리 그대로 읽는 것이기 때문이다.

앞서 언급한 바와 같이 근대계몽기에 논의되던 각종의 '국문론'에서 이미 한자 훈독식 표기는 한문 문장구조를 탈피한 새로운 문장 형식을 모색하던 이들이 유력한 대안의 하나로 제시하던 것이기도 하다. 처음으로 확인이 되는 한자 훈독식 표기에 대한 논의는 이능화의 「국문일정법의견서」『황성신문』, 1906.6.1~2인데 여기서 그는 한자 훈독 표기를 통해 '언문일치'가 비로소 가능해진다고 하였다.[19] 그리고 잘 알려진 바와 같이 『만세보』에서는 이러한 표기 방식을 실제로 소설이나 기사문에서 적용해 본 바 있으며,[20] 유길준 역시 이러한 표기를 제안하고 실험한 인물이다. 「小學教育에 對ᄒᆞᆫ 意見」『황성신문』 1908.6.10에서 유길준은 '국문 전주專主, 한문 전폐全廢'를 주장하며 소학교육의 혁신을 강조하는데, 이때의 '한문 전폐'란 한자를 쓰지 말자는 것이 아니라 전통적인 '한문 문장'으로부터 완전히 결별해야 한다는 뜻이고, '국문 전주'란 한자를 사용하되 '국문' 즉, 조선어의 문장구조에 입각한 글쓰기를 해야 한다는 것을 의미한다.[21] 그리고

---

19 이능화의 이 글은 『대한자강회월보』 6호, 1906.12.25에 다시 실린다.
20 『만세보』에 실린 각종 부속국문체 기사와 특히 신소설 『혈의루』의 문제에 대해서는 김영민 (2005 : 82~107) 참조. 이능화의 논의나 『만세보』의 시도, 그리고 유길준의 제안 등이 서로 협의되거나 밀접한 연관관계 속에서 진행된 것으로 보이지는 않는다. 그러나 별개로 진행된 이러한 시도나 제안들이 한자를 사용하면서도 한국어의 문장구조에 적합한 글쓰기를 지향한다는 문제의식은 공유하고 있었던 것으로 보인다.

그 '국문 전주'를 실현할 방법으로 그가 제안한 것이 바로 한자 훈독 표기였는데, 그는 자신이 지은 『노동야학독본』1908에서 그러한 표기를 직접 실험하였다.[22]

박승빈이 『언문일치 일본국 육법전서』의 문장을 한자 훈독문의 형식으로 번역하여 출간한 것 역시 이 유길준의 『노동야학독본』이 발간된 1908년의 일이다. 그런데 박승빈의 이 번역서는 한문 문장구조를 탈피하여 조선어의 통사구조에 입각한 문장을 써야 한다는 이능화나 유길준의 문제의식을 공유하면서도 가장 정연한 형태의 한자 훈독 표기를 선보였다는데에 주목할 필요가 있다. 아래의 (5)와 (6)은 박승빈의 『언문일치 일본국 육법전서』(C)를 일본어 원문(A), 한문 현토문(B) 및 일반적인 국한혼용문(D)의 번역과 비교하기 위하여 나란히 제시한 것인데,[23] 이들을 보면한자 훈독식 표기를 사용한 박승빈의 문장이 (B와는 달리) 한문 문장구조를 탈피함은 물론이고 (D에서 보이는) '從하다, 受하다, 奪하다, 無하다'와같은 1음절 한자 서술어를 가급적 배제한 '언문일치'의 문장임을 알 수있다.

---

21 유길준은 이 글에서 '한어(漢語), 영어'와 '아국어(我國語), 일본어'의 문장구조의 차이를 '착절어(錯節語), 착절체법(錯節體法)'과 '직절어(直節語), 직절체법(直節體法)'이라는 개념으로 설명하고 있다. 이러한 시도는 초기 '국문론'이 문자의 문제에 집중했던 데 비해, 1905년 이후에는 그 관심의 초점이 언어의 문제로 이동하고 있음을 보여주는 대표적인 사례이다.

22 이러한 근대계몽기 한자 훈독식 표기의 의의에 대해서는 김병문(2014) 참조.

23 이 예문은 장경준(2020)를 통해 학계에 배포된 자료 가운데 「일본 메이지헌법(1889)의 번역 비교 자료(textD)」에서 발췌한 것이다. 배포된 자료 가운데 현대어 번역 부분을 제외하였고 훈독 표기의 방식을 "所[바]"와 같은 형식에서 "所ᄇᆞ"의 형태로 바꾸었다. 참고로 번역문 B는 『日本憲法正文』(1908, 張世基·李載乾 교열, 右文館 인쇄), D는 『現行 六法全書』(1912, 寶文館 編輯部, 寶文館 編輯部 인쇄)에서 추출한 문장이다.

(5) 제20조

　　A : 日本臣民ハ法律ノ定ムル所ニ從ヒ兵役ノ義務ヲ有ス

　　B : 日本臣民이從法律所定ᄒ야有服兵役之義務홈

　　C : 日本臣民은法律의定하는所^바에從^조차서兵役의義務를有함

　　D : 日本臣民은法律의定ᄒ바에從ᄒ야兵役의義務를有홈(강조는 인용자, 이하 같음)

(6) 제24조

　　A : 日本臣民ハ法律ニ定メタル裁判官ノ裁判ヲ受クルノ權ヲ奪ハレヽコトナシ

　　B : 日本臣民이不被奪於法律所定之裁判權홈

　　C : 日本臣民은法律에定한裁判을受^바ᄃ는權을奪^{쎄아}ㅅ기지아니함

　　D : 日本臣民은法律에定ᄒ裁判官의裁判을受ᄒᄂ權을奪함이無홈

　　그런데 이각종이나 김희상, 그리고 박승빈 스스로 언급한 '언문일치'의 취지에 부합한다는 점 말고도 이 박승빈의 한자 훈독문은 용언 표기에 있어서 당대의 관점에서 보거나 지금의 관점에서 평가하거나 대단히 특이한 양상을 보이고 있다. 예컨대 (6)에서 그는 '받는, 빼앗기지'를 '바ᄃ는, 빼아ㅅ기지'로 표기하고 있다. 예컨대 「보통학교용 언문철자법 대요」1921에서 '얻다'를 '엇다, 엇는다, 어들'로 적게 했던 점을 고려하면 '받는'은 '밧는'이 될 것이며, (5)의 '조차서' 역시 당대의 표기라면 '좃차서'가 일반적이었을 것이다.²⁴ 그러나 위의 (5)와 (6)에서 보이는 이런 표기는 물

24　「보통학교용 언문철자법 대요」에서는 '꽃'을 '꼿, 꼿치'로 적게 하고 있다.

론 어떤 오류나 실수가 전혀 아니며 박승빈 특유의 표기법에 입각한 대단히 일관된 것이다. 앞서 언급한 이능화나 유길준 등의 한자 훈독식 표기는 특정 한자에 어떤 훈을 달 것인가 하는 문제에 있어 전혀 일관성이 없었다는 점에서 박승빈의 훈독 표기와는 질적으로 구분되는 면이 있다.

예컨대 유길준의 『노동야학독본』에는 '生'이라는 한자의 훈독을 '生사는, 生살기를, 生나매, 生나이매, 生날졔마다'에서 보이는 것처럼 '사, 살, 나, 나이, 날' 등으로 제각각으로 하고 있다.[25] 그에 비해 박승빈의 훈독문은 앞서 본 '受바ㄷ는'의 '受'의 경우 '受바ㄷ며, 受바든, 受바듬, 受바다도, 受바다서, 受바닷서도, 受바ㄷ갯는, 受바ㄷ거나, 受바ㄷ게, 受바ㄷ고, 受바ㄷ기, 受바ㄷ지'에서 보는 바와 같이 일관게 '바'로만 그 훈독의 표기를 고정하고 있다. 그런데 이는 박승빈이 이후에 '원단'(바드), '변동단'(바다), '약음'(받)이라는 개념으로 설명한 그의 단활용설과 그대로 일치하는 표기라는 점에서 주목을 요한다. 즉, 그의 단활용설에서는 '바드'를 기본형, 즉 원단으로 보고 '바'는 변하지 않는 어간, '드'는 그 뒤에 어떤 '용언조사'가 오느냐에 따라 변화하는 '어미'가 된다. 다시 말해 '니, 며'와 같은 '조사'가 오면 원단인 '바드니, 바드며'와 같이 실현되지만, '서, 도' 등의 '조사'가 오게 되면 '바다서, 바다도'와 같이 '어미' '드'가 '다'로 변화하게 되는 것이다. 또 '고, 지' 등의 '조사'가 오게 되면 '어미' '드'의 모음이 탈락한 형태인 '받고, 받지'와 같은 '약음'으로 실현된다. 그리고 그의 한자 훈독문에서는 언제나 일관되게 이때의 '어간'만을 훈독할 부분으로 고정하고 있는 것이다.

---

25 『노동야학독본』에 사용된 훈독 표기의 비일관성에 대해서는 김병문(2014 : 81~82) 참조. 물론 유길준의 이러한 일관되지 못한 표기는 박승빈의 한자 훈독문과는 달리 먼저 '순국문'으로 문장을 작성하고 그 뒤에 적절한 한자를 삽입한 것이기 때문에 발생한 문제로 해석할 수도 있겠다. 이에 대해서는 김영민(2009) 참조.

(7) 원단   변동단   약음

待기다리 (니 / 며)   待기다려 (서 / 도)

食머그 (니 / 며)   食머거 (서 / 도)   食머ㄱ (고 / 지)

受바드 (니 / 며)   受바다 (서 / 도)   受바ㄷ (고 / 지)

그런데 실제로 박승빈은 『언문일치 일본국 육법전서』에서 선보인 한자 훈독문이 자신의 문법 이론에 입각한 것임을 앞서 언급한 「조선 언문에 관한 요구」에서 이미 분명히 한 바 있다. 즉, 같은 제목으로 『계명』 3호에 세 번째 연재한 이 글은 이미 지적한 바와 같이 '언문 사용의 법칙을 정리하는 일'에 관한 것인데, 여기서 그는 자신의 문법을 설명하며 "余의 採用한 文法은 明治 四十一年에 刊行한 「言文一致 日本國 六法全書」라 題한 拙擇 冊子가 有하오니 或 參考로 閱覽하실지?"라고 밝히고 있는 것이다. '언문의 사용 법칙'을 연구하여 일정하게 하는 일은 조선문화상 중요하며 급박한 일임에도 불구하고 현재 각 학교에서 일정한 교과서로 학생들에게 교수하고 있는 내용과 '일파의 조선어법 연구가 제씨'의 연구에는 심각한 문제가 있다는 비판으로 글을 시작한 그는 우선은 '조선총독부 편찬 교과서에 사용된' 문법의 잘못을 조목조목 따지고 있는데, 그 가운데 핵심은 총독부의 이른바 언문철자법이 아래의 (8)에서 보는 바와 같이 '동사의 어미 변화'에 대해서 일관되지 못한 태도를 취하고 있다는 점이다.[26]

---

26 이때 그가 언급하는 '총독부 교과서에 채용한 문법'이란 것이 1912년의 「보통학교용 언문 철자법」인지 아니면 박승빈의 이 글이 씌어진 시점인 1921년에 개정된 「보통학교용 언문 철자법 대요」를 뜻하는 것인지는 분명하지 않다. 그러나 이 둘의 표기법이 결과적으로 큰 차이가 없다는 점에서 둘 가운데 어느 것을 가리키는 것인지가 문제가 되지는 않을 것이다.

(8) 1. 動詞의 語尾의 變化를 否認하고 助動詞 接續詞의 頭字의 變化를 採用한 것

   (…중략…)

   例 먹食 으니, 잡捕 어서, 읽讀 어. 의 類

   2. 動詞의 語尾의 變化를 採用하고 助動詞 及 接續詞의 頭字의 變化를 否認한

   것 (…중략…)

   바드受 니 차즈索 면 긋止쳐 서 흘流 너. 의 類 (박승빈 1921ㄷ : 7)

　이에 비해 당대의 '일파 조선어법 연구가 제씨'들은 이 문제에 대해 일
관된 입장을 취했다는 점에서는 긍정적으로 볼 수 있지만, 그들이 동사의
어미 변화를 인정하지 않는 쪽임에 비해 자신은 동사의 어미 변화를 인정
해야 한다고 본다는 점, 그리고 이들이 'ㅎ'을 종성(받침)으로 사용할 것을
주장하는 데 비해 자신은 이를 반대한다는 점에서 차이가 있다는 것이다.
용언의 어미 변화를 인정하지 않고 'ㅎ'을 받침으로 사용한다는 점에서
'일파 조선어법 연구가 제씨'란 주시경의 문법을 인정하는 이들을 일컫는
것임을 알 수 있다. 요컨대 총독부의 언문철자법은 1.의 '먹으니, 잡어서'
(어미 변화 부인)와 2.의 '바드니, 차즈면'(어미 변화 인정)과 같이 오락가락하
는 문제가 있으며, 이에 대해 주시경 문법에서는 1.의 방식으로 통일하려
고 하고, 자신은 이것을 2.로 통일하려는 입장이라는 것이다. 이 어미 변
화 문제와 받침에서의 'ㅎ' 인정 여부가 자신과 주시경 문법의 가장 큰 차
이임을 강조하고 있을 뿐 그는 자신의 문법을 자세히 설명하지는 않는다.
다만 앞서 언급한 대로 자신의 문법은 『언문일치 일본국 육법전서』에 채
택되어 있으니 이를 참조하라며 자신의 문법이 이미 1908년경에 일정하
게 완성되어 있었음을 시사하고 있을 뿐이다.

실제로 『언문일치 일본국 육법전서』에 사용된 한자 훈독문을 살펴보면, 당시에 시도되던 여타의 훈독 표기와는 달리, 특히 용언의 경우 일관되게 그의 단활용설에서 어간에 해당하는 요소만을 한자에 대응하는 훈독 표기의 대상으로 삼았던 것이다. 그러나 물론 이 『언문일치 일본국 육법전서』의 출간 시점에 그의 『조선어학강의요지』1931에서 제시되는 것과 같은 형태의 단활용설이 완전히 정립되어 있었다고 보기는 어려울 것 같다. 예컨대 『언문일치 일본국 육법전서』에는 "其그 引渡가 有이ㅅ갯섯슨 日날로自브터"²⁷라는 표현이 발견되는데 이때의 '갯섯슨'은 지금의 표기로 하면 '겠었은'이 될 것이다. 그런데 그의 단활용설에 따르면 미래시상 '개쓰'는 변동단에서 '개써'로 변화하고, 과거시상 '쓰'는 변동단에서 '써'로 실현되는데 이들의 결합인 미래시상의 과거는 '개써쓰'가 된다는 것이다.박승빈 1931 : 161~164 따라서 이에 따르면 위의 "有이ㅅ갯섯슨"은 "有이ㅅ개써쓴"이 되어야 할 것이다.²⁸ 일반적인 용언과 달리 그가 '조용사'라고 부른 것, 즉 현재의 선어말어미나 피사동 접사에 해당하는 것들에 대해서까지는 아직 단활용설이 적용되지 않았음을 알 수 있다. 이런 요소들이 훈독의 대상이 아니었기 때문일 가능성이 큰데, 그렇다면 우선 용언 어근의 한자 훈독 표기와 관련한 문법적 규칙을 먼저 수립하고 그 이후에 이를 다른 요소들에까지 관철시키는 과정에서 '조용사' 같은 범주를 추후에 정립해 나간 것으로 해석할 수 있겠다.

---

27 박승빈(1908), 『言文一致 日本國 六法全書 分冊 第三 商法』, 신문관의 69면, 328조 2항(장경준 교수의 「텍스트 분절 가공 자료(textB)」를 이용하여 검색함)

28 '갯섯슨'의 표기는 이외에도 다음과 같이 규칙적으로 발견된다(괄호 안은 『言文一致 日本國 六法全書 分冊第三 商法』의 조항 번호임).
得으ㄷ갯섯슨(398조, 398조), 到達하갯섯슨(568조 2항), 終了하갯섯슨(659조 3항), 有하갯섯슨(669조)

물론 이런 사실보다 더 중요한 부분은 그가 왜 예컨대 '受받으니, 受받아서'가 아니라 '受바드니 受바다서'로 표기했는가 하는 점일 것이다. 후자와 같은 표기가 박승빈의 단활용설이 출현하게 된 주요한 계기였다면 어찌 보면 사소하다 할 수 있는 이런 차이가 결국에는 이 글의 서두에서 밝힌 것과 같은 30년대의 격렬한 표기법 논쟁을 가져온 것이기 때문이다. 그러나 박승빈이 구상한 한자 훈독문에서는 의미를 한자로 시각화하기 때문에 '언문'은 소리만 있는 그대로 드러내면 된다. 따라서 그의 입장에서는 현실 발화에서는 감지되지 않는 '으'나 '아'라는 음절을 구태여 만들어낼 이유가 없었다. 그에게는 '바드니', '바다서'가 실제 소리를 적은 것이라면 '받-으니, 받-아서'와 같은 표기는 이론적 가공물일 뿐이었다. 그러나 (한자를 사용하는 대신) 용언의 어간을 일정한 형태로 고정하고자 하는 이들은 이런 이론적 가공물을 감수할 수밖에 없었다. 때문에 분포적 환경에 따라 달리 실현되는 실제의 소리가 아니라 가상의 추상적 소리를 상정할 수밖에 없었으나, 바로 그 때문에 귀로는 구분할 수 없는 소리를 '낫, 낮, 낯, 낱'과 같이 시각적으로 변별해 낼 수 있었던 것이다. 더군다나 그들은 바로 그러한 표기 형태를 통해서 '국어문법'의 단초를 발견해 냈기 때문에 '받아, 받으니'가 아니라 '바다, 바드니'라는 입장을 도저히 인정할 수가 없었던 것이다.

4. 1930년대 표기법 논쟁의 재검토

조선어학회의 기관지 『한글』의 편집인이자 발행인이었던 신명균은 이 잡지의 "철자법 특집"에서 한글로 쓴 글을 "읽기 쉽게 하기 爲"한 방법으로 "소리글자表音文字인 朝鮮 글자를 뜻글자表意文字化"해야 한다고 주장한다. 즉, "조선 글자나 일본의 가나와 같은 것은 본래 소리글자이기 때문에, 글자 하나가 아무 意味 없는 소리 한 덩이를 나타내고 있는 까닭으로, 漢字와 같이 읽기가 쉽지 못한 것이다. 그러하나, '꽃밭花田', '밭임자田主', '낮잠晝寢'과 같이 소리의 實際만을 보지 말고, 이처럼 소리글자를 얼마큼 뜻글자化 시킨다 하면, 읽기가 저 漢字처럼 便利하지는 못하드래도, 얼마큼 읽기가 수월하여질 것은 疑心 없는 일"이라는 것이다.신명균 1932 : 113 아무 뜻도 없는 소리덩이만을 나타낼 뿐인 한글을 한자와 같이 표의화해야만, 한자만큼은 아니지만 그래도 읽기가 수월해질 것이라는 신명균의 언급은, 당시로서는 새로운 이 표기법이 사실은 그 외양과는 달리 한자를 대단히 의식하고 있었음을 잘 보여준다. 앞서 김윤경이 그랬던 것처럼 이른바 주시경식 표기를 설명하는 과정에서 그들은 약속이나 한 듯이 언제나 한자를 괄호 안에 넣어 새로운 표기의 이해를 도왔다. 그러한 방식은 주시경에게서부터 비롯된 것이거니와 특히 그들은 '실제의 소리만을 보지 말라'는 자신들의 입장이 '국어문법'과 직접적으로 관련 된 것으로 이해하고 있었다.

(9) ㅅ 종성행 以下는 음학에 관계가 아조 無하다고는 謂치 못하겠으나 此는 國語에 當한 議論이니 此次에 連續하여 講習할 國語文典科 字學 變體學 格學 圖解式 實用演習科의 思想을 引導하는 것이요 此 音學은 總히 國語文典을 학습할 準備科가 되는 고로 題를 國語文典의 音學이라 하니 곳 國文의 音學이니라 (주시경 1908 : 62)

위의 인용문 (9)는 주시경의 『국어문전음학』 마지막 부분에서 발췌한 것인데, 여기서 "ㅅ 종성행 以下"란 '국어의 본음'을 올바르게 적기 위해 그가 제안한 새로운 받침의 예를 가리킨다. ㅅ은 물론 이전부터 받침으로 써오던 것이지만 이것과 ㄷ, ㅌ, ㅈ, ㅊ 받침 등을 구별하기 위해서 ㅅ받침부터 예로 든 것이다. ㅅ종성(씻洗, 벗脫, 쎄앗奪), ㄷ종성(닫閉, 받受, 믿信), ㅌ종성(맡任 / 臭, 흩散, 배앝吐), ㅈ종성(찾尋, 맞仰, 맺結), ㅊ종성(좇從, 쫓逐), ㅍ종성(덮覆, 엎轉 / 倒, 높高), ㅎ종성(쌓積, 낳産, 넣入) 등의 예에서 보듯이 이들은 모두 실제 소리에서는 구분할 수 없거나 발음할 수 없는 받침들로 이루어진 표기이며,[29] 따라서 귀로 들어서가 아니라 눈으로 보아야만 그 차이가 드러나는 것들이다. 그런데 어떤 음운적 조건에 놓이느냐에 따라 달라지는 '임시의 음'이 아니라 '국어의 본음'을 적기 위해 제안된 이러한 표기는 실제의 소리를 넘어서서 '국어의 본체本體'에 다가설 수 있는 것이기도 했다주시경 1908 : 54~55. 위의 인용문에서 주시경이 그가 제안한 표기법 논의가 단순히 소리를 다루는 '음학'에 관한 것이라기보다는 '국어문전의 사상을 인도'하는 것이라고 한 까닭은 바로 그 때문이다. 훈독 표기에서 한글의 역할이 소리를 있는 그대로 잘 표시해 주는 데 있었다면, 어근의 형태를 고정해 주는 표기는 실제의 소리를 넘어서 '국어의 본체'에 접근하게 하는, 그리하여 '국어문전', 즉 국어문법이라는 새로운 지식의 장으로 우리를 이끌어 준다는 것이 주시경의 생각이었던 것이다.

그러나 실제의 소리를 넘어서 '국어의 본체'와 '국어문법의 사상'에 접근한다는 것이 소리를 무시한다거나 그 가치를 가벼이 여긴다는 뜻은 아니다. 그보다는 오히려 입 밖으로 내뱉고 귀로 들을 수 있는 구체적이고 실제적인 소리와는 구별되는 소리의 어떤 독특한 층위를 주시경이 설정

---

29 물론 모음이 후행했을 때에는 제 음가가 실현되지만 이때는 종성이 아니라 초성으로 실현된 것이므로 종성으로는 실제로 소리 나지 않는다는 의미이다.

하고 있었던 것으로 보아야 할 것이다. 예컨대 주시경은 인용문 (9)의 바로 앞에서 "國文은 國語의 影子·요, 國語의 寫眞이라 影子가 其體와 不同하면 其體의 影子가 안이요 寫眞이 其形과 不同하면 其形의 寫眞이 안이라"주시경 1908:60고 진술하고 있다. '국문'은 '국어'의 그림자요 사진과 같은 것이라서 '국문'은 있는 그대로의 '국어'를 반영해야 한다고 보는 주시경이 여기서 '국문'이 재현해 내야 할 대상으로 본 것은 물론 음운론적 조건과 발화 맥락에 따라 변이하는 '임시의 음'이 아니라 그것과 무관하게 존재하는 '국어의 본음'이다. 따라서 주시경은 소리를 무시하거나 그 가치를 낮추어 본 것이 아니라 귀로 들을 수 있는 것이 아닌, 그것을 초과하여 존재하는 어떤 특수한 소리의 층위를 상정하고 있었던 것이다. 그리고 바로 그 추상의 층위에서 그는 '국어'와 '국어문법'을 발견했던 것이다. 그의 새로운 표기법이 우리를 '국어문전의 사상'으로 이끌어 준다고 한 것은 바로 그 때문일 것이다.[30]

실제의 소리를 반영하지 않고 어근의 형태를 고정시키는 표기가 문법과 관련된 것이라는 생각은 주시경뿐만 아니라 그의 이론을 따르던 이들이 대체로 공유했던 것으로 보인다. 언급한 바와 같이 1927년 『동광』 9호에는 「우리글 표기례의 몇몇」이라는 설문 조사 결과가 실리는데, 여기에는 '드러가, 그려서, 더우니'와 같이 실제의 소리대로 적을 것인지, '들어가, 그리어서, 덥으니'와 같이 어근을 고정시켜 표기할 것인지를 묻는 항목이 있었다.(6~8번 항목) 이에 대해 주시경식 표기를 주장하는 이들은 대체로 '소리대로'가 아니라 어근의 형태를 고정시키는 후자 쪽을 선택하고 있다.

---

30 이에 대한 자세한 사항은 김병문(2019 : 245~253) 참조.

즉 실제로는 비록 '더우니'로 발음하더라도 '덥으니'로 적는 것이 '문법적'으로 옳다는 것이다. 실제 소리와 문법이 대립한다면 실제의 소리가 아니라 문법을 택해야 한다는 것인데, 이때의 문법이란 주시경이 말한 '국어의 본음'과 '본체'에 직접 연결되는 것이기도 하다.

물론 '덥으니'와 같이 실제 발화와는 너무도 멀어진 형태를 도저히 인정할 수 없었던 때문인지 최현배와 이병기 같은 이는 이 문항에 대한 답변을 유보했고, 신명균은 표준어의 선택은 규칙보다는 통계 문제가 더 우선한다는 이유를 들어 '더우니'를 선택하기도 했다. 그러나 주시경식 표기를 주장하는 쪽에서는 최소한 이 시점까지는 '더우니'와 같은 용언의 불규칙 활용을 문법의 틀 내에서 설명해 내지 못하고 있었음이 분명하다. 이에 비해 이 설문에 참여한 이들 가운데서는 유일하게 '더우니'를 문법의 틀 내에서 설명할 수 있었던 이가 바로 박승빈이었다. 그의 단활용설에 따르면 '더우니'가 오히려 원단, 즉 기본형이므로 '덥으니'와 같은 실제 발화와는 조응하지 않는 인위적인 표기형을 억지로 고안해 낼 필요가 전혀 없었다. 필요한 것은 '덥고, 덥지'에서의 '덥'이라는 '약음'이 실현되는 음운론적 조건이나 과정에 대한 설명이었다.

지적한 바와 같이 애초부터 이 설문의 6, 7, 8번은 사실상 박승빈의 단활용설에 대한 입장을 묻는 것이기도 했다. 이를 의식한 때문인지 박승빈은 설문에 대한 답을 마치고 나서 '부언附言'을 달아 주시경의 문법과 자신의 문법이 다른 점은 자신이 용언의 활용을 인정하는 데 비해 주시경은 활용을 부인하고 그 결과 '토' 앞에 '으, 어'라는 정체를 알 수 없는 요소를 설정하게 되었다는 점에 있다고 설명한다. 이는 물론 주시경식 표기에서는 '머그니, 머거서'라는 실제 발화와는 다른 '먹-으니, 먹-어서'와 같은 인위적인 표기를 설정하는 것을 비판한 것인데, 1921년『계명』3호에 발표한 「조선 언문에 관한 요구」의 세 번째 연재에서 자신과 주시경 문법의 차이를 밝혔던 내용 그대로이다. 박승빈1923의 표현을 빌리면 '3파의 문법' 즉, 총독부의 '관용식官用式', 주시경의 '주씨식', 그리고 본인 자신의 문법이 서로 나뉘어 있던, 1920년대에는 그러나 사실 그 대립이 그다지 심하지 않았다. '관용식'이 '먹어서'와 '바다서'를 오락가락하고 있다면 '주씨식'은 '먹어서, 받아서'로, 자신은 '머거서, 바다서'로 통일하라는 것이었기 때문에 아직 선택의 가능성은 남아 있었던 셈이다. 그러나 박승빈의 입장에서 보면 1930년 총독부가 제정한 「언문철자법」은 그 선택이 '주씨식'으로 완전히 기울었다는 점에서 심상치 않은 사태의 전개였음이 분명하다.

때문에 표기법과 관련하여 30년대에 있었던 격렬한 대립의 시작은 1931년 11월의 조선어학연구회 창립으로 보는 것이 온당할 터이다. 주시경의 제자들을 중심으로 한 조선어학회가 조선어연구회에서 이름을 바꾸고 조직을 정비한 것 역시 같은 해 1월의 일이었으니조선어학회1932:37 조선의 말과 글을 연구하는 전문 연구 단체 두 곳이 경쟁하게 된 것인데, 박승빈을 중심으로 한 조선어학연구회는 처음부터 주시경식 표기법에 대한 반대를 분명히 했다.[31] 「조선어학연구회 취지서」에서 그들은 '주시경 선생'을 따르는 '한글파'의 학설이 과연 민중의 요구에 응할 만큼 학술적 진가가 있

---

31 1932년 9월에 작성된 것으로 되어 있는 「조선어학연구회 취지서」에 따르면 계명구락부의 요청으로 1931년 11월 26시간에 걸친 박승빈의 강연이 있었는데, 그 강연이 종료되는 날 청강자 일동은 박승빈의 학설을 기초로 연구하고 이를 보급하여 조선 문화에 공헌하기 위하여 1931년 12월 10일에 조선어학연구회를 조직하였다고 한다.(조선어학연구회 1934 : 75~77)

는지 의심스럽다고 비난하고 있다. 즉, '한글파의 기사법記寫法' 앞에서는 상당한 문식을 가진 신사와 부녀마저도 돌연 문맹이 될 뿐만 아니라 최고급의 학식을 가진 문사들마저 그들의 이론을 이해하기 어렵다는 것인데, 그 원인으로 조선어학연구회는 '한글파'의 "幻影的 論法"과 "發音 不能되는 畸型 文字의 使用"을 지적한다. 주시경식 표기법에 대한 조선어학연구회이 비판은 이와 같이 줄곧 그것이 일반인들이 사용하기에는 너무나 생소하고 어렵다는 것에 그 초점이 맞추어졌고, 그런 결과를 초래한 이유로는 실제와는 동떨어진 이론과 발음 불가능한 기괴한 자형字形을 지목한다. 물론 이는 어근의 형태를 가급적 고정시키고자 하는 주시경식 표기가 구체적으로 인식할 수 있는 소리만으로는 쉽게 설명하기 어렵다는 점, 즉 실제 소리의 이론적 추상화를 전제하는 표기라는 점을 두고 하는 비난이다. 이는 특히 'ㅄ, ㄳ' 등의 겹받침이나 ㅎ 받침 사용, 그리고 관련하여 용언의 활용 문제에 집중되어 있었다.

대중은 이해할 수 없는 자신들만의 '고귀한' 이론과 발음 불가의 '기괴한' 글자를 강요한다는 비난은 조선어학연구회가 조선어학회의 표기법을 두고 하는 단골 레퍼토리였고 여기에 비해 박승빈의 이론은 전통적인 관습을 준용하면서도 귀납적 연구 방법에 입각하였기 때문에 대중 학습과 일용에 편리하다는 것이 조선어학연구회 측의 주장이었다. 그런데 이러한 대립의 양상은 일반 문화계로까지 번져 1934년 7월에는 박승빈의 표기법을 지지하는 조선문기사정리기성회朝鮮文記寫整理期成會의 「한글式 新綴字法 反對 聲明書」와[32] 조선어학회의 표기법을 지지하는 '조선 문예가 일

---

32 조선문기사정리기성회의 「한글式 新綴字法 反對 聲明書」는 1934년 8월에 조선창문사(朝鮮彰文社)에서 인쇄되어 책자 형태로 발행되었는데, 서명서 마지막 부분의 명의 앞에 '소화 9

동' 명의의 「한글 綴字法 是非에 對한 聲明書」[33] 같은 성명전으로 비화되는
가 하면, 1935년 3월에는 조선어학회가 자신들의 기관지 『한글』을 통해
조선어학연구회 측이 자신들의 한글 통일 운동을 방해하기 위해 '사악한
음모'를 꾸미고 있다며 '반대 음모 공개장'을 발표하고 그 다음 달에는 박
승빈이 이를 반박하는 글을 『신동아』에 게재하기에 이른다.

　양 단체의 논전은 이와 같이 급기야는 감정적인 대결로 치달았지만, 물
론 그 핵심은 표기법 문제에 있었으며 특히 중요하게 거론된 사항은 1)
된소리의 표기 방식 2) 'ㅎ' 받침 및 'ㅄ, ㄵ' 등의 겹받침 인정 여부 3) 용
언의 활용 설정 문제였다. 이러한 사안을 두고 두 학회의 기관지나 여타의
신문 잡지 등에서 30년대 후반까지 치열한 논쟁을 벌였거니와 이를 가장
극명하게 보여주는 것은 1932년 11월에 열렸던 동아일보사 주최의 '한글
토론회'였다.[34] 이 토론회의 주제 자체가 위의 세 가지였을 뿐만 아니라 3
일에 걸쳐 하나씩의 주제를 다루되 양 측에서 각각 한 명씩 발표자가 나와
각기 자신들의 주장을 펼치고 나서 바로 치열한 토론전을 벌였다는 점, 그
리고 이것이 기대 이상의 호응을 거두어 20일 가까이 그 토론의 속기록이
신문 지상에 연재되었다는 점 등은 그 형식이나 내용 면에서 30년대 표기

　년 7월'이라고 되어 있는 것으로 보아 책자 형태로 제작되기 전에 일반에 배포되었을 것으
　로 보인다. 이 성명서에는 박승빈 외에도 윤치호, 지석영, 최남선, 문일평, 이병도 등이 이름
　을 올렸다.(하동호 편 1986 : 525~534 참조)
33　『조선일보』 1934년 7월 10일 자에는 「문예가 궐기─철자법 단대 반격, 칠십여 명이 성명
　발표」라는 기사가 실린다. 이 성명서는 그 해 9월에 발간된 조선어학회의 『한글』 2-6호에
　도 실려 있는데, 여기에는 이광수를 비롯하여 김동인, 박태원, 정지용, 염상섭, 채만식, 심
　훈, 김동환, 김기진, 박영희, 박팔양, 임화, 백철 등 좌우를 막론한 상당수의 문인들이 이름
　을 올렸다.
34　「사흘 동안 백열전을 계속한 한글토론회 속긔록」, 『동아일보』, 1932.11.11~29. 이 토론회
　에 조선어학회에서는 신명균, 이희승, 최현배가 조선어학연구회 측에서는 박승빈, 정규창,
　백남규가 참석했다.

법 논쟁을 대표하는 것이라 할 만하다. 그런데 겹받침 문제에 대해 조선어학연구회 측의 입장을 발표한 정규창의 다음과 같은 발언은 이 토론회의 논점, 더 나아가 조선어학회와 조선어학연구회 측의 대립 지점을 가장 극명하게 보여준다고 하겠다.

(10) 언어란 것은 결코 하늘에서 떨어진 것이 아니오, 인류가 오랫동안 살아오는 사이에 생긴 것입니다. 그래 우리 조상이 「無」, 「坐」라는 관념을 표현할 때에, 과연 「없」, 「앉」과 가튼 자형을 머리속 에 그렷겟단 말이오? 만일 한짜를 숭내내서 모든 관념을 표현하는 글자를 한 글자 속에 집어 너흐려 한다면, 그것은 처음부터 틀린 게 확실하다.[35] (…중략…) 조선어는 상형문자가 아니라 표음문자입니다. 조선문자는 말의 발음을 그대로 적은 것입니다. 누구든지 「업스니」하면 「업스니」로 쓰지, 「없으니」하지는 안흘 것이오.

'없'이나 '앉'과 같은 글자를 쓰라는 것은 실체 없는 '관념'을 억지로 강요하는 것에 불과하며 이렇게 한자를 흉내 내는 일은 처음부터 틀린 것이 확실하다는 비난은 '한글의 표의화' 시도 자체를 쓸데없는 짓으로 치부하는 것에 다름 아니다. '조선 문자는 발음 그대로 적는 것'이라는 대목은 조선어학회에 대한 조선어학연구회의 공격이 어디에 초점을 맞추고 있는지를 분명하게 보여준다. 위의 (10)에 대해 '표음문자의 표의화'를 주장한 이희승은 문자는 발음대로만 쓸 수는 없다는 점, 문법을 무시하고 발음만 표시하면 그만이라는 것은 옳지 못하다는 점 등을 강조하는데, 이 역시 그

---

[35] '확실하다'는 '확실합니다' 정도의 오기(誤記)로 보인다.

들이 주장하는 어근의 고정과 그로 인한 '표의화'가 문법의 문제와 직접적으로 연관되어 있음을 보여주는 대목이다. 같은 성격의 대립은 사안을 달리 하여 용언의 활용을 어떻게 설명하느냐 하는 문제에서도 그대로 이어진다. 다음의 (11)은 박승빈이 자신의 단활용설에 대해 설명한 뒤에 단상에 오른 최현배의 일성이다.

(11) 지금 박승빈씨의 말을 들으니, 문법을 설명하는지 성음학상 원리를 설명하는지, 그 무엇인지를 알 수가 업습니다. 아모도 성음학 설명에 가까운 것 갓습니다. 오늘의 문제인 어미활용이란 것은 문법 문제이지 성음학상 문제는 아닙니다

박승빈은 단활용설이라는 문법상의 문제를 설명했건만 최현배에게는 이것이 소리에 관한 '성음학상'의 논의로밖에는 들리지 않았던 것이다. 물론 단활용설 자체가 어떤 '용언조사'가 '승접'하느냐에 따라 용언의 어미가 다른 단으로 변동하거나 약음으로 줄어드는 것을 설명하는 이론이므로 어찌 보면 이는 당연한 일일 수 있다. 그러나 그것 역시 용언의 활용을 설명하는 것이므로 문법상의 문제임에 틀림이 없다. 그럼에도 불구하고 최현배가 박승빈의 설명을 성음학상의 논의로 치부하고 문법의 문제에는 미달하는 것으로 간주한 까닭은 아마도 그가 문법을 앞서 누차 언급한 어근의 고정 및 소리의 추상화와 관련지어 사고하고 있었기 때문인지도 모른다. 용언 '잡다'의 활용을 설명하면서 그 뒤에 갖가지 다양한 어미와 결합하여 '종지법'과 '자격법', '접속법'을 실현시키면서도 "고정 불변하는 어간"인 '잡'을 강조하고 그로부터 논의를 전개시키는 것은 그 때문

일 것이다. 물론 이 토론회에서 최현배는 박승빈에게 다음과 같이 자신의 문법은 주시경의 문법과 다르다는 점을 힘주어 강조하고 있다.

(12) 오늘밤 박승빈씨의 상대방은 주시경씨가 아니고 최현배인 것을 어서케 합니까. (…중략…) 박승빈씨가 셜혹 죽은 주시경씨는 이긴다 할지라도, 살아 연구 도정에 잇는 최현배에게는 하등의 통양痛癢을 주지 못할 것입니다. 관혁을 바로 보지 안코 쏘는 살이 마즐 리가 잇습니까.

최현배는 주시경의 문법이 '분석적'인데 비해 자신의 문법은 '종합적'이라고 구분하였다. 그리고 그는 박승빈의 문법을 '분석적 문법'의 극한이라고 공격했다. 그러나 최현배의 분류나 '분석주의, 준종합주의, 종합주의'와 같은 현재의 일반적인 분류 체계는 '국어문법의 계보'를 그리는 데는 별로 도움이 되지 못하는 것으로 보인다. 예컨대 주시경과 그의 제자인 최현배, 정열모는 앞서의 분류 체계에 따르면 모두가 다른 부류에 속하지만, 그들은 모두 '문법'을 어근의 고정 및 그로 인한 소리의 추상화와 관련된 것으로 이해하고 있었다는 점에서는 완전히 같은 계열에 속한다고 할 수 있기 때문이다. 오히려 최현배가 주시경과는 다른 종합적 이론을 제시한 것은 30년대의 표기법 논쟁 과정에서 실제의 소리에 근거한 박승빈의 문법으로 인해 커다란 위기에 봉착한 그들의 '문법'을 구해 내기 위해서였다는 해석도 가능하다.김병문 2020 그렇다면 한자 훈독식 표기를 기반으로 하여 의미의 문제에서 자유로운 표기, 그리하여 실제의 소리에 좀 더 충실할 수 있었던 박승빈 문법의 계보를 정치하게 그리는 것은 앞으로 우리에게 남은 과제일 것이다.

5. 나가기

앞서 언급한 바와 같이 주시경이 제안한 표기법의 핵심은 실제 발화에 의한 현실적인 소리('임시의 음')가 아니라 추상적 층위에 존재하는 소리, 즉 '본음'을 적도록 하는 데 있었다. 그 이전에 쓰지 않던 다양한 받침이 필요했던 것 역시 바로 그 때문이었다. 그리고 이러한 주시경의 표기 이론은 그가 언급한 바와 같이 '국어문법의 사상'으로 우리를 인도하는 것이기도 했다. 현실적으로 발견되는 무수한 변이와 변종에도 불구하고 '국어'라는 단일한 실체를 이론적으로 구축할 수 있었던 것은 그의 '국어문법'이 이른바 '임시의 음'이 아니라 추상적 층위에 존재하는 '본음'에 기반을 둔 때문이었을 것이다. '국어문법'이 완성되어 갈수록 주시경은 '국어'를 백두산 아래 세워진 단군조선과 거기에서 처음으로 울려퍼졌을 '토음土흡'으로부터 설명하려는 경향이 커지는데, '국어'를 이처럼 역사 시대를 초월한 태곳적의 시공간에 위치시키려 했던 것 역시 구체적 발화 상황이나 맥락이 아니라 그것을 초월하는 추상적 층위의 소리에 기반을 둔 그의 문법 이론과 무관치는 않을 것이다.[36]

그렇다면 주시경과는 달리 보다 구체적인 소리에 입각한 표기법을 제안했고, 거기서부터 자신의 독특한 이론을 구상했던 박승빈의 문법은 현실적인 언어생활에서 맞닥뜨리는 수많은 변이와 변종을 고려한 것이었을까. 물론 그가 호칭어나 지칭어, 그리고 경어 사용의 문제에 깊은 관심을 표명하고 이를 운동의 차원으로까지 확대하였다는 점에서[37] 주시경의 접근법

---

36 이에 대한 상세한 논의는 김병문(2013 : 158~171) 참조.
37 이에 대해서는 신지영(2020) 참조.

과는 사뭇 다른 바가 없지 않다. 그러나 그의 문법 역시 '조선어'의 통일을 위한 것이었지 다양한 변이와 변종의 가치를 인정하는 쪽은 아니었다. 그렇다면 추상적 층위의 '본음'에 입각한 주시경의 '국어문법'과는 달리 보다 현실적이고 구체적인 소리를 토대로 한 박승빈의 '국어문법'은 어떠한 이론적 방법으로 현실 발화를 초과하여 존재하는 '국어'를 구축하려 했는가 하는 점이 우리에게 남는 질문이 될 것이다. 이 질문에 대한 답을 찾는 과정이야말로 '국어문법의 계보'를 온당하게 기술하는 작업이 될 것이라고 본다.

참고문헌

이능화, 「國文一定法意見書」, 『황성신문』 1906.6.1~2, 1906.

유길준, 『勞動夜學讀本』, 경성일보사, 1908.

주시경, 『國語文典音學』, 박문서관, 1908.

이각종, 『實用作文法』, 유일서관, 1912.

박승빈, 「朝鮮言文에 關한 要求」, 『계명』 창간호, 1921a.

_____, 「朝鮮言文에 關한 要求」, 『계명』 2호, 1921b.

_____, 「朝鮮言文에 關한 要求」, 『계명』 3호, 1921c.

김희상, 「諺文綴字法 改正案에 就ㅎ야」, 『매일신보』 1921.4.14~17, 1921.

박승빈, 「조선문법에 대하야」, 『시사강연록』 4, 1923

김윤경, 「조선말과 글에 바루 잡을 것」, 『동광』 5호, 1926.

박승빈, 『朝鮮語學講義要旨』, 보성전문학교, 1931.

조선어학회, 「본회 중요 일지(삼년 이래의 일)」, 『한글』 1-1, 1932.

신명균, 「맞침법의 合理化」, 『한글』 1-3, 1932.

조선어학연구회, 「조선어학연구회 취지서」, 『정음』 1호, 1934.

김민수, 『신국어학사』, 일조각, 1980.

김병문, 『언어적 근대의 기획-주시경과 그의 시대』, 소명출판, 2013.

_____, 「근대계몽기 한자 훈독식 표기에 대한 연구」, 『동방학지』 165, 연세대 국학연구
원, 2014.

_____, 「초기 국어문법에서의 품사 분류와 '보조어간' 설정에 관한 문제」, 『국어학』 77,
국어학회, 2016.

_____, 『'국어'의 사상을 넘어선다는 것에 대하여』, 소명출판, 2019.

_____, 「1920~30년대 表記法 논의와 '國語文法'의 形成이라는 문제」, 『語文研究』 48-4,
한국어문교육연구회, 2020.

김영민, 『한국 근대소설의 형성과정』, 소명출판, 2005.

_____, 「근대계몽기 문체 연구-유길준을 중심으로」, 『동방학지』 148, 연세대 국학연구
원, 2009.

_____, 「『만세보』와 부속국문체연구」, 연세대 근대한국학연구소 편(2013), 『한일근대
어문학 연구의 쟁점』, 소명출판, 2013.

리동빈·양하석, 『언어학사전(2) – 현대조선어편』, 김일성종합대학출판사, 1986.

배수찬, 『근대적 글쓰기의 형성 과정 연구』, 소명출판, 2008.

신지영, 「학범 박승빈의 언어 개혁 운동 – 말로 완성하는 사회의 평등」, 『한국어학』 89, 한국어학회, 2020.

신창순, 「이른바 "철자법논쟁"의 분석 – 박승빈의 주시경 철자법 이론 비판」, 『한국어학』 10, 한국어학회, 1999.

안예리, 「시문체(時文體)의 국어학적 분석」, 『한국학논집』 46, 계명대 한국학연구원, 2012.

임상석, 『20세기 국한문체의 형성 과정』, 지식산업사, 2008.

장경준, 「학범 박승빈의 『언문일치 일본국육법전서』(1908)에 대하여」, 『한국어학』 89, 한국어학회, 2020.

최경봉, 「박승빈 문법의 계보와 국어학사적 위상」, 『한국어학』 89, 한국어학회, 2020.

최호철, 「학범 박승빈의 용언 분석과 표기 원리」, 『우리어문연구』 23, 우리어문학회, 2004.

하동호 편, 『한글논생논설집』 하, 탑출판사, 1986.

한기형, 「근대어의 형성과 매체의 언어 전략 – 언어, 매체, 식민체제, 근대문학의 상관성」, 『역사비평』 71, 역사비평사, 2005.

한영균, 「근대계몽기 국한혼용문의 유형, 문체 특성, 사용 양상」, 『구결연구』 30, 구결학회, 2013.

_____, 「언문일치체에 대한 인식의 변화와 그 구현 – 국한혼용문의 현대화 과정과 관련하여」, 『언어사실과 관점』 41, 연세대 언어정보연구원, 2017.

허재영, 「근대계몽기 언문일치의 본질과 국한문체의 유형」, 『어문학』 114, 한국어문학회, 2011.

　새 천 년이 시작된 지도 벌써 몇 해가 지났다. 식민지와 분단국가로 지낸 20세기 한국 역사의 와중에서 근대 민족국가 수립과 민족 문화 정립에 애써온 우리 한국학계는 세계사 속의 근대 한국을 학술적으로 미처 정리하지 못한 채 세계화와 지방화라는 또 다른 과제를 안게 되었다. 국가보다 개인, 지방, 동아시아가 새로운 한국학의 주요 대상이 된 작금의 현실에서 우리가 겪어온 근대성을 다시 한번 정리하고 21세기에 맞는 새로운 모습으로 탈바꿈시키는 것은 어느 과제보다 앞서 우리 학계가 정리해야 할 숙제이다. 20세기 초 전근대 한국학을 재구성하지 못한 채 맞은 지난 세기 조선학·한국학이 겪은 어려움을 상기해 보면, 새로운 세기를 맞아 한국 역사의 근대성을 정리하는 일의 시급성은 아무리 강조해도 지나치지 않다.

　우리 근대한국학연구소는 오랜 전통이 있는 연세대학교 조선학·한국학 연구 전통을 원주에서 창조적으로 계승하고자 하는 목표에서 설립되었다. 1928년 위당·동암·용재가 조선 유학과 마르크스주의, 그리고 서학이라는 상이한 학문적 기반에도 불구하고 조선학·한국학 정립을 목표로 힘을 합친 전통은 매우 중요한 경험이었다. 이에 외솔과 한결이 힘을 더함으로써 그 내포가 풍부해졌음은 두말할 나위가 없다. 연세대학교 원주캠퍼스에서 20년의 역사를 지닌 매지학술연구소를 모체로 삼아, 여러 학자들이 힘을 합쳐 근대한국학연구소를 탄생시킨 것은 이러한 선배학자들의 노력을 교훈으로 삼은 것이다.

　이에 우리 연구소는 한국의 근대성을 밝히는 것을 주 과제로 삼고자 한다. 문학 부문에서는 개항을 전후로 한 근대계몽기 문학의 특성을 밝히는

데 주력할 것이다. 역사 부문에서는 새로운 사회경제사를 재확립하고 지역학 활성화를 위한 원주학 연구에 경진할 것이다. 철학 부문에서는 근대 학문의 체계화를 이끌고 사회과학 분야에서는 학제 간 연구를 활성화시키며 근대성 연구에 역량을 축적해 온 국내외 학자들과 학술 교류를 추진할 것이다. 이러한 연구들은 일방성보다는 상호 이해와 소통을 중시하는 통합적인 결과물의 산출로 이어질 것이다.

근대한국학총서는 이런 연구 결과물을 집약적으로 정리하기 위해 마련한 총서이다. 여러 한국학 연구 분야 가운데 우리 연구소가 맡아야 할 특성화된 분야의 기초 자료를 수집 · 출판하고 연구성과를 기획 · 발간할 수 있다면, 우리 시대 연구자들뿐만 아니라 학문 후속세대들에게도 편리함과 유용함을 줄 수 있을 것이다. 새롭게 시작한 근대한국학총서가 맡은 바 역할을 충분히 할 수 있도록 주변의 관심과 협조를 기대하는 바이다.

2003년 12월 3일
연세대학교 원주캠퍼스 근대한국학연구소